Über dieses Buch In einem war Heinrich Mann den meisten seiner Schicksalsgenossen voraus: Während seiner ersten Exil-Station in Frankreich hatte er keinerlei Sprachprobleme. Er beherrschte das Französische so sicher, daß er manche Texte sofort im Idiom des Gastlandes abfaßte. Kaum aus Berlin vertrieben, publizierte er bereits seine ersten Artikel und Essays in der radikal-demokratischen ›Dépêche‹ (Toulouse), im Herbst desselben Jahres 1933 erschien bei Gallimard ein Sammelband seiner Arbeiten *(Der Haß)*. Sechs Jahre später erschien ein weiterer Band, diesmal in dem Pariser Exil-Verlag ›Editions du 10 Mai‹ (in Erinnerung an den Tag der Bücherverbrennung), der ebenfalls aus Arbeiten kompiliert war, die überwiegend in der ›Dépêche‹ erstmals veröffentlicht worden waren. In der damaligen Verlagsankündigung hieß es: »*Mut* von Heinrich Mann ist mehr als ein Essay-Band: dieses Buch ist ein historisches Dokument, aufschlußreich für jeden, der die erregenden Ereignisse des letzten Jahres miterlebt hat, und von bleibendem Wert für kommende Geschlechter. Das dramatische Geschehen unserer Tage wird seiner Mystik entkleidet, und in der wuchtigen Darstellung des großen deutschen Dichters erleben wir mit tiefer Anteilnahme, mit wacherem Bewußtsein als im Augenblick der einschneidenden Ereignisse, was unsere Welt verändert hat: die deutsche Generalsrevolte, die Annexion Österreichs, die Zerstückelung der Tschechoslowakei, die Konferenz von München, der Kampf um Spanien. [...] Die mächtige Persönlichkeit Heinrich Manns tritt vor uns hin, warnend, anklagend und wegweisend, mit sicherer Hand die scheinbare Verwirrtheit des Völkerlebens entwirrend und in großen, klaren Linien ein geschlossenes Weltbild entwickelnd. Der frühere Präsident der Deutschen Dichterakademie treibt keine Agitation. Er zeigt Führer und Geführte, wie sie sind, er erklärt die Zusammenhänge und er blickt in die Zukunft, immer gewiß, daß die Vernunft, die Moral eines Tages siegen werden – ein großer Humanist, der uns zuruft: Mut!«
Der Essay-Band *Mut* erscheint mit dieser Ausgabe erstmals in Deutschland.

Der Autor Heinrich Mann, geboren 1871 in Lübeck, begann nach dem Abgang vom Gymnasium eine Buchhandelslehre, 1890 bis 1892 volontierte er im S. Fischer Verlag, Berlin, gleichzeitig Gasthörer an der Universität; freier Schriftsteller; 1893 Paris-Aufenthalt, bis 1914 längere Italien-Aufenthalte, später München, ab 1928 Berlin; 1931 wurde er zum Präsidenten der Sektion Dichtkunst der Preußischen Akademie der Künste zu Berlin gewählt. Die Verfilmung seines Romans *Professor Unrat* (unter dem Titel ›Der blaue Engel‹ mit Marlene Dietrich) machte ihn weltberühmt. Februar 1933 erzwungener Ausschluß aus der Akademie; Emigration über Frankreich (Paris, Nizza), Spanien und Portugal 1940 nach Kalifornien. 1949 nahm er die Berufung zum Präsidenten der neu zu gründenden Deutschen Akademie der Künste zu Berlin/DDR an. Heinrich Mann starb 1950 in Santa Monica/Kalifornien. Seine Urne ist auf dem Dorotheenstädtischen Friedhof in Berlin beigesetzt.

Die wissenschaftlichen Mitarbeiter an diesem Band
Willi Jasper, Jahrgang 1945, Dr. phil., Wiss. Mitarbeiter am Salomon Ludwig Steinheim-Institut für deutsch-jüdische Geschichte Duisburg, Publizist und Kritiker in Köln, Veröffentlichungen über Exil-Literatur, Heinrich Mann und andere Themen, Autor der Ludwig Börne-Biographie: *Keinem Vaterland geboren* (1989).
Peter-Paul Schneider, Jahrgang 1949, Dr. phil., Wiss. Mitarbeiter am Deutschen Literaturarchiv/Schiller-Nationalmuseum, Marbach am Neckar; zuvor Wiss. Assistent für Neuere deutsche Literaturwissenschaft an der Universität Bamberg (1977–1983). Veröffentlichungen zum 18. Jahrhundert (Mitherausgeber der *Friedrich Heinrich Jacobi-Briefgesamtausgabe*) und zu Heinrich Mann (Herausgeber der ›Mitteilungsblätter des Arbeitskreises Heinrich Mann‹, seit 1983 des ›Heinrich Mann-Jahrbuchs‹ (zusammen mit Helmut Koopmann).

Heinrich Mann
Studienausgabe in Einzelbänden

Herausgegeben von Peter-Paul Schneider

Textgrundlage:
Heinrich Mann: *Mut*
Paris: Editions du 10 Mai, 1939

Heinrich Mann

Mut

Essays

Mit einem Nachwort von
Willi Jasper
und einem Materialienanhang,
zusammengestellt von
Peter-Paul Schneider

Fischer Taschenbuch Verlag

Ungekürzte Ausgabe
Veröffentlicht im Fischer Taschenbuch Verlag GmbH,
Frankfurt am Main, März 1991

Lizenzausgabe mit freundlicher Genehmigung
des Claassen Verlags GmbH, Düsseldorf
Die Erstausgabe erschien
1939 bei den ›Editions du 10 Mai‹, Paris

Umschlaggestaltung: Max Bartholl
unter Verwendung von
›Paul Klee, Ohne Titel / Maske wildes Tier‹ (1940)
Mehrfarbiges Blatt. Pastell und Kleisterfarben auf Papier
28,8 x 30 cm, nicht signiert
Paul Klee-Stiftung, Kunstmuseum Bern

Gesamtherstellung: Clausen & Bosse, Leck
Printed in Germany
ISBN 3-596-25938-X

Inhalt

II Wirtschaft, Horatio!

III Dulder, Sieger

IV Vox Humana

V Freiheit trotz allem

Mut!

Die Schriftenreihe, die hiermit eröffnet wird, soll Bücher deutscher Emigranten enthalten; sie erscheint aber unter der Verantwortung eines internationalen Verbandes. Es ist der Schriftstellerverband für die Verteidigung der Kultur.

Die Kultur kann nur noch international verteidigt werden. Die Barbarei, wie das deutsche Regime sie in der Welt ausbreitet, hält nachgerade zuviel Raum besetzt. Eine vereinzelte, nationale Kultur kann ihr nicht mit Erfolg widerstehen. Daher unser Zusammenschluß.

Wir Schriftsteller machen nicht den einzigen Versuch; auch der unsere ist noch unvollkommen. Die gemeinsame Front gegen die barbarische Hitlerei wird mit mehr oder weniger Glück errichtet von den Parteien der Linken in allen Ländern. Die spanische Volksfront ist mit noch so ungeheuren Opfern die glücklichste: sie hat Waffen, sie kämpft offen und frei. Der Befreiungskampf der Deutschen vollzieht sich in einem heroischen Dunkel, bis auch für ihn dereinst Licht wird.

Die Demokratien selbst werden genötigt sein, einen Block zu bilden, gesetzt, sie wollten bestehenbleiben. Staat und Person, beide gehören heute einer Weltpartei der Freiheit an, oder sie haben künftig weder mitzureden noch den Verlauf der Geschichte zu entscheiden.

Hat man es bemerkt? Der Wert einer besonderen nationalen Zugehörigkeit verkümmert zusehends. Er erleidet eine Herabsetzung, seitdem alle Nationen gleich sind vor dem angemaßten Weltdiktator, der sie auflösen und verschlingen will.

Was hilft es dem britischen Seemann, ehemals der stolzeste Typ in der ganzen Menschheit, daß er ein Brite ist? Sein Schiff wird versenkt, von unbefugten Piraten, ein britisches Schiff. Er beklagt sich und bekommt Unrecht von seiner eigenen Regierung. Was hätte er noch Schlimmeres zu gewärtigen, wenn hinter ihm eine mächtige Nation stände – wenn er ein Emigrant wäre.

Gestern waren sie vollberechtigte Bürger ihres Landes, aber an einem einzigen Tage, etwa der Tag von München, sinken die verschiedensten Menschenarten zu nichts herab. Es zählt gleichviel, ob sie in ihrem Lande ausharren oder fortgehen in eine Fremde, die nicht unwirtlicher sein kann als ihre Heimat.

Der feige Judenhaß, der antikommunistische Aberglaube sind auf dem Wege, einzudringen in nationale Gemeinschaften, die hoch darüber standen. Es scheint, daß die Nationen dieser Zeiten die schlechten Beispiele nicht mehr vertragen. Sie lassen bereitwillig jedem Staat das Regime, das seiner Bevölkerung zusagt. Sie haben den Grundsatz nicht gerade auf die spanische Republik angewendet, obwohl bei ihr das Volk ist; um so eher auf Hitler, und der hat die große Mehrheit der Deutschen gegen sich. Die Folge ist, daß den Demokratien selber die Freiheit, die sie erobert hatten und liebten wie das Brot, nicht mehr ganz zusagt.

Einmischungen bei dem Barbaren weisen die gesitteten Nationen von sich; alsbald steckt er sie an. Sie beileibe nicht, er aber mischt sich ein, schon sein Anblick schwächt das Selbstbewußtsein der Zivilisierten – während sie die Veränderungen, die mit ihnen vorgehen, für ihre eigene Sache halten. Seine ist es. So und nicht anders könnte er endlich der Herr werden. Niemals über einmütige Demokratien, nur über Diktaturen, die der seinen nachhinken, wird er der Herr.

Wir sind da, um zu warnen; – nicht, daß wir ein Vorrecht hätten. Die freien Länder haben Wissende, sie haben ehrlich Empörte. Der Widerstand gegen die Ansteckung geht durch alle Schichten und Parteien. Wie es recht ist, sind die Vordersten im Kampf die unabhängigen Persönlichkeiten, besonders die Schriftsteller, sofern sie über alles die Kultur stellen. Für die emigrierten Schriftsteller ist es eine hohe Ehre, hinzugezogen zu werden von den anderen, die ihr Land haben und ihr Volk anrufen – keine Grenze dazwischen. Andererseits bedürfen die Verteidiger der Kultur auch der Erfahrenen, die erlebt haben, wie sie vernichtet wird.

Wir begegnen keineswegs nur der Geringschätzung, die manche wohlbestallte Staatsbürger, in einer merkwürdigen Verkennung der Weltlage und ihrer eigenen, den Emigranten noch immer widmen möchten. Wir finden den befreundeten Anschluß und erwidern mit dem Dank, den wir geben können: unser Wort.

Unser Wort wird gewichtiger als ein einzelner Sprecher sein kann, in dem Maße, wie jetzt die Schicksale hinausreichen über die Menschen.

Wir sprechen: Habt Mut! Widersteht dem Unheil, solange es bei euch nicht offen ausgebrochen ist. Wo wir zu Hause waren, ist auch ein Volk, und das muß inmitten des wütenden Unheils doch einmal seiner selbst bewußt werden. Wir wollen das Unsere getan haben, bekommt es dereinst zu seiner Befreiung den Mut.

I

Das Unglück greift um sich

Deutschland

Anklage

Die Kinder des Dritten Reiches, sein Nachwuchs, die Zukunft seiner »Rasse«, werden nicht gesünder, sondern kränker. Wohlfahrtspflege und Schulärzte berichten mehrfach, daß ein Drittel aller untersuchten Kinder durch Unterernährung erschöpft sind. Nervöse Störungen bei Kindern sind nach diesen Feststellungen bedingt durch die wirtschaftliche Not der Eltern. Auch die Tuberkulose, die nicht mehr ab-, sondern wieder stark zunimmt, ist eine Elendskrankheit. Den Pflegeanstalten für Säuglinge fehlt es oft an Milch; dann erlassen sie Aufforderungen an die Frauen, ihre Milch herzugeben, den Liter zu drei Mark.

»Schluß mit dem maßlos übersteigerten Fürsorgedenken wegen seiner die Volksgesundheit schwächenden Wirkung!« Zufolge diesem rassegemäßen Grundsatz läßt man gesunde Kinder krank werden. Kranke Menschen läßt man sterben, da sie die Rasse nur belasten. Wenn sie nach Essen stöhnen, wird die Pflegerin, die es ihnen reicht, entlassen. »Sie denken wohl, die sollen ewig leben?«

Vermehrung der Kranken und ihr frühes Verschwinden wird dem Zuwachs der Bevölkerung entgegenwirken; die Statistik könnte wohl sagen, in welchem Maße. Eine beträchtliche Abnahme der Geburten wird ferner erreicht durch die Sterilisierungen. Ihre bisherige Zahl liegt nicht tief unter der ersten Million. Ganze Familien von Minderwertigen – lies: Staatsfeinde – werden unfruchtbar gemacht. Sucht der letzte Sohn das Weite, dann wird die Polizei aufgeboten, um ihn einzufangen und an das Messer zu liefern.

Alles dies dient der Rasse. Denselben Zweck erfüllen die Unglücksfälle. Sie werden, besonders in den rassegemäßen Kriegsindustrien, immer zahlreicher. Auch dort ist Schluß mit dem maßlos übersteigerten Fürsorgedenken. Wer irgend verunglücken kann, den läßt man. Im Sinne der herrschenden Lehre sind die Arbeiter von schlechterer Rasse als die Volksgenossen, die nichts tun. Daher kommt es auf ihr Leben weniger an. Nun würden die Arbeiter zweifellos vergnüglicher aussehen, wenn sie leben könnten wie die Volksgenossen Krupp und Ley. Indessen sind Krupp und Ley weit entfernt, ihre Fettlebe mit Arbeitern zu teilen. Lieber sollen die Arbeiter »schlechtrassig« sein und verunglücken. Unglücksfälle nützen der Rasse und vermindern die Bevölkerung.

In derselben Richtung bewährt sich vorzüglich die Senkung der Löhne, die der Steigerung der Lebenskosten entspricht. Die Tarife sind abgeschafft: sie waren der Schutz der Arbeiter gegen Willkür und größte Not. Statt dessen muß jetzt jeder ein »Arbeitsbuch« haben, es enthält »Angaben zur Person«. Sieh da, was liest man in dem »Arbeitsbuch«? Der Mann ist ein »Staatsfeind«. Gemacht. Geht in Ordnung. »Ein solcher Mensch hat kein Anrecht darauf, in unserem nationalsozialistischen Volksstaat zu arbeiten.« Wieder einer weniger. Wieder Millionen weniger. Dreizehn Millionen mußten sich kürzlich, ihres Hungers wegen, an das »Winterhilfswerk« wenden. Das Winterhilfswerk, die »soziale Tat des Dritten Reichs«, erpreßt seine Mittel mit Schrecken und Gewalt von einem Volk, das nichts besitzt. Daher leistet es dann an Unterstützungen je Kopf und Tag – wieviel leistet es? 7,7 Pfennige. Das ist die »soziale Tat«.

Sie besteht in der Aushungerung, sie ist gewillt zur Versklavung und hat als Endeffekt das Sterben. Weiß man schon überall, daß in diesem Deutschland Mütterrevolten vorkommen? Mütter widersetzen sich in Scharen, wenn ihre jungen Töchter verschickt werden zur unbezahlten Zwangsarbeit. Ihr Lohn ist, daß sie geschwängert heimkehren. Doch einmal etwas für die Rasse getan!

Soviel geschieht an anerkannten Volksgenossen, die eben nur, der herrschenden Lehre gemäß, soldatisch erzogen werden. Zwangsarbeit in Arbeitslagern, Soldatenschinderei vom ersten Tag der Wiederaufrüstung an, das sind die Daseinsbedingungen anerkannter Volksgenossen. Der Mittelstand zugrunde gewirtschaftet, damit die großen Haie allein verdienen, das ist normal, da es sich doch um die Rettung der westlichen Zivilisation vor dem Bolschewismus handelt. Den ärmsten Bauern soll jedem ein Zipfel Land fortgenommen werden, damit »gesiedelt« werden kann, ohne den Großgrundbesitz anzurühren: das ist normal, siehe oben. Das Organ der großen Bergwerkshaie bemerkt mit Recht: »Wir werden Ruinen zu erwarten haben«; womit die Haie sich leichthin abfinden, denn ihr Schade ist es nicht, es ist das von ihnen gewollte System.

Ist aber dies alles verzeichnet und ist dieser ganze Greuel normal und in der Ordnung – in der nationalsozialistischen Ordnung – befunden: dann kommen erst die »Staatsfeinde«, und ihr Schicksal im Dritten Reich läßt allerdings die bekannten Begriffe weit hinter sich. Eine Sammlung aller Dokumente liegt vor und wird bestehen bleiben als furchtbares Denkmal von dieser Zeiten Schande. Wer kennt die nackten Tatsachen? Am wenigsten wissen die Machthaber selbst, was sie getan haben – obwohl sie wissen, daß in ihren Konzentrationslagern Frauen und sogar Kinder als Geiseln festgehalten und gepeinigt werden. Vielleicht ist ihnen annähernd die Zahl von zehntausend Ermordeten bekannt; und ihre 225 000 Gefangenen haben 600 000 Jahre Freiheitsstrafen bekommen. Solche Ziffern werden den Machthabern schon durch ihre astronomische Seltenheit manches Vergnügen bereiten.

Dennoch ist ihnen die Hauptsache, der wirkliche Sinn

ihrer Taten, gewiß bisher entgangen. Der Sinn ist: die Ausrottung des deutschen Volkes. Der Kindermord, der Mord an den Kranken, der Mord an der Nachkommenschaft derer, die sie minderwertig nennen; dazu der Mord an den Hungernden, an den unzulänglich Entlohnten, an den Zwangsarbeitern; der Mord an ganzen Klassen und Rassen; der seelische Mord durch Verfolgung der Glaubensbekenntnisse und Gesinnungen; der Mord des Willens, des gesamten Volkswillens, frei und glücklich zu werden: wer ihn äußert, wird hingerichtet. Dies alles geht voraus, und dann erst kommt der Mord an den Staatsfeinden. Der ist nur sichtbarer, er hat Plakatstil. Aber wesentlich ist er nichts anderes, als was einem ganzen Volk geschieht. Einer der Machthaber hat geäußert: »Ich habe keine Gerechtigkeit zu üben, sondern zu vernichten und auszurotten.« Das sind aber nur Worte, er versteht sie selbst nicht. Die Anklage des deutschen Volkes soll ihn dereinst erkennen lassen, was er und seine Mitschuldigen getan haben – und was ihnen selbst bevorsteht.

Deutschland

Kameraden!

Wir wissen nur zu gut, daß das Unglück mit der Zeit nicht geringer, sondern größer wird. Vier Jahre Hitler haben über Deutschland soviel Leiden gebracht wie vorher, ich wage es zu sagen, nicht einmal der Krieg. Der Krieg, das ist doch offener Kampf. Man hat immer die Hoffnung, ihn zu überstehen. Jeder einzelne hofft doch; besonders hofft ein Volk im ganzen.

Der Faschismus begeht an unserem Volk seine Verbrechen mit dem Anspruch auf Dauer. Die Knechtschaft soll unabänderlich sein. Die Erniedrigung kennt keine Grenzen. Die Verfolgungen überbieten einander. Die Mordtaten reißen nicht ab. Der Hunger aber gilt nachgerade als der gesetzliche Zustand. Er wird zur nationalen Pflicht erhoben.

Bedenken Sie, daß die Machtprozesse als Mittel zur Erhaltung der Macht eine neuere Erscheinung sind. Die Hinrichtungen sind 1936 häufiger gewesen, als sie am Anfang waren. Zuerst wird das Denken unterdrückt, das wissenschaftliche, das literarische. Schließlich schafft man das Christentum ab, und in Wirklichkeit soll die ganze christliche Zivilisation dem elenden Rassenbetrug geopfert werden.

Wer aber aus dem Hunger eine nationale Pflicht macht, bringt ein Volk erst auf die Frage, was es nicht seinen Bedrückern, sondern sich selbst in Wirklichkeit schuldet. Der Terror des Dritten Reichs und seine Propaganda, beide sind zuletzt gegen das Regime ausgeschlagen. Anstatt willige Hungerleider und ergebene Knechte zu erziehen, haben sie Märtyrer und Helden aus dem Boden gestampft. Das Dritte Reich hat fertiggebracht, was vor ihm kein Staat konnte: es hat die Deutschen reif gemacht für die Revolution.

Bekanntlich wird ein Volk durch die wirtschaftlichen Verbrechen, die an ihm begangen werden, am besten aufgerüttelt, besonders, da die wirtschaftlichen Verbrechen immer eng zusammenhängen mit den moralischen: hier mit der Aufrüstung, mit der Kriegshetze und der Unsicherheit des Lebens, der Verfolgung der Staatsfeinde, eines Volkes von lauter Staatsfeinden.

Alle deutschen Hilfskomitees haben sich verbunden, weil die Aufgabe ungeheuer gewachsen ist. Wir suchen die Mitarbeit unserer französischen Freunde, denn wir wissen, daß sie dem Ruf der Menschlichkeit folgen werden. Und auch den Regungen des Zornes werden sie folgen, wie wir selbst. Man hat gewagt, das deutsche Volk durch Hunger und Krieg, durch dreiste Aushungerung und den Halunkenstreich in Spanien zur Verzweiflung zu treiben. Wehrt es sich, verstärkt man den Terror. Jede deutsche Familie, der wir Hilfe bringen, wird unsere Sache mit neuen Augen betrachten. Der schändliche Krieg in Spanien verursacht viel Jammer, wir wollen ihn erleichtern. Überall in Deutschland springt die Rebellion auf, ihre Unterdrükkung verursacht wieder Jammer, wir wollen gegen ihn einschreiten. Wir sind sicher, damit die Urheber der deutschen Leiden zu treffen.

Kameraden, stehen wir zusammen, geben wir unserer werktätigen Hilfe für die Opfer des Faschismus eine solche Ausdehnung, Geschlossenheit, Kraft, daß sie im Lande empfunden wird als ein Vorzeichen der kommenden Befreiung!

Deutschland

Ihr alle!

Von der Befreiung Deutschlands hängt alles ab, seine eigene Zukunft und die Entscheidung, ob die gesamte gesittete Menschheit in das furchtbarste Verhängnis treiben soll.

Das erste Gedenken gilt den deutschen Helden, die im Kampf für die Freiheit gefallen sind. Die einen haben den Kopf auf den Richtblock gelegt. Die anderen starben in Spanien. Unsere Legionäre kämpfen für die spanische Republik und gerade damit für Deutschland. Die Freiheit der Völker ist unteilbar.

»Viele herrliche Kameraden«, so sagt einer der Unseren, »sind in den letzten Kämpfen gefallen, unter anderem fast alle Politkommissare der Brigade, auch ein ehemaliger Abgeordneter des Deutschen Reichstages. So schwer und ernst die Lage ist, bei den Kameraden herrscht Zuversicht und beste Kampfesstimmung.«

Ein Legionär, der Generalstabsoffizier Ludwig Renn, rief zu Paris in eine Versammlung hinein: »Jetzt kämpf' ich für Spanien. Wenn der Fall eintritt, werde ich für Frankreich kämpfen!«

Der deutsche Freiheitskampf hat begonnen; es führen ihn alle, die draußen ihr Leben wagen, aber ebenso alle, die im Lande der Gewalt widerstehen. Gedenken wir der deutschen Arbeiter, die auf neue Art gewerkschaftlich kämpfen gelernt haben. Gedenken wir der christlichen Gewissenskämpfer. Halten wir es nicht für unnütz, daß der schamlose Überfall auf Österreich in Deutschland keinen ehrlichen Beifall, sondern bei allen guten Deutschen nur Entrüstung erzeugt hat.

Für die Freiheit, gegen Hitler handeln nachgerade viele Kräfte. Nicht immer kennen sie einander, und den einzelnen Truppen entgeht bisher, daß sie zusammen eine Armee und mehr als eine Armee, daß sie das gesamte Volk sind. Indessen sind alle darin einig, daß sie den offenen Krieg verabscheuen und ihn aufhalten wollen. Der verstohlene, verlogene Krieg ist schon da. Das Regime wagt den offenen nicht, solange es das Volk fürchtet.

Das Regime kann dem deutschen Volk nur verhaßter werden. Mit Eroberungen nach Art der österreichischen siegt das Regime beim Volk nicht. Die Deutschen fühlen sich der Katastrophe um so näher gerückt. Wissen sie auch, warum? Erkennen sie, für wen sie in ihr Unheil gehen sollen? Ihr Tyrann in seinem Größenwahn hat längst vergessen, wenn er es jemals begriffen hatte, daß er noch nichts aus eigener Kraft getan hat, daß jede seiner Handlungen ihm von der größeren Macht, vom Kapital, erlaubt und vorgeschrieben worden ist.

Eben dies muß den Deutschen, die es nicht voll erfaßt haben, wiederholt und eingeprägt werden von allen, die an den Grenzen Deutschlands wohnen. Wessen Wort irgend Zugang findet, der spreche: Ihr sollt Landsknechte des internationalen Kapitalismus sein, das ist der Sinn der Herrschaft Hitlers und aller seiner Unternehmungen. Der internationale Kapitalismus will euch zuletzt gegen die Sowjetunion schicken. Das ist der Endzweck. Deswegen wird Hitler geduldet, daher die Beihilfe, die er findet. In allen Ländern hat er kapitalistische Verräter für sich. Gegen ihn sind die Völker.

Hier die Völker, drüben der Kapitalismus. Hier die spanische Republik, Österreich, die tschechoslowakische Republik, die französische Republik, die englische Demokratie, die Union der Sowjetrepubliken und die Vereinigten Staaten von Amerika, die ganz und gar antifaschistisch sind; hier die Völker der Welt. Mit euch – wenn ihr mit diesem Regime in den Krieg ginget, wer wäre mit euch? Eine Handvoll kapitalistischer Verräter sind die Verbündeten, die der Klassenkampf dem Angreifer zuführt in jedem der Staaten; mit ihnen kann er sie unterwühlen, solange noch nicht Krieg ist.

Im Krieg herrschen die Waffen. Die bewaffneten Völker sind gegen Hitler und wären gegen euch, der leidenschaftliche Wille der Völker wäre gegen euch, es sei denn, ihr befreit euch von dem schändlichen Regime. Hitler weiß, warum er seinen sogenannten Frieden erhält – muß aber, ob er will oder nicht, den Krieg herausfordern. Jedes seiner internationalen Verbrechen zieht das nächste nach sich, und die Schuld gebiert ihr eigenes Übermaß – bis zum Tag des Gerichts.

Deutsche! Laßt es dahin nicht kommen. Euer Freiheitskampf hat begonnen. Beschleunigt ihn, führt ihn gründlich, bis zum Sieg. Tausend Zeugnisse beweisen es: einzig nach der Freiheit verlangt es euch wahrhaft, nur in ihrem Namen verständigt ihr euch ehrlich. Habt den Mut, offen euer Herz zu bekennen. So viele Tapfere kämpfen schon jetzt, trotz Lebensgefahr und oft bis in den Tod. Gegen ganze Massen, die offen abfallen, vermag die Gewalt nichts mehr.

Trennt euch von der Gewalt, sie soll euch nicht weiter erniedrigen. Widersteht der Lüge, den aufgepeitschten Trieben, dem Irrsinn. Laßt die Gewalthaber allein, das vertragen sie nicht. Folgt keiner Verführung und diesem Führer nicht. Gehorcht niemandem, als nur eurem Gewissen! Erinnert euch: ihr waret einst das Volk der Gewissenskämpfer!

Deutschland

Die Warnung

Die besitzende Klasse ist überall faschistisch: was nützt es ihr? Ein demokratischer Volksstaat würde gewisse, wohl abgewogene Verstaatlichungen vornehmen. Die Judenpolitik Hitlers übertrifft alles, was die besitzende Klasse von einem demokratischen Volksstaat zu befürchten hätte: sie entzieht der Privatwirtschaft bis jetzt eine Milliarde Mark und macht eine halbe Million Menschen zu Bettlern. Nun sind die Juden nicht die einzigen, die für Staatsfeinde gelten. Das Geldbedürfnis des Regimes wird von Fall zu Fall entscheiden, wer sonst noch die Enteignung verdient. Mussolini, der sauberer arbeitet, nimmt fortwährend Abgaben vom Kapital und fragt nur wenig nach der Rasse der Kapitalisten.

Soweit wäre alles die private Sorge der besitzenden Klasse; sie muß selbst wissen, wo sie besser fährt. Aber Österreich und die tschechoslowakische Republik sind vermittels eines internationalen Verrates der besitzenden Klassen gleich im Ganzen enteignet worden: keine verhaßten Individuen mehr, sondern das Land, keine Klasse, sondern der Staat. Sie sind fortan Hitlerscher Kolonialbesitz; bereichern werden sich dort Nazideutsche, sonst niemand mehr. Die ehemaligen Privilegierten verarmen mit der übrigen Bevölkerung. Jedes Volk, das künftig an Hitler verraten wird – oder sich selbst verrät –, hat offenbar die gleichen Folgen zu gewärtigen. Es wird ein Gegenstand der deutschen Ausbeutung, mitsamt seiner besitzenden Klasse und gerade um ihretwillen.

Mit den kleinen Ländern hat es angefangen, und manche von ihnen sind belehrt. Norwegen zum Beispiel möchte kein deutscher Gegenstand werden. Die Ersten, die Gefahr zu erkennen, sind die Konservativen, da sie auch die Besitzenden sind. Sie erlassen Notrufe an die großen Demokratien – die nur leider ganz unbelehrt bleiben. Nicht allein die besitzende Klasse in der größten Demokratie des Festlandes, sogar schon ihr Mittelstand streben dem Faschismus entgegen: sie meinen gewiß, einem nationalen Faschismus. Sie sehen nicht, daß jeder Faschismus einer Eroberung durch Hitler gleichkommt. Sie bemerken die Verwandlung Italiens nicht, seine fortschreitende Abhängigkeit, seine unaufhaltsame Abdankung.

National sind die Demokratien allein. Sie allein sind legitim, nach dem Verschwinden der großen Monarchien. Die Demokratien gewähren Gesetzmäßigkeit, ebensowohl den nachrückenden Klassen wie einer geschichtlich befristeten Oberschicht, die nicht mehr herrschen soll. Man kann nicht ewig herrschen und erreicht nur eine fragwürdige Verlängerung seiner Übermacht, wenn man sich der Willkür hingibt, anstatt dem Gesetz. Die Willkür schlechthin wird immer Hitler sein; ihm wird, hinsichtlich der Willkür, niemand bis an das Knie reichen; und kurzum, ein französischer Diktator wäre sein Untergebener, wie der italienische es schon jetzt ist.

Alle Diktatoren zusammen werden schwach sein, da jede Willkür die Kraft nur vortäuscht, und niemand gewalttätig sein muß, außer er wäre innerlich schwach. Der innerlich schwächste ist Hitler. Er hat die Willkür bis an die Grenze getrieben, wo sie jederzeit droht, in offene Anarchie umzuschlagen. Nach den Schrecken der Gewalt bleibt nichts übrig, es wäre denn die Lust an der Gewalt. Ermesse man doch den vollen Sinn der neuen Judenverfolgungen. Sie sollen unvermittelte Ausbrüche eines Volkes gewesen sein; in Wirklichkeit waren sie amtlich befohlen: aber auch noch geleitet? Von den Organen des Regimes durchweg beherrscht und ganz in seinem Sinn gehalten? Das wird mit Grund bezweifelt.

Die Sturmabteilungen des Regimes haben die Synagogen angezündet, die Läden verwüstet, unter dem Vorwand, das Regime an den Juden zu rächen. Den Gestalten indessen, die bei der Arbeit erblickt wurden, kam es nicht auf die Juden an. Sie sind in die Wohnungen gedrungen und haben auch dort auf jede Weise das Regime gerächt. Es war ihnen völlig gleich, daß es gerade jüdischer Besitz sein sollte, den sie mitnahmen oder aus dem Fenster warfen. Erlaubt man denselben Gestalten, die christlichen Kirchen in Brand zu stecken, sie werden es sich nicht zweimal sagen lassen: sie sind auf alles vorbereitet. Diese Stürmer und alten Kämpfer haben in ihrer Laufbahn mehr Volksgenossen als Artfremde aus den Betten geholt. Das Blut roch ihnen immer gut, und das Geld roch gar nicht.

Das Regime hat aus dem Gesindel seine Helden gemacht, der Auswurf des Volkes ist die Auslese des Regimes gewesen vom ersten Tage an. Die erreichbaren Schichten sind erzogen worden an den Beispielen, die das Regime im Griff haben und die es atmen. Recht merkwürdige Vorfälle werden berichtet aus der Nacht der Pogrome. Als den SA-Bestien niemand entgegentrat, haben Offiziere des Heeres es versucht. Ihnen wurde nicht vorgehalten, auch sie seien Volksgenossen und Juda müsse verrecken. Zugerufen wurde ihnen, während man auf sie schon eindrang: »Eure Uniformen sind von unserem Geld bezahlt!« Was in mehrerer Hinsicht eine Neuheit darstellt. SA bezahlen nichts, sie klauen in gleichem Schritt und Tritt. Wenn sie aber gerade die Uniformen bezahlt haben wollen, dann melden sie nicht nur gegen die Offiziere des Heeres ihr Pfandrecht an. Uniformen werden von den meisten Deutschen getragen; und die Brieftasche, die darin steckt, konnte bei einigen dick werden, dank ihrer Uniform.

Das Gesindel aus der Nacht der Pogrome wird später in anderen Nächten auftreten: Nächte des Krieges, die Nacht nach einer verlorenen Schlacht. Dergleichen sahen die Offiziere voraus, als sie den vergeblichen Versuch machten, den Anfängen zu begegnen. Die Offiziere wissen viel, sie rechnen mit Voraussetzungen, die das Regime in seinem Wettlauf mit dem Tode nicht bedenken kann. Das Volk will nicht kämpfen für dieses Regime. Das Heer teilt die Unlust des Volkes. Die Generäle wechseln, die Unlust bleibt; sie wächst, je mehr die Abneigung der Offiziere gegen das Regime bestätigt wird durch den Abfall des Volkes. Es hat kein Volk, und darum auch das Heer nicht. Verfängt es sich endlich dennoch in einem Krieg, dann erfährt die ganze Welt schon jetzt, durch die Veröffentlichungen, die aus der deutschen Armee kommen, den Schauplatz des künftigen Krieges. Der Schauplatz wird Deutschland sein.

Das Regime, das kein Heer hat, ist unvorsichtig genug, sein Gesindel im Mordbrennen einzuüben. Das wird gekonnt sein, für den Fall der ersten Niederlage. Das Regime, das gegen den Feind kein williges Heer hat, besitzt als erstes in der Geschichte eine zweite Armee, einzig bestimmt, im Lande den Krieg gegen das Volk zu führen. Ein guter Gedanke, und äußert sich in der Geschichte das erste Mal. Wenn aber das Land selbst der Schauplatz des äußeren Krieges sein soll, behält das Regime den Raum nicht mehr für seinen inneren Krieg. Die Niederlage des einen Heeres erfaßt notwendig auch das andere. Die Gesinnung der Niederlage begünstigt nicht gerade die Verteidigung der geschlagenen Klasse, – da Kriege für eine herrschende Klasse stattfinden, und besiegt ist grundsätzlich nur sie, niemals ein Volk.

Der Krieg, gesetzt, das Regime verfinge sich in ihm, läuft nach aller Wahrscheinlichkeit in das antisemitische Mordbrennen aus, wie es schon jetzt eingeübt wurde. Nur daß es ein erweitertes Mordbrennen sein wird, ohne die besondere Spitze gegen die Juden. Diese liefern den Vorwand nicht mehr, sie sind schon abgebrannt. Besitz, teils brennbarer Art und teils geeignet, den Inhaber zu wechseln, findet sich bei den Volksgenossen allein. Die Volksgenossen der besitzenden Klasse werden an der Reihe sein. Sie werden bestimmt durch den Krieg, aber wahrscheinlich auch ohne ihn an die Reihe kommen. Hitler muß einmal stürzen, jeder weiß es. Wenn seine »Kraft durch Freude« in Amerika landet, wird sie gefragt, wie lange er sich noch halten könne. »Oh, noch lange«, heißt die Antwort. »Er braucht nur bei der besitzenden Klasse zu plündern.«

Woraus ersichtlich, daß er es, wenn Not kein Gebot kennt, auch selbst tun könnte. Aber geschieht es erst im Zeitpunkt seines Sturzes, wird es doch in seinem Geiste geschehen. Das Brandschatzen wird eine antidemokratische, antisozialistische Maßnahme sein: eine nicht gesetzmäßige, sondern willkürliche – eine autoritäre. In jeder Pogromnacht, in jeder Nacht der langen Messer geht auf die Täter die ganze Autorität über. Die deutsche Nacht währt nächstens sechs Jahre, sie verdichtet sich zusehends, und höchst stürmisch wird sie enden.

Die anderen Diktatoren, alle wie sie auf den innerlich schwächsten, daher willkürlichsten, gefolgt sind oder noch folgen sollen, werden seinen Weg und sein Ende nehmen. Die besitzende Klasse Europas hat in den deutschen Pogromen kein Vorzeichen erblickt, sie bleibt faschistisch, den wirklichen Inhalt des Faschismus ermißt sie nicht. Die besitzende Klasse der Demokratien Europas verhandelt die kleinen Länder an einen Gewalthaber mit wenig Macht: man schenkt ihm, was er gegen den geringsten Widerstand nicht nehmen könnte. Jedesmal ist rechtzeitig gewarnt worden. Die Warnung vor dem ersten Anschlag, den auf Österreich, war die wichtigste. Sie lautete meinerseits: »Man gebe acht auf die gewollte Nebensächlichkeit, mit der Hitler die österreichische Frage behandelt, wenn er redet. Von dieser nah bevorstehenden Eroberung, die nicht anders als grausam, furchtbar grausam sein kann, spricht er leichthin, wie von einer freundschaftlichen Abmachung und einem schätzbaren Beitrag zum allgemeinen Frieden. Indessen, wenn die Westmächte die Unabhängigkeit Österreichs ausdrücklich garantieren wollten, die Gefahr des Krieges liefen sie nicht: sie würden ihm vorbeugen.«

Die Demokratien liefen tatsächlich nur die Gefahr, den ersten, gegen sie selbst geführten Schlag abzufangen. Seither sind andere Schläge geführt worden. Erliegen müssen sie deshalb nicht. Anders als die Diktaturen können Demokratien trotz Verrätern stark sein. Sie haben ein Volk – und ein auswechselbares Personal.

Österreich

Mut

Ministerpräsident Hodža hat den Preis des Mutes erobert. Nach seiner Rede wurde in Frankreich gesagt: das tschechische Volk ist das tapferste Europas.

Den Eindruck machen eine Nation und ein Minister heute einfach damit, daß sie niemandem erlauben, sie mit der Peitsche des Tierbändigers zu behandeln. Wer einfach sagt: hier ist keine Menagerie, und werden wir angegriffen, dann wehren wir uns, – der hat Mut.

Soweit ist es gekommen. Früher war es selbstverständlich, daß jeder sich verteidigte. Darauf wird kaum mehr gerechnet. Sondern der Angreifer gilt für so fürchterlich, daß seine Drohungen genügen. Zum Angriff kommt es nicht erst; man bricht vorher in die Knie.

Der Angreifer ist bankerott. Der Angreifer hat sein eigenes Land soweit er konnte zu Grunde gerichtet. Sein Volk ist unfrei, es hungert, es glaubt an die Führung des Staates nicht; und käme der Krieg, dann zweifelt das Volk wenig daran, daß seine Unterdrücker ihn verlieren würden. Es ist eine Frage des Temperaments, ob dies den Unterdrückten unerwünscht wäre.

Gleichviel, in einer mutlosen Welt gilt der Angreifer für fürchterlich. Diese mutlose Welt legt alles zu seinen Gunsten aus. Diplomatische Erfolge, die aber gar keine sind. Internationale Gewalthandlungen, die nach Krieg aussehen möchten, aber man hütet sich, den Krieg zu erklären; nur Bomben fallen zu lassen auf Wehrlose, das wagt man. Aber es genügt, damit die Welt vor Schrecken erstarrt.

Dieselbe Welt schreit vor Schrecken Heil und Sieg,

wenn einer seine eigene Armee säubern, unterwerfen, gleichschalten muß, und das nach fünf Jahren uneingeschränkter Herrschaft. Sie war durchaus nicht uneingeschränkt, wie man sieht. Der Gewalthaber hat weder das Volk noch hat er das Heer. Die Welt erschrickt, sie findet ihn immer fürchterlicher, je öfter er seine Schwäche verrät.

Das alles, weil er große Worte macht. Weil er vor seinen bezahlten Statisten drei Stunden lang brüllt – gegen fremde Regierungen, die er nicht dulden wird, gegen Völker, die er in die Tasche stecken wird. Schön. Er duldet nicht. Er wischt weg und steckt ein. Aber tut er es wirklich? Er droht. Darauf allgemeine Erweichung der Knie, Minister fliegen. Um Verhandlungen wird gebettelt.

Man hat Angst, was begreiflich ist. Eine Welt ohne Angst hat es niemals gegeben, das Leben ist eine Angstpartie, besonders die Politik. Immer hat einer den anderen gefürchtet. Wer etwas zu verteidigen hatte, beging Fehler über Fehler aus bloßer Furcht: daraus erklärt sich das traurige Ende des großen Kaisers Napoleon.

Dieser hatte wirklich die Welt erobert, was man nicht von jedem sagen kann. Trotzdem hatte vor ihm die Welt nicht entfernt die Furcht wie heute vor dem, der nichts, aber gar nichts erobert hat. Da der menschliche Mut ein Produkt der menschlichen Angst ist, fand damals Europa den Mut, sich gegen Napoleon zu wehren, und besiegte endlich den, der alle geängstigt hatte, bis er selbst vor Furcht den Kopf verlor.

Es darf erwartet werden, daß auch diesmal die Welt nach ihrem Anfall von Angst einen ebenso starken Anfall von Mut bekommt. Nur Geduld. Man weiß schon längst: der Angreifer hat mehr zu fürchten als alle Anderen. Er droht, weil er muß. Er verbreitet Furcht und Schrecken, je besser er selbst mit der Furcht und dem Schrecken bekannt ist. Sein schwerster Albdruck ist, daß jemand mobilisieren und wirklich kämpfen könnte – gleichgültig, ob ein großes oder ein kleines Heer. Das österreichische wär' ihm schon zuviel.

*

Was hilft es. Das kleine Heer ist nicht einmal mobilisiert worden. Die wenigen Truppen wurden von der Grenze in das Innere zurückgezogen, damit es nicht zum Vergießen deutschen Blutes käme. Welches deutschen Blutes? Das Blut des kleinen Volkes, das sich überfallen ließ, wird reichlich fließen. Nur der Angreifer steht, seiner Taten froh, im Lande und nennt seinen Überfall, wie er die ganze Pest, die er verbreitet, immer und überall nennen wird: eine deutsche Revolution.

Wie viele Länder, klein und groß, wollen den Angreifer, der sehr wohl die Angst kennt und nur die Scham nicht, über sich kommen lassen? Zehn kriegsstarke Regimenter, die wirklich schießen, hätten ein giftiges, aber feiges Reptil in sein Loch zurückgejagt.

Österreich

Eine Eroberung

Die letzten Wiener Wahlen waren die städtischen Wahlen vom 24. April 1932. Damals ging über Deutschland hin die ungeheuerste Welle von Hitlerei, in Wien aber bekamen die Sozialdemokraten fünfzig Prozent aller Stimmen. Die Christlichsozialen hatten zwanzig Prozent, die Zahl der kommunistischen Wähler verdoppelte sich, für die Nationalsozialisten blieben nur 16,9 Prozent.

Diese verschwindende Minderheit war um so betriebsamer. Mit dem äußeren Feind im Bunde, hoffte sie selbst zur Macht zu gelangen. Statt ihrer hat sechs Jahre später der Feind die Macht ergriffen.

Inzwischen war aus der Minderheit keine Mehrheit geworden. Wahrscheinlich hat sie noch abgenommen. In diesem Sinn berichtete der Stellvertreter des »Führers« für Österreich nach vollbrachtem Plebiszit seinem Herrn. Alle Arbeiter sind Nazifeinde geblieben, die Armee besteht aus österreichischen Patrioten. Die dortige Nazipartei verdient selbst kein Vertrauen. Der Eroberer begreift, daß er die meisten einheimischen Behörden durch seine aus Deutschland herbefohlenen Leute ersetzen muß. Was folgt, ist die Fremdherrschaft – mit all ihrer Willkür, Härte, und verständnislos von Grund auf.

Das Regime, das jetzt in Österreich wütet, hat besonders gezeigt, wer er ist, als es die Hauptstadt Wien absetzte. Irgendein Provinznest tritt an den Platz der Herrscherin, – noch am Anfang des achtzehnten Jahrhunderts stand sie an der Spitze eines Reiches, das Brüssel mit Süditalien verband.

Man hat gesagt, das sei die persönliche Rache des Eroberers an Wien, weil es früher mal das Unglück gehabt hat, ein Arbeitslosen-Asyl zu besitzen und mit anderen Insassen auch ihn. Wahr ist, daß zu dieser fernen Zeit und in einer der blühendsten Hauptstädte ein zwanzigjähriger Arbeitsloser ein seltenes Muster gewesen sein muß. So etwas von Nichtanpassung kam kaum vor.

Der Betreffende sieht die Dinge nicht von dieser Seite. Als er in Wien einzog, im Triumph, wenn auch mit Vorsicht, hat er sich auf Gott berufen. Tiefen Plänen gemäß soll Gott ihn in früher Jugend nach Deutschland entsandt haben, damit er dort zu seiner gegenwärtigen Größe aufstieg, wo er dann reif und richtig war, sein früheres Land in den großen gemeinsamen Mutterschoß »zurück« zu führen.

Wenn er das ernst meint, werden die geschichtlichen Ursachen um so klarer, weshalb Wien enthauptet werden mußte von dem glücklichsten seiner alten Arbeitslosen.

Von dem ganzen ehemaligen Österreich war Wien allein gar nicht provinziell. Vermöge eines Durcheinander von Rassen und Sprachen, einer Begegnung verschiedener Kulturen und einer verfeinerten Zivilisation überflügelte Wien die ganze Monarchie. Noch größer war sein Abstand von den deutschen Provinzen, die es umgaben.

Nun ist der Nationalsozialismus ein Provinz-Erzeugnis schlechthin, ein heftiger Rückschlag gegen die Gesinnung der großen Mittelpunkte, der industriellen oder intellektuellen. Wien hat eine geistig rege, selbstbewußte Arbeiterklasse, und trotz der Ungunst des Geschickes hatte Wien bis an den Rand der Katastrophe sich alle seine geistige Tätigkeit erhalten. Wien mußte gebändigt werden: das ist der eigentliche Sinn des Handstreiches gegen Österreich. Die verhältnismäßige Freiheit Wiens gab fortwährend ein schlechtes Beispiel. Man durfte nicht zulassen, daß Deutschland es noch lange vor Augen hatte.

Das Deutschland vor Hitler war gleichfalls übervoll von geistiger Tätigkeit. Die literarischen und wissenschaftlichen Leistungen entstanden zu einem sehr großen Teil in der Provinz. Das hat nicht verhindert, daß gewisse Abfälle vom Denken des neunzehnten Jahrhunderts eher in den hinteren Winkeln des Landes liegen blieben. Der Antisemitismus, Rassismus und die Mystik von dem erwählten Volk, sind sicherlich nicht in den Zentren des nationalen Lebens zu Hause gewesen. Diese sind für den veralteten Betrug nur gewonnen worden mit einem großen Aufgebot von Reklame. Die neusten technischen Mittel wurden verwendet.

Der Aufstieg der Hitlerei wird der Nachwelt zu ihrer Verblüffung den Nachweis liefern, daß die Primitiven, in ihrer Gier nach der Macht, die Einzigen gewesen sind, die technisch auf der Höhe waren. Ihre Zwecke waren umso niedriger, sie wollten die Bevölkerung dumm machen. Die Anderen hingegen, die das Volk hätten aufklären sollen, haben nicht einmal den Mut gehabt, den Rundfunk zu gebrauchen, solange sie über ihn verfügten. Noch weniger haben sie tausende von Kilometern im Flugzeug zurückgelegt, um denselben Tag an beiden Enden des Landes zu sein und atemlosen Volksmengen zu zeigen, sie wären überall zugleich. Später wird man staunen, wie die kühnsten Erfindungen in den Händen von Primitiven zuerst nur beigetragen haben, den Geist der Massen zu verfinstern.

Indessen hält die bestgenährte Mystik nicht stand, wenn sie wirklich erprobt wird. Fünf Jahre eines Versuches voll von Fehlschlägen haben starke Lücken gerissen in die amtliche Weltanschauung des Regimes, – ihre Verkörperung ist die geheiligte Person eines Führers. In der Hinsicht kommt die Eroberung Österreichs zu spät. Vergebens werden so viele Österreicher nach Deutschland verschickt, in Arbeitslager oder andere Lager, die noch mehr Überzeugungskraft haben sollen: von der Gnade werden sie nicht berührt. Die Nazi-Mystik hat von ihrer Keimkraft viel verloren, sehr ansteckend ist sie nicht mehr. Am wenigsten ist sie es an Orten, von denen sie ausging. In München ließ man die österreichischen Truppen wie Kriegsgefangene aufziehen, die Einwohner aber begleiteten die Demütigung mit entrüsteten Zurufen. »Arme Teufel! Jetzt werden sie den Nationalsozialismus kennen lernen.«

Durch Zwang und Furcht kann man die fünfzigtausend Teilnehmer einer Riesenkundgebung leicht zusammentreiben. Sind sie erst eingepfercht und hat eine geschickte Inszenierung sie betäubt, dann überlassen die Unglücklichen sich einer zügellosen Begeisterung. Derart außer sich vor Jubel soll ganz Deutschland gewesen sein bei dem Sieg über das harmlose Österreich. In Wirklichkeit hat diese Eroberung, die keine ist, vor allem keine moralische, den einen Erfolg gehabt, die Kriegsfurcht zu verschlimmern. In dem gegenwärtigen Geisteszustand Deutschlands ist das Klarste die Furcht vor dem Kriege. »Das wird schlimm enden«, sagt man; die Redensart geht in den Straßen um. Im Fall eines internationalen Konfliktes rechnet jeder mit der Niederlage, voran die militärischen Kreise. Ungeachtet des Personenwechsels vom vierten Februar scheinen die Militärs bei ihrer pessimistischen Meinung zu bleiben, wenn ein Krieg lange dauern würde.

Hitler und sein Regime vertragen nur Eroberungen, die einen Tag dauern, sind übrigens keine. Dann kann der Führer seinen Geburtstag feiern mit einem Vorbeimarsch österreichischer Truppen, – aber der Paradeschritt wurde den Besiegten vorenthalten. In den Lautsprechern läuteten die Glocken aller Städte, die im Leben des großen Mannes eine Rolle spielen. Am Abend verließ ihn der Geist, seine inneren Stimmen schwiegen. Ach! er hat geweint.

Österreich

Huldigung an die österreichische Seele

Es gab ein Land der Freundschaft, sogar Verbannte nahm es auf. Das Land ist untergegangen. Es gab eine große Stadt, wo trotz der Härte der Zeiten und nach allen begangenen Fehlern die Luft noch gut zu atmen war. Österreich ist erlegen und Wien, das Wien, das wir gekannt hatten, ergab sich soeben der Gewalt.

Wie vorher andere Teile dieses unglücklichen Europa, sind Österreich und Wien von der Karte der zivilisierten Welt gestrichen. Der Eroberer, wenn dies der richtige Name ist für einen unrühmlichen Sieger, der, anstatt zu kämpfen, erschleicht und erpreßt, – die Mißgestalt von Eroberer hat die Gewohnheit, voran seine Polizei zu schicken.

Sie, die Polizei Hitlers, schlägt jetzt nieder in Wien, was Wertvolles da war, das Klassenbewußtsein der Arbeiter, das freie Gewissen der Denker.

Lange vor 1914 stand ich in Verbindung mit einem Kreise wiener Intellektueller und hatte keinen lieberen Freund als Arthur Schnitzler. Es war zu der Zeit des Glanzes; Kaiser Franz Joseph thronte über einer Welt von Menschen, viel galten in ihr die Künstler. Sein Reich hatte die Zeit der Eroberungen längst hinter sich; andere als geistige konnten dort nicht gemacht werden. Ein umso größeres Verbrechen war es, dies alte Reich in einen Krieg zu treiben.

Aber wie viel Ausstrahlung war damals um die Berühmtheiten! Den Frieden machten sie ruhmreich, und hatten von diesem Frieden ihren Weltruf. Der Bühnen-

und Romandichter, der Schnitzler war, stellte einen einmaligen Fall dar, das kommt nicht wieder: der Liebling einer ganzen Bevölkerung, der vollkommene Ausdruck einer Stadt, ihrer Seele, die er bekannt machte bis über die Meere. Man kennt durch ihn ein Wien, tief menschlich in seiner Leichtigkeit, und so zärtlich auf der Schwelle des Todes.

Nach dem Ende des Kaiserstaates, dessen Geschick auch seines war, starb Schnitzler verlassen und betrübt. Für ihn war es noch ein Glück, beizeiten abzugehen. Wo fände man ihn heute? In einem deutschen Konzentrationslager, wenn nicht unter der namenlosen Menge der Selbstmörder. Denken wir nur an Egon Friedell, den Geschichtsschreiber und Schauspieler, gelehrt und voll Anmut, das reine Erzeugnis einer Kultur, zu der alle Rassen beitragen.

Noch vor kurzem hätte man in Wien nach einer hundertprozentig deutschen Familie vergebens gesucht. Das Blut des halben Europa hatte sich dort tausend Jahre hindurch vermischt. Die guten und weniger guten Eigenschaften Wiens sind nur so zu erklären. Wien bot einen Vorgeschmack dessen, was Europa sein wird, wenn es das Zeitalter des Nationalsozialismus überwunden hat.

Dann ist eines Tages, ohne einen Schuß abzugeben, der Eroberer eingerückt in diese Stadt, die er nicht wert war. Aber keines seiner Opfer ist er je wert gewesen.

Er ist in Österreich und Wien eingerückt mit der Ausrede, als befreite er deutsche Brüder; und man fragt nur, wofür er mehr Abscheu verdient, für seine Taten oder seine Lügen. Von diesem Eroberer wird man sagen, was kein Attila, kein Napoleon als Nachruhm einstecken mußten: daß er noch mehr Albernheiten um sich her verbreitet hat als Elend, und war dies Jahrhundert vor Schrecken starr, dann wurde ihm gleichzeitig übel vom Ekel.

Betrachten wir kalt die Tatsachen. Die Besetzung Österreichs durch die bewaffnete Macht eines Diktators bedeutet vielleicht das Ende eines Staates, – sicher ist auch das nicht. Staaten sind manchmal wiedererstanden. Worauf es aber ankommt, ist Leben und Tod der Menschen. Dank der Besetzung Österreichs verzeichnet der Tod einen Gewinn, und die Summe der menschlichen Not, so beträchtlich sie schon war, steigt um so viel.

Die Fanatiker des totalitären Staates kümmert das Dasein der Menschen nicht: die opfern sie bedenkenlos ihrem Götzen. Nun ist der Götze nicht einmal wirklich. Wie Goethe bemerkte: »Der Sturz eines Reiches ist nichts Wirkliches. Wenn ein Bauernhof brennt, das ist wirklich.« Allerdings, beim Zusammenbruch von Reichen verbrennen Gehöfte. Die Fanatiker des totalitären Staates haben einen Haß auf die Länder, wo man verhältnismäßig noch glücklich lebt. Sie schleppen dorthin das Unglück ein, damit ihr Götze größer wird.

Die Angst der Menschen, ihre zitternde Unterwerfung, ohnmächtige Empörung, ihr äußerstes Elend mitsamt der Folter, den Selbstmorden, den Massenhinrichtungen – das ist das Betätigungsfeld des totalitären Staates und sein Daseinsgrund. Einen anderen hat er nicht. Seine Macht besteht einzig darin, daß er den Kreis des Todes erweitert. Österreich heute, und morgen mehr. Niemals hat es sich darum gehandelt, sechs oder sieben Millionen Deutsche, die draußen lebten, in den Schoß des Mutterlandes heimzuführen. Neue Opfer zwischen die Zähne zu bekommen, ist der ganze Ehrgeiz des totalitären Staates.

Seine alten Opfer, die Deutschen selbst, ergaben nicht mehr genug. Hatte man die Deutschen schon versklavt und fühlte dennoch ihren dumpfen Widerstand, der eines Tages ausbrechen könnte, dann wurde es immer dringender, ihnen vor Augen zu führen, wie andere Völkerschaften demselben Schicksal erliegen. Spielt man sich einmal als Geißel der Menschheit auf, dann ist es nicht mehr erlaubt, auf halbem Wege stehen zu bleiben. Ein menschenfeindliches Regime erhält sich nicht lange in den zu engen Grenzen eines einzigen Landes. Das Regime wird zum Eroberer, weil es muß.

Die Eroberung Österreichs bringt ihm einige Erzgruben, ganz nützlich für seine Rüstungen. Ein viel dringenderes Bedürfnis empfand das Regime nach neuen »Staatsfeinden«, die es bändigen kann. Was es braucht, ist: öffentliche Freiheiten, um sie zu unterdrücken, Gewissen, um sie zu erdrosseln, politische Parteien, um sie zu verbieten, Geister, um sie abzustumpfen. Jetzt hat man schöne Arbeit in Aussicht, macht sich auch schleunig daran. Man ist in voller Tätigkeit. Das Leben ist schön, schon lange herrschte kein solcher Betrieb im Geschäft.

Dank einem glücklichen Zufall ist Österreich voll von Katholiken, und Wien kennt selbst nicht die Zahl seiner Marxisten. Die Juden gehen ihrerseits in die Hunderttausende, ein wahres Fressen für die Hitlerjugend. Zehntausende Intellektuelle sind auch nicht zu verachten; obendrein entdeckt die Staatspolizei unter ihnen Nobel-Preisträger und Weltberühmtheiten vom Gewicht eines Freud. Die Staatspolizei hat im voraus die Listen angefertigt mit allen Österreichern, die zu streichen sind. Sie verschwinden jeweils in den betonierten Kellern. Sie werden nach deutschen Konzentrationslagern verladen, die österreichischen genügen dem Bedarf nicht. Die Verfolgungen werden von Angebern genährt und Morde maskiert man als Freitod, – indessen die österreichische Emigration die Wanderung der früheren Emigrationen antritt durch das ungastliche Europa.

Alles vollzieht sich, als wäre noch immer 1933. Die Nazi-Greuel sind geblieben, was sie waren, nur geläufiger gehen sie jetzt vonstatten. Vor fünf Jahren in Berlin war man zaghaft; der Mut fehlte, das grauenvolle Gesicht des

Regimes gleich ganz zu enthüllen. In Wien 1938 hilft die Macht der Gewohnheit. Auch die Meinung der Welt ist an vieles gewöhnt, kein Grund, sie zu schonen. Zu verlieren hat man nichts mehr, da kommt von selbst der traurige Mut, es noch übler zu treiben. Österreich ergibt den schlagenden Beweis, daß dies Regime unwandelbar verharrt in der Gestalt, die schon sein Ursprung zeigte. Es folgt dem Ruf seines Geschickes, es ist blind unterworfen dem Gesetz, das einst seine fernsten Anfänge bestimmt hat.

Die Anfänge des Nationalsozialismus sind allerdings lange her; ihre Stätte ist das alte kleine Preußen des Königs Friedrich, der gerade mit Österreich im Kampf lag und seinen Weg auf Kosten Österreichs machte. Die Kaiserin Maria Theresia starb 1780 nach dem Verlust einer ihrer Provinzen. Sie hatte erkannt, daß die wahre Gefahr für ihre Staaten nicht nur ein verlorener Krieg war. Gefährlicher war das Vorhandensein eines bösen Geistes. Passiver Gehorsam und befohlene Grausamkeit waren der Geist jenes Preußen, – das keine Ruhe fand, es hätte denn zerstört, was es vorfand an Lebensfreude. Maria Theresia hat in diese Worte ihr Leben zusammengefaßt:

»Ich habe mutig gehandelt, habe alles gewagt und keine Anstrengung gescheut, weil ich aus Grundsatz festhielt an der Tugend, Gottesfurcht, Gerechtigkeit und Gnade. Über allem aber stand meine feste Überzeugung, daß meinen armen Erbländern nichts Ärgeres zustoßen könnte, als in die Hände Preußens zu fallen.«

Hundertfünfzig Jahre später sind die Befürchtungen der Kaiserin eingetroffen, und der unglücklichste Teil ihres einstigen Reiches ist jetzt der deutsche. Nur scheinbar erleidet das kleine Österreich sein jammervolles, empörendes Schicksal durch das große Deutschland. In Wirklichkeit bekundet sich vor aller Augen der alte preußische Geist, mit seinem Gehorsam, der nachgerade ein Laster ist, mit seiner Grausamkeit auf Befehl. Das wahre Deutschland hat die Barbarei nie mitgemacht. Auch die Provinzen, die der erste Besitz der Könige von Preußen gewesen waren, hatten seit langem eine würdigere Auffassung vom Leben.

In der Geschichte der Völker kommen Gespenster vor; sie kennt atavistische Kräfte, die eine Nation befallen und sie erniedrigen, tiefer als sie sinken müßte. Der Nationalsozialismus ist nur ein Gespenst, seine Kraft ist unlebendig. Gegen sich hat er alles Gesunde, Lebensvolle in dem Deutschland, das ein solches Regime zu Grunde richtet und entehrt. Der feige Überfall auf Österreich ist eine Schande; Deutsche, die den Namen verdienen, werden schamrot. Die Stunde wird schlagen, da alle Beleidigungen sich rächen und alle Verirrungen gebüßt werden.

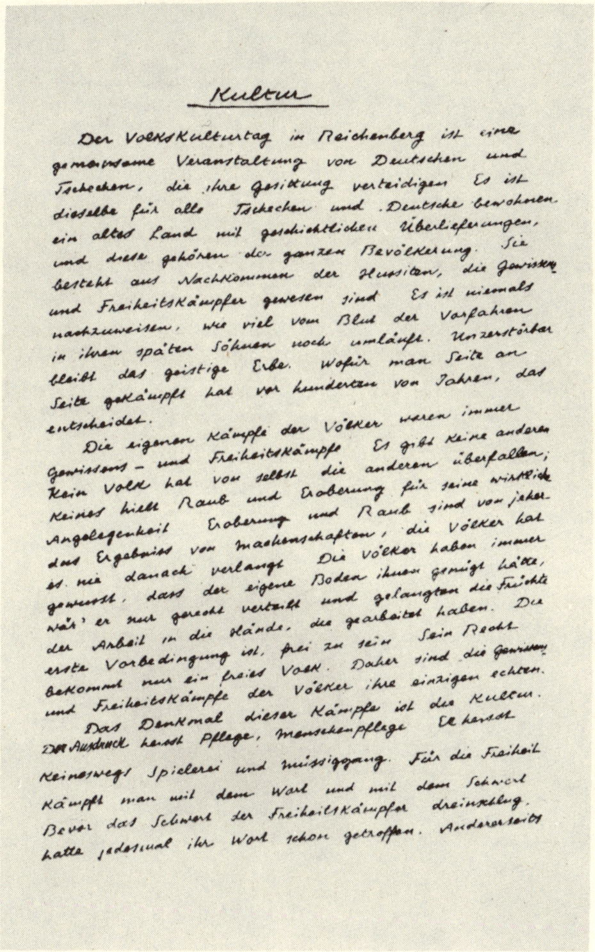

Kultur

Der Volkskulturtag in Reichenberg ist eine
gemeinsame Veranstaltung von Deutschen und
Tschechen, die ihre Gesittung verteidigen Es ist
dieselbe für alle Tschechen und Deutsche bewohnen
ein altes Land mit geschichtlichen Überlieferungen,
und diese gehören der ganzen Bevölkerung. Sie
besteht aus Nachkommen der Hussiten, die Gewissens-
und Freiheitskämpfer gewesen sind Es ist niemals
nachzuweisen, wie viel vom Blut der Vorfahren
in ihren späten Söhnen noch umläuft. Unzerstörbar
bleibt das geistige Erbe. Wofür man Seite an
Seite gekämpft hat vor hunderten von Jahren, das
entscheidet.

Die eigenen Kämpfe der Völker waren immer
Gewissens – und Freiheitskämpfe Es gibt keine anderen
Kein Volk hat von selbst die anderen überfallen;
Keines hielt Raub und Eroberung für seine wirklich
Angelegenheit Eroberung und Raub sind von jeher
das Ergebnis von Machenschaften, die Völker hat
es nie danach verlangt Die Völker haben immer
gewusst, dass der eigene Boden ihnen genügt hätte,
wär' er nur gerecht verteilt und gelangten die Früchte
der Arbeit in die Hände, die gearbeitet haben. Die
erste Vorbedingung ist, frei zu sein Sein Recht
bekommt nur ein freies Volk. Daher sind die Gewissens-
und Freiheitskämpfe der Völker ihre einzigen echten.

Das Denkmal dieser Kämpfe ist die Kultur.
Der Ausdruck heisst Pflege, Menschenpflege Er heisst
keineswegs Spielerei und Müssiggang. Für die Freiheit
kämpft man mit dem Wort und mit dem Schwert
Bevor das Schwert der Freiheitskämpfer dreinschlug,
hatte jedesmal ihr Wort schon getroffen. Andererseits

Volkskulturtag in Reichenberg
in der Handschrift Heinrich Manns
unter dem Titel *Kultur*

folgt auf jeden Freiheitskampf eine grosse Literatur. Am Anfang des Humanismus stehen Gepanzerte, wie Hutten. Das späte Denkmal ihrer Freiheitsbewegung haben die Deutschen, haben auch andere Völker, in ihren Klassikern.

Die klassischen Denker und Dichter sind die Vollstrecker der Geschichte. Sie geben dem wesentlichen Erlebniss ihres Volkes den vollkommenen Sinn und verewigen den Anspruch des Menschen. Sein Anspruch ist die Freiheit und ist, vermittels der Freiheit, das erreichbare Erdenglück. Goethe beginnt mit dem Goetz, einem Krieger, der mit dem Volk geht. Die endgültige Erscheinung Goethes ist der alte Faust: der Mensch selbst, in seiner vollendeten Gestalt. Kultur ist Menschenpflege, und wenn sie köstlich war, war sie Müh' und Arbeit. Hutten oder Faust, und Goetz wie Goethe: lauter Namen aus harten Kämpfen.

Die Hasser und Verfolger der Kultur wissen, was sie tun. Ihr dumpfer Sinn verrät ihnen so viel, dass die Menschheit in ihrem gesamten Geisteswerk gegen sie zeugt. Wohin sie immer kämen, der Feind, den sie niederschlügen, wären die Geisteskämpfer. Völker, die noch frei sind, blicken heute auf Wien: dort haben sie vor Augen, wie das aussieht, unter das Joch der Menschenfeinde zu geraten. Die Gefahr ist nicht allein, dass einige Gelehrte den Martertod sterben, wenn nicht das entsetzte Ausland sie mit barem Gelde loskauft. Die Gefahr ist die allgemeine Entwürdigung, Knechtung und Verfinsterung, der geistige Tod. Voraus geht der geistige Tod; was übrig bleibt, ist die Abschlachtung der Leiber in nichtswürdigen Kriegen.

Dies sind die Tage der Entscheidung. Sehe jeder, wo er's treibe. Wer etwas nachlässt von seinem Gewissen und sich seiner Freiheit begibt, der rennt in das Verhängnis. Sehe jeder, wo er bleibe. [illegible] behauptet sich mit seiner überlieferten Kultur, oder gar nicht. Kultur ist kein geruhsamer Genuss, heute weniger als je. Auf ihre alleräusserste Verteidigung sei jeder bedacht, und wer steht, dass er nicht falle. Man ist glücklich, an Beispielen festzustellen, dass die Welt der Gesittung und Menschenpflege weit entfernt ist, sich verloren zu geben. Im Gegenteil macht der Ansturm des Hasses sie tapfer.

In dem fernen Argentinien weiht eine freie deutsche Schule ihr eigenes Gebäude ein. Die Schule ist gegründet und zur Blüte gebracht worden inmitten von Verfolgungen, Boykott, Mordanschlägen vonseiten der Agenten des Dritten Reiches. Die Zeit ist wiedergekehrt, als die deutschen Humanisten des 16. Jahrhunderts streitbar sein mussten, um die Wissenschaften zu lehren. Die Stadt Reichenberg erlebt fast gleichzeitig den Volkskulturtag, eine gemeinsame Veranstaltung von Deutschen und Tschechen, die ihre Gesittung verteidigen.

Heinrich Mann

Volkskulturtag in Reichenberg

Der Volkskulturtag in Reichenberg ist eine gemeinsame Veranstaltung von Deutschen und Tschechen, die ihre Gesittung verteidigen. Es ist dieselbe für alle. Tschechen und Deutsche bewohnen ein altes Land mit geschichtlichen Überlieferungen, und diese gehören der ganzen Bevölkerung. Sie besteht aus Nachkommen der Hussiten, die Gewissens- und Freiheitskämpfer gewesen sind. Es ist niemals nachzuweisen, wie viel Blut der Vorfahren in ihren späteren Söhnen noch umläuft. Unzerstörbar bleibt das geistige Erbe. Wofür man Seite an Seite gekämpft hat vor hunderten von Jahren, das entscheidet.

Die eigenen Kämpfe der Völker waren immer Gewissens- und Freiheitskämpfe. Es gibt keine anderen. Kein Volk hat von selbst die anderen überfallen; keines hielt Raub und Eroberung für seine wirkliche Angelegenheit. Eroberung und Raub sind von jeher das Ergebnis von Machenschaften, die Völker hat es nie danach verlangt. Die Völker haben immer gewußt, daß der eigene Boden ihnen genügt hätte, wär' er nur gerecht verteilt und gelangten die Früchte der Arbeit in die Hände, die gearbeitet haben. Die erste Vorbedingung ist, frei zu sein. Sein Recht bekommt nur ein freies Volk. Daher sind die Gewissens- und Freiheitskämpfe der Völker ihre einzigen echten.

Das Denkmal dieser Kämpfe ist die Kultur. Der Ausdruck heißt Pflege, Menschenpflege. Er heißt keineswegs Spielerei und Müßiggang. Für die Freiheit kämpft man mit dem Wort und mit dem Schwert. Bevor das Schwert der Freiheitskämpfer dreinschlug, hatte jedesmal ihr Wort schon getroffen. Andererseits folgt auf jeden Freiheitskampf eine große Literatur. Am Anfang des Humanismus stehen Gepanzerte, wie Hutten. Das späte Denkmal ihrer Freiheitsbewegung haben die Deutschen, haben auch andere Völker, in ihren Klassikern.

Die klassischen Denker und Dichter sind die Vollstrekker der Geschichte. Sie geben dem wesentlichen Erlebnis ihres Volkes den vollkommenen Sinn und verewigen den Anspruch des Menschen. Sein Anspruch ist die Freiheit und ist, vermittels der Freiheit, das erreichbare Erdenglück. Goethe beginnt mit dem Götz, einem Krieger, der mit dem Volke geht. Die endgültige Erscheinung Goethes ist der alte Faust: der Mensch selbst, in seiner vollendeten Gestalt. Kultur ist Menschenpflege, und wenn sie köstlich war, war sie Müh' und Arbeit. Hutten oder Faust, und Götz wie Goethe: lauter Namen aus harten Kämpfen.

Die Hasser und Verfolger der Kultur wissen, was sie tun. Ihr dumpfer Sinn verrät ihnen so viel, daß die Menschheit in ihrem gesamten Geisteswerk gegen sie zeugt. Wohin immer sie kämen, der Feind, den sie niederschlügen, wären die Geisteskämpfer. Völker, die noch frei sind, blicken heute auf Wien; dort haben sie vor Augen, wie das aussieht, unter das Joch der Menschenfeinde zu geraten. Die Gefahr ist nicht allein, daß einige Gelehrte den Martertod sterben, wenn nicht das entsetzte Ausland sie mit barem Gelde loskauft. Die Gefahr ist die allgemeine Entwürdigung, Knechtung und Verfinsterung, der geistige Tod. Voraus geht der geistige Tod; was übrig bleibt, ist die Abschlachtung der Leiber in nichtswürdigen Kriegen.

Dies sind die Tage der Entscheidung. Sehe jeder, wie er's treibe. Wer etwas nachläßt von seinem Gewissen und sich seiner Freiheit begibt, rennt in's Verhängnis. Sehe jeder, wo er bleibe. Man behauptet sich mit seiner überlieferten Kultur oder gar nicht. Kultur ist kein geruhsamer

Genuß, heute weniger als je. Auf ihre alleräußerste Verteidigung sei jeder bedacht, und wer steht, daß er nicht falle. Man ist glücklich, an Beispielen festzustellen, daß die Welt der Gesittung und Menschenpflege weit entfernt ist, sich verloren zu geben. Im Gegenteil macht der Ansturm des Hasses sie tapfer.

In dem fernen Argentinien weiht eine freie deutsche Schule ihr eigenes Gebäude ein. Die Schule ist gegründet und zur Blüte gebracht worden inmitten von Verfolgungen, Boykott, Mordanschlägen vonseiten der Agenten des Dritten Reiches. Die Zeit ist wiedergekehrt, als die deutschen Humanisten des 16. Jahrhunderts streitbar sein mußten, um die Wissenschaften zu lehren. Die Stadt Reichenberg erlebt fast gleichzeitig den Volkskulturtag, eine gemeinsame Veranstaltung von Deutschen und Tschechen, die ihre Gesittung verteidigen.

Böhmen

Die Warnung

In den Demokratien können Meinungsverschiedenheiten bisweilen eine so gewaltige Energie ausstrahlen, daß man gegebenenfalls das Äußerste befürchten müßte. Trotzdem kann man sicher sein, daß beim ersten Anzeichen ernster Gefahr die Nation wieder versöhnt und einig ist, bereit, mit ihrer Unabhängigkeit auch ihre teuer erworbenen Rechte und Freiheiten zu verteidigen. Im Grunde gibt sie niemand leichten Herzens auf.

Hieraus folgern die Demokratien irrtümlich, daß es bei den unterdrückten Völkern der totalitären Staaten ebenso sein würde. Dort darf man keine Meinung haben. Wahre Gefühle werden unnachsichtlich unterdrückt, sie werden verdrängt und daher leidenschaftlich übersteigert. Die Unzufriedenheit, die Verachtung und der Haß sind des Ventils beraubt, folglich werden sie unversehrt bleiben bis zum Tage der Mobilmachung und darüber hinaus.

Man weiß, daß der deutsche Generalstab vor einer militärischen Aktion gegen die Tschechoslowakei gewarnt hatte. Alles konnte in der kontrollierten Presse nicht gesagt werden. Deshalb hat einer der Offiziere beschlossen, mit Hilfe der Emigrantenpresse zu warnen; denn er wußte wohl, daß sie trotz allen Verboten in die richtigen Hände gelangt.

Um vom Angriff abzuraten, betont dieser Offizier die technischen Argumente. Nach seiner Ansicht sollte man nicht nur an die erdrückende Überlegenheit denken, die ihre Flugstreitkräfte den wahrscheinlichen Gegnern sichern. Deutschland ist, durch seine geographische Lage und durch die Verteilung seiner Schwerindustrie über das ganze Land, besonders verwundbar; denn jeder Punkt, wo immer er liegt, kann von den feindlichen Flugzeugen in einer Flugstunde erreicht werden. Bedeutungsvoll ist es auch, daß Deutschland für Luft-Pressalien empfindlicher ist als andere Länder, die nicht so dicht bevölkert sind.

Übergehen wir die Enthüllungen dieses bestürzten Technikers über den deutschen Marsch auf Österreich, der, militärisch gesprochen, derartig mißlungen ist, daß er ihn als eine Niederlage »mitten im Frieden« zu bezeichnen wagt. Abgesehen vom Frieden, der bei diesem Unternehmen eher fragwürdig aussah, steht es fest, daß der deutsche Oberbefehl im Falle Österreich das Glück gehabt hat, auf keine Gegner zu stoßen. Seinen motorisierten Truppen, die unmittelbar hinter der Grenze vollkommen festgefahren waren und die Straßen verstopften, wurde niemals Widerstand geleistet.

Wie verhielte es sich bei einem Lande fremder Zunge, dessen Bevölkerung nicht von der Nazipropaganda in aller Muße bearbeitet werden konnte? Der betreffende Offizier äußert da eine politische Ansicht, die einzige unter so vielen Überlegungen, die sich lediglich auf sein Handwerk beziehen. Er vermutet, wie übrigens die gesamte herrschende Klasse in Deutschland, daß die Sudetendeutschen für die prager Regierung ein Element der Unsicherheit sein werden. Lassen wir die Sudetendeutschen beiseite, die sich in Wirklichkeit, bei einer kürzlich erfolgten Mobilmachung, keineswegs gedrückt haben; im übrigen ist er der Meinung, daß das tschechoslowakische Regime den Völkern der Republik, die verschiedene Sprachen sprechen und verschiedenen sozialen Klassen angehören, Freiheiten gibt, – und die Freiheiten werden von ihnen für wertvoll genug gehalten, um sie zu verteidigen.

Somit bieten die demokratischen Freiheiten Gewähr für die Widerstandskraft eines Staates und einer Nation. Das Eingeständnis ist bemerkenswert, da es von einem echten deutschen Offizier kommt: seine Echtheit wird durch seine Vorurteile – die Vorurteile seiner Klasse – verbürgt. Er fügt hinzu, daß die beklemmende Gesamtheit dieser militärischen, politischen und moralischen Ungewißheiten die deutschen Offiziere veranlaßt habe, schon vor der Besetzung Österreichs zu warnen.

Er beklagt sich darüber, daß diese Warnungen erfahrener Männer verworfen worden seien, und daß man die Warner, die lediglich der Stimme des Gewissens gefolgt seien, beseitigt habe. Es berührt ihn sehr peinlich, daß man ehrgeizigen Strebern den Vorzug gegeben hat. Er bedauert den Schaden, der dem Lande und der Geltung der Armee durch den Ablauf der österreichischen Angelegenheit zugefügt wurde, und er will die Folgen gar nicht absehen. Alles in allem, es klafft ein Abgrund zwischen Heer und Regime. Man hat inzwischen den General von Fritsch durch Verleihung eines Regimentes wieder rehabilitieren müssen; aber der Abgrund klafft trotzdem.

Der dauernde Grund hierfür liegt beiderseits in den unvereinbaren Auffassungen. Das Heer würde vor einem Krieg nicht zurückschrecken; es liegt nicht im Wesen eines Generalstabs oder eines Offizierskorps, von vornherein die Ausübung ihres Berufes zu verweigern. Aber sie können sich nur einen vom Volke freiwillig getragenen Krieg vorstellen. Das Regime würde leichten Herzens auf die moralische Zustimmung der verachteten, gleichgeschalteten Untertanen verzichten, und es würde sich immer für stark genug halten, um sie mit Gewalt in das Abenteuer zu führen. Wäre nicht die Angst vor der Niederlage, die den Zusammenbruch des Regimes bedeutete, es gäbe kein Zögern. Doch diese Angst ist da, und so stillt man sein Bedürfnis sich auszuleben mit Drohungen und Ränken, da ein allgemeiner Angriff dem Regime verboten ist – für alle Zeit, wie man hoffen muß.

An die demokratischen Freiheiten kann das Regime

nicht denken, sie wären sein eigenes Ende. Aber alle seine Ansprüche, einschließlich der weltumspannenden Eroberungen, haben immer nur einen Zweck: die Dauer des Regimes zu verlängern. Die Größe dessen, was es die deutsche Rasse nennt – dieses Regime sieht sie verkörpert in der Knechtschaft und dem Hunger, die beide unbegrenzte Ausmaße erhalten sollen. Offenbar wäre das eine Frage der Moral. Aber es ist auch eine Frage der Einsicht. Die Armee erweist sich einsichtiger als das Regime, dem sie angeblich dient. Auch sie ist zweifellos nicht frei von Egoismus. Die Armee, die den ersten Platz im Staate eingenommen hatte, kann sich nur schlecht damit abfinden, daß eine politische Partei – und was für eine Partei! – darauf ausgeht, ihren Willen zu brechen und sie in jeder Beziehung der übrigen Bevölkerung gleichzustellen. So geschieht es, daß eine bevorzugte Klasse über die Vorteile der Freiheit nachzudenken beginnt, und spricht endlich mit Achtung von den Demokratien, die ihre Freiheiten für wertvoll genug halten werden, um sie zu verteidigen.

Nachdem die Aufmerksamkeit dieser Militärs erst einmal geweckt worden ist, begnügen sie sich nicht immer mit einer Opposition, die von ihren unmittelbaren Interessen bestimmt ist. Mittelbar hätten sie alles zu gewinnen, wenn eine von ihren Unterdrückern befreite Nation mit ihnen marschierte. Gewiß, sie lieben noch nicht die Freiheit des Menschen und tragen keineswegs den Glauben an die Demokratie in ihrem Herzen. Aber sie erkennen zwischen Arbeitern und Nazis, zwischen Nazis und Bauern die tödliche Feindschaft, und sie begreifen ihre Tragweite. Wenn die deutschen Arbeiter die französischen um ihr Schicksal beneiden, und wenn an der tschechoslowakischen Grenze deutsche Soldaten ihre angeblichen Gegner um Weizenmehl bitten, so sehen die befähigtsten Offiziere darin die Zeichen, die unbedingt notwendigen Veränderungen vorangehen.

Böhmen

München

In München bekam er Böhmen geschenkt. Alle reisen zu ihm mit reichen Gaben – nicht, weil er stark und kampfbereit wäre, nicht wegen seiner Rüstungen, viel eher infolge seiner Reden. Jeder möchte in solchen Tönen reden dürfen, diktatorische Reden möchte jeder halten und versucht es auch. Keinem gelingt es wie ihm, den alle verehren, so sehr sie Deutschland hassen. Angehörige der Demokratien sagen jetzt gern, daß Goethe der Güte ermangelt habe, was sie mal gehört haben müssen. Das bösartigste Individuum, das jemals irgendwo die Macht hatte, wird der Nachahmung wert befunden. München entspringt der Sehnsucht, zu sein wie er.

In seiner Rede vom sechsundzwanzigsten September hat Führer Hitler den Präsidenten Benesch einen Wahnsinnigen genannt. Das Umgekehrte ist nicht erfolgt. Darauf brandmarkte Hitler die Unkultur der Tschechen, im Gegensatz zu der hohen Zivilisation der Deutschen, die von ihnen unterdrückt, ja gemartert würden.

Als die neu begründete tschechoslowakische Republik sich ein Staatsoberhaupt geben sollte, fiel ihre einstimmige Wahl auf einen großen Intellektuellen. Ein rohes Subjekt und krankhafter Schreihals war ihr nicht gut genug. Der Nachfolger des Befreier-Präsidenten Masaryk war wieder ein Intellektueller. Angenommen, das Urteil Hitlers über die tschechoslowakische Nation wäre richtig, dann tritt in Erscheinung, daß die unkultivierten Völker die Neigung haben, Denkern die Macht zu erteilen. Daraus folgt weiter, daß hochgebildete Nationen das Bedürfnis hätten, auf die Knie zu fallen vor einem Analphabeten.

Die Tschechoslowakei, die ihre Gelehrten und Schriftsteller ehrt, hat sich nicht genügen lassen an denen, die sie schon besaß. Wir sind mehrere, die nach dem Verlust unserer ersten Heimat eine andere, mildere und gerechtere gefunden haben: das war die Tschechoslowakei. Die Bürgerrechte der Republik wurden uns ohne Umschweife zugesprochen; wir mußten weder warten noch uns demütigen. Denn diese Nation in ihrer sogenannten Unkultur hat viel Sinn für die Menschenwürde. Bedeutungslos ist die Menschenwürde nur für eine Nation, die an der Spitze der Zivilisation schreitet.

Die Sudetendeutschen, unterdrückt und gemartert wie sie waren, haben gleichwohl von der tschechoslowakischen Republik mehr Schulen bekommen, als jemals unter der Habsburgischen Monarchie, und in ihr herrschten die Deutschen. In Deutschland ist während der fünf Jahre Hitler-Regime die Zahl der Schulen fortwährend zurückgegangen. Dem Teil von Böhmen, der zu Deutschland kommt, steht dasselbe bevor. Diese Folge der deutschen Eroberung wird dadurch noch gewisser, daß die eroberten Gebiete ärmer sein werden als vorher.

Alle Industrien des Sudetenlandes: Baumwoll- und Wollgewebe, Weiß- und Wirkwaren, Glas und Kristall, Porzellan und Keramik, sind durchaus abhängig von den eingeführten Rohstoffen. Es ist kein Zweifel, daß der größte Teil dieser Industrien nach der Abtretung des Sudetenlandes völlig zu Grunde gehen muß. Das Reich wird die erforderlichen Rohstoffe nicht einführen; dieselben Industrien gibt es schon in Deutschland, einer Konkurrenz zu helfen besteht kein Interesse.

Sobald aber das Reich die tschechoslowakische Rüstungsindustrie beherrscht, und wär' es nur zum Teil, entstehen neue, sehr schwierige Probleme. Die Eisenerze der tschechoslowakischen Republik sind an Eisen reicher als die im Reich; dennoch hat 1937 die Tschechoslowakei einen Import von Eisenerzen gehabt: er beträgt zehn Prozent des deutschen. Fällt jetzt die tschechoslowakische Schwerindustrie in die Gewalt Hitlers, muß er notwendig nach weiteren Rohstoff-Gebieten noch begehrlicher werden.

Denn wer Bergwerke bekommt, will mehr Bergwerke; und man steckt Gebiete nicht kampflos ein, ohne alsbald nach mehr Gebieten zu verlangen, besonders, da für keine der Erwerbungen ein wirkliches Bedürfnis vorlag, zu schweigen von dem Recht, das fehlte. Eine Frage des guten Willens oder der Friedfertigkeit ist das nicht. Hat man das Vermögen eines Landes restlos in seine Rüstungen gesteckt, dann mag ein Regime sich pazifistischen Regungen hingeben, es hilft nichts. Bündige Tatsachen sprechen dagegen, zuerst die wirtschaftlichen.

Gegeben ist ferner die Weltanschauung der herrschenden Partei, und die läßt keinen Einwand zu. Nach Österreich bleiben immer noch 25 Millionen Deutsche zu »befreien«. Das genaue Verzeichnis ist aufgestellt worden von dem »Verband für das Deutschtum im Ausland«. Da sind zuerst die angrenzenden Länder mit deutscher oder vorwiegend deutscher Bevölkerung, wie Danzig, Luxemburg, das Fürstentum Liechtenstein und der größte Teil der Schweiz. Folgen Gebiete, die auf Grund des Versailler »Diktats« abgetreten werden mußten, vor allem das Elsaß.

Als dritter Posten kommt das Auslands-Deutschtum in Europa und Übersee. Die deutschen Minderheiten Jugoslawiens, Rumäniens, Ungarns werden ihre Stunde erleben; Holland und Flandern entgehen ihrem Schicksal nicht; dann ist die Reihe an den deutschen Kolonien in Rußland, den Vereinigten Staaten und Südamerika. Keines dieser Länder darf sich einbilden, daß es mehr als eine gewisse Frist hat. Ein Diktator, der schon jetzt über Leben und Tod von achtzig Millionen Menschen verfügt und hat sie leicht bekommen, ohne Widerstand unterworfen: der bleibt hierbei nicht stehen. Die Tugend der Bescheidung erwirbt man nicht nachträglich, wenn ein Einzelner schon viel zu groß geworden ist, weil die Umstände es erlaubten.

Hitler kann hundertmal versichern, daß er das Straßburger Münster zum Opfer bringt. Erstens hat er es nie gesehen. Und unter seinem Polizei-Regime, dem nichts entgeht, hat der Verband für das Auslands-Deutschtum ungestraft auf sein Verzeichnis das Elsaß gesetzt, – tut nichts, daß es zum inneren Bestand Frankreichs gehört. Aber die alldeutsche Propaganda geht viel weiter. Sie fordert den ganzen Osten Frankreichs; über den Vertrag von Versailles ist sie längst hinaus; sie greift tausend Jahre zurück auf den Vertrag von Verdun: der soll revidiert werden. Behauptet wird, daß Paris in der Einfluß-Zone der deutschen Kultur liegt.

Das ist der helle Wahnsinn, und ist von einer Dummheit: Kälbern laufen die Tränen herunter. Dennoch wird man fragen, wieso ein Regime, und wär' es gedankenlos, verantwortungslos, seine Propaganda dermaßen ausschweifen läßt. Man wird gestehen müssen: das ist eine Folge fortwährender, unverdienter Zugeständnisse. Dahin konnte es kommen, weil man das Regime behandelt hat, wie wenn es ebenso vernünftig als stark wäre. In Wirklichkeit steht es um seine Stärke nicht weniger fragwürdig als um seine Vernunft, und nur durch allgemeine Übereinkunft erscheint es stark. Aus eigener Kraft, im offenen Kampf hätte es die Tschechoslowakei nicht erobert. Begegnet wäre es einem zweiten Spanien und seinem eigenen Verderben – selbst ohne die Mitwirkung einer westlichen Macht.

Friede; – aber was in München ausgehandelt wurde, ist kein Friede. Der wahre Friede ist nur um den Preis des Mutes zu haben. Nie mehr zulassen, was an Österreich und der Tschechoslowakei verbrochen worden ist. Wieder ergreift die Nazi-Not soundsoviele Millionen Menschen. Das Europa, wo man noch in Ehren sein Leben verbringen kann, wird enger, wird ganz schmal. Wenn es so weiter geht, fehlt nur wenig und aus Europa schwindet der letzte Raum, um glücklich zu sein und Frieden zu haben.

Spanien

So begann es

Es ist erwiesen, daß Vertreter der spanischen faschistischen Generäle, bevor sie den Bürgerkrieg entfesselten, im Kaiserhof in Berlin lebten und mit nationalsozialistischen Führern Pläne schmiedeten.

Es ist erwiesen, daß zahlreiche nationalsozialistische Agenten in Spanien, besonders in Barcelona, Palma und Spanisch-Marokko, mit den Faschisten gegen die spanische Republik gearbeitet haben.

Es ist erwiesen, daß Verkäufe von Waffen und Flugzeugen für die Rebellen über deutsche Banken gingen.

Es ist erwiesen, daß deutsche Kampfflugzeuge den aufständischen Faschisten geliefert wurden.

Der faschistische General Franco hat gedroht, die Hälfte aller Spanier zu vernichten, um seine Diktatur zu errichten. Es sind vor allem nationalsozialistische Granaten und Bomben, die es ihm ermöglichen sollen.

Wieder greift der Nationalsozialismus und der Faschismus gewaltsam ein, um unter dem lügnerischen Vorwand, Europa vor dem Bolschewismus zu retten, einen Bürgerkrieg gegen die Freiheit und Demokratie zu entfesseln und Tod und Verderben über ein blühendes Land zu bringen. Dieselbe Lüge hat dazu gedient, unser deutsches Volk seiner Freiheit zu berauben. Unser Volk hat aus seinen Leiden gelernt. Millionen Deutscher fühlen mit dem spanischen Volke, das für seine Freiheit und Demokratie kämpft. Der spanischen Republik wünschen sie aus ganzem Herzen einen raschen Sieg über ihre Feinde. Millionen Deutscher begleiten die nationalsozialistische Unterstützung der faschistischen Rebellen mit Haß und Verachtung und protestieren dagegen mit aller Leidenschaft vor der ganzen Welt.

Im Namen des deutschen Proletariats und eines freigesinnten Bürgertums senden wir dem spanischen Volke, seiner parlamentarisch gewählten Regierung und den mit ihr kämpfenden Parteien der spanischen Volksfront, den Milizen, den Arbeitern und den Bauern, besonders auch den Frauen und Jugendlichen, unsere heißen Grüße. Wir werden alles tun, um mit unseren Kräften Euren schweren Kampf zu unterstützen. Tausende sind bereit, mit Euch Schulter an Schulter gegen den gemeinsamen Feind zu kämpfen.

Gleichzeitig mit diesem Brief senden wir Euch eine erste Summe, das Ergebnis der Sammlung unter Deutschen, denen Hitler, der heute in Euer Land Flugzeuge und Kriegsschiffe schickt, alles genommen hat. Der internationale Kampf und die internationale Solidarität aller freiheitsliebenden Frauen und Männer wird Euch helfen, den Sieg über die internationalen Feinde zu erkämpfen.

Es lebe die freie spanische Republik, es leben die tapferen Verteidiger der spanischen Freiheit und Demokratie.

Deutsche Mütter!

Die spanischen Mütter haben an euch, Mütter der deutschen Soldaten, einen Aufruf gerichtet: es ist der Schrei bedrängter Herzen. Ihr dürft ihn nicht ohne Antwort lassen.

Hört, was die spanischen Mütter euch sagen. Es ist wahr. Für Frauen und für Mütter, ob spanisch oder deutsch, ist es die einzige lebendige Wahrheit. Sie sagen euch, daß ehrgeizige Männer eure Söhne entführen, damit sie auf unbekannten Schlachtfeldern ihr junges Blut vergießen – warum? Das begreift keine Mutter, es ist ausschließlich das Geschäft einiger ehrgeiziger Männer. Nichts hat dies Geschäft gemein mit dem Wohl eines Volkes, weder des deutschen noch des spanischen. Eure Söhne, deutsche Mütter, müssen herhalten, weil die Frauen und Männer Spaniens mit ihren ersten Angreifern fertig geworden sind, sie besiegt und größten Teils aufgerieben haben.

Bedenkt, was das heißt. Aufständische Generäle fallen mit einer Armee von Marokkanern in das Land, das sie geschworen hatten zu verteidigen. Der Streich mißlingt ihnen, sie stehen vor dem Zusammenbruch, da holen sie Hilfe aus Deutschland. Warum aus Deutschland? Weil die deutschen Machthaber von der Art sind, daß ihnen nichts daran liegt, ob eure Söhne leben oder sterben. Mit den deutschen Machthabern ist das Geschäft zu machen: sie verkaufen eure Söhne. Die Einzelheiten und die Vorwände sind gleichgültig. Achtet keinen Augenblick auf das Gerede von deutschen Interessen, deutscher Ehre.

Das Interesse eurer Heimat verlangt zu allererst, daß eure Söhne leben. Die Ehre Deutschlands wäre, gerecht und menschlich zu sein gegen ein Volk, das dem euren niemals ein Unrecht zufügte, und das seine Freiheit verteidigt.

Ihr seht doch, deutsche Mütter, daß eure Söhne keinesfalls dazu geboren sind, die Freiheit fremder Völker zu vernichten: Ihr habt ihnen das Leben gegeben, damit sie selbst einstmals frei und glücklich sein sollen. Dann werden sie geachtet dastehen. Was tun sie jetzt, und wozu werden sie genötigt?

Deutsche Mütter, eure lieben Söhne töten die lieben Söhne anderer Mütter; und nicht nur die herangewachsenen, sogar die kleinen Kinder müssen sie mit schrecklichen Waffen zerstückeln, müssen Mädchen und Frauen den Leib aufreißen, alte Leute niedermachen, die Städte in Brand stecken, das Land verwüsten; aber das ist nicht alles. Eure Söhne dürfen sich nicht auf den offenen Kampf beschränken; sie werden angehalten zu morden. Hinter der Front fallen von ihrer Hand die politischen Gegner der aufständischen Generäle und der deutschen Machthaber. Was glaubt ihr, deutsche Mütter, daß eure Söhne erwartet, wenn sie aus all den sinnlosen Greueln lebend hervorgehen? Keine Ehre, wahrhaftig keine Ehre. Das Geschäft der Machthaber ist schändlich, und wer sich hergegeben hat, es auszuführen, wird Schande davontragen.

Erhebt euch, deutsche Mütter, sagt laut, daß ihr von allem, was vorgeht, nichts wollt, den Tod eurer Söhne nicht, und ihre Entehrung nicht. Sprecht aus, was ihr wißt: daß eure Söhne keineswegs freiwillig nach Spanien gegangen sind, sondern sie wurden verschleppt und werden mißbraucht. Freiwillig kämpfen andere Deutsche in Spanien, diese aber auf Seiten der Freiheit, und eure Söhne begegnen ihnen; eure Söhne schießen auf diese anderen Deutschen. Der Eine tötet den Anderen und die beiden Deutschen sehen einander ins Auge. Waren aber von gleichen Müttern geboren und dazu bestimmt, in derselben Heimat glücklich zu sein. Sagt es laut, deutsche Mütter. Wenn ihr wollt, seid ihr stärker als der gewaltigste Machthaber. Seid ihr einig, steht ihr auf und vereint eure Stimmen, dann können eure Stimmen nicht übertönt werden, von keiner Macht, von keiner Schlacht.

Hört, was die spanischen Mütter euch zurufen: »Es ist an uns, die Verräter und Henker zu zwingen, damit der Massenmord junger Deutscher und Spanier aufhört, zum Wohle Eures Vaterlandes und unserer Heimat.«

Gruß nach Spanien

Der tapfere Hans Beimler ist gefallen in dem großen Freiheitskampf des Volkes von Europa. Der hat in Spanien begonnen und wird fortgesetzt werden überall, wo bis jetzt die Knechtschaft herrscht oder wo versucht werden sollte, sie zu errichten. Unterdrücker, oder solche, die es werden wollen, sind gewarnt. Nie und nirgends werden sie einem einzelnen Abschnitt des Volkes von Europa gegenüberstehen: immer dem ganzen. Die Kämpfer werden hinströmen, wo gekämpft wird, die Waffen werden eintreffen. Die Wünsche aller wohlgeratenen Herzen sind unweigerlich bei den Eroberern der Freiheit. Die sittlichen Kräfte der Welt verbünden sich ihnen. Wir sind bei euch, ihr Kameraden.

Was ihr vollbringt und wir mit euch erleben, das ist der soziale Krieg. Vor das Glück der Freiheit, das ihr haben sollt, ist der soziale Krieg gesetzt. Er muß zu Ende geführt werden von dem Volke Europas für sein eigenes Glück. Mit nationalen Kriegen ist es um sein Glück betrogen worden. Nur der soziale Krieg ist eine eigene Sache. Von welcher Nation ihr auch seid, haltet zusammen bis zum Sieg und darüber hinaus. Alle vereint habt ihr eine so große Sendung, wie in den Jahrtausenden der Geschichte nur die größten Geschlechter hatten. Ihr Deutschen stellt die Ehre Deutschlands her als Soldaten der Internationalen Kolonne. Einer, dem an der Ehre Deutschlands das Höchste gelegen ist, begrüßt euch als euer Kamerad.

Spanien

Guernica
Eine Schändung des deutschen Namens

Die Zerstörung der Stadt Guernica und des baskischen Landes ist keine Kriegshandlung, sie ist ein gemeines niederträchtiges Verbrechen. Wir schämen uns der Deutschen, die es begangen haben. Wir leugnen, daß sie den Namen von Deutschen verdienen. Die Feiglinge, die aus der Luft herab die flüchtenden Frauen und Kinder ermordet haben, deutsche Soldaten sind sie nicht. Sie sind von der Art der verachtungswürdigen Knechte, die in den zahllosen Folterkellern des nationalsozialistischen Staates ihre verkommene Bestialität an deutschen Opfern tagtäglich üben. Jeder Menschlichkeit entfremdet durch das Regime, dem sie verfallen sind und blind gehorchen, tun sie einem fremden Volk, was sie jeder Zeit auch dem eigenen zufügen würden.

Aber Millionen ehrenwerter Deutscher sind erbittert, weil dieser Auswurf ihres Landes in Spanien alles, was deutsch heißt, entehrt und zum Abscheu macht. Millionen und nochmals Millionen Deutscher hassen aus dem Grunde der Seele die Machthaber im Lande, ihre ekelerregende Grausamkeit, die sie in Redensarten vom »totalen Krieg« kleiden, ihre niedrige Verlogenheit, wenn sie sich als »Retter der westlichen Zivilisation« aufspielen. Die Basken sind Katholiken. Die Brandbomben auf ihre Kinder retten wohl die westliche Zivilisation? Oder wird sie durch den Terror gegen die deutschen Katholiken gerettet? Durch ihre massenhaften Verfolgungen um ihres Glaubens willen, und durch die Ermordung von Geistlichen?

Die Flammen von Guernica beleuchten auch Deutschland mit. Daß die Welt es doch sähe! Daß doch alle freiheitlich Denkenden auf Seiten des deutschen Volkes wären, nun es begonnen hat, nach seiner Freiheit zu verlangen und große Teile des Volkes schon im Kampf um sie stehen. Einzig und allein die deutsche Befreiung wird auch die Befreiung der Welt sein von der schändlichen Bedrohung mit dem »totalen Krieg«, von der Verhetzung der Völker durch verlogene »Weltanschauungen« und von Greueln wie in Guernica.

Wollt Ihr den Frieden? Freie Völker der ganzen Welt, zwingt den Machthaber Deutschlands abzutreten! Ihr könnt es, denn Deutschland will den Frieden. Glaubt uns! Die Deutschen sind Freunde des Friedens und sehnen sich danach, der Welt befreundet zu sein. Vereinigt Euch gegen den Kriegstreiber! Er hat sich die Herrschaft über Deutschland angemaßt, ist aber nicht deutsch. Wir sind es.

Nach Deutschland gesprochen

Wir hören, daß die sogenannte illegale Literatur in Deutschland viel verlangt wird. Die illegale Literatur, das ist die Arbeit von Schriftstellern, die in Verbindung mit der üblichen Zivilisation leben. Diese Verbindung wird offenbar auch in Deutschland von Vielen gesucht: daher die Nachfrage nach der illegalen Literatur.

Den Suchenden können wir die sonst verwehrten Auskünfte geben – und tun es gern – über Gegenstände, die von den literarischen Wortführern der Zivilisation besonders nachdrücklich behandelt werden. Sicher will man in Deutschland wissen, wie die Schriftsteller der Zivilisation und diese selbst, wie die Massen der Welt über Spanien denken.

Sie denken völlig einheitlich und halten es mit der spanischen Republik. Das ist eine unabänderliche Tatsache. Als die Sache der spanischen Republik schwankte und nahezu verzweifelt stand, waren doch die Massen der Zivilisation und ihre Schriftsteller genauso fest auf ihrer Seite wie jetzt, da die Sache der spanischen Republik besser und sogar gut steht.

Abweichende Meinungen werden geäußert: erstens von blinden Parteigängern der spanischen Militärrevolte und ihren Hintermännern; zweitens von Zeitungen, die Milliardären gehören, oder ihr Geld ist noch dunklerer Herkunft. Alle diese Leute, deren Zahl gering ist, bedienen sich verzweifelter Mittel, der gröbsten Falschmeldungen, Greuelmärchen und legen die sichtbaren Ereignisse so albern aus – nur Verzweifelte tun das manchmal, wenn sie wissen, daß es nicht hilft und daß die Überzeugung der Gesamtheit unerschütterlich ist.

Intellektuelle aller zivilisierten Länder haben das republikanische Spanien besucht und haben es übereinstimmend in der besten Verfassung gefunden, sowohl seine Moral wie seine Wehrhaftigkeit. Die Grausamkeiten, ohne die kein Bürgerkrieg verläuft, werden jedenfalls von den Republikanern nicht grundsätzlich verübt. Sie verfahren mit Wehrlosen im Allgemeinen menschlich, sie töten die Gefangenen nicht. Festgestellt wurde, daß einfache Milizionäre die gefährdeten Kunstschätze in Sicherheit gebracht haben. Ein Wissenschaftler hatte an der Tür seines Laboratoriums eine Aufschrift hinterlassen und gebeten, den Inhalt zu schonen. Alles, was für seine Forschungen von Wert war, wurde sorgfältig verpackt und ihm überbracht.

Die spanische Volksfront umfaßt auch die Intellektuellen und gerade sie. Bei den Rebellen stehen keine und können keine stehen. Eines der letzten Worte des sterbenden Unamuno lautet: »Diese Menschen hassen von allem am meisten die Intelligenz. Sie sind die Vollstrecker einer brutalen und blinden Kraft.« Die Intellektuellen der zivilisierten Länder bedauern aufrichtig, daß Deutschland diese blinde und schädliche Kraft zu der seinen gemacht hat. Wer sich eines durchaus schlechten Instrumentes, wie der spanischen Revolte, bedient, kann zerstören, aber nicht siegen; er schwächt zuletzt seine eigene Geltung, die militärische und die moralische.

Was die militärische Geltung betrifft, haben Ludendorff und der Spezialist für Spanien, General Faupel, das ihre schon gesagt. Die moralische Geltung, die Deutschland in Spanien besitzt, wäre von den deutschen Intellektuellen zu untersuchen, gesetzt, daß auch sie ihre Abordnungen dorthin schicken könnten. Sie würden finden, daß Deutschland verhaßt ist, und zwar noch mehr bei den Rebellen als auf Seiten der Republikaner. Die Rebellen müssen ihre Bundesgenossen ertragen, mitsamt ihren unerträglichen Anmaßungen. Die Republikaner kennen die wertvollere Art von Deutschen: Freiheitskämpfer; und diese beweisen in Spanien, daß auch Deutschland für die Freiheit einstmals heldenhaft kämpfen wird.

Spanien

Zwei Jahre

Zwei Jahre des heldenhaften Widerstandes, zwei Jahre des unbezwingbaren Mutes, der großartigen Opfer, einer Schule des Leidens und der begeisterten Entschlossenheit. Wahrhaftig, die spanische Republik hat sehr Viele in allen Ländern gelehrt, an ihre eigene bessere Zukunft zu glauben. Unvergänglicher Dank und eine Liebe ohne Grenzen sind ihr sicher.

Die spanische Republik, die prachtvollen Gestalten, die für sie aussagen, bekennen den Glauben, der eine innere Zuversicht ist. Ein Volk, das nicht besiegt werden will, ist unbesiegbar. Ein Feind, der kämpft, wär' es sogar mit Übermacht, hat für dies Volk nichts Furchtbares. Seine Bedrängnis kommt von zwei Seiten: den Geldmächten, die seine Aushungerung betreiben, und den Bombenwerfern, wenn sie das Land zerstören.

Entscheiden wird auch das nicht. Ein Volk, das nicht besiegt werden will, ist unbesiegbar. Die Geldmächte haben schon mehrmals auf die Feinde der Republik gesetzt und haben verloren. Die Bombenwerfer ihrerseits können mit noch so vielen Geschossen ganze Städte, die Städte nie ganz vernichten und auch wehrlose Bevölkerungen töten sie nie ganz. Was ist mit den Verwüstungen erreicht? Der Wille zum Sieg wird nicht beeinträchtigt, weil eine Stadt untergeht. Die Soldaten der Republik hatten darin ihr Heim, ihre Familien, ihren Anhalt für Gefühle, die menschlich, gerecht und erbarmungsvoll sind.

Bedenkt man gar nicht, was man tut, wenn man ihnen diesen Halt und diese Gefühle nimmt? Die Bombardierer offener Städte bilden sich ein, daß sie Schrecken verbreiten und die Unterwerfung beschleunigen. Sie werden sich wundern. Wer sagt ihnen denn, daß die Unmenschlichkeit für alle Zeit auf sie allein beschränkt bleiben muß? Eine Menschenart glaubt, daß die Aufgabe jeder Moral auch schon ihre Überlegenheit sichert. Gerade diese traurige Überlegenheit kann leider am leichtesten eingeholt werden. Überall, und sobald man will. Es kostet nur den Entschluß.

Die Regierung der spanischen Republik hat eine Warnung erlassen. Die Mächte sind mehr erregt worden durch die Warnung vor den Folgen der geschehenen Schandtaten, als jemals durch diese selbst. Man sah schon die rächerischen Bombengeschwader über Rom, zum mindesten über Mallorca. Die Gefahr erstreckt sich viel weiter, sie geht alle an. Die Gefahr ist, daß die Nationen sich gewöhnen könnten, ganze Bevölkerungen mitsamt ihren Städten augenblicks vom Erdboden verschwinden zu sehen. Auch die Giftgase sind nicht gleichzeitig von allen erfunden worden. Angewendet haben alsbald alle die Giftgase, und werden einander überbieten in der Vervollkommnung der Brandbomben.

Nichts ist leichter als der technische Krieg. Nichts ist so gemein, und nichts so dumm. Besonders dumm ist ein Angreifer, der Bombengeschwader in weite Fernen schickt, während jede Stelle seines eigenen Gebietes vom Feind in einer einzigen Stunde erreicht werden könnte.

Das möge der Angreifer sich gesagt sein lassen. Die spanische Warnung werde beachtet, sie ist die Wahrheit selbst: nicht nur die technische, was noch gar nichts wäre. Die Wahrheit über den Menschen ist es, und sie rät dem Angreifer, beizeiten anzuhalten. Das wäre verdienstvoll. Es wäre das selten erblickte Beispiel, wie jemand verzichtet auf einen Vorteil, der keiner ist, sondern ihm selbst zum Verderben wird. Angreifer bieten allerdings selten das

Beispiel eines Mutes, der den wirklichen Tatsachen ins Gesicht sieht.

Sie glauben: der Überlegene wird man unbedingt, sobald man für seinen Teil die sittlichen Gesetze beseitigt hat. Was für ein kindisches Mißverständnis! Die sittlichen Gesetze sind die Bewahrer der Menschheit, ohne die sittlichen Gesetze wäre sie längst nicht mehr. Die spanische Republik ist sehr groß, nach zwei Jahren ihres heldenmütigen Kampfes warnt sie Europa, und seht! – die Völker lieben sie dafür noch mehr.

Spanien

Es ist Zeit

Hitler befindet sich mitten im Krieg – Deutschland nicht. Dieser Abstand ist zu wahren, dieser Gegensatz ist festzuhalten. Von allem, was in Spanien vorgeht, hat Deutschland nichts gewollt. Einige verbrecherische Abenteurer haben es heimlich miteinander ausgemacht, haben es angefangen unter Betrug und Ableugnen, aber nachgerade begehen sie Gewalthandlungen, die Deutschland in ihre Untaten mit hineinziehen sollen. Das kann nur zum Schein und nur zeitweilig gelingen. Die Abenteurer sind nicht Deutschland, niemals werden sie es sein. Sie führen ihren schändlichen Krieg allein, obwohl sie deutsche Söhne auf ihre Schlachtfelder treiben, und das sind Richtplätze. In Spanien wird deutsches Blut vergossen, ist aber kein anderes als das Blut, das von den Richtblöcken der Heimat fließt. Das eine wie das andere Blut wird den Abenteurern geopfert und soll ihre Macht verstärken. Deutschland weiß von dem Blut nichts, es will das Blut nicht, es schämt sich und schaudert vor den Schlachtfeldern wie vor den Richtblöcken. Dann aber ist es Zeit, in Deutschland die Grabesstille zu beenden. Redet, Deutsche! Erhebt euch!

Ihr kennt, Deutsche, die erste List eurer Beherrscher, vierhundert junge Soldaten, ohne Uniformen, ohne Waffen, auf einem Schiff, das sie zu einer Luftschutz-Übung bringen sollte, nichts weiter, ihre Offiziere logen. Ihre Offiziere, den Revolver in der Faust, bewachten sie Tag und Nacht, sie besetzten auch die Funkstation, damit im Lande nichts verlauten konnte von der Verschleppung deutscher Söhne. Die Gestapo war an Bord und verhaftete mehrere Heizer, die etwas gemerkt hatten. Die Vierhundert hatten wohl garnichts gemerkt, von dem ganzen unehrlichen Verfahren nichts? Sie hatten. Natürlich hatten sie. Aber Deutsche, im heutigen Zustand ihrer Heimat, tun auf alle Fälle, als ahnten sie nichts. So seid ihr alle. Die vierhundert begriffen durchaus, daß es nach Spanien ging. Mit Jubel hat es sie nicht erfüllt, sie sangen keine Heldenlieder. Sie sahen die Revolver der Offiziere, streiften einander mit bleichen Blicken und begriffen, daß sie verkauft und verraten waren. Wenn sie, anstatt zu schweigen, aufgestanden, in Aufstand getreten wären? Man hätte mehrere erschossen, nicht aber vierhundert – und der nächste Transport wäre nicht mehr gewagt worden. Kann man denn mit euch alles machen? Redet, Deutsche! Erhebt euch! Es ist Zeit.

Was euch geschieht, ist schimpflich, darüber seid ihr einer Meinung. Sogar Nationalsozialisten haben den Krieg ihrer Regierung in Spanien die nächtliche Diebstahlsaffäre genannt. Die Mütter der Soldaten aber sagen: »Wenn das eine gerechte Sache ist, warum darf mein Junge mir nicht schreiben?« Er darf nicht, er hat sogar schwören müssen. Der Eid gilt etwas, wenn arme Jungen ihn ablegen – in die Hände eidbrüchiger Führer, die alle Welt hinters Licht führen wollen und nachts einbrechen. Euer Gewissen, Deutsche, ruft euch zu, daß die spanische Generalsrevolte eine niederträchtige Machenschaft ist, unternommen von euren Machthabern nicht gegen ein fremdes, tapferes Volk allein: ihr selbst sollt noch tiefer unterworfen werden. Ihr werdet genötigt, kraft eurer Waffen, die ihr mit Entbehrungen bezahlt, nicht nur das freie Spanien niederzuschlagen, sondern eure eigene Knechtschaft zu verewigen. Grabesstille soll über jenem Land und über allen Ländern liegen: dann erst wird sie bei euch unwiderruflich. Endlich werden eure Beherrscher sich sicher fühlen, da ihr, bei all eurer Stummheit, ihnen bis jetzt noch Grund genug gebt, zu zittern. Ein abgestelltes Zittern, ein Volk ohne Ruhm, eine Grabesstille: das soll Deutschland sein.

Deutsche! Ihr wollt das nicht. Ihr wolltet niemals ohne Ruhm und Ehre sein; ihr bemerktet leider nicht, daß es am Tage jener Machtergreifung damit anfing. Heute seht ihr genau, daß ihr in Spanien entehrt werdet, und nie und nirgends wird für euch noch Ruhm sein. In Spanien sinkt ihr zu verachteten Landsknechten herab. Ihr ladet auf euch den Fluch der Völker. Für nichts tötet ihr, für nichts verwüstet ihr. Ein Volk, das euch kein Unrecht getan hat, verlöre durch euch die Freiheit und das Leben – für nichts. Das Nichts, dem ihr gehorcht, es sind eure Führer, diese Gestalten der Leere, diese Nullen der Macht. Können niemals siegen, weil sie zu schlecht sind, kennen den ehrlichen Kampf nicht, weil als Schwindler geboren, und schon ihre Geburt war ein Gaunertrick. Deutsche! Ihr seht genau, daß ihr mit ihnen ins Verderben rennt, wohin denn sonst, und daß ihr in Spanien große Schritte macht. Wenn ihr es nicht wüßtet. Wenn euch noch möglich wäre, für alle Fälle ahnungslos zu tun. Auch das ist überholt. Ihr wißt; und schweigt ihr, spricht euer Gewissen.

Ihr hört es fragen, wohin eure Freunde und Genossen sind, nicht nur die Ermordeten, auch die Verzweifelten. Kann man hungern und ein Volk sein? Kann man ein Volk von Staatsfeinden sein? Jeder, jeder wird in den Listen der Geheimen Staatspolizei geführt, in seinem Inneren ist er ein Empörer, nach außen stumm; und eng beisammen mit der Empörung wohnen Angeberei und Verrat, womöglich im gleichen Menschen. Das Regime, das sie ertragen, hat sie so zugerichtet. Das Regime hat aus Bauern, den Ernährern des Landes – was hat das witzige Regime aus ihnen gemacht! Wohlfahrtsempfänger. Es erniedrigt. Es zwingt, unehrlich zu werden. »Ich muß Gerüste bauen, die mich nachts nicht schlafen lassen«, sagt ein Bauingenieur. Zweifel bestehen offenbar, daß in staatlichen Rüstungsbetrieben alles Hergestellte frei von bewußten Mängeln sein kann: man findet nötig, Sicherheitspolizei in das Werk zu legen. Die Brände sind zahlreich, besonders gern brennen Lager, die Heereszwecken dienen. Man nennt es Sabotage, man verhaftet, man greift durch. Aber mit diesem selben Volk, das sabotiert, das schon jetzt weniger zu essen hat als im vorigen Krieg, und kaum fünfundzwanzig Prozent der Jugend findet irgend eine Beschäftigung: mit einem Volk der Untergründigkeit, sittlichen Verworrenheit und Flucht vor dem eigenen Wissen – zieht man auf Abenteuer, fernab in der Welt.

Es ist der Wahnsinn, den nur moralisch Irre begehen. Die moralisch Ungesunden meinen die Macht über Menschen zu haben, wenn sie von ihnen alles haben, außer dem Gewissen. Sie haben ihre Arme und Beine, die können sie verschleppen und Maschinengewehre bedienen lassen. Sie haben ihre Eingeweide und beherrschen sie durch den Hunger; ihre Köpfe, und können diese nach Gefallen abschlagen oder mit Lügen vergiften. Sie haben die Gewissen nicht, das verschlägt den Machthabern in ihrer moralischen Ungesundheit nur wenig. Wird man einfach auch in Spanien jede Kompanie mit Gestapo durchsetzen, wie zu Haus die Betriebe. Die Tanks werden hinter den Sturmtruppen stehen und hinter den Tanks das heimatliche Schafott. Die moralisch Irren glauben im Ernst, daß so und ähnlich Krieg geführt werden kann, und der Sieg ist für sie das Ergebnis von hundert blutigen Filmaufnahmen. Die moralisch Irren bleiben unberührt von dem Unsichtbaren, das hinter den sichtbaren Vorführungen ihrer Macht wartet, schwerer als die Tanks, schärfer als das Beil. Ihr aber, Deutsche, seid berührt und ergriffen von eurem Gewissen: leugnet es nicht!

Im spanischen Krieg kämpfen gegen euch die eigenen,

betrogenen Mütter eurer Soldaten, eure Selbstachtung kämpft gegen euch. Ihr seid Millionen, die lieber die deutschen Rüstungen sabotieren wollen und eher die Niederlage herbeiwünschen, als daß Schurken durch eure Kraft triumphieren sollen. Überall auf Erden wird zu dieser Stunde einem Deutschen ins Gesicht gesagt: man würde sich schämen, auf die Straße zu gehen, wenn man Deutscher wäre. So steht es um euch. Die Offiziere eures gemieteten Franco sprechen laut von dem heiligen Krieg, der sein wird, wenn das ganze Spanien euch austreibt und niedermacht. So steht es um euch. Aber auf den fremden Schlachtfeldern begegnet ihr bekannten Gesichtern, ihr Soldaten des Dritten Reiches findet, euch gegenüber, die Deutschen der Internationalen Brigaden. Wohin eure Freunde und Genossen geraten sind? Dorthin, zum Feind. Sind alle auferstanden, die Ermordeten, die Verzweifelten; Hungernde, Staatsfeinde, Empörer, Begeisterte: alle zur Stelle. Hier sind wir, jetzt wagt uns in die Augen zu sehen.

Deutsche, macht ein Ende, erhebt euch, es ist Zeit. Wüßte niemand um euren wahren Zustand, ihr selbst ermeßt ihn. Der mittlere Zeitgenosse nimmt an, wie gewohnt, daß die innere Festigkeit einer Nation dem Umfang ihrer Rüstung entspricht. Ihr wißt es besser. Ihr seid versichert, daß eine sittlich zerrissene Nation niemals siegen wird. Bekennt es, rettet Deutschland! Wo das Gewissen nicht einverstanden ist, versagt jede Rüstung. Herren und Führer, an die ihr nicht mehr glaubt, vollführen gerade darum falsche Manöver: die ganze spanische Sache ist das kopflose Abenteuer derer, die gerichtet sind. Hineinzukommen nach Spanien war leicht. Hunderttausend Mann auf die Pyrenäen schicken, das könnte gelingen, besonders da es eine Falle wäre, und einmal drinnen, sind hunderttausend verloren. Sind abgeschnitten, sobald die beiden stärksten Seemächte es beschließen.

Deutsche! Verdienen die herrschenden Abenteurer, daß ihr für sie in Fallen geht und noch verachtet werdet?

Geht den Weg der Ehre. Deutsche! Erhebt euch, sprecht euer Machtwort. Es ist Zeit.

England

An Mr. Winston Churchill

Herr Hitler hat Mr. Churchill einen Kriegsschürer genannt, und Mr. Churchill hat ihm geantwortet: um den wirklichen Kriegsschürer zu finden, möge Herr Hitler doch in sich gehen. Das war zart umschrieben, viel zu fein, als daß es von der angeredeten Person verstanden werden könnte. Der englische Parlamentarier rät seinem Gegner, den er nicht haßt, von dem er aber furchtbar gehaßt wird: Werden Sie weicher! Üben Sie Gnade. Es ist eine schöne Gewohnheit der Engländer, ein gewisses Maß von Gesittung überall vorauszusetzen, auch noch in den äußersten Fällen. Hitler ist ein äußerster Fall.

Wo man ihn näher kennt, wird man von Weichheit und Gnade nicht erst anfangen. Seine intime Bekanntschaft machen seine Opfer, eines seiner zahlreichen Opfer ist Wien. Dort kamen Juden, die flüchten wollten, zu einem Polizeibeamten – fanden ihn ganz ihrer Meinung, denn ein Wiener war auch er und hätte ihnen gern geholfen. Leider konnte er ihnen nur raten, heimlich über die Grenze zu gehen. »Leute«, sprach er, »wenn ich unter Wilden bin, gibt es für mich keine Grenze: ich gehe hinüber.«

Man vergleiche die Rede des Wiener Polizisten mit der Auffassung des englischen Staatsmannes. Der Eine weiß: das sind Wilde. Der Andere will sie, trotz dem Augenschein, für zivilisiert halten. Er möchte an eine Verständigung glauben – nicht nur mit Deutschland, was vernünftig und der heiße Wunsch jedes anständigen Deutschen wäre. Er hegt die unüberlegte Absicht, sein Land, dem es schwerlich willkommen wäre, mit dieser, jetzt bestehenden Diktatur zu befreunden. Der ausgezeichnete französische Staatsrechtslehrer Georges Scelle hat ihr einen Namen gegeben: la dictature esclavagiste. Eine Sklavenhalter-Diktatur.

Die Franzosen als Kontinentale und Nachbarn Hitlers sind über ihn belehrt, insofern sie nicht seiner Anziehung nachgeben. Unleugbar übt die nackte Gewalt auf viele Zivilisierte eine, wenn auch ungesunde Anziehung aus. Die Engländer in ihrer großen praktischen Klugheit sollten doch sehen, wohin es mit diesem Kontinent käme, wenn er endlich ganz der nackten Gewalt verfiele. Einer der Diktatoren über Europa wäre notwendig der stärkste: welcher, das weiß man schon jetzt. Die anderen Diktatoren könnten, zwischen innerem Widerstand und äußerer Bedrohung, ihre Herrschaft nur erhalten, wenn sie dem Stärksten alles, was er will, gewährten. Das sind zuerst ihre Provinzen, sobald er sie für deutsch erklärt. Auf den Landkarten, die Hitler millionenweise in Deutschland und sogar in Frankreich verteilen läßt, ist das halbe Frankreich seinem Weltreich einverleibt.

Schweigen wir von der unsinnigen Überhebung des deutschen Machthabers. Unsinnig ist sie nur, solange die französische Republik stark bleibt und entschlossene Verbündete behält. Ist England der entschlossene Verbündete – nicht nur Frankreichs, sondern der Republik? Wenn sie fiele, wäre das Übrige nicht mehr die Sache Englands, sondern Hitlers. Ich wage hier zu wiederholen, was viele Franzosen angefangen haben, ernstlich zu befürchten. Es wird nicht leicht sein, die Französische Republik zu stürzen. Aber man muß sich mit der Wahrheit durchdringen, daß sie, sie ganz allein, heute noch das Bollwerk der Gesittung ist für den ganzen westlichen Kontinent. Im Osten würde der Angreifer auf einen zweiten Wall stoßen. Aber er hütet sich. Mit der Sowjet-Union bindet er nicht so bald an. Platonisch und der Ordnung wegen zeichnet er auch die Ukraine in sein Weltreich ein.

Der Angreifer ist überhaupt nicht sehr für das Angreifen, oder ist erst dann dafür, wenn es schon keinen Kampf mehr kostet, sondern nur noch die gefahrlose Besitznahme. Am 21. Mai hat er die Tschechoslowakei in Frieden gelassen; und erst am 21. September wurde er kühn. Da war aber zwischen ihm und Mr. Chamberlain längst alles in Ordnung. Jetzt weiß man, daß schon die Entsendung des Lord Runciman nach Prag keine neutrale Handlung mehr war. Präsident Benesch ist zielbewußt, unmerklich bis an den Punkt geführt worden, wo es für den bewaffneten Widerstand zu spät schien. In Wirklichkeit war es niemals zu spät; aber bei einiger Geschicklichkeit ist es allerdings möglich, das Opfer moralisch zu entwaffnen und es in den Angreifer zu verwandeln, falls es sich wehren wollte. Hitler hätte das nie vermocht. Mr. Chamberlain tat es.

Warum tat er es eigentlich? Der französische Minister war nicht dabei, als Mr. Chamberlain mit Hitler handelseinig wurde: da sprachen die Franzosen noch von ihrer militärischen Hilfe für die Tschechoslowakei. Gerade als das Königspaar in Paris war, hat Mr. Chamberlain angefangen, mit Berlin zu verhandeln. Die Franzosen wurden in den »Plan« erst eingeweiht, als die Zeitung der Wilhelmstraße ihn verraten hatte. Die Wilhelmstraße hat schon am 26. Juli veröffentlicht, daß Deutschland durch die englische Vermittlung bekommen sollte, was sonst nicht ohne Störung des Friedens zu haben wäre. Die französischen Minister sind, nicht viel anders als Benesch, schrittweise dem Punkt genähert worden, wo sie dann fanden, jetzt sei es zu spät. Warum Mr. Chamberlain zweideutig handelte? Wie alle zweideutigen Handlungen war auch diese das Ergebnis unklarer Begriffe. Mr. Chamberlain ist keinem eigenen, wohl erworbenen Gedanken gefolgt, sondern war beeinflußt von Hitler. Der Friede, den Mr. Chamberlain gerettet haben will, ist nicht der

Friede für alle, es ist der deutsch-englische Friede, wie Hitler ihn versteht. Hitler hat niemals ein Geheimnis daraus gemacht, wie dieser Friede aussehen soll: Deutschland beherrscht den europäischen Kontinent und England die Welt. Hitler kann das sagen. Er kann alles sagen, da es ohnehin feststeht, daß er, um nicht zu stürzen, fortwährend größer werden muß – solange, bis er dennoch stürzt. Erstaunlich ist nur ein britischer Premier, der beides gläubig hinnimmt, erstens den blutigen Frieden, den Hitler meint, zweitens die Teilung der gesamten irdischen Macht zwischen ihm und Mr. Chamberlain. Über den Frieden dieser Art sind als Erste die kleinen Länder Europas aufgeklärt, seitdem sie das Schicksal der Tschechoslowakei mit ansehen mußten. Der Führer der Konservativen im norwegischen Storting hat der Pariser Presse erklärt, daß er infolge des Münchener »Friedens« schlechthin alles befürchte. Ein kleines Land nach dem anderen werde um den Preis des »Friedens« an Hitler verkauft werden, – der Norweger sagt: »von den drei Herren, die in München mit Hitler tagten«. Aber nur einer davon war wirklich der Verkäufer. Den beiden anderen, besonders dem Franzosen, könnte es zuletzt geschehen, daß auch ihr Land verkauft wird. Wenn Mr. Chamberlain der Mann wäre, seine Gedanken, die überdies seine eigenen und nicht die Gedanken Hitlers sein müßten, bis zu Ende zu denken, dann hätte Frankreich schon heute keinen Verbündeten mehr gegen seinen Angreifer – wenigstens keinen westlichen Verbündeten. Im Osten steht ein höchst gewichtiger. Die strenge Logik würde von Mr. Chamberlain verlangen, daß er seine Bemühungen mit denen Hitlers vereinigt, um Frankreich zu der Kündigung seines sowjetrussischen Vertrages zu bewegen. Indessen ist Mr. Chamberlain schwerlich der Mann der strengen Logik und des Denkens bis zum Ende. Man muß es hoffen.

Ihm und seinem Land ist ganz besonders zu wünschen,

daß er in seiner Hilfe für Hitler nicht weiter geht als bisher. Man möchte wünschen, daß er Pitt hieße und auch handelte wie Pitt. Das England von damals wußte genau, daß der Kaiser Napoleon an der Eroberung des europäischen Kontinentes nicht genug haben würde, und nachher käme Indien daran. Darum hat England ihn verhindert, auch nur über Europa der Herr zu werden. Ist diese alte Wissenschaft so sehr verloren gegangen, daß England einen neuen Eroberer nicht nur zuläßt, sondern unterstützt? Das Ärgste: dieser neue Eroberer braucht die Unterstützung, ohne sie wär' er nichts und käme zu nichts. Napoleon, neben dessen Namen der andere Name wie Lästerung klingt, hat in vierzig ehrlichen Schlachten gesiegt. Der Andere schleicht sich in jede Machtstellung vermittels vierzig mal Erpressung und vierzig mal Verrat. Für Napoleon waren begeistert sein Heer, seine Nation und alle Völker, die er nicht nur eroberte, sondern befreite. Der Andere macht sie unglücklich, so viele er in die Hand bekommt. Niemals in neuerer Zeit war dem europäischen Kontinent dieses Übermaß an Unglück bekannt.

Seine Erfolge sind ohne Gegenleistung und Ausgleich. Hitler ist kein Träger hochherziger Ideen und sozialer Wohltaten, wie man weiß. In Deutschland selbst ist er eingesetzt worden, damit es den Menschen schlechter gehen sollte, und denselben Auftrag erfüllt er, überall wohin er gelangt: wohin England ihm hilft zu gelangen. Ist das nicht doch etwas zu viel Verantwortung für England? Der Kontinent ist allerdings Unglück gewöhnt, und England ist gewöhnt, ihn mit sich selbst verfeindet, seine Länder abwechselnd unfrei zu sehen. Aber alle auf einmal, das wäre eine Neuheit. Allesamt die Opfer einer Sklavenhalter-Diktatur: das ist mehr, als das Gewissen der Europäer und als die Geschichte erlaubt. Sooft Hitler sich dem Krieg nähert, nehmen seine Generäle den Abschied, voran der Chef des Generalstabes; Soldaten desertieren über jede erreichbare Grenze, und das deutsche Volk verfällt in einen hysterischen Schrecken, sofern es nicht revoltiert und Sabotage begeht. »Das kann nicht gut enden«, sagen alle.

Wenn es aber schlimm geendet haben wird – schlimm für den Sklavenhalter, aber viel weniger schlimm für Deutschland, das unter noch so großen Opfern doch einmal mit ihm fertig werden muß: wie stände es dann für England? Für das England eines Mr. Chamberlain, dessen tätige Beihilfe das Unglück Europas erst voll gemacht hätte, bevor der Sklavenhalter stürzt? England wäre, um die Wahrheit zu sagen, bei den Nationen des Kontinents nicht sehr beliebt. Mr. Chamberlain wird es nicht glauben, zu ihm spricht auch niemand. Er hält es nun einmal mit der kontinentalen Einheits-Tyrannei, worauf dann die britische Weltherrschaft gesichert wäre. Wohl ihm und seinen liebenswerten Illusionen. Dagegen Mr. Churchill, dem Hitler verbietet, Minister zu sein, und der auch sonst für Sklavenhalter nichts übrig hat, Mr. Churchill wird aufrichtig gebeten, diesem unverbesserlichsten der Sklavenhalter nicht noch einmal die englische Freundschaft anzutragen, für den Fall, daß er weich und gnädig würde.

Wir berufen uns aus das englische Gewissen. Es ist stärker und hat bessere Vertreter als die englische Gleichgültigkeit gegen das kontinentale Unglück. Wir sprechen keineswegs nur für die deutsche Emigration oder für die deutsche Opposition, die im Lande unvergleichlich größer als draußen ist. Unsere Sache ist die Sache des ganzen, mit der Sklaverei bedrohten Kontinents. Der Unterschied ist nebensächlich, ob man in seinem Lande schon rechtlos ist, es schon verlassen mußte, oder dasselbe Schicksal nächstens gewärtigt, weil wieder ein Land, und noch eines, in das tiefste Unglück gestürzt wird.

Amerika

Der kommende Mann

Die Juden-Pogrome in Deutschland sind die widerlichste Erscheinung des Jahrhunderts. Das Nazi-Regime stößt mit dieser Ausgeburt eines sinnlosen Sadismus seine letzten Freunde ab, falls es echte Freunde jemals gehabt hätte. Es hatte auch bisher nur Freunde wie Mr. Chamberlain; das sind Leute, die sich für schrecklich berechnend halten; sind aber unwissender und törichter als der gewöhnliche Mensch sein darf, ganz zu schweigen vom Staatsmann.

Jetzt möge der wackere Mr. Chamberlain versuchen, seinem Kumpanen Hitler noch ein Land zu verkaufen, wie damals die Tschechoslowakei. Wollen wir wetten, daß er damit nach den Judenpogromen des Kumpanen nicht mehr glatt durchkommt? Die Juden-Pogrome zeigen den deutschen Führer und sein Regime im Zustand der Nacktheit. Da sieht endlich die Welt, wer sie sind. Solange sie Uniformen, Orden, Marschallstäbe und anderen Zubehör tragen, nimmt die Meinung der Welt noch an, sie wären etwas. Bei den Juden-Pogromen hat man sie an der Arbeit gesehen, und die haben sie in anonymer Nacktheit verrichtet.

Der Deutlichkeit wegen: Hitler, Göring, Goebbels, wie Gott sie in einem weniger begabten Augenblick geschaffen hat, befanden sich persönlich in der Rotte von sklavischen Wüterichen, die sie losgelassen hatten. Sie selbst mit dem Messer zwischen den Zähnen, haben jüdische Greise und Kinder aus den Betten gezerrt in jenen Nächten, um zu zeigen, was sie können und was nicht. Krieg führen können sie nicht. Pogrome machen, können sie. Eine Nation regieren, so daß sie das Leben und halbwegs die Menschenwürde hat, das können sie nicht. Dafür können sie jüdische Läden verwüsten und ihr Messer unter germanischem Gebrüll in die Modellpuppen der Konfektionshäuser stoßen. Wollte Gott, nur in die Modellpuppen!

Dieses feige Gewürm hat einen Erfolg nach dem anderen davontragen können, weil es in der Welt-Öffentlichkeit eine Gestalt wie Mr. Chamberlain gibt. Wenn das englische Volk diesen rechtzeitig abdankt, wird es mit den Erfolgen Hitlers merkwürdig schnell aus sein. Leider werden die Erscheinungen des europäischen Kontinentes in England langsamer begriffen, als Amerika sie begreift. Die Gefahr ist nicht ausgeschlossen, daß der Führer der norwegischen Konservativen Recht behält. Der Herr befürchtet, daß die Tschechoslowakei nur der Anfang ist. Alle kleinen Länder Europas würden nacheinander von Mr. Chamberlain an Hitler verkauft werden. Dies, so kann man fortfahren, wird weiter getrieben, bis endlich sogar Frankreich hypnotisiert ist und sich ergibt. Das wäre das Ende Europas.

Die politischen Vorstellungen eines Mr. Chamberlain verlangen keineswegs, daß er mit Frankreich zusammengeht. Im Gegenteil soll Hitler die totale Diktatur über diesen Kontinent bekommen. Dann wäre er befriedigt und das britische Weltreich wäre gesichert, meint Mr. Chamberlain, der leider kein Pitt ist. Pitt wollte nicht, daß der Kaiser Napoleon der Alleinherrscher über Europa würde; denn Pitt vermutete stark, daß seine Gelüste nur zunehmen würden und bald käme Indien daran. Inzwischen sind die Mittel des Weltverkehrs beispiellos angewachsen. Die Mittel des Weltverkehrs sind, praktisch genommen, die Mittel, die Welt zu überfallen. Ein Alleinherrscher, dem ein ganzer Erdteil schon zugespielt oder geschenkt worden ist, wird schwerlich auf die Mittel des Weltverkehrs verzichten. Er wird die anderen Teile des Planeten umso krampfhafter begehren, je weniger der erste Erdteil, nach dem er die Hand ausstreckte, ihn gekostet haben wird: vielleicht nicht einmal Krieg.

In der Natur der Diktatoren liegt es, daß sie niemals satt sind. Napoleon, der in vierzig Schlachten gesiegt hatte, wurde dennoch nicht satt, – um wie viel weniger sein unberufener Nachahmer, der nie gesiegt, nie gekämpft hat. Gesetzt, er könnte seinen Größenwahn beherrschen, was er mit nichten kann, dann bliebe noch immer seine ruhelose Furcht vor der Bestrafung und der Wendung des Schicksals. Sogar Napoleon hat seine späteren Feldzüge aus Furcht unternommen. Und jetzt der armselige Nazi-Diktator, der überhaupt nur aus Furcht besteht! Er droht, erpreßt, und hat er wieder ein Land geschenkt bekommen, dann ist er deshalb nicht froher gelaunt, sondern schreit nur ohnmächtig: »Diesmal hätte ich aber ganz bestimmt losgeschlagen.«

Seine immer wiederholten Anfälle von Angst und seine Unfähigkeit sich zu freuen, haben ihren Grund darin, daß er sehr wohl weiß und sogar geäußert hat: er sei nicht gekommen, um Gerechtigkeit zu bringen, sondern um zu vernichten. Tatsächlich trägt er von Deutschland, wo er die Meisten unglücklich gemacht oder vernichtet hatte, das Unheil in jedes andere Land, so viele ihm zufallen. Überall halten ihren Einzug zuerst die schändlichen Folterknechte, die er seine Polizei nennt. Erst wenn seine gefürchteten Feinde in Lagern verwahrt sind oder sogenannte Selbstmorde begangen haben, erscheint er selbst, mit Panzerauto, Tanks, Leibwächtern. Aus Wien war er schon wieder fort, ehe daß er richtig wäre erkannt worden. Diese berühmte Geißel der Menschheit zeigt ihr Gesicht nicht. Wer dennoch hinein geblickt hat, treffe schnell seine letztwilligen Verfügungen.

Wie gequält, verstört und unfähig sich aufzuraffen, ist eine Welt, wenn sie dergleichen zuläßt; wenn sie einen

Typ, der im Grunde trostlos mißraten ist und dafür, nur dafür unaufhörlich Rache nimmt, wenn sie eine verfehlte Existenz in die Höhe, sogar an die Spitze gelangen läßt. Das wäre doch gar nicht nötig! Genug Menschen, übergenug Intelligenzen sind hier bei uns, drüben bei euch, die genau wissen, daß es aufhören sollte, daß es übrigens nicht dauern kann. Wie weit aber muß das Unglück sich ausbreiten, bis gehandelt wird? Handeln, heißt Zusammenschluß aller Staaten, in denen es noch erlaubt und möglich ist, an das Wohlergehen der Menschen zu glauben, anstatt sich damit abzufinden, daß sie geopfert werden. Das Land, das vorangeht und handelt, damit das Unglück nicht weiter um sich greift, wird das erste Land der Erde sein. Bringt dieses Land einen Mann hervor, der die ganze Energie der guten Sache, eine menschenfreundliche Energie besitzt, dann ist er der kommende Mann.

Der kommende Mann, woher er auch käme und wie auch sein Weg sei, wird dem gesunden Sinn, der Redlichkeit – kurz gesagt, der Tugend das verlorene Feld zurückerobern müssen. Das ist keine Kleinigkeit, angesichts der unfaßbaren Fortschritte, die der Verderbtheit in kürzester Zeit gelungen sind. Erstens verwechseln sehr viele die Gewissenlosigkeit mit der Stärke. Man fragt nicht erst, ob ein bedenkenloses Individuum wirklich einstehen könnte für seine Niedertracht: mit der Waffe einstehen. Moralische Unternehmungen dagegen müssen von einer unbezweifelbaren materiellen Kraft unterstützt werden: sonst vermögen sie nichts gegen die bösartigen Instinkte, auf die ein Hitler seine Macht gegründet hat. List, Grausamkeit, Untreue und Verrat, besonders aber die Menschenverachtung und der schamlose Mißbrauch der Menschen, das sind Eigenschaften, die ungefestigte Volksmengen – welche Menge ist heute gefestigt – krankhaft anziehen und sie zeitweilig überwältigen können.

Der Mann, der die Menschen besser, nicht noch unglücklicher machen will, wird nicht immer die Wahl seiner Mittel haben. Wie der Philosoph Nietzsche bemerkt hat, gelangt die Tugend wohl einmal zur Macht – aber nicht durch Tugend. Der Mann, der die Menschen besser machen will, trifft sie mitten in einem Anfall von hysterischer Bosheit und Schwäche; die vorhandene Menschheit ist voll von Schnorrern und Verschwörern, Henkern und Opfern, Ehrlosen, die große Gewalt haben, und anderen Ehrlosen, die auf den Knien liegen und schreien nach mehr Gewalt. Was ist dagegen zu tun? Sanftmut und die anderen evangelischen Tugenden würden den Zustand nicht beseitigen. Der kommende Mann bedarf der Strenge und eines harten Sinnes. Er muß befehlen können. Er darf schwerlich davor zurückschrecken, zu strafen, sogar zu töten. Ein kleines Beispiel der Art war der Türke Kemal. Dieser galt für »autoritär«, wie jetzt so viele. Zum Unterschied von ihnen leiteten ihn freundliche Absichten. Seine Diktatur hat den erklärten Zweck gehabt, jede spätere unmöglich zu machen. Er hat sein Land und Volk nicht erniedrigt, er hat sie erzogen, und hinterläßt sie an der Schwelle eines neuen Zeitalters, das sie ohne ihn nicht erreicht hätten. Er war redlich, was keine evangelische, aber eine wahrhaft moderne Tugend ist.

Rühmlicher wäre es für die Nationen und das Menschengeschlecht, ihre höheren Stufen ohne die Nachhilfe Einzelner zu ersteigen. Sogar uneigennützige Diktaturen sind nur ein notgedrungener Übergang. Die ärgsten Zwischenfälle von Barbarei sollten durch die eigene Vernunft der Völker beendet werden. Die Frage ist, ob sie es noch können. Der Stolz auf die menschliche Vernunft hat die Demokratien hervorgebracht; aber in welcher Verfassung sind sie heute, geistig und sittlich gesprochen. Die amerikanische Demokratie beiseite; sie hat von ihrem gesunden Verstand das Meiste offenbar noch bewahrt. Sie erfreut sich eines grundsätzlichen Optimismus, der einfach unschätzbar ist. An die menschliche Vernunft zu glauben und ihrer sicher zu sein, das erspart einem großen Volk die Schrecken des Irrationalen, die das arme Europa jetzt verwüsten. Was aber alles nichts daran ändern kann, daß die Vereinigten Staaten derselben, höchst gefährdeten Welt angehören. Hitler verrät nur zu viel Interesse für die Vereinigten Staaten.

Man bewundert, daß in dem großen Prozeß gegen die Nazi-Spione klipp und klar die Tatsachen und die Namen ausgesprochen werden. Die europäischen Länder würden dasselbe niemals wagen. Sie sind samt und sonders mit Spionage-Netzen überzogen: von wem? Das wird in jeder Verhandlung sorgfältig verschwiegen. Es ist schon viel, wenn man das Land, von dem jede Verschwörung ausgeht, nicht »befreundet« nennt. Von dieser Furchtsamkeit, oder von dieser Mitschuld, ist Amerika frei. Bekannt ist dennoch, daß der Prätendent auf die Weltdiktatur keineswegs Amerika ausnimmt von seinen unverschämten Ansprüchen. Wie könnte er. Die Furcht nötigt ihn, die stärkste der Demokratien zu unterwühlen, bis sie ihm reif erscheint, angegriffen zu werden. Man ist darauf aufmerksam geworden, daß es von Süden her geschehen könnte, vermittels der südamerikanischen Diktatur-Staaten, die ein mit allen Hunden gehetzter Europäer in seinen Dienst nimmt. Ist das nicht Grund genug für die Vereinigten Staaten, ihm zuvorzukommen? Sie müssen sich sehr kräftig einmischen, im eigenen Interesse, und im Interesse der allgemeinen Gesittung, das auch wieder das ihre ist.

Das erste Vorhaben derart, von dem man gehört hat, erregt in Europa neue Hoffnungen und eine wahre Begeisterung. Deutsche, die in Amerika beamtet sind, sollen abgesetzt werden, und an ihre Stelle kämen die Opfer der deutschen Juden-Pogrome. Wenn das wahr ist, oder auch nur zur Hälfte stimmt, wäre es der Anfang eines Umschwunges, und der kommende Mann muß ihn im großen

Stil vollenden. Sein Programm ist: die Gesittung wiederherstellen, und noch das strengste Mittel ist dafür gut. Das Grundgesetz der menschlichen Gesittung ist die Ehre. Man hat vor Augen, wohin ehrlose Machthaber es bringen können mit den Menschen. Das Vorbild des ehrlosen Machthabers ist der Sklavenhalter. Die Menschen und die Länder um ihre Freiheit betrügen, sie entrechten, kaufen und verkaufen, ihre Intelligenz herabsetzen, ihr sittliches Gefühl abstumpfen, ihnen die Hoffnung nehmen – das sind für den Sklavenhalter die Grundbedingungen seiner Macht. Allen das Bewußtsein der menschlichen Verbundenheit nehmen – das ist für ihn das Wichtigste. Daher die Religion abschaffen, denn ihr tiefstes Mysterium ist die Hoffnung. Daher einer frei erlogenen »Rasse« das elende Recht verleihen, alle Menschen, alle Völker zu hassen und zu verfolgen, – während aber die auserwählte »Rasse« selbst in Knechtschaft versumpft und ewige Angst erleidet. So sieht die Diktatur des Sklavenhalters aus.

Der kommende Mann wird notwendig mit Strenge, sogar mit Härte vorgehen: anders wäre einem ehrlosen Gegner nicht beizukommen. Der kommende Mann wird die Lüge verschmähen, sie ist keine Waffe der Starken. Er wird redlich sein, es ist die erste der modernen Tugenden. Er wird das Recht achten. Nur wer stark genug ist, achtet das Menschenrecht und das Völkerrecht: den gewalttätigen Feiglingen ist es im Wege. Über alles wird er die Kultur stellen. Kein Staat und keine Macht ist irgend eine Anstrengung wert oder verdient irgend ein Opfer, wenn Macht und Staat den freien Gedanken nicht vertragen und das menschliche Gewissen gegen sie spricht. Die christliche Religion, das Selbstvertrauen, das der Glaube an einen Gott der Wahrheit und Gerechtigkeit den Menschen gewährt, ist überall wieder herzustellen in ihrer vollen Bedeutung. Das Selbstvertrauen der Menschen macht sie freudig. Die Demokratien sind ein Ergebnis der Vernunft und des Selbstvertrauens. Der kommende Mann ist nur dann er selbst, wenn er der Welt die verlorene Freude zurückbringt.

Erste Voraussetzung: er selbst tue freudig sein Werk. Der abscheuliche Typ, den man jetzt obenauf und im Vorrücken sieht, ist heillos verdüstert, er haßt alle und sich. Auf ihn paßt das Wort: Und hätte der Liebe nicht. Die klingende Schelle, das getünchte Grab, beides ist er. Haßt und verachtet seine eigene Vergangenheit, die schimpflich ist, und mißtraut seinem verwerflichen Erfolg. Der kommende Mann hat die Liebe. Er wird sie haben, weil er sich selbst achten kann. Er wird sie haben, weil er in seinem Herzen einfach ist, ein Sohn des Volkes, dabei von ausgezeichnetem Geblüt. Schon sein Vater und Großvater werden gute Arbeiter gewesen sein; und er selbst, bevor er sichtbar wird und zur Macht gelangt, ist aufgestiegen durch eigenes Verdienst als Mensch, Bürger und Soldat. Ein herablassender Gönner des Volkes ist er beileibe nicht, sondern durch Beruf und Bewährung der Gefährte sehr Vieler, aus der Menge nur herausgehoben, weil er mehr kann und mehr liebt.

II

Wirtschaft, Horatio!

Freude durch Kampf

An Orten der Freude begegnet man auch Deutschen, was Wunder nimmt. Südlicher Sommer, Musik und Palmen, das Luxuscafé von heute, das Casino von vorgestern: hinter seiner überladenen Fassade geistern Erinnerungen an die vornehmen Laster unserer Ahnen. Hier und sonst nirgends entsteigt einem großen Autocar die nordische Rasse. Ihre glücklichen Besitzer sind dickliche Personen aus dem deutschen Mittelstand. In dem Garten sitzen hagere alte Engländer beim Tee, sonst läßt sich nicht viel erblicken von dem verbotenen Sinnentaumel, auf den die nordische Rasse hier zweifellos gefaßt war, man sieht es ihr an. Eine Münchnerin mit einem Gesicht wie ein Datschi hat ihre Brillanten angelegt, um von der großen Welt nicht abzustechen. Indessen beklagt sie, daß für Nebenausgaben, sie meint Kuchen, so wenig Geld gewährt wird. Vom wem gewährt? Ah! Es stellt sich heraus: von »Kraft durch Freude«.

Das sind sie. Die sind bestallt, um Freude zu saugen, und auserlesen, sie in Kraft umzusetzen. Aus Millionen der Wagen voll, Brillanten und Datschigesicht, aber Gott behüte, kein Arbeiter. Ihn mitzunehmen, so weit geht die »Volksgemeinschaft« nicht. Mit Recht; der Arbeiter hätte sich mit der münchner Spießin so wenig zu sagen wie mit dem vorsintflutlichen Engländer. Nach Hause zurückgekehrt, würde er miesmachen, während die Reise doch ausschließlich als Reklame für das Dritte Reich gedacht war. Die ist von Arbeitern nun einmal nicht zu haben. Man darf nicht vergessen, daß Arbeiter, solange sie nicht das Gegenteil beweisen, Staatsfeinde sind. Und bewiesen sie auch scheinbar die verzweifeltste Willfährigkeit, ihnen würde doch nicht getraut. Das Dritte Reich kennt zwar noch nicht die Arbeiter: die soll es erst kennen lernen; aber es weiß über sich selbst Bescheid. Es ist eingesetzt zum Schaden der Arbeiter, so viel weiß es und wird sich darin nicht beirren lassen. Auch der Schade der übrigen Volksgenossen ist sein Ziel, aber zuerst kommen die Arbeiter.

Die »Betreuer« eines solchen Staates wollen plötzlich »den Feierabend betreuen«. Sonst Massenprozesse gegen Staatsfeinde und »Kanonen wichtiger als Butter« und Mütterrevolten bei Verschleppung und Schwängerung der jungen Töchter von seiten dieses kantigen Staates. Soviel sonst. Akkordschinderei, Rechtlosigkeit, Kurzarbeit. Arbeitslosigkeit und Rentenraub: soviel sonst. An einer Stelle aber wird der Menschenfresser weich, wird herzlich – die Schimeckischen sind herzliche Leut' – und organisiert Freude, organisiert, man halte sich fest, Schönheit: nicht anders, als ob es sich darum handelte, einen Folterkeller »aufzubauen«. Jawohl, Menschenfressers bauen Freude und Schönheit auf. Es ist ihre Entdeckung. Sie haben herausbekommen, daß der Betrug am Volke andernfalls nicht vollständig wäre. Nicht genug an Pimpfen, HJ, BdM, NS-Frauenschaft; die Verhöhnung des unterworfenen Volkes geht bis zu »Kraft durch Freude« und »Schönheit der Arbeit«.

Das Ding wird so gedreht, daß Arbeiter und Angestellte alles allein bezahlen: von ihren gekürzten Löhnen tragen sie weitere Abzüge für Freude und Schönheit, zehn Pfennig die Woche bis zehn Pfennig monatlich, geschenkt wird nichts. Kein Theaterbesuch der organisierten Freude ist frei, nicht einmal Schulungsabende sind umsonst. Die Masse tut es, am Ende bleibt noch ein Überschuß. Die Urlaubsfahrten einiger hundert Auserwählter werden herausgeholt aus den Millionen. Die »Schönheit des Arbeitsplatzes«, weniger herzlich ausgedrückt: die notwendigen Mittel, damit er nicht verdreckt und ungesund wird bis zur Gemeingefährlichkeit, – in den Zeiten der Schmach mußte der Chef dafür aufkommen, sonst setzte es was. Jetzt dagegen verdankt der Betriebsführer dem Führer seine Beförderung zum Volksgenossen, da hört für ihn das Zahlen auf. Zahlen sollen gefälligst die Volksgenossen, die bei ihm arbeiten. Sie sind die Mehrheit. Das demokratische Prinzip gilt beim Zahlen. Der Führergedanke tritt wieder ein, so oft die Arbeitsstätte mit Hitlerbüsten ausgestattet wird und Radioapparate den Arbeitern, für ihr Geld, Führerreden in die Ohren brüllen.

Wenn Arbeiter mit »Kraft durch Freude« in Urlaub gehen, reicht ihre Zeit nicht für Madeira, Riviera oder gar für Gegenden, die wie Paris und Madrid, zu schweigen von Moskau, das Nachdenken mehr als nötig anregen könnten. Beileibe nicht. Die Angestellten aus dem Mittelstande dürfen hier und da eine entfernte Landschaft erblicken, ihnen werden Vorschüsse gewährt: nicht den Arbeitern. Eine Rheinfahrt, auf dem Schiff derart zusammengepfercht, daß kein Platz bleibt, um aus der Haut zu fahren. Sechs Tage Rügen, ein verbilligter Sonderzug nach Württemberg, und was tun sie dort? »Wir haben im Gasthaus den ganzen Tag zum Fenster rausgeschaut.« Warum? »Wir hatten kein Geld und konnten uns nichts leisten.« Das Gegenteil wäre merkwürdiger. Die Betriebsführer berechnen bei der Bezahlung des Urlaubs nicht den Normalarbeitstag, das war früher, zur Zeit der Gewerkschaften und kollektiven Tarifverträge. Nein, der Grad der Kurzarbeit hat sechs, er hat oft drei Stunden erreicht, und das bestimmt auch den Wert des Ferientages. Man sieht aus dem Fenster, dazu langt es.

Weiter hört man, daß die Betriebskrankenkassen, zum Beispiel die Kruppsche, ihrer Bestimmung nicht mehr genügen. Die Krankheitsfälle haben sich über das vorgesehene Maß vermehrt, was gewiß der gehobenen Volkskraft und verbesserten Rasse entspricht. Das Dritte Reich in seinem vierten Jahr baut die Krankenpflege ab; die Verschickung erkrankter Arbeiter und Angestellter durch die sozialen Versicherungseinrichtungen, einstmals kostenlos auf die Dauer von einem oder mehreren Monaten, sie werden eingestellt aus Mangel an Geld, dies aber nach Erhöhung der Beiträge. Denn auch der Notgroschen der Kranken muß herhalten – wofür? Man errät es: für die Aufrüstung. Nur natürlich, daß die Gesunden im Urlaub als treuen Reisebegleiter den Hunger haben. Trockenes Schwarzbrot ersetzt ihr Frühstück, und der Gastwirt findet es noch zu reichlich. Für zwei Mark fünfzig will er die Leute nicht in Quartier und Verpflegung nehmen. Von den zurückgekehrten Reisenden aber haben achtzig Prozent sich offen geweigert, je wieder ihre Kraft an solchen Freuden zu messen.

Das hindert die Freudenbringer Goebbels und Ley durchaus nicht an weiteren Taten. »Es ist nicht wahr, daß das Glück der Menschheit und des Volkes nur aus einem satten Magen gespeist wird.« Das läßt sich hören. Hier taucht sogar die Menschheit wieder auf, nachdem aus dem deutschen Recht der Mensch gestrichen worden ist. Es gibt nur Volksgenossen und Untermenschen. Soll es aber besonders massenhaft klingen, dann greift man zur Menschheit, – als ob »die Menschheit« wochentags leben möchte, wie es deutschen Arbeitern für festliche Stunden zugedacht ist. Sie sollen, sobald die Vorbereitung des Krieges es erlaubt, fünf eigene Seebäder bekommen, jedes für zwanzigtausend Mann. Hunderttausend Betten auf dem Lande, dreißig Schiffe der Kraft-durch-Freude-Flotte, siebeneinhalb Kilometer Badestrand mit Massenbetrieb, sechs bis acht Riesenräume zur täglichen Abfütterung der Zwanzigtausend: das alles sind zwar leere Versprechungen, die Rüstungsindustrie braucht auch dieses

Geld. Aber schon die Versprechungen sind zum Speien. Was wäre erst ihre Verwirklichung.

Ihre Verwirklichung würde nur wieder bestätigen, was das Regime auch sonst treibt: Mißbrauch des Menschen. Der Raub der Persönlichkeit, erster Grundsatz des Regimes. Massenhaftigkeit, davon lebt es. Immer alle sinnlos aufeinandergehäuft, abgelenkt von ihrem Wesentlichen, da nur ihre Masse sie beschäftigen darf. Auf siebeneinhalb Kilometer Badestrand mit Massenbetrieb gibt es keine Besinnung auf sich selbst, die soziale Erkenntnis stirbt ab, die Massenprozesse gegen Staatsfeinde sind vergessen von dieser anderen Masse. Zwanzigtausend auf einmal abgefüttert, da versinkt der Einzelne im zähen Getriebe wie in Lehm und fühlt allein noch: was bin ich? Ein Wurm, und meine Welt ist Lehm für Würmer. Was will ich? Mitkriechen – ins Vergnügen wie in den Tod. Und das gerade beabsichtigen die Veranstalter des Badelebens sowie der Abspeisung. Die Massenhaftigkeit setzt die menschliche Natur herab, herabgesetzte Naturen, wie die Veranstalter selbst, erkennen ihr Element wieder, Geschöpfe wie die Goebbels und Ley waren zu wertlos, um einige hundert Leser des Mosse'schen Feuilletons anzureden. Aber sie finden allerdings die sieghaften Sätze, die eine verstört zusammengetriebene Masse noch wehrloser machen.

Solange es dauert. Solange verstörte Massen in einer »Volksgemeinschaft« festzuhalten sind, und die »Volksgemeinschaft« verpflichtet zu gleichen Teilen den Arbeiter mit fünfzehn Mark Wochenlohn nebst seinem ungeheuren Betriebsführer. Das hat Grenzen. Aus mißbrauchten Menschen werden Kämpfer. Ein erniedrigtes Volk fängt an, die Freiheit zu begreifen, und wo Staatsfeinde hingerichtet werden, wachsen Helden nach. Auch wissen heute die Arbeiter, wie jeder entrechtete Deutsche es weiß, daß wir nicht allein sind und keineswegs unsere Wurmwelt für uns allein haben. Nichts wird von falschen Volksgemeinschaften entschieden, aber alles wird bezwungen und errungen werden von der echten Gemeinschaft der Freiheitskämpfer, die ohne staatliche Grenzen ist. Staatsfeinde, Mitkämpfer gegen diesen verworfenen Staat sind außer unseren eigenen, bis jetzt noch unglücklichen Kämpfern die triumphierenden Völker drüben. In deutschen Arbeitsstätten hat einige Tage lang, voll Sinn und Verheißung, das Bildnis des sozialistischen Intellektuellen Léon Blum auf deutsche Arbeiter geblickt. Hier ist ein Übergang des unterirdischen Freiheitskampfes in den offenen.

Die Umwälzung im Frankreich von 1936 gibt ein Beispiel, in dessen Nähe man nicht unberührt weiterlebt, besonders nicht die westdeutschen Bergarbeiter. Sie haben wohl anfangs nicht Augen und Ohren getraut. Ein unbestrittener Sieg der Kameraden drüben, in dieser Zeit der Unterdrückung und Gewalt! So kann man denn wollen, und kann gewinnen! Plötzlich sagen alle dasselbe, da sie es vorher insgeheim flüsterten und es im Herzen schon längst trugen. Sie sagen: Das ist auch unser, was die Franzosen sich holen. Die Freiheit, das Recht, auch wir besaßen sie schon, haben sie verloren, wollen sie zurückholen und fester halten diesmal. Sie danken dem Beispiel und horchen auf den hilfreichen Ruf von Westen her. Wär' es denn menschenmöglich, im Westen die Freiheit, im Osten das Recht, und nur in der Mitte ein Abgrund von Erniedrigung, der Deutschland heißen soll? Sie fangen an, es nicht mehr zu glauben, vom Rhein bis nach Berlin geht ihnen ein Licht auf. Der Eindruck der französischen Ereignisse erfaßt sogar die Beamten der Deutschen Arbeitsfront. Arbeiterdeputationen setzen ihnen zu: die Deutsche Arbeitsfront müsse eine Bewegung einleiten.

Die Deutsche Arbeitsfront – das ist zwar eine Einrichtung desselben Staates, der tötet, Renten stiehlt und Zwangsarbeit verlangt. Die Deutsche Arbeitsfront erpreßt die Beiträge der Arbeiter, den Schweiß der vierzehn

Millionen; dann wird der Führer des Instituts vom Säufer, der er solange war, zum Großgrundbesitzer. Als Kapitalisten trinken sie sofort weniger. Auch mit Morphium geht schonend um, wer endlich im Wohlstand lebt. In dieser Hinsicht wäre die Deutsche Arbeitsfront zu loben. Für die Arbeiter allerdings hat sie nichts anderes als »Kraft durch Freude«, einen läppischen Betrug. Indessen gehen die Arbeiter dazu über, daß sie sich der Deutschen Arbeitsfront bedienen wollen, um tatsächlich ihre eigene Kraft zu vermehren. Eine unerwartete Wendung: die tückische Einrichtung eines Staates, der Menschen nur mißbraucht, soll angewendet werden gegen ihn selbst und für die Mißbrauchten. Früher oder später muß es gelingen, wer zweifelt daran, denn hier bildet sich der stärkere Wille. Der Wille ehrlicher Leute wird mit der List von Nichtsnutzen zuletzt immer fertig, und unvergleichlich nachhaltiger als Gewalt und Abgefeimtheit ist die echte Kraft.

Die echte Kraft aber reift im Kampf. Man sagt nicht mehr, gelähmt und ergeben: Mag sogar der Krieg kommen, schlimmer kann es nicht werden. Zum ersten Mal wird beschlossen, nicht von den Helden allein, die sich opfern, sondern von einer Gesamtheit, die langsamer und nur um so stärker ist: Es soll besser, es soll gut werden. Freude ist nicht dem Schwachen gegeben. Der Kampf erweckt die Kraft und beschert die Freude.

Mißbrauch des Menschen

Die »Union für Recht und Freiheit« hat den »Strafvollzug im Dritten Reich« genau beschrieben und seine – wenn man will – geistigen Grundlagen freigelegt. Die Union tat dies nicht in der Emigration, wie man glauben könnte, sondern im eigenen Lande, das allerdings kein deutsches ist. In Deutschland darf von Recht und Freiheit nicht gesprochen werden. Das »deutsche Recht« kennt nur Unfreie, gleichgültig, ob sie noch im Leben stehen oder schon hinüberbefördert sind in das Jenseits des Strafvollzuges. Tschechische Gelehrte, Philosophen, Juristen und auch ein Major dabei, haben ihre Denkschrift und Materialsammlung über den nationalsozialistischen Strafvollzug in Prag erscheinen lassen, als ob nichts wäre: als ob das Dritte Reich nicht täglich drohte, die Tschechoslowakische Republik »wie eine Nuß aufzuknacken«, sie zu zermalmen, sie zu verschlingen. Diese Tschechen haben Mut.

Was ihnen Mut macht, wahr und frei zu bleiben, ist gerade der Anblick des Berserkers, mit dem sie es zu tun haben. Sie betrachten ihn von der Seite des Strafvollzuges her und sagen sich: ein fauler Berserker. Schwache Beine, ein aufgeschwemmter Rumpf mit Eiterherden darin, und ein kleiner Schlangenkopf. Viel Gift, eine ungeheure Bösartigkeit, aber an Verstand ist das Ungetüm gering. Gewalt und List ersetzen niemals den Sinn für die menschliche Wirklichkeit. Früher oder später stürzt der Unmensch. Wir wollen es mit ihm aufnehmen. Diese Tschechen haben mit ihrem Buch über den »Strafvollzug im

Dritten Reich« in aller Ruhe eine bedeutende Tat vollbracht.

Der »Strafvollzug« der Henker Deutschlands – man denkt an die Mordkolonne; Bilder verstümmelter Toter erscheinen. Wir kennen den tiefen, schrecklichen Gram im Antlitz Gefangener, die so zugerichtet wurden, weil sie denken wollten, bessern und helfen wollten. Wir sehen die langen Reihen unterernährter Arbeiter, – sie wurden in Massen vor ein Gericht getrieben: ihre Todfeinde in Nazi- und Reichswehruniformen besetzen es, aber ihnen zum Hohn heißt es »Volksgericht«. An alles erinnert man sich, nicht aber gleich an die Philosophie der Folterknechte, sie stottert, sie lügt und verfälscht, sie redet irre und weiß zuletzt nicht ein und aus. Aber die Folter ist wieder eingeführt, soviel ist richtig; und wo Tatsachen bestehen, mögen sie nichtswürdig sein, es läßt sich zum Schein ein Sinn unterschieben. Daher gibt es eine Akademie für Deutsches Recht.

Ein gewisser Rosenberg, Judäomongole, wie man hört, Weißrusse und einstiger Zeichenlehrer, ist dort die Leuchte. Unter seiner Führung, die man im Dritten Reich der Rasse und dem Vorleben verdankt, hat das nationalsozialistische Recht in das deutsche Mittelalter zurückgefunden. Das mittelalterliche deutsche Strafrecht kannte vor allem Ehrenstrafen und an erster Stelle die »Ächtung«, den »bürgerlichen Tod« – was nun wirklich ein gefundenes Fressen ist für ein Regime mit so vielen Staatsfeinden. Wie macht man es? Man erklärt die Ehre für das höchste Gut der Volksgenossen: ob satt oder hungrig, sie haben Ehre. Arbeitslose, die zwangsweise verschickt werden, geschundene Soldaten, Mädchen mit Kindern, die sie sich in Lagern mehr oder weniger freiwillig zugezogen haben, alle sind vom Deutschen Recht mit Ehre ausgestattet – solange, bis sie Staatsfeinde werden. Im gleichen Augenblick ist es mit der Ehre und überhaupt mit allem aus. Es treten die Ehrenstrafen ein. Das sind Konzentrationslager, wofür man bei passender Gelegenheit »Schutzhaft« sagt; »Fron«, was altehrwürdiger klingt als unbezahlte Zwangsarbeit auf Rittergütern; Pranger, Vermögenseinziehung, Sicherheitsverwahrung, Entmannung, Untersagung der Berufsübung.

Halten wir nur gleich bei der Berufsübung. Als Max Liebermann, ein großer Meister und Ruhm Deutschlands, fünfundachtzig war, legte er sich zum Sterben; und hier, bevor er ausgehaucht hatte, gedachte seiner auch das Dritte Reich. Es schickte ihm in sein schönes Haus, durch das der Tod ging, ein schriftliches Verbot, jemals noch Bilder zu malen. Er hat es nicht mehr gelesen. Das war deutsches Recht, die Ehrenstrafe an einem Unsterblichen, der Jude und daher Staatsfeind war. Man darf nicht einfach Jude sein, man muß überdies Mongole und womöglich noch feindlicher Ausländer sein, wie der gewisse Rosenberg, dann erst hat man Aussicht, dem deutschen Recht zu genügen und seine Vorteile zu genießen.

Besonders zweckmäßig zieht ein bankerotter Staat das Vermögen seiner Feinde ein. Besonders zielbewußt verübt er Sterilisierungen, massenhaft, an den Ärmsten, die er durch Entbehrungen reif macht, entmannt zu werden, und natürlich an seinen Staatsfeinden. Ihr Gebrechen ist schlechthin die Staatsfeindschaft: der Leiter einer Strafanstalt bescheinigt das Gebrechen und stellt den Antrag, ihm durch den Eingriff abzuhelfen. Wie dieser Staat zu seinen Untertanen und dies Regime zu den Deutschen steht, wäre es von seiner Seite vernünftig, folgerichtig und seiner Natur gemäß, sie einfach auszurotten. Das wäre die Vollendung der Ehrenstrafen. Tatsächlich gibt es den Ausspruch eines deutschen Rechtswalters und fetten Germanenhäuptlings: »Ich bin nicht da, um Recht zu üben, sondern um zu vernichten und auszurotten.« Kinder und Narren sprechen sogar im Dritten Reich ausnahmsweise die Wahrheit. Das deutsche Recht indessen ist weder eindeutig noch geradlinig. Erstens besteht ein Interesse, daß selbst nichtnationalsozialistische Volksgenossen in beträchtlicher Menge am Leben bleiben: wegen der Zwangsarbeit und damit man sie vermittels bereitstehender Panzerwagen in den nächsten Krieg treiben kann.

Außerdem aber wäre es zu leicht, tot zu sein. Tote leiden nicht, sagt der Fachmann. Von der Strafe sagt der Fachmann, »das begriffsmäßig in ihr steckende Moment der Mißbilligung« solle »einen weit stärkeren Akzent und bestimmten Inhalt bekommen«. Unrecht, angenommen, daß es überhaupt begangen wurde, wird nicht ausgeglichen und in Zukunft beseitigt durch die Besserung des Täters; das war einmal, das sind Grundsätze von 1923. Jetzt wird »gesühnt«. »Schuld heißt Sühne« im Bereich der nationalsozialistischen Mystik. Außerhalb ihres Dunstes heißt Schuld einfach Schuld. »Sühne« ändert an ihr gar nichts. Eine entscheidende Änderung der Gesellschaft und Verbesserung der allgemeinen Lebenslage würde die Zahl der Schuldhaften auf das Mindestmaß herabsetzen können, wie man natürlich weiß. Bequemer und dem Beruf des Dritten Reiches angemessen ist es, wenn es in sein Recht den romantischen Begriff der Sühne einführt. »Der tote Mann«, sagt ein bis jetzt am Leben befindlicher Freisler, »der tote Mann klagt durch das blutende Aufbrechen seiner Wunden den an ihn herantretenden Meintäter nach deutscher Auffassung an, weil der Gemordete nach Rache schreit«.

Welche Romantik! Was für Märchenerzähler! Der Tod ist nicht genug, denn Tote leiden nicht. Aber den »Meintäter« anklagen und pünktlich wieder bluten, das können sie auf Befehl. Und daher eine »Sühne«, die, nehmt alles nur in allem, auf dauernden Folterbetrieb hinausläuft. Ein altertümelndes Wort ohne Sinn und Wahrheit, aber es begründet, daß durch menschliche Leiber ein elektrischer

Strom geleitet wird, bis die Füße verbrannt sind. Zuerst »Ehrenstrafen«, auferlegt und angewendet von ehrlosen Machthabern, die noch nicht einmal den ersten Buchstaben ihrer gesamten Staatsdoktrin wirklich glauben, und an ihr inneres Recht, Machthaber zu sein, glauben sie ebenso wenig. Aber sie wollen da sein. Ihr Strafrecht nennen sie ein »Willensstrafrecht«, es ist ihr »Kampfmittel gegen den störungsbereiten Willen«, dem es mit Willkür begegnet. Die Strafe, vielmehr die »Sühne«, liegt im freien Ermessen der Machthaber, sie ist an kein Gesetz gebunden. Dem entsprechend ergibt sich als »Rechtsphilosophie« ein heulender Schwachsinn. An der Ehre, die aber ein Reich wie das Dritte garnichts angeht, soll man getroffen werden; in Wirklichkeit wird Tod verhängt, bürgerlicher oder leiblicher. Dann funken die Sühne-Nornen dazwischen und blubbern etwas von »Tote leiden nicht. Foltern!«

Der »störungsbereite Wille«, der eigentlich und ausschließlich gemeint ist, die Strafanstalten legen von ihm Zeugnis ab: lauter politische Gefangene sitzen darin, oft hundert Prozent, sonst wenigstens siebzig. Das sind Gesinnungssträflinge, Personen, deren Gesinnung besser als die der Machthaber ist, denn wie sollte sie schlechter sein. Warenhausdiebe würden das Gestammel dieser Rechtsphilosophie nicht veranlaßt haben, und auch Mörder nicht. Sei ein Gegner des Regimes, sofort bemüht man sich Deinetwegen um die abwechslungsreichen Erfindungen eines Strafvollzuges: das hat während öffentlicher Zustände, die noch nicht orgiastisch waren, der ausgelassenste Witz nicht ausgeheckt, geschweige wahr gemacht. »Steig' ich den Berg hinan, das macht mir große Freud«, singt der Patient bei Ersteigung des Prügelbocks, aber während der fünfundzwanzig Schläge, nach deren erstem die Haut platzt, muß er das Deutschlandlied zu Ende singen. Das ist jetzt Deutschland, und so klingt sein Lied.

Und Menschen finden sich, die diesen feigen Mißbrauch mit anderen Menschen treiben, die Prügler, und auch der Arzt, der das Verfahren abschließt. »Schmeißt das Schwein in den Bunker, es simuliert ja bloß.« Die Prügler waren einst normale kleine Leute, der Arzt hatte die Erhaltung des Lebens erlernt als seine einzige Pflicht und Genugtuung. Jetzt bereichert er sein Wissen durch die fachgemäße Beaufsichtigung der Qualen, die ein Mensch noch aushält – oder nicht mehr. Weiß er etwas darüber hinaus? Begreift er, wozu er benutzt wird? Die Machthaber bedienen sich ihres Strafvollzuges nicht nur gegen seine leidenden Objekte: die Vollstrecker sollen ihm erst recht erliegen. Unterdrückte Instinkte frei zu lassen ist ein großes Mittel des Regimes; es hofft sich zu erhalten, wenn niemand sich mehr schämt; seiner Sache gewiß wäre es, wenn der letzte Deutsche die Selbstachtung aufgäbe. Sein Strafvollzug ist nur die Spitzenleistung des Regimes. Vorher kommen alle Entrechtungen, Entwürdigungen und Verhöhnungen, von »Rassenschande« bis »Kraft durch Freude«. Vorher kommt die ungeheuerste Korruption. Vorher kommen Angeberei, die Spionage als Funktion des Zusammenlebens, und eigentlich für Jeden gegen Jeden eine Vollmacht, die bis zum Töten geht: man muß nur richtig liegen.

Anstatt der Freiheit, die ihnen genommen wurde, haben die Deutschen vorgeblich das Recht auf einen blinden Gehorsam bekommen. Indessen gibt es kein Recht zu gehorchen, wo die Unbefugten befehlen wollen. Eine angemaßte Gewalt bringt nichts anderes hervor als Willkür, eine gesetzlose Abnutzung aller Kräfte. Der Mißbrauch des Menschen wird zum einzigen Verbrechen. Die Machthaber haben es eingeführt, sie begünstigen es und verüben es selbst an allen ihren Gefangenen: das sind die Deutschen, ob hinter Mauern und Stacheldrähten oder vorerst noch anderswo. Im Strafvollzug ergeht das Regime sich nur am sichtbarsten. Es erzielt die ihm artgemäßen Wirkungen hier am Einleuchtendsten. Die Opfer werden hier wahnsinnig, so gut wie die Henker. Bewährte Folterer mit SS-Chargen haben Selbstmord verübt, und der war echter als alle voraufgegangenen Selbstentleibungen ihrer Schutzbefohlenen. Man spricht dann vom Gewissen. Es ist menschlich, noch bei dem Letzten unseresgleichen an die Besinnung der Natur zu glauben. Wahrscheinlich ist aber, daß der Selbstmörder sich mit Greueln nur übernommen hatte. War abgenutzt, erschrak, erbrach und griff zu seinem »liebsten Freund«, so nennen sie ihren Revolver.

Sie haben das »Robben« erfunden, sie haben bemerkt, daß hohe Steinhaufen nicht unbedingt mit den Füßen erklommen werden müssen; menschliche Körper können auf Ellenbogen und Zehenspitzen hinaufrücken, so oft und so lange, bis alle Glieder vereitert sind und das Geschöpf, vor Schmerzen sinnlos, das Leben läßt. Der Erfinder des »Robbens« hat vermutlich nicht Hand an sich gelegt, sein Sinn für Komik wird ihn bewahrt haben. Komik des Grausens, aber die haben sie, vermöge dieser Gabe erhalten sie sich länger frisch. Ihre skatologische Phantasie ist reich, und was wäre komischer, als Menschen ihren eigenen Dreck fressen zu lassen. Oder dasselbe selbst zu tun, welcher Fall offenbar vorliegt, wenn ein Lagerarzt die Halbtoten nicht nur weiter mißhandelt, sondern sie noch bestiehlt. Ihre Ironie ist beträchtlich, und sie beziehen sie auf ihre eigene »Weltanschauung«. In Dachau veranstalten sie »Schlageterfeiern«, wenn sie prügeln. In Fuhlsbüttel heißt das Vorwärts- und Rückwärtskriechen, das gegenseitige Ohrfeigen und Sichanspucken – wie heißt es? »Stunde der Nation«: da kann man nur staunen. Schlichte Sadisten, und bezeichnen so treffend die tieferen Zusammenhänge.

Ihre höchste Komik erreichen sie mit den Inszenierungen, die sie »Razzia« nennen. Man reißt die Bretter der Baracke auseinander, bis der Tabak der Gefangenen gefunden ist. Alles kurz und klein, wegen nichts und wieder nichts: das schon allein hat besten Varieté- und Knockout-Stil. Dann beginnt aber erst die Verfolgung, mit »rein in die Betten, raus aus die Betten« und eine wilde Jagd, Stockschläge auf rohes Fleisch, Schmerzensgeschrei, das Keuchen der Prügelnden – ein Vorgang von einer anschaulichen Sinnlosigkeit des Lebens, wie nur die Auftritte der Clowns sie haben. Bravo. Diese haben erraten, wofür sie da sind. Sie sind begabt für den Dienst solcher Machthaber, dies »Reich« ist ihnen wesensverwandt, und die deutsche Welt, wie sie bis auf Weiteres leibt und lebt, hier ist sie dargestellt.

Parteitag der Arbeitsscheuen

Der Oberbürgermeister von Saarbrücken hat achtzehn Millionen Mark zu viel ausgegeben, ist infolgedessen für einen Trinker im letzten Stadium erklärt worden und darf weiterhin seine volle Pension versaufen, mehr nicht. Der Vorfall hängt mit dem Parteitag in Nürnberg nur so zusammen, daß dort eine unberechenbare Zahl von Würdenträgern des gleichen Schlages versammelt war. Heute noch auf stolzen Rossen, morgen im Säuferheim, wenn auch mit voller Pension. Haben alle ihr Leben lang die Arbeit gescheut, sind lauter alte Kämpfer, sämtlich haben sie hinter sich doppelt so viel geleerte Fässer wie verschwundene Millionen. Die Einen gehen verschütt, die Anderen haben die nachtwandlerische Sicherheit und können unbegrenzt Heil rufen. In der Sowjetunion würden sie erschossen werden – sagen Schlechtunterrichtete. Das Antasten öffentlicher Gelder »soll« dort mit dem Tode bestraft werden, ob alter Kämpfer oder nicht.

In Nürnberg sind die tiefen Erkenntnisse des Regimes nochmals ans Licht gezogen worden, und jeder Beteiligte bekam seine Lebensregel mit. Den Studenten wurde gesagt: »Es ist nicht nötig, daß du lebst.« Wenn ihnen ein Rest klassischer Bildung noch innewohnt, haben sie mit Götz von Berlichingen geantwortet. Der deutschen Hausfrau ist das Verständnis für die »neuen Rohstoffe«, Butter aus Kohle, Schokolade aus Holz, zur Pflicht gemacht worden. Hausfrauen sind nicht klassisch gebildet, ihre Ausdrucksweise ist weniger vornehm als die eines Götz. Dagegen fühlten die Funktionäre der Partei sich verstanden und gewürdigt, als der Justizminister persönlich ihnen versicherte, in Deutschland gebe es keine Korruption. Ein leichtes Erstaunen befällt den ehrlichen Mann bei jedem, noch so wohl verdienten Lob. »Meint er mir oder meint er mich?« haben die Meisten ihren stillen Busen gefragt. Die Botschaft des Führers brachte die Neuheit, daß Versailles tot und Deutschland frei ist.

So jagte ein Scherz den anderen. Der Führer überbot sich. Er beschied die Demokratien dahin, daß sie keine Grundlage hätten, das Recht nicht, die Geburt nicht und am wenigsten die Berufung, – was alles von ihm selbst überzeugend verkörpert wird. Dem »Bolschewismus« sagte er auf den Kopf zu, daß er das soziale Problem überhaupt nicht angefaßt habe; sondern es sei der Nationalsozialismus, der mußte erst kommen, um sogar die unwahrscheinlichsten Versprechungen des Kommunismus wahr zu machen. Jeder, der es hörte, stimmte zu; er dachte an »Es ist nicht nötig, daß du lebst«, an die schwarze Butter, an »Deutschland ist frei«, an das Recht, die Geburt und Berufung des Redners. Dies wohl erwogen, ist wirklich Unwahrscheinlicheres geschehen, als sogar Moskau hätte erfinden wollen. Wieder ein Jahr hat man sich gehalten. Mit einer Weisheit wie dieser, Zuständen und Personen wie hier, und trotz einem Dienst am Volk, infolge dessen die Polizei jetzt Dolche statt der Knüppel bekommen muß: man hat sich gehalten, von einem Parteitag zum anderen.

Das ist der Erfolg, ein anderer liegt nicht vor; man könnte ihn ruhig eingestehen. Sich halten ist allerhand, wenn man grundsätzlich gegen das Volk regiert und es herunterwirtschaftet in nie geahnten Maßen. Bei näherem Hinsehen ist es denn auch die eine Tatsache allein, die in Nürnberg eigentlich gefeiert wurde. Wir sind noch da, wir treiben's fort, die Macht, wir haben die Macht. Das Übrige war Gerede, und echt nur das Theater. »Eine Umwälzung, wie Deutschland sie nie gesehen hat«? Nicht hinhören.

»Riesenhafte Revolution« und »Sein oder Nichtsein der menschlichen Gesellschaft«? Eh schon wissen, sagt man dazu in der Heimat eines Gottes, der heimlich dasselbe sagt. Aber die Aufmachung der Zeppelinwiese und Luitpoldarena, die Hunderttausende in rötlicher Nachtbeleuchtung, hoch auf schießen weiße Lichtstrahlen, die Ankunft des Herrschers wird musikalisch begleitet vom Einzug der Götter in Walhall. Versäumt wurde, den Kapellmeister die Maske Richard Wagners machen zu lassen: man kann nicht an alles denken. Was aber an Bühnenwirksamkeit vollbracht wurde, es war so schamlos wie echt.

Der Zahlenrausch, der Irrsinn des Marschierens, das hat Hand und Fuß, daran halte man sich, anstatt an die Köpfe, die sich produzieren. Uniformierte Massen ziehen am Führer vorbei, anderthalb Stunden lang, und ebenso lange grüßt er. Das ist geschehn und bewiesen. »Ich habe festgestellt, daß alle, die dieselbe Uniform tragen, bereit sind, ihr Leben herzugeben für das Ideal und für Deutschland.« Für ihn selbst, will er sagen; hat es aber durchaus nicht festgestellt und scheut die Probe. Von den Worten gilt immer das Gegenteil. Die marschierenden Stiefel lassen sich zählen, die hohen Ziffern fallen ins Auge. Ein und eine halbe Million Hörer für die Lautsprecher, achtunddreißigtausend Vertreter der Truppenteile, dreitausend Arbeitssoldaten, hunderttausend politische Soldaten, dreitausend Jungmädchen – ihren Schritt beflügeln leichte Klänge. Hunderttausend Stück Jungvolk, fünfhunderttausend Stück Schlachtvieh. Vier Millionen Einheiten Brotersatz, minus zwei Millionen Pfund Butter. Bevölkerungszuwachs: zwei Millionen. Tote: die einunddreißig von der »Deutschland«, – alle anderen Toten des Regimes überging man. Gleichviel, hier sind nackte Tatsachen, und zusammen ergeben sie die Tatsache, die gefeiert wird: Wir sind noch da. Die Macht, wir haben sie und wollen sie behalten.

Könnte man sich entschließen, den nürnberger Film stumm ablaufen zu lassen! Die Vereinfachung wäre ein Gewinn. Die Weltpresse besitzt sämtliche Streifen und brächte jedes Jahr dieselben. Auch das diplomatische Korps hatte alles im Bild schon dreimal gesehen, bevor es sich zu der vierten Vorführung so gut wie vollzählig an Ort und Stelle begab. Der Sowjet-Botschafter fehlte – warum? Er hätte den Ausflug nicht bereut, von ihm und seinen Leuten war die ganze Zeit die Rede. Aus falschem Ehrgeiz begnügte man sich nicht mit der Musikbegleitung. Einzug der Götter, Jungmädchenmarsch; sondern die nackte Tatsache der Macht, die für sich selbst spricht, sollte mit Reden bemäntelt werden. Da mußte die Sowjetunion herhalten, und nebenbei bekamen die westlichen Demokratien ihr Fett: einzig und allein, weil über Deutschland nichts zu sagen war. Man pries es als Insel des Friedens in einer ganz zerrütteten Welt. Nun, eine solche Insel hat nichts zu melden, sie trällert höchstens vor sich hin. Besitzt man, abseits vom Weltuntergang, die einzige »Zuflucht und Sicherheit«, dann lacht man sich ins Fäustchen. Reden, beweisen, sich rechtfertigen muß man wahrhaftig nicht.

Es ginge noch an, daß einer der Vorsehung dankt, weil sie ihn, ihn diesem Land beschert hat. »Es ist ein Glück, in Deutschland zu leben«, wenn sonst niemand, er wenigstens kann das wohl sagen. »Wo gibt es so schöne Menschen wie hier?« ist eine Frage. Man wird doch fragen dürfen. Was man sich nicht zumuten sollte, ist die Bilanz. Ein öffentlicher Bericht über die Tätigkeit 1936–37 wäre wenig ergiebig, der richtige könnte niemals niedergelegt werden, man setzt eingebildete Werte ein. »Vor uns liegen gewaltige Aufgaben.« Falsch, mein Bester, sie liegen alle schon hinter Ihnen. Was wollten Sie denn noch vornehmen. Ihre Juden haben Sie »vernichtet«, Ihre Marxisten auch. Die Christenverfolgung haben Sie zu weit getrieben, als daß Sie umkehren könnten. Ihre Arbeiter wissen endgültig, daß von Ihnen keine gerechten Löhne zu erwarten sind. Sie sagen selbst: »Nur durch einen Eroberungskrieg.« Die Zeit nachher ist aber nicht mehr die Ihre. Auch Ihre Bauern, Ihr Mittelstand, sogar schon Ihre verdienende Klasse ist darüber belehrt, daß Ihre Zeit und Sendung nichts anderes vorstellt als einen Mischmasch aus Folgen des vorigen und dem Beginn des nächsten verlorenen Krieges. »Gewaltige Aufgaben«? Lassen wir das. Aufgaben hätte nur, wer es fertigbrächte, Ihnen rechtzeitig in den Arm zu fallen.

»Wir« finden unsere gewaltigen Aufgaben selber derart fragwürdig, daß »wir« angefangen haben, sie nur in aller Heimlichkeit zu besorgen. Die Hinrichtungen werden verheimlicht; der Zahlenrausch, dem »wir« uns ergeben, verzichtet auf die Ziffer der Hinrichtungen und anderen Selbstmorde, die es doch lohnen würde. Auch den Toten des heimlichen Krieges, den »wir« in Spanien führen, wird eine propagandistische Bedeutung nicht beigemessen. Still und leise, viel zu lange nach ihrem Hinscheiden, werden wenige von ihnen, und nur Offiziere, ins Land zurückgebracht. Die Nasen der Hafenarbeiter, die solche hölzernen Särge ausladen müssen, nehmen Kenntnis von »unserem« Krieg. Verlauten darf nichts. Der Oberste Kriegsherr äußerte in Nürnberg: »Wir haben dem wahren Spanien geliefert, was es brauchte.« Geliefert – aber die Toten sind nicht gemeint, die werden eine Weile über das Meer gefahren und dann vergessen. U 35 bis 38 fahren frisch und krege in einen Hafen der Rebellen ein. Wenn sie wieder auslaufen, tragen sie ganz andere Abzeichen. Sollte solch ein Unterseeboot eines Tages nicht mehr heraufkommen, und auf der Wasserfläche erscheint ein Ölfleck: das waren deutsche Matrosen, und nicht gedacht soll ihrer werden. »Es ist ein Glück, hier zu leben.« – »Es ist nicht nötig, daß du lebst.«

Faschistischen Regimen scheint es bei Lebensgefahr verboten, sich zu entwickeln: sie können nur ausarten. Besonders hat der Nationalsozialismus gleich im ersten Anlauf sein Höchstmaß erreicht und seine Werke hingestellt, – nie wird man andere sehen. Der Reichstagsbrand sagte sofort alles, was man wissen sollte; die Brandbomben über Spanien mußten nicht kommen, und der Weltbrand wäre entbehrlich. »Eh schon wissen.« Wie sie selbst sich kennen, welche Meinung sie von sich haben! Aus einer Kirche ist das Standbild des Heilands entfernt, das Monument des Führers ist an die Stelle gesetzt worden. Inschrift, Lukas 12,49: »Ich bin gekommen, daß ich ein Feuer anzünde auf Erden.« Das Feuer, gesetzt, daß es über Kriege, halbe Kriege, verlogene Kriege, über das Spionagenetz, die Nazintern, die Bestechungen, die Attentate, die kindisch-bösartigen Ränke und das hemmungslose Gelüge – gesetzt, daß zuletzt das Feuer finge, wie es soll, dann wäre es die nationalsozialistische Weltrevolution. Die nationalsozialistische Weltrevolution ist die einzige, die beabsichtigt, vielleicht von unzulänglichen Gestalten und mit den abstoßendsten Mitteln, jedenfalls aber beabsichtigt wird. An eine andere denkt niemand. Gerade darum nahm man in Nürnberg nichts anderes so oft und lange in den Mund wie die kommunistische Weltrevolution.

Das Land der Lüge

Über Deutschland durfte keine Wahrheit eingestanden werden, und verriet man sie dennoch, bezog man sie schleunig auf die Sowjetunion. »Eine blinde Masse, losgelassen von Verbrechern« – nun, auch auf Deutschland trifft es heute nicht mehr zu, die Verbrecher allerdings, aber keineswegs die blinde Masse. Das ist ein schmerzhafter Punkt: keine blinde Masse mehr. Aber die Partei der Arbeitsscheuen hat der Schmerzen viele. Zum Beispiel: Die Sowjetunion wird von den Demokratien als Friedensmacht anerkannt, im strengsten Gegensatz zu den faschistischen Mächten, die für die geborenen Angreifer gelten. Oder, höchst schmerzhaft: Die Union der sozialistischen Sowjet-Republiken ist, anders als die faschistischen Regime, der Entwicklung fähig. Sie wächst in ihrem Innern wie mit ihrer großen Politik, den Demokratien entgegen, und eben diese verteidigt sie auch schon, anstatt daß sie ihre Macht für den »Bolschewismus« einsetzte. Über den Sachverhalt zu befinden ist natürlich niemand zuständig außer den Demokratien selbst, und die haben ihn begriffen. Aber das alles wäre noch nichts. Die Demokratien ihrerseits enthalten den Keim des Sozialismus. Nürnberg könnte ihn sogar mit feurigen Zungen nicht wegreden, da er organisch ist. Der demokratische Organismus wird beseelt von der Idee der Freiheit. Umso schlimmer für faschistische Regime, daß die Idee der Freiheit nicht nur den bestehenden Demokratien, sondern dem Menschenwesen eingeboren und für immer unverlierbar ist.

Die Idee der Freiheit indessen verlangt heut und jetzt

nach sozialistischen Erfüllungen. Sie verlangte danach nicht immer, sie tut es heut und jetzt. Die Demokratien haben greifbar vor Augen, daß nur noch soziale Eingriffe und Erneuerungen die Freiheit lebendig erhalten werden. Das drängt sie von selbst zu seiten der Sowjetunion und entfernt sie unaufhaltsam von den faschistischen Staaten. Das Verdienst und Lebensrecht der französischen und jeder Volksfront ist ihr völlig neuer Einblick in die Relativität der Freiheit. Die gestrige wäre keine mehr. Die Freiheit, die das Gesetz des Lebens ist, wird wieder einmal von vorn erlernt und erworben. Es ist ein seltener Vorgang. Verständnislos wohnt ihm bei, wer nichts lernt, und auch erwerben kann so einer nur, was seine leeren Gewalthandlungen abwerfen. Diese Art redet unwissend an allem vorbei, sie macht sich lustig in ihrer traurigen Dummheit über »Leute, die von der Schönheit der Freiheit träumen«. Hält die Freiheit für eine ästhetische Vergnügung, einen optischen Mißgriff, grüner Himmel, rote Wiese und obendrein Freiheit. Dem Wesen, das dort vor den Lautsprechern sich auslebt, fehlen die biologischen Begriffe, die Wissenschaft ist sein Feld nicht. Von jeder Gelehrtheit abgesehen, gebricht es ihm an der Teilnahme für den wirklichen Menschen: das ist sein Gebrechen. Daher sein blinder, gequälter Hohn über die »schöne« Freiheit, – die gar nicht genußreich, sondern harte Pflicht von jeher und der unendliche Kampf des Lebens selbst ist.

Wir wollen ihm nicht gleichen. Sein Parteitag brachte Läppisches genug, das müßige Theater, den windigen Lug und Trug: wir sahen es. Wir begreifen einiges mehr, die tragische Verstrickung hinter dem Schwatz, die Angst – die Angst vor der gegebenen Wirklichkeit, der man ausweichen möchte, vor den tief begründeten Ereignissen, woran man sich den armen leeren Kopf einrennt. Die Demokratien entwickeln die Idee der Freiheit. »Wir« sind gegen eine überwundene Infektion gefeit, mehr weiß er zu dem Gegenstand nicht. Was hätte er zu der französischen Revolution zu sagen gehabt? Daß Untermenschen sie gemacht haben müssen. Die russische kann einzig von den Juden kommen. Besiege den Juden, schon hast du jedes menschliche Verlangen nach mehr Glück besiegt. Das vermeidbare Unglück der Welt zu ersparen, da der Mensch von Natur schon unglücklich genug ist, dies ist der Grundton und Einklang des gesamten deutschen Denkens gewesen, die große Literatur der Deutschen bezeugt es durch die Jahrhunderte. Jetzt haben sie einen Anführer, – er ist geschaffen und bestellt, ihnen jeden wohltätigen Versuch, wo immer er unternommen wird, zu verleiden. Aber als einziges Mittel der Abschreckung findet er den »jüdischen Intellektualismus«. Intellektuell sein soll ebenso hartnäckig wie vergebens zur Schande verdreht werden, – als ob in aller Welt eine Potenz sich einreden ließe, gesund und anständig sei die Impotenz.

Die Deutschen in allen ihren Schichten und Ständen bekunden, wo sie es irgend wagen dürfen, und oft mit Gefahr des Leibes, ihre neue, zunehmende Liebe für die Freiheit. Sie wird ihnen bestätigt durch die Nachrichten, die trotz den aufgerichteten Hindernissen bei ihnen eindringen, und ihr eigenes beklagenswertes Schicksal macht sie hellhörig. Intellektuell macht es sie bis jetzt nicht: dann ginge es schneller mit der Freiheit, die sie meinen. Aber sie wissen durchaus, daß frei sein wollen nichts anderes heißen kann als eine Volksfront bilden. Sogar die Deutschen, die noch nicht geneigt sind, mit dem ganzen Volk, einschließlich der Kommunisten, eine Front zu bilden, begreifen nachgerade, daß sie nur vorläufig getrennt marschieren: zugeschlagen wird zu seiner Zeit gemeinsam. Was den Deutschen gleichfalls nicht entgeht: jede Volksfront wird intellektuell geführt. Daher die bei ihnen sonst nicht bemerkte Achtung für geistig Ausgezeichnete, der Wunsch, mit ihnen Fühlung zu nehmen, wo sie sich gerade aufhalten. Das ist in diesem Augenblick meistens die Verbannung.

Genug, daß der Wert der menschlichen Spielarten bei den Deutschen jetzt im Wechsel begriffen ist. Der Anti-Intellektuelle von Nürnberg ist weniger gefragt, der Intellektuelle stärker. Entscheidend wird schließlich sein, welchen seiner vorhandenen Typen ein Volk erwählt. Es muß nicht jedesmal der biologisch unglückliche, sein Instinkt muß nicht gegen das Gesetz des Lebens gerichtet sein. Er kann das Leben begreifen und den Menschen lieben. Ein großer Mann seines Volkes, Tomas Masaryk, hat sein Volk geliebt und wurde ein gütiger Befreier, – weil er viel erkannt hatte. Viel erkannt, viel erfahren, er kehrte aus der Verbannung heim: der Intellektuelle, nach dessen Bild und Beispiel sein Volk sich formt, um glücklich zu sein wie er. Denn er durfte sagen, er habe glücklich gelebt.

Die Rede

Die lange erwartete Rede des deutschen Führers ist erwartet worden, ohne daß man etwas von ihr erwartet hätte, außer in England. Aber man wartet gern, es ist auf der Welt die beliebteste Beschäftigung. Wer weiß, vielleicht erfolgt dennoch eine Überraschung. Der Redner könnte zum Beispiel seine Rede halten, während er kopfüber am Trapez hängt. Oder er spricht arisch. Nein, nichts ist geschehen, niemand darf übrigens enttäuscht sein, außer dem großbritannischen Botschafter, der einen tief verdüsterten Bericht abgeschickt hat. Alle anderen hätten die Rede im schlimmsten Fall selbst halten können, so genau wußten sie, was darin stehen würde. Er wird sich auf Einzelheiten nicht einlassen oder wird von ihnen reden wie ein kleines Kind. Das Wesentliche bleibt: er hat die Macht ergriffen, gedenkt sie zu behalten, und sie soll immer größer werden, nur seine, seine, seine Macht soll auf Erden bestehen. Hiernach wird er behaupten, daß seine Macht und Herrschaft in vier Jahren ergiebig, höchst ergiebig gewesen sind. Auch von diesen Einzelheiten, Wirtschaft, Kultur und so, wird er reden wie ein kleines Kind. Trotzdem wird er recht haben zu sagen, daß die vier Jahre seiner Macht ergiebig waren. Sie waren es weniger für andere Leute, für die Deutschen, die Juden, die Spanier, überhaupt für Europa. Die können nicht sagen, daß es ihnen gut bekommen wäre. Sich selbst hat er nur Segen gebracht.

Es muß ein herrliches Gefühl sein, wenn schon um acht Uhr früh sämtliche Militärkapellen die schönste Musik anheben, weil ich um ein Uhr reden will. Ein Anderer würde darüber den Faden verlieren, anders ich. Denn ich habe keinen zu verlieren. Ich mache einfach mein Führergesicht, es ist bösartig, hat aber auch wieder etwas Ulkiges, das entwaffnet. Ich mache ganz, ganz böse Augen, die unartigen Kinder sollen sich vor Schreck verunreinigen. Pallenberg konnte das. Ich klebe mir übrigens die aufgeworfene Nase großen Formates, wie er sie als braver Soldat Schwejk trug. Ich ziehe die Winkel meines Mundes so tief herunter, daß er mit dem Doppelkinn zusammen im Kreis verläuft. Hierdurch entsteht eine viel zu große Oberlippe, die ich mit einem Gewächs ausfülle; es sieht wie eine Maus aus, kann aber nicht laufen. Schöner wäre noch, es säße mal hier mal dort. Drohende Züge, die gleichzeitig komisch sind, haben nun die sonderbare Wirkung, daß ich aussehe, als hätte ich vor mir selber Angst. So blicke ich als das gelungene Schreckgespenst meiner selbst in die Welt, die erstens dies bemerkt. Außerdem verweilt sie bei dem künstlerischen Einschlag meines Wesens. Ich rühme mich einer Anordnung meiner Haare, wie nur verkrachte Malermeister sie fertigbringen, lockere Strähnen in der Stirn, und auf dem Gipfel des Hauptes eine Fülle. Es muß etwas daran sein. Menschen der Macht, die nichts weiter sind, haben Kahlköpfe. Ich bin ein Genie.

Und dazu spielen alle Militärkapellen. Ich stelle vor meinem Spiegel fest, daß ich ein Genie bin: es muß überwältigend sein, schon dies. Hinzu kommt aber, daß ich nicht diesen einen lumpigen Spiegel besitze, weit gefehlt. Ich spiegele mich in einem ganzen Volk. Mein Volk und mein Genie, sie werfen eins das andere zurück und vervielfältigen sich, eine unendliche Galerie von Spiegeln, leer glänzend. Vor lauter Großbeleuchtung sind beide leer, mein Genie, mein Volk. Tut nichts, der Zustand kommt nicht oft vor, ich habe nicht umsonst gelebt und denke von mir vorteilhaft. Wie ohne Weiteres auch mein Volk denkt. Das Spiegelbild und sein Beschauer sind eins. Ohne den Gespiegelten kein Bild, wo wäre dies Volk, wenn es nicht das Glück hätte, daß ich mich in ihm spiegele, daß es in mir sich spiegeln darf. Wir sind unzertrennlich, kein Fetzen Papier soll sich zwischen uns drängen, so daß wir uns nicht mehr sähen. Auch nichts anderes darf vor meinen Spiegel treten und mir mein Bild verdecken: besonders keine Theorien, und schon gar nicht die Toten. Wie lästig sind Theorien, wie unbekömmlich sind Tote. Ihre Entschuldigung ist nur, daß es sie nicht gibt. Die Wirklichkeit, die ganze Wirklichkeit – bin ich.

Nach dieser unabhängigen Meditation, die dem Gegenstand nichts nimmt und nichts hinzufügt, kehren wir zu ihm zurück. Wir hatten gar nicht mehr an den Führer Hitler gedacht. Um zehn Uhr war es soweit, daß seine Leibwache an ihm vorbeizog. Kaiser und Könige haben keine Leibwache, höchstens Gardes du corps, die aber niemals wirklich einen Körper bewachen. Hier wird verdammt ein Körper bewacht. Daß ihm um Himmels willen nichts zustößt! Nur ruhig, nur ganz wohlgemut. Die Helme der dreitausend Leibwächter sind mit Totenköpfen versehn, schon das sagt genug. Mehr noch verbürgt die Haltung des Volkes; seine Dankbarkeit und einmütige Liebe waren an diesem Morgen wieder einmal von einer Maßlosigkeit, daß kaum das stärkste Aufgebot von Polizei sie in Schranken hielt. Aufrecht im Automobil, worin denn sonst, doch nicht im Kremser, grüßte der Führer mit dem Hitlergruß die Leibwache des Führers Hitler. Schar um Schar mit den Scharführern marschierte an dem Führer vorbei, er aber wurde nicht müde zu grüßen. Die aufgepflanzten Bajonette blitzten in der Sonne, die es sich nicht nehmen ließ, in ihnen zu blitzen. Die Augen des Führers blitzen furchterregend.

Wen wundert das ungeheure Volksgeschrei, das ausbrach, als er dem Automobil entstieg. Es beglückwünschte den Führer seiner Leibwache, dann stieg der Führer wieder ein, und der Führer der Leibwache lebt noch, nachdem er in das Auge geblickt hat. Lange rollten die Trommeln einer Reichswehrkompanie, und in das Reichskanzlerpalais kehrte der Führer heim: die erste Tat des Tages war vollbracht. Die zweite erfolgte um zwölf Uhr vierzig, als der Führer Hitler mit Hitlergruß das Reichskanzlerpalais wieder verließ, um in den Reichstag zu fahren. Der ganze Weg war gesichert, und je dichter die Absperrung, um so lauter das Volksgeschrei. Von jetzt an gab es Würstchen. Das Volk hatte es, um der Volksgemeinschaft willen, auf sich genommen, die große Rede seines Führers ohne Murren anzuhören, stehend, auf der Straße im Frost. Stundenlang war es eingeladen, um nicht zu sagen kommandiert. Die Arbeiter mußten, und so wollten sie denn auch. Sie haben sich das Ihre gedacht, man wird noch sehen; während der Führer durch ihre Reihen fuhr mit der hauptsächlichen Sorge um die Bewachung seines Körpers, hatten sie wichtigere Sorgen. Übrigens war die Straße geheizt, jeder Hundertste verbrannte sich an einem Ofen. Gulaschkanonen verkehrten, und wieder der Hundertste bekam Würstchen. Soweit das Volk, das wir hiermit verlassen.

Im Reichstagssaal mit seinen Hakenkreuzfahnen, Wandbespannungen und siebenhundertfünfzig Abgeordneten, voran Göring, alles vergoldet, alles in Wichs und Glanz, überall goldene Troddeln, außer Papen und Hugenberg, zwei dunklen Anhängseln – im Saal entstand gottesfürchtige Stille, da war es ein Uhr fünf. Alle waren auf den Füßen und hielten die Luft an. Feldmarschall von Blomberg, auf welchem Feld war er schon mal Marschall, stand stramm, und mit ihm Schacht. In der Diplomatenloge erhob sich, was da war, von dem Gesandten Italiens bis zu dem des Herrn Franco. Ein Uhr fünf, der Führer.

Der Führer tritt ein, wie Führer eintreten. Er erscheint und ist da, das sagt alles. Man nenne sein Auftreten nicht feierlich. Das Schicksal ist nicht feierlich. Der Weltuntergang wird dereinst nichts Feierliches haben. Genug, daß er da ist. Der Führer, als er nun da war, begrüßte sich selbst mit Heil Hitler, worauf die sonst vorhandene Menschheit auch wieder ihm das Heil entbot, und keineswegs sich selbst. Was hätte sie sich selbst noch wünschen können, da ihr Führer da war und redete.

Er redete, wie andere handeln. Andere müssen sich im Leben behaupten vermittels Inhalt und Gewicht, was notwendig dazu führt, daß ihre Reden, da sie etwas sagen, von ihrer Person ablenken. Kein wahrer Führer wird jemals von seiner Person ablenken, er könnte es gar nicht. Ihm ist gegeben, darzustellen was er nicht ist, und läßt es die Anderen etwas kosten. Wer ungestraft mit der Welt umspringen durfte, als wäre er Napoleon, ist aber im Grunde seiner Seele noch nicht einmal der Hauptmann von Köpenick, – wozu redet der noch? Es ist ein Akt, und die Inszenierung seiner Person ist es, aber natürlich keine Rede. Den ersten Akt heute spielte er mit der Leibwache, den zweiten mit dem Volk, den Öfen und Würstchen; der dritte handelt im Reichstag, unter stummer Beihilfe »seiner« Abgeordneten. In seiner Rede betonte der Führer seine volle Verachtung des Redens, was nur in Ordnung ist. Reden, die so zu heißen verdienen, werden von Menschen, nicht von Führern gehalten. Sie bringen oft Unpersönliches, und betreffen den Redner dann nur insofern die Wahrheit ihn angeht. Eine Sache kann, ohne eigennützige Absichten, den Redner bewegen, aber es darf kein Führer sein. Eine wahrhafte Rede ist gleichzeitig Rede und Antwort; wem aber sollte ein Führer wohl antworten? Zuletzt nur immer sich selbst, da er ohne Beziehung zum Leben und in seiner Vorstellung, auf seiner Bühne, schlechthin der Einzige ist. Er betonte seine Verachtung der Anderen, die irgendwo, außer ihm, noch reden. Seine Verachtung derer, die den Mund halten, geht ohne Weiteres mit hin, er erwähnte sie nicht erst.

Jetzt endlich ist dies alles allgemein bekannt, nur der Ordnung halber wird es hier wiederholt. Jeder, außer dem großbritannischen Botschafter, der einen tief verdüsterten Bericht abschickte, hat darauf verzichtet, die Rede des deutschen Führers noch ernsthaft zu betrachten. Nur die Erscheinung wird betrachtet, in der Tat eine Erscheinung. »Seine« Revolution, sagt er, ist nicht nur eine Revolution, sie ist die Revolution der Revolutionen, sagt er, und warum nicht. Sie ist der Versuch, sämtliche Freiheitsbewegungen der Menschheitsgeschichte rückgängig zu machen: insofern stimmt es, und wo er recht hat, hat er recht. Ferner bemerkte der Redner, daß die ehrenwerten englischen Bürger gegen das spanische Gemetzel noch nicht protestiert haben. Auch richtig. Sie hätten in Berlin protestieren müssen, und das haben sie versäumt. In Spanien sind hundertsiebzigtausend Menschen getötet worden, wie der Redner feststellte. Den Veranstalter des Unternehmens nannte er nicht, und wozu, jeder kennt ihn. Verträge, die mit der Sowjetunion geschlossen werden, gelten für ihn nicht, so bestimmte der Redner, unbekümmert darum, daß sie für andere gelten, besonders für die Sowjetunion, die ihre Verträge hält, während seine eigenen Verträge –. Aber mit viel gutem Willen, woran es die großbritannische Regierung nicht fehlen läßt, gelten sogar seine eigenen Verträge – die ersten vierzehn Tage, bis sie anfangen, der deutschen Ehre zu widersprechen oder die deutschen Lebensinteressen zu bedrohen.

Olle Kamellen. Kein Hund vom Ofen. Jedes Auge bleibt trocken. Was der Redner auch immer äußerte, es war richtig, falsch, in richtiger Weise falsch und in falscher Weise richtig. Vor allem, die Welt hatte sich, noch bevor er den Mund öffnete, darauf eingerichtet und wird schon selbst sorgen. Der Redner meinte, zwischen ihm und Frankreich gebe es keine menschenmöglichen Streitpunkte. Menschenmögliche, nein; aber führermögliche; – und was dieser Führer jemals dichtet und trachtet, es hat als Ziel nur Frankreich. Er macht nicht Weltpolitik, alles ist Vorwand und Umweg in Richtung Frankreichs. Die Vernichtung Frankreichs, sie beschäftigt ihn, wie einzig seine eigene Person ihn beschäftigen kann: da Frankreich unter den Völkern die unverbrüchliche Idee der Freiheit darstellt und abhandelt – je vernünftiger und maßvoller, umso unverbrüchlicher. Er aber ist der Gegenspieler und muß fallen, wenn Frankreich steht. So viel weiß er, der Selbsterhaltungstrieb unterrichtet ihn darüber. Er weiß, was nachgerade offenkundig ist, daß die Welt im Begriff ist, frei zu sein oder unfrei, und daß es hienieden nur einen Kampf gibt, den Freiheitskampf. Sein »Bolschewismus« und »Antibolschewismus« trifft nichts Wirkliches. Mit wie viel Eifer redete er ins Leere, während jeder, jeder das wahre Paar der Gegensätze auswendig kennt und vor Augen hat. Das ist: hier er und drüben die Freiheit.

Wenn er es ändern könnte und trotz der Änderung bestehen bleiben könnte mit seiner Person, seiner Maske, seinem Aufwand von Führerbetrieb: lieber heut als morgen wär' er bereit. Wer sähe nicht unter seinen eigenen Füßen den Abgrund, sogar ein Führer sieht ihn. Indessen war der Führer genötigt, Rettungsversuche abzulehnen und zu sprechen: »Über das Maß der Rüstungen wird in Berlin entschieden.« Dies mit schlotternder Angst im Gebein. Wer nur rüstet, weil er sonst verloren wäre, ist endlich umso sicherer verloren. »Sechs Millionen Arbeitslose habe ich in Deutschland vorgefunden.« Wie viele Millionen würden es aber sein, wenn er aufhörte zu rüsten? Und wie viele, nachdem er seinen Krieg verloren hat? Das wenigstens geht ihn nicht mehr an, dann hat er ausgeredet. »Im Verhältnis zu den hundertsiebzigtausend spanischen

Toten hätte ich das Recht auf eine halbe Million gehabt, wenn ich gewollt hätte«, sprach der Redner. Die errechnete Zahl langt nicht, mein Führer. Sie würde weit überschritten werden, wenn Sie Deutschland dorthin führen würden, wohin Sie, nach Berufung und Natur, es allerdings führen müssen. Sie sind aber nicht der einzige Redner. Deutschland redet mit.

Wir verließen das Volk auf der Straße im Frost, bei Würstchen oder warmer Suppe. Die Lautsprecher brüllen: »Ich komme aus dem Volk«, – womit der Redner sich ein Alibi sichern will und eine Ausflucht sucht. Die deutschen Arbeiter haben es gehört und haben überlegt, daß es durchaus nicht gut und rühmlich ist, »aus dem Volk zu kommen«, wenn einer es dann mißbraucht im Auftrag der Feinde, die dies Volk hat. Wir werden unseren sozialistischen Volksstaat erobern, haben die deutschen Arbeiter beschlossen – wenn nicht schon vorher, dann sicher im Lauf dieser Führerrede. In unserem Volksstaat kommt niemand mehr aus dem Volk; denn nichts wird da sein, als nur das Volk.

Fünf Jahre

Die fünf Jahre sind allen sehr lang geworden. Der Krieg war dagegen kurz, die Inflation verstrich im Fluge. Schnell stellte sich heraus, daß man im Kriege stirbt und durch die Inflation verarmt. Darüber war man beruhigt. Das nationalsozialistische Regime hat vom ersten Tag an den erklärten Zweck gehabt, die Deutschen so klein zu kriegen, sie derart zu erniedrigen, daß nie mehr eine Erhebung käme. Das Regime kleidete seinen erklärten Zweck in einen Flitter von Worten, ihr wirklicher Sinn konnte nur langsam begriffen werden. In einem Buch, das jeder Untertan des Regimes gelesen haben muß, hätte man die Stelle beachten sollen, wo die Geisteskämpfer verhöhnt werden. Wer das aus der Feder bringt –.

Das Regime »gab der Nation die Ehre wieder«. Es »schützte die Rasse«. Es warf mit »Volksgenossen« um sich, und sie waren »erdgebunden«. Das Regime bekämpfte sowohl die Ausbeutung wie die Arbeitslosigkeit. Wer merkte da gleich, daß der Kampf des Regimes darauf gerichtet war, nur Millionäre und nur arme Leute zu Wege zu bringen. Für die Tatsache der Zwangsarbeit kann man den Namen des Sozialismus einsetzen, wenn man der Einzige ist, der reden darf. Es ist kein Kunststück, die Lohnempfänger billiger abzufinden als sonst die Wohlfahrtsempfänger, immer mit dem Sozialismus im Munde, solange Widerspruch nicht aufkommt.

Die Zeit vergeht, bis unter den aufgedrungenen Worten die nackten Tatsachen zu sprechen beginnen. Einem stummen Volk läßt sich eine gute Weile erzählen, es habe die

Demokratie, sogar die einzige vollkommene, da es einmütig gehorcht. Freiheit ist leicht gesagt, wo nicht einmal Freizügigkeit besteht und Männer, Frauen, Kinder, alle »erdgebunden«, zwangsweise verschickt werden. Die totale Militarisierung einer Nation kann Freiheit genannt werden, einmal angenommen, diese Nation wäre für nichts anderes geschaffen. Das Regime versteht alles, die Freiheit, den Sozialismus, die Rasse, Ehre, das Recht und den Wohlstand im Sinn eines Volkes, das freudig darauf verzichtet. Dann gehen, für eine ganze Weile, die Tatsachen in den Worten auf.

Die »Erbhöfe« sind eine Einrichtung der Sippenehre. Widersetzt der Bauer sich seinem Ruin, der im Zuge des Regimes beschlossen liegt, dann verliert er nicht zuerst den Hof, sondern die Sippenehre, worauf er allerdings enteignet wird. Das ist eine Begleiterscheinung. Verhungerte Massen sind kein Gewinn für die Volksgesundheit. Die Volksgesundheit ist dasselbe wie die Rasse, es gibt keine andere Rasse als ein gut ernährtes Volk. Wer aber mit der Erfindung der »Erbgesundheit« umspringt, muß die Verhungerten nicht ernähren, er sterilisiert sie. Er erklärt sämtliche Armen, die sein Werk sind, für minderwertig, und als Rasse bleibt übrig eine Schicht, die er mit Geld stopft.

Die Arbeiter sind eine »Gefolgschaft«. Sie haben nichts zu erben, weder Höfe noch gesunde Ernährung, besonders nicht die Produktionsmittel, die nun einmal in den Händen weniger »Werkführer« sind, und das Regime zielt darauf ab, daß es immer weniger werden. An Ehre – oh! an Ehre kommt die »Gefolgschaft« den »Werkführern« gleich. Entlassen, verhaftet, in zerschlagenem Zustand vor das »Volksgericht« gestellt – werden sie durchaus um der Ehre willen; sie haben entgegen der Ehre gehandelt, als sie den gerechten Lohn verlangten. Die schweren Verstöße gegen die Ehre sind offener Lohnkampf, Sabotage, staatsfeindliche Gesinnung und ihre illegale Verbreitung. Hier tritt der Henker auf.

Wenn die »Werkführer« dasselbe täten, würde der Henker ebenfalls auftreten; das gleiche Recht für alle ist ein Grundsatz der Demokratie, und nun erst der vollendeten. Der Zufall will, daß die »Werkführer« weder Schuppen anzünden noch aufrührerische Flugblätter umgehen lassen. Merkwürdig, ihre Frauen sollen zuweilen die Sendungen auf Welle 29,8 abhören, nennen das sogar »unseren Sender«. Sie werden bisher selten mit dem Beil gerichtet. Jüdische »Werkführer« enteignet man nach Wunsch; wer verginge sich nicht gegen die Devisenordnung, aber nicht jeder treibt die Ungesetzlichkeit weit genug, gleich Jude zu sein.

Laßt dicke Männer um mich sein, noch dickere, nie dick genug. Bereichert euch, und ist sonst nichts da, freßt die Schwächeren. Mittlere und kleine »Werkführer« verlieren jetzt gern ihren Betrieb, nachdem sie selbstverständlich vorher ihre Ehre eingebüßt haben. Betrieb und Ehre der Mageren verschwinden in den größten Bäuchen. Dies Regime, seines Heidentums ungeachtet, hält sich an ein Wort des Evangeliums: Wer da hat, dem wird gegeben. Wer aber nichts hat, dem wird auch noch genommen, was er hat. Dies Regime, so lang seine bisherige Zeit allen geworden ist, hat eine taschenspielerische Eilfertigkeit betätigt im Aufreiben der mittleren Existenzen wie der kleinen. Handwerker, Krämer, Kaufmann, Fabrikant, der ganze Mittelstand soll es sein. Herunter mit dem Gelehrten und eine geistige Maul- und Klauenseuche bei ihm eingeschleppt: die andere schleppen die Milchkontrolleure beim Bauern ein. Herunter mit dem Künstler, wo schon der Arbeiter steht. Dem einen bleibt mit seinen Händen nichts zu machen außer der Kunst, die auch der Führer machen kann. Der andere mißbraucht seine Hände für die Herstellung von Tanks, Flugzeugen, Giftgasen, Bomben.

Dem deutschen Volk ist »die Ehre wiedergegeben«, seitdem es rüsten darf, hungern darf und aufgelöst wird in eine totale Masse erniedrigter Menschen. Statt der Tatsachen, die sie am Leib spüren, sollen sie weiterglauben – den ganzen Bettel der angemaßten Worte, gesetzt, sie hätten einmal daran geglaubt: Ehre, Rasse und der lumpige Rest. Niemand glaubt, aber man ist in der Lage drin. Jetzt sind die Grenzen endgültig gesperrt, der Ehre wegen, versteht sich; und sie öffnen, die Grenzen öffnen, dies Regime kann es nicht, seine erkünstelte Wirtschaft bräche augenblicks nieder. Somit die Ehre hoch, und auf Futtermittel verzichtet für das liebe Vieh. Die Menschen verweist man behufs Gewinnung ihres Futters zuletzt an den Müll.

Das ist bekanntlich das antibolschewistische Verfahren, da der Bolschewismus in schweren Fällen manche Gefahren heraufführt, das Brot, die Butter, den Frieden. Das antibolschewistische Verfahren wurde eingeschlagen, um die Zivilisation zu retten, richtiger: um das Regime und die Zivilisation vor einander zu retten; – man setzt voraus, daß Absicht und Ergebnis sich decken –. Das Ergebnis erlaubt keinen Zweifel: das Deutschland des Regimes liegt außerhalb der Zivilisation. Ein amerikanischer Botschafter hat Berlin den Rücken gewendet, weil er genug hatte; worauf er zu Haus eine Rede hielt. Ihr bemerkenswertester Satz ist dermaßen verleumderisch, – der deutsche Botschafter in Washington hatte nicht Autos genug, um hinzueilen auf die Behörde mit seiner Beschwerde. Mr. Dodd ist ein zu freier Amerikaner. Hierzu die Stimme des Kardinals Pacelli, päpstlichen Staatssekretärs: Wenn das Regime sich hält, gibt es in Deutschland kein Christentum mehr.

Viel für einen Botschafter. Viel für einen Kirchenfürsten, der im Range gleich nach dem Papst kommt, und dieser sagt mit anderen Worten dasselbe. Wo bleiben die Autos des deutschen Vertreters beim Vatikan? Auf, zur

Behörde mit einer Beschwerde. Was Christentum ist, bestimmt der Führer. Pacelli kommt dem Christentum des Regimes so schnell nicht nach. Es geht wie mit den Demokratien, das Regime läßt ihre festgefahrene Demokratie weit hinter sich. Es geht wie mit der Freiheit: das Regime hat die wahre. Es geht wie mit dem Sozialismus. Die Sowjetunion hat seine Verwirklichung niemals ernst genommen; die Redner eines Regimes, das den Sozialismus ehrlich meint, bezeugen es der Union. Sozialistisch, frei, demokratisch, obendrein liberal, überdies ein Hort des Friedens, eine Insel des Glücks: jeden Namen führt das Regime. Es kann seine Menschen, die Wirtschaft, Gesittung, Vernunft seiner Menschen besser abwürgen im Schall der Namen. Sogar intellektuell, einst bei ihm die verrufenste Eigenschaft, ist das Regime geworden in den letzten fünfzig seiner ersten tausend Jahre. Es hält Selbstgespräche über Kant, es meldet seinen Anspruch auf die Kritik der reinen Vernunft an. Es muß sie wohl für böhmische Dörfer halten.

Bleibt die Frage, warum ein Regime, das naturgemäß gewachsen ist und allen Bedingungen der Nation gerecht wird, nachgerade nicht ein und aus weiß vor Widersprüchen und im Turm seiner eigenen Lügen die Puste verliert. Der tiefste Grund, wenn dies Regime zu ermessen wäre, ist seine Unproduktivität. Es war lebensfeindlich, bevor es antrat. Seither unterliegt es seinem Gesetz, zerstört immer, und was es schafft, ist Wüste. Aus dem Urwald behauptete es zu kommen, in der Wüste ist es angelangt. Sein einziger noch übriger Gewerbefleiß sind die Kriegsmittel. Nun hat es, um wirklich Krieg zu führen, die Menschen nicht mehr, zu schweigen von ihrer Tüchtigkeit, die abnimmt bei dem Regime, und ihrer Gesundheit, die unter ihm leidet: dieselben Deutschen, die das Kaiserreich für unerschütterlich hielten, das Regime hat sie gelehrt, an nichts so fest zu glauben wie an seine unausbleibliche Niederlage. Sie wissen, daß die einzige blühende Industrie nichts anderes hervorbringen kann als das Ende von allem.

Das Regime kennt seine Unproduktivität. Es gab noch keinen Nichtskönner und Verkrachten, der inmitten seiner erschwindelten Erfolge über seinen wirklichen Zustand im Dunkeln war. Sein unheilbarer Neid quält und belehrt ihn. Sie geben sich nicht lange. Sie leben auf Abbruch: daher bereichern sie sich so furchtbar. Wer müssen die Herren und Gebieter eines unglücklichen Volkes sein, wenn sie ihm zum Hohn sich einen Palast nach dem anderen bauen, öffentlich schwelgen, öffentlich die Überführten in neue Ämter einsetzen. Unfruchtbarkeit entsittlicht. Die Kriegsindustrie ist nicht produktiver, als gleich in die Kassen zu greifen. Das erspart Umwege.

Dasselbe Eingeständnis der Unproduktivität sind die Verfolgungen. Sie eröffneten die Vorstellung, sie werden gesteigert bis zum Finale, und das ist vorgeschrieben. Deutschland wird nicht entchristlicht werden, wie man sieht und begreift. »Wenn das Regime sich hält« – bedeutet keine glaubwürdige Voraussetzung, sondern die sehr ruhige Gewißheit, daß es nicht vorhält. Dieselbe ruhige Gewißheit, jeder Sozialist besitzt sie. Der Sozialismus wird nicht vergessen werden, die erforderliche Frist dauert kein Regime. Die Freiheit, sie ist heute dem Sinn des Volkes, allen seinen Klassen und Schichten gegenwärtiger als vor dem Antritt des Regimes. Dies Volk erwirbt von seiner Ehre den richtigen Begriff. Das Recht, es war vor Zeiten eine Formel; die Entrechtung eines Volkes hat es lebendig in die Herzen gesenkt. Rechtliche Menschen mußten sterben, Foltern leiden, in Kerkern und im Exil für das Recht zeugen. Freiheit und Recht, soziale Rechte und die Gewissensfreiheit, alle sind auferstanden in Menschengestalt und reden aus dem Mund der Opfer, die dies Regime macht.

Fünf Jahre vollbrachten Namenlose die schwerste illegale Arbeit im Lande. Fünf Jahre arbeiteten andere im Exil. Das ergibt die Verbundenheit der Menschen, die ihnen früher versagt war: ein Erzeugnis des Regimes, so wenig es geahnt hatte, es könnte auch produktiv sein. Wie segensreich, Gefährten, unbekannte Freunde und ihrer täglich mehr zu haben! Gerade dieses Glück mußte das Regime den Menschen bereiten, es konnte nicht umhin. Dieselbe Verehrung bei denselben Menschen genießen hingerichtete Arbeiter und der eingekerkerte Pfarrer: für jedermann war das nicht vorauszusehen. Die heldenhaften Arbeiter, sie haben angesichts des Blockes ihren Glauben bekannt. Das Bekenntnis lebt und zeugt weiter. Die letzte Predigt Niemöllers wird oft gedruckt und gesprochen werden; mit den Abschiedsworten der Arbeiter ist sie die beste Prosa dieser Zeiten.

Er fragt: wie lange? und er lobt die Unterdrückungen, die uns stärken, zu lernen und zu lehren. Aber das ist schon der Kampf. Ihr fragt: wie lange, habt aber schon »die Botschaft« vernommen, und erwacht ist euer sittliches Bewußtsein ... Über die Grenze kommen Gäste aus Deutschland, sie sagen: »Kein Jahr dauert es mehr.« Das ist »die innere Zuversicht«, wie sie im Katechismus steht. Es ist nicht die Rechnung auf den finanziellen Zusammenbruch des Regimes, seine politische und militärische Niederlage, die sämtlich zweiten Ranges sind. Über euch entscheidet euer Wissen, daß sie fort müssen.

Dem sittlichen Willen eines Volkes hält keine Schreckensherrschaft stand – und nur seinem sittlichen Willen nicht. Ihr seht Spanien und seht, daß zum Erstaunen der Fachleute die Überraschungsstrategie dort versagt – gegen einen großen sittlichen Willen. Von seiten eines unsittlichen Willens angewendet, verfängt keine Überraschungsstrategie, und überhaupt weder Macht noch List, wo ein Volk gelernt hat, zu fühlen und zu denken als sittliche Einheit. Das heißt: als Volksfront.

III

Dulder, Sieger

Spanische Lehren

Die Bilder der getöteten Kinder sind außerhalb Deutschlands und Italiens überall gezeigt worden. Wenn die Schule aus war, erschienen am Himmel die Flugzeuge, gerade dann, und gaben aus der Luft den kleinen Spaniern den Tod. Unter den Fliegern waren Deutsche, eine Zeitlang stellten die Deutschen gegen die spanischen Kinder die Hauptmacht. Die toten Kinder haben durchlöcherte Köpfe, diesem fehlt ein Auge, dem anderen die halbe Stirn. Den Meisten steht der Mund offen, sie sprechen noch. »Wirklich?« fragen sie, und antworten: »Wie schade um uns – und um euch.«

Das Propaganda-Ministerium der spanischen Republik stellt Photos nebeneinander: die Schule mit den lebenden Kindern, und dieselbe Schule voller Leichen. Zwischen den Lebenden und den Toten eine Fliegerbombe mit der Inschrift: Zusatzkörper. Den Körpern ist allerdings zugesetzt worden. Die Erklärung des Bildes sagt darüber: »Dies ist eine Haltung, die von tiefer Entartung zeugt und im Gegensatz steht zu der Obhut der Republik für die Kinder.«

Die langen Reihen der Bilder bringen nicht nur das zerstörte Madrid in allen Aspekten und den Tod der Menschen in jeder Gestalt. Sie geben die Entstehung und den Verlauf des Krieges. Die Generäle, die ihn anfangen, haben Gesichter: wer eidbrüchig ist und das Volk haßt, kann noch verworfenere nicht haben. Es erscheinen aber die klaren und stolzen Köpfe armer Bauern. Die Begeisterung nimmt Züge an derart, daß Männer mit Gewehren im nackten Arm einander an die Brust schließen, wie sie die Freiheit und den Sieg an die Brust geschlossen haben. Ein junger Kamerad von deutschem Typ verkündet Leuten, die beglückt in sich versunken sind, den neuen Sinn für Pflicht, Einmütigkeit, soziales Gewissen. Schöne junge Frauen stehen ernst auf ihre Waffe gestützt.

Demokratien treiben bis jetzt nur wenig Propaganda. Was sie vom Menschen halten, ist nicht leicht auf den äußerst verkürzten, ganz einfachen Ausdruck zu bringen. Es muß um Sein und Nichtsein gehen, dann entsteht in der spanischen, von Intellektuellen geleiteten Demokratie ein Bild wie dieses. Ein enger Kahn, um den die Wellen plätschern. Hineingepfercht sind vorn der General, hinten der Nazi, dazwischen ein schlechter Christ, zuletzt die Mauren. Volk, da hast du deine geschworenen Feinde. Ihre stieren, leeren Augen verraten die Urheber so vieler Untaten. Mit Ehrenzeichen bedeckt, handeln sie ehrlos und erkennen es nicht. Ein Stück Erde, geformt wie die iberische Halbinsel, hängt inmitten ihres Kahnes am Galgen. Sie kommen herbeigefahren aus den Ländern ihrer Helfershelfer. Sie bringen alles mit, um dieses Land zu schänden und umzubringen, was geht es sie an. Nur ihre lügnerische Inschrift ruft: Arriba España, Spanien kommt.

Das ist hergestellt groß, grell und einfach, es soll schreien von den Trümmern der zerschossenen Häuser herab, von den Stümpfen der abgehauenen Bäume, die der Reichtum der Felder waren. Es ist höchste Zeit geworden, einfach und übersichtlich zu sein. Intellektuelle, legt all eure Zweifel ab. Proletarier, seid ganz ihr selbst. Feind und Freund genau unterscheiden, das ist alles, daraus wird die gesicherte Idee und das unbesiegbare Volk. Demgemäß lernt Spanien alles, was es braucht, um zu leben, erst jetzt im Krieg und beim drohenden Tod. Es hat den Krieg erlernt, während es mitten darin war, und die Disziplin, als seine Selbsterhaltung sie ihm gebot. Dem spanischen

Volk ist gelungen, was immer nur im höchsten und strengsten Ernst gelingt: für sich zu werben. Propaganda, die standhält, ist vorgelebte Propaganda. In Zuständen wie den deutschen ist Propaganda die überlebensgroße Lüge. Dies Spanien wird sichtbar und vernehmlich über die ganze Erde hin, weil es im Geist und in der Wahrheit lebt.

Sie sagen Freiheit und handeln danach. Sie sagen Menschlichkeit und bewahren sie im Angesicht des grausamsten Feindes. Zu ihnen gehen faschistische Truppen über. Republikanische Überläufer gibt es nicht. Beim Feind wird gemeutert, die Verschwörungen häufen sich, die Erschießungen der eigenen Leute sind tägliche Übung bis in die Schlacht hinein; viele Tote wurden nach dem letzten Sieg der Republikaner von ihnen aufgefunden an Stellen, wohin ihre Geschosse niemals gefallen waren. Bei ihnen wird kein Gefangener getötet. Es ist günstig, zu ihnen zu kommen. Die uniformierten Arbeiter und Bauern von drüben finden hier ihre natürlichen Genossen wieder. Endlich begegnen sie natürlichen Gedanken, ihre Zwingherren haben sie ihnen niemals völlig austreiben können. Die einfache Vernunft nimmt sie sogleich in Besitz. Sie singen das Freiheitslied, als wären sie niemals Faschisten gewesen. Ohne weiteres bilden sie republikanische Bataillone und haben vergessen den gesamten Irrsinn, für den sie von ihren Unterdrückern solange mißbraucht worden waren. Die italienischen Soldaten wissen kein Wort mehr von einem römischen Imperium, die deutschen wechseln auf einmal die Weltanschauung.

Wie das schnell geht. Dies ist eine spanische Lehre, tief und weitreichend wie nur die einfachsten menschlichen Wahrheiten. Hier ein Volk, das fest bleibt; und hart, stark, unbezwinglich ist es geworden durch den Dienst an sich selbst. Ein Volk, das ehrlich sich selbst dient, steht aber im Dienst der Menschheit, seine Gedanken sind ihre Gedanken, seine Taten vollbringt es für sie. Wohingegen man drüben die menschliche Gesamtheit, vorgebliche Bewunderer einbegriffen, einfach anwidert. Der Faschismus enthüllt sich in Spanien als eine besonders abstoßende Form des Irrsinns. Dieser Radio-General, der sich brüstet, daß er aus der unbewaffneten Bevölkerung viele Tausende gemetzelt hat. Dann bricht sein Gebrüll ab, und er ist wahrscheinlich unter den Tisch gerollt. Diese Offiziere, die Selbstmord begehen, bevor sie gefangen werden, denn ihre Verbrechen sind unverzeihlich sogar in ihren eigenen Augen. Sie hätten aber nichts zu befürchten als nur Verachtung und die Schonung ihres traurigen Lebens. Indessen tat ein deutscher Emigrant nur zu recht daran, als er vor der Gefangennahme seinen letzten Schuß gegen sich selbst abgab; er wäre in die Hände des Irrsinns gefallen.

Spanien lehrt, daß für die Freiheit zu kämpfen größer und besser macht. Gegen die Freiheit sollte niemand Krieg führen. Mit zivilen Mitteln ist der Schwindel eine Weile und manchmal eine lange, aufrecht zu erhalten. Sobald die autoritären Herrschaften zu den militärischen Mitteln greifen, wird augenscheinlich, daß sie arme Schlucker sind, die ihre Autorität wer weiß wo gestohlen haben, und niemand glaubt sie ihnen. Der Schlucker Franco ist die bedenklichste Entlarvung für jeden seinesgleichen, er wäre es, auch wenn sie seine Niederlagen nicht mit ihm teilten. Gewiß, die Italiener haben sich schlagen lassen, die deutschen Flugzeuge neuester Konstruktion verlieren jedes Gefecht, die deutschen Tanks heißen fahrende Särge. Aber das wäre noch das Wenigste: Unterdrücker können die zuverlässigen Soldaten nicht haben. Für die Freiheit kämpft man mit der eigenen Vernunft; sie macht standhaft, da die Freiheit der hartnäckigste Gedanke des Menschengeschlechtes ist. Die notgedrungenen Soldaten der Unfreiheit werden immer und überall davonlaufen in ganzen Regimentern; sie werden nach vorn davonlaufen, wenn sie können.

Sie haben nur darauf gewartet, daß der Zwang aussetzt. Die faschistische Gesinnung endet mit dem Zwang, und diesem macht gerade die Schlacht ein Ende. Überzulaufen ist gefährlich, aber es ist ein Willensakt, der erste nach Jahren der totalen Erfassung, die im Grunde gar nichts erfaßt hat; sonst fielen der Drill und Dienst, die Entpersönlichung und trübe Zustimmung – sonst fiele dies alles von den vergewaltigten Menschen nicht plötzlich ab. Das Regime selbst, es kann nicht anders, es hat sie vorbereitet, überzulaufen regimenterweise. Die Niederlage und Auflösung faschistischer Divisionen auf fremden Kriegsschauplätzen ist die unfehlbare Schlußnummer der faschistischen Abrichtung. Mehr als ein deutscher General hat nachgedacht, als er das Wort des spanischen Kommandanten Gallo las: »Spanien wird der Tod des Faschismus sein.« Deutsche Militärs sind nicht dümmer als andere, manches spricht dafür, daß sie der Rest der deutschen Intelligenz sind. Dann werden sie jetzt Rückschau halten und fragen, ob es gut war, diesem Regime das Dasein zu verlängern. Das Ende, gesetzt, man ginge bis an das Ende, wäre auch hier der Krieg im Land, der Abschied vom Volk und der Irrsinn. Derselbe Kahn, ein grelles Plakat, würde erblickt werden, vorn der General, hinten der Nazi, nicht viel mehr, und kein Kardinal dabei. Die Inschrift wäre: Weg damit!

Spanien lehrt. Es führt die wahren Tatsachen Europas vor. Zweitens nötigt es alle, zurückzublicken. Die spanische Republik kennt heute ihre Versäumnisse. Ein veralteter Staat muß zuerst sozial erneuert werden. Ohne den sozialen Umbau ist jeder politische nicht nur unzweckmäßig: er fordert die wirtschaftlich Übermächtigen nur heraus und beschleunigt die Katastrophe. Der Botschafter und Jurist Ossorio y Gallardo spricht: »Was in Spanien geschieht, ist kein spanisches Problem. Es ist vielmehr der Aufstieg der Arbeiter in aller Welt zur politischen und wirtschaftlichen Macht.« Er geht weiter: »Die uns mit dem kommunistischen Schreckgespenst kommen, halten noch immer bei 1917. Zwanzig Jahre sind vergangen. Rußland sieht ganz anders aus, man lese seine neue Verfassung. Von der Erfahrung und den Leiden Rußlands soll den Nutzen die Menschheit haben, und muß den Weg nicht mehr von vorn beschreiten.« Für seine Klassenfreunde sagt derselbe Intellektuelle: »Warum setze ich in den Endsieg der Republik diese feste Zuversicht? Ein Advokat wie ich, liberal und konservativ, hat von der neuen Gesellschaft nichts zu gewinnen. Ich bin auch zu alt und erfahren, um mich Gefühlen hinzugeben. Mein Glaube hat als wesentlichen Grund die sichtbare Tatsache der geschichtlichen Entwicklung. Niemals, trotz Rückschlägen und Aufenthalten, hat die Geschichte für die Dauer ein Zurück gekannt auf ihrem Weg der menschlichen Befreiung.«

Soviel für Intellektuelle, deren Ehre die Erkenntnis ist, und die nur dann vorhanden sind, wenn Wahrheiten mit ihrer Hilfe verwirklicht werden. Dies betrifft schon die Zukunft. Von den spanischen Lehren heißt die dritte, schwerste: zugreifen und arbeiten für künftig, nicht warten, bis über Sein und Nichtsein entschieden ist. Das Beispiel schon geben, während noch die Fliegerbomben einschlagen und Haus und Acker müssen erst gerettet werden. Der Aufbau der Finanzen hat begonnen, man denkt nicht: Krieg ist Krieg, und läßt sie verfallen. Jetzt, jetzt wird das Land unter Bauern verteilt, die Maschinen angeschafft, die kooperative Bewegung der Arbeiter in Gang gesetzt. Kaum daß eine Stadt, ein Dorf aus der tödlichen Gewalt der Faschisten erlöst sind, sofort setzt die Arbeit ein, nicht auf der Ebene, wo sie unterbrochen war, sondern auf einer höheren, sozial wie menschlich. Das verfehlt den Eindruck nicht, auf die Mitlebenden in der Ferne, die unmöglich untätige Zuschauer bleiben können, wo ein Volk und Staat den kühnsten Lebenswillen beweisen.

Es wäre immer noch großartig genug, Trümmer zu verteidigen nach der spanischen Art. Gleichzeitig bauen ist mehr. Die bebaute Fläche umfaßt im gegenwärtigen Gebiet der Republik mehr als zwei Millionen Hektar. Dies Kriegsjahr hat mehr gesät als die vorige Friedenszeit; es wird mehr ernten. Sonst kämen wohl schwerlich alle die Beistände von draußen, allein der Internationale Solidaritätsfonds hat die sechsundzwanzigste Sendung von Nahrungsmitteln nach Spanien gebracht. Sonst kämen die fremden Delegationen nicht, das Rassemblement populaire, die englischen Geistlichen und Abgeordneten, die Parlamentarier aus Prag. Die tschechoslowakischen Abgeordneten, Sozialisten, Liberale und Katholiken waren angesichts des lebendigen Spanien erstaunt, daß irgendjemand glauben könne, es habe Unrecht, nach seinem Willen zu leben. Dieses Spanien lehrt aber im Gegenteil die anderen Völker, nach ihrem Willen zu leben im Geist und in der Wahrheit. Der Minister Del Vayo stellt fest: »Eine Volksbewegung, ausgehend von den Vereinigten Staaten, hat mächtig geholfen, daß die öffentliche Meinung der ganzen Welt zu unseren Gunsten umschlug.«

Die Welt und ihre Völker sind zuletzt nicht mit denen, die sie arm und dumm machen, um sie für den eigenen Vorteil zu mißbrauchen. Das Herz der Welt schlägt für ein Volk, das ihr große Lehren erteilt in Wort und Tat, durch Leiden, Kampf und Arbeit.

Die Demokratie der Wolgadeutschen

Telegramm nach Engels:

»Der außerordentliche Sowjetkongreß will die Verfassung der Republik beschließen. Sie scheint mir musterhaft durch die politische Freiheit und soziale Gerechtigkeit, die von dieser Verfassung den Bürgern der Republik verbürgt werden.

Die Wolgadeutschen geben allen anderen Deutschen in der Welt ein großes Beispiel und besonders dem ›Reich‹ zeigt Ihr, daß Deutsche sehr wohl vermögen, ihren Staat nach gesunder Vernunft einzurichten. Mein herzlichster Wunsch ist, Euer Beispiel in Deutschland bekannt zu machen und dort den Wortlaut Eurer Verfassung zu verbreiten. Das wird allen Deutschen Mut machen und Hoffnung geben, daß auch sie dereinst einen menschlich gesinnten Staat haben sollen.«

Die Sowjetunion umfaßt achtundzwanzig autonome Republiken, eine von ihnen ist deutsch. Sie heißt die »Autonome Sozialistische Sowjetrepublik der Wolgadeutschen«. Sie ist unter den achtundzwanzig keine der größten, ihr Gebiet beträgt, wo es am breitesten ist, zweihundert Kilometer, es mißt zweihundertdreißig Kilometer von Norden bis Süden. Aber diese Republik wird von Deutschen bewohnt, die Sprache des Landes ist deutsch. Die Betriebe, landwirtschaftliche, industrielle, die örtlichen und andere, die Bedeutung für die Union haben, alle zusammen erzeugten 1936 Waren im Wert von fünfundsechzig Millionen Rubel. Die Felder der Kollektivbauern werden von nahezu fünftausendvierhundert Traktoren bearbeitet. Keine großen Zahlen, aber eine mächtige Tatsache: diese autonome sozialistische Republik ist deutsch.

Es gibt Deutsche, die frei sind. Ihr kleines Land ist frei, da sie gleichberechtigt teilhaben an der Macht der Union, die es schützt. Sie besitzen Bürgerrechte in allen anderen Sowjet-Republiken. Auch sie verteidigen die gesamte Union. Das wolgadeutsche Regiment ist eines der besten im Wolga-Armeekreis. Eingegliedert in den Staat, der einem Sechstel der Erde gebietet, haben diese Deutschen eine Heimat, die deutsch und anerkannt als deutsches Land ist. Den Besitz der Freiheit verbürgt ihnen ihre weitere Heimat, die Gesamtheit der achtundzwanzig Republiken, die vielsprachig sind und Bewohner verschiedener Hautfarbe haben. Die Deutschen bleiben, die sie sind, sie behalten ihre Hautfarbe, ihre Sprache, ihr Empfinden, ihre Lebensform. Sie unterscheiden sich nur in einem von der Hauptmasse der Deutschen: sie sind frei.

Sie haben alle politischen Rechte, bei ihnen herrscht die wirtschaftliche Gleichberechtigung und Selbstbestimmung. Sie folgen nur ihrem eigensten Bedürfnis, wenn sie im Heer dienen. Das Heer ist nicht für Andere da, sondern für sie. Es deckt den Staat, der sie selbst sind, erhält ihn, macht ihn unangreifbar. Der Staat, das sind Arbeiter und Bauern. Die Heimat der Deutschen, eine der achtundzwanzig Republiken, wird von ihnen selbst regiert, von deutschen Arbeitern und Bauern. Daher sind sie Soldaten, im eigenen Auftrag, für eine Heimat, die wirklich ihre Heimat ist, und für den Staat, der nur um ihretwillen Macht übt. Es ist merkwürdig leicht, unter solchen Umständen ein Vaterlandsfreund zu sein. Man wird mühelos staatstreu und militärfromm. Ein Reich und Heimatland müssen nur den Arbeitern und Bauern gehören.

Indessen ist es auch wieder schwer, denn Freiheit, sie darf nicht bequem genommen werden: das bemerkt nur, wer sie kennen lernt. Sie ist bei Weitem mehr Pflicht als Recht. Freiheit, das ist eine Gesamtheit sittlicher Aufgaben. Ihr letzter Ausdruck heißt: Halt auf dich und sei in Wahrheit Mensch. Das Evangelium hat schon längst gelehrt: Liebe deinen Nächsten wie dich selbst. Jetzt wird gefordert, dies nicht auf das bloße Gefühl zu beschränken, und weder die Eigenliebe noch die Nächstenliebe sollen, jede für sich, ihren privaten Charakter behalten. Sondern sie werden öffentliches Recht. Das Gesetz verlangt, daß der persönliche Nutzen und das öffentliche Wohl in einander aufgehen. Die Einrichtungen, sozialistische Einrichtungen, können getroffen werden, sobald der Wille und die Macht vorhanden sind. Das ist noch das weniger Schwere, so viele Voraussetzungen auch dafür erfüllt sein müssen. Dann folgt aber das Wichtigste: die Erziehung der Menschen.

Am 19. Oktober 1918 unterschrieb Lenin die Gründungsurkunde über die Bildung der »Autonomen Arbeits-Kommune der Wolgadeutschen«. Achtzehn und ein halbes Jahr später, im März 1937 hat die Autonome Sozialistische Sowjetrepublik der Wolgadeutschen sich eine Verfassung gegeben. Dazwischen liegen Krieg um den Bestand der Union und innere Kämpfe, der Widerstand großer Schichten, die erst allmählich abnahmen, gegen die Freiheit; ein wahrer Abscheu vor ihren sittlichen Aufgaben bei allen, die sie nicht begriffen. Die langen Jahrzehnte hindurch hat unendlich viel gelernt werden müssen, in der ganzen Union und bei ihren Deutschen. Natürlich ist nicht ausgelernt. Aber mit anderen Völkern der Union sind die Deutschen nachgerade dahin gelangt, daß sie das Beherzigenswerte aufschreiben und besiegeln konnten. Das ist ihre Verfassung.

Eine Verfassung, eine lebendige, nach der gelebt werden kann, ist zuerst das sichtbare Zeugnis, daß etwas gelungen ist: Einrichtungen haben sich gehalten und bewährt; ein

Staat und Volk sind im Aufstieg; nach harten Leiden und einem unerbittlichen Weg an Abgründen vorbei erreichen die Gesamtheit und der Einzelne den Bezirk, der an das Menschenglück grenzt. Ohne Umschweife oder Beschönigung kann der wirkliche Zustand aufgezeichnet werden und ist schon die Verfassung. Daher ist die Verfassung der Wolgadeutschen vor allem kurz. Ein Zeitungsblatt, zwanzig Buchseiten genügen, wenn nicht unnütz geredet wird über gute Vorsätze, die niemand ausführt, und sogenannte Weltanschauungen, die keiner glaubt. Vorhandene Tatsachen, denen endlich jeder zustimmt, bekommen einfach ihre sprachliche Gestalt.

Wenn die Verfassung ein sichtbares Zeugnis ablegt, läßt sich aus ihr lernen. Einzig die erworbenen Tatsachen belehren die Geschlechter: das alte über seine erreichte Verwandlung, das neue über die Verpflichtungen der Nachfolger. Beide erfahren aus der lebendigen Verfassung, wer sie sind. Artikel 1: »Die Autonome Sozialistische Sowjetrepublik der Wolgadeutschen ist ein sozialistischer Staat der Arbeiter und Bauern.« Artikel 4: Aufhebung des Privateigentums an den Produktionsmitteln, Abschaffung der Ausbeutung des Menschen durch den Menschen. Artikel 6: Der Boden, die Großbetriebe, die Wohnhäuser in den Städten, Staatseigentum und Gemeingut. Aber – persönliches Eigentum für jeden Bauern, neben seinem Grundeigentum aus der gesellschaftlichen Wirtschaft. Artikel 9: Privatwirtschaft von Bauern und Handwerkern gesetzlich zugelassen. Artikel 10: Das persönliche Eigentumsrecht der Bürger... ebenso wie das Erbrecht an dem persönlichen Eigentum werden durch das Gesetz geschützt.

Das seid ihr, Wolgadeutsche. Ihr dürft arbeiten und erwerben für euch und die Euren, ihr habt alle Rechte mitsamt dem Erbrecht. Ihr sollt keine Lohnarbeiter, Mietshäuser und kein verzinsbares Kapital haben. Wenn euch das alles erlaubt wäre, würdet ihr es wollen? Das ist es. Zuerst die Einrichtungen, Verstaatlichung des großen Besitzes und der Banken, die gesellschaftliche Wirtschaftsform ist die herrschende. Dann wird erwartet, daß dies alles von der Außenwelt bis in die Gemüter dringt, womit erst die ernstesten Fragen anfangen. Einrichtungen sind veränderlich, der Mensch gilt für unwandelbar. Die natürliche Ungleichheit der Menschen, homo homini lupus, und ohne den Antrieb des Eigennutzes täten sie bekanntlich gar nichts mehr. Hattet ihr in eurer Stadt Engels an der Wolga diese redensartliche Gemütsverfassung hinter euch gelassen, als ihr eure neue Staatsverfassung niederlegtet?

Das Geheimnis wird einfach sein, daß die Staatsverfassung nicht neu ist, sie hatte von den Menschen Besitz ergriffen, um einiges früher als vom Papier und von den Staatsorganen. Achtzehn Jahre sind für Völker wenig, und der Mensch soll ohnehin unverbesserlich sein. Dennoch hält seine Geschichte im Ganzen unzweifelhaft die Richtung aufwärts. Er war in Ketten geboren, er hat unbekannte Zeiträume in der Unwissenheit verbracht. Blieb auch, solange wir ihn kennen, der Knecht irgendwelcher Herren; nur daß die Herren wechselten, und seit einigem sind sie nicht mehr sehr dauerhaft, noch weniger sind sie unangefochten und ihrer Sache gewiß. Ganz neuerdings gibt es Gewaltherrscher, an die nur selten geglaubt wird, und unter den seltenen Vögeln wären sie selbst kaum zu suchen. Wo aber allein die Gewalt über Unstimmigkeiten hinweghelfen soll zwischen den mystischen Ansprüchen der Herrschaften und ihren längst aufgeklärten Völkern, man sei versichert, sie reicht nicht aus, und sie beweist nichts. Im ganzen geht es aufwärts.

Wie denn sonst. Alles verbraucht sich im Lauf der Geschichte, alles kommt herunter, natürlich auch die Ausbeutung; gerade jetzt ist sie reif geworden, von anderen, praktischeren Formen der menschlichen Zusammenarbeit abgelöst zu werden. Seitdem die Ausbeutung etwas Unsittliches geworden ist, wird sie täglich unpraktischer: das Eine kommt vom Anderen. Pharao war ein Gott, er hatte das Recht, zehntausend hustende Sklaven bis zu ihrem eigenen Tod an seinem Grabmal bauen zu lassen: was nicht nur heiliges Gesetz, sondern produktive Arbeit war nach den herrschenden Begriffen. Nach den jetzt durchgedrungenen Begriffen wird in den Ländern des konsequenten Kapitalismus oder Faschismus garnichts Produktives geleistet; nicht einmal die Lebensmittel sind da. Was die Herstellung der Waffen betrifft, weiß jeder, daß sie in keinem Fall auch nur die Kosten hereinbringen werden – noch nicht gerechnet das vernichtende Defizit, das entsteht, wenn die Menschen als sittliche Kräfte gegen das ganze Unternehmen sind.

Die heutigen Arbeiter könnten das Schuften auf der Pyramide eines Pharao nicht sinnloser finden; Kriegsgerät machen zum Zweck von Angriff und Eroberung, sie halten es für genau so verschwenderisch und unvernünftig. Außerdem arbeiten sie nicht an dem Grab eines Einzelnen, dank ihrer Arbeit werden einstmals alle sterben. Sie begehen daher Sabotagen, legen Brände, streiken und empören sich. Die Ausbeutung verharrt bis zum Äußersten bei ihren Taten, was nicht hindert, daß sie verurteilt und für das Wissen und Gewissen tot und gestorben ist. Gestorbene Tatsachen haben allerdings ein Nachleben, mit der Ausbeutung geht es wie mit der Folter. Hundert Jahre war sie begraben, diese Gegenwart sieht ihre Wiederkehr; aber in was für Gestalten ist die Folter wiedergekehrt! So die Ausbeutung. Sie hat ihre gesunden, selbstgewissen Besorger nicht mehr, der vereinzelte, maßlos aufgeschwemmte Ausbeuter wurzelt nicht mehr in einer festen Schicht, tot sind die Feudalen, die Kolonisatoren, auch das große Bürgertum ist tot. Dem äußerst fragwürdigen Nachleben der Ausbeutung wohnt man noch bei.

Das wirkliche Leben gehört den Arbeitern jedes Standes und Berufes. Nur durch sie geht überhaupt das Leben weiter. Sie allein sind fruchtbar und haben von der Zukunft ein begründetes Bild. Unzweifelhaft wird die gesamte Macht auf die Arbeiter – alle Arbeiter – übergehen. Weder das Gefühl noch eine Doktrin müssen mitsprechen, wo dies festgestellt wird; die nüchterne Beobachtung der Wirklichkeit genügt. Das sicherste Zeichen der Wahrheiten ist ihre Einfachheit. Artikel 12 der wolgadeutschen Verfassung: Wer nicht arbeitet, soll auch nicht essen. Artikel 84: Die Bürger der Republik haben das Recht auf Arbeit. 85: das Recht auf Erholung. 86: auf Versorgung. 87: auf Bildung. Dies alles aber ist in Gebrauch genommen, es ist seelisch verarbeitet worden dort an der Wolga, bevor es geschriebene Verfassung wurde. Man hat nicht zuerst politische Formen erdacht.

Die politischen Formen, in denen die Macht der Arbeiter auftritt, ergeben sich aus ihren sozialen Errungenschaften und aus ihrem sittlichen Bewußtsein. Eine vorweggenommene politische Demokratie ist leer und unwirksam, wie man von Weimar her weiß. Wären die Weimarer Demokraten des besten Willens gewesen, sie hätten ihre Verfassung niemals erfüllen können: alles, was vorhergehen mußte, war versäumt. Die Verfassung der Wolgadeutschen liest sich in ihrem politischen Abschnitt, nur in diesem, wie die vergangene deutsche. Alle Sowjets, der Oberste Sowjet, die Kanton-, Stadt-, Ansiedlungs-, Dorfsowjets werden gewählt auf Grund des allgemeinen, gleichen und direkten Wahlrechts in geheimer Abstimmung. Zum Unterschied von Weimar entscheidet die einfache Mehrheit: das ist der Parlamentarismus in seiner ältesten, reinsten Gestalt. Kein Gedanke an korporative Vertretungen, Abgeordnete von »Werkführern« und Abgeordnete von »Gefolgschaften« sind nicht vorgesehen. Denn es gibt weder Gefolgschaften noch Werkführer, und der schlauen

Bemäntelung der wirklichen Machtverteilung bedarf es nicht. Sie ist nicht verteilt, die Arbeiter haben sie ganz und haben sie, weil sie die soziale Gesamtheit sind.

Dies sind Deutsche. Sie besitzen die Freiheit, alle bürgerlichen Rechte, ihre wirtschaftliche Unabhängigkeit, politische Selbstbestimmung; und erzogen werden sie zu dem sozialistischen Humanismus, der die Menschenwürde selbst ist. Von den Wolgadeutschen, ihrem Besitz und ihrer Verfassung darf bei der deutschen Hauptmasse des Dritten Reiches die Rede nicht sein. Wer den Sender hört, erfährt dennoch: auch das ist deutsch. Er mag denken, daß die Stadt Engels ihren Namen sinnbildlich führt, und der genaue Gegensatz des himmlischen Namens wäre ein Höllenpfuhl. Falls dagegen einige Wolgadeutsche sich Gedanken über die Hauptmasse machen sollten – was halten sie von ihr? Viel, wie man glauben darf. »Wir sind durchgekommen und erwarten euch. Ihr werdet kämpfen und leiden müssen wie wir, noch mehr als wir. Aber wir erwarten euch.«

Lenin, fünfzehn Jahre nach seinem Tode

Die Sowjet-Union geht, alles in allem, den Weg, den W. I. Lenin gewollt hat. Er war gewiß kein starrer Doktrinär. Man mißversteht ihn kaum, wenn man denkt, daß alle wirtschaftlichen und politischen Maßnahmen nur sein Mittel waren, der Zweck und das Ziel aber hatten eine moralische Bedeutung. Lenin gleicht den großen Erziehern der Menschen zu allen Zeiten. Diese haben immer die Völker die Erkenntnis und das Herrschen gelehrt, wofür sie jedesmal die vorgeschrittenste Klasse ausersahen.

Hören wir hierüber den Philosophen Friedrich Nietzsche, der schon 1888 von seiner Arbeit abberufen wurde. Er hat über den Arbeiter sich ausgesprochen, – es ist vorweggenommener Bolschewismus. »Aus der Zukunft des Arbeiters: Arbeiter sollten wie Soldaten empfinden lernen. Ein Honorar, ein Gehalt, aber keine Bezahlung; kein Verhältnis zwischen Abzahlung und Leistung: sondern das Individuum, *je nach seiner Art*, so stellen, daß es das *Höchste leisten kann*, was in seinem Bereich liegt. Die Arbeiter sollen einmal leben wie jetzt die Bürger; – aber *über* ihnen, sich durch Bedürfnislosigkeit auszeichnend, die *höhere Kaste:* also ärmer und einfacher, doch *im Besitz der Macht*.«

Lenin würde diesen Sätzen gewiß zugestimmt haben. Er würde anerkennen, daß er selbst angefangen hatte, sie in die Tat umzusetzen, und daß ihre Verwirklichung weitergeht. Wir alle sollen unsere Arbeit lieben können, weil sie uns zu Herren, nicht zu Knechten macht. Wir sollen eine straffe Haltung und mutige Gesichter haben. Wir sollen wissen, daß wir nicht dem Staube, sondern der hellen Zukunft leben. Wir sollen für das Höchste und Letzte die Fortschritte der Erkenntnis halten und sollen allerdings dienen – aber niemandem sonst als der Pflege des Menschen: seiner leiblichen, geistigen, sittlichen Pflege, die Kultur heißt.

Ossietzky:

Der Dulder

Ossietzky ist ein Opfer Hitlers, eins von zahllosen, und zweifellos wird es nachher eine Märtyrergeschichte dieses Reiches geben, vor ihr verblaßt das Reich. Ossietzky ist ein besonders ausgezeichnetes Opfer; ihm half das Bewußtsein einer beträchtlichen Leistung und die Gewißheit, daß er die Leistung beglaubigte, wenn er litt – beides half ihm, ein würdiger und starker Dulder zu sein. Das hätte alles nicht genügt, damit er die berühmte Figur wurde. Er mußte aus der Menge der Märtyrer hervorgehoben werden durch Umstände und Gelegenheiten. Er mußte den gestellten Bedingungen entsprechen. Er mußte Glück haben.

Der Dulder braucht genau so sehr den Wink des Glükkes, wie alle anderen, auf irgendeinem Felde, ihn gebraucht haben, damit man auf sie aufmerksam wurde. Hier war nun ein Friedlicher, den seine Feinde mißhandelten, wie in gesitteten Zuständen kein Bandit mißhandelt worden ist. Mehr als das, dieser hatte alle seine Arbeit für den Frieden getan; er hatte die geheimen Vorbereitungen des Krieges bloßgestellt und eine vielfältige, edle Mühe aufgewendet, um den stumpfen Sinn seiner Zeitgenossen empfindlich zu machen schon gegen die ersten Anzeichen der Gewalt, die dann furchtbar überhand nehmen sollte.

Gerade an ihm rächten sich die Scheusale, als sie oben waren. Sie kühlten ihre Rache an genug anderen, sie hätten auf ihn verzichten können. Aber sie waren dumm genug, nicht zu bemerken, wie ungünstig sie sich ins Licht stellten, da sie den Friedlichsten von allen an sich rissen und ihn mißhandelten. Auf seine – und auf ihre eigenen Kosten bewiesen sie gleich in der ersten Stunde, wer sie waren, was von ihnen zu erwarten war. Nichts anderes als der Krieg: es war sichtbar und die Welt hat es gesehen, lange vor der Rheinlandbesetzung, vor der Wiederaufrüstung, vor den Erpressungen, die sie später an der Friedensliebe der Völker verüben sollten, vor den Überfällen, Raubzügen, Attentaten.

Noch hatte ihre Propaganda für die Zermürbung der gesitteten Demokratien nicht eingesetzt, als der nationalsozialistische Ringverein sich schon damit befaßte, Ossietzky niederzuringen. Körperlich, das besorgt das Konzentrationslager. Geistig, das war eine sofort verlorene Sache. Einer, der geschrieben hat und sein Name hat Klang, obwohl er selbst verstummen muß, was wäre gegen ihn zu machen. Sein Name ist der harthörigen Welt in die Ohren gerufen worden – unter Preisgabe vieler anderer, wie gerechter Weise zu sagen ist. Aber es schien geboten, den sittlichen Widerstand gegen die Niedertracht, die Deutschland beherrscht, für fremde, gleichgültige Ohren zu vereinfachen und ihn zu vereinigen auf einen einzigen Namen. Dieser war der rechte.

Da habt ihr es, was eigentlich gemeint ist mit diesem Regime – ach, ihr hieltet es so gern für normal. Jedes Volk, nicht wahr, gibt sich die Staatsform, die es haben will. Nichteinmischung bleibt das Weiseste, ein bequemer Grundsatz des Völkerrechts. Jedes Land, es gehe in seinen Grenzen zu wie auch immer, man muß es nur gewähren lassen und hat mit ihm den Frieden. Das ist eure Ansicht von der Diktatur der Gewalt. Wir aber erwidern euch mit einem einzigen Namen, Ossietzky, nicht besonders schwer zu behalten, übrigens wird er euch eingeprägt werden. Ossietzky, so heißt der Friede, wenn noch nicht bei euch, dann jedenfalls bei denen, die ihn mißhandeln. In der gleichen Art wird nur zu bald mit euch selbst verfahren werden. Steinhaufen auf den Knien ersteigen, Stockschläge über den Kopf, den Tag und die Nacht im Bunker, einem aufgerichteten Sarg, stehen: seht es als Vorzeichen an.

Dies und anderes mehr ist euch vorbehalten von Seiten eines normalen Regimes, mit dem ihr Verträge schließt, ihr friedlichen Demokratien, und dem ihr weisen Nichteinmischer zublinzelt. Die nächsten vierzehn Tage seid ihr noch in Sicherheit. Genießt sie, und wohl bekomme es euch. Wirklich hat die Welt sich die Augen verschlossen, solange es entgegen ihrer inneren Auflehnung und ihrem besseren Wissen irgend möglich war. Eines Tages wollte es gar nicht mehr gehen. Die Regierungen verharrten weiter in ihrer freiwilligen Blindheit, aber zu viele andere hatten inzwischen erkannt, wenn auch nur den ersten Zipfel der Gefahr. Jetzt wollten sie ihr zuvorkommen, eh daß sie in ganzer Größe dastand. Der Überfall auf Spanien war bisher nicht reif; im Mittelmeer wurde nicht torpediert, wer hätte 1935 daran gedacht. Der Bund der Angreifer bedrohte die Küsten noch nicht alle, und hinter der letzten freien Grenze der friedlichen Länder lauerte er damals nicht.

Dennoch hat sich damals der erste Widerstand gesammelt, und seine Losung war ein Name: Ossietzky. Der Name war gehört und bewahrt worden, wer hätte es erwartet von dieser langsamen Welt. Bevor der Angreifer zur Gewalt schritt, wurde ihm erwidert mit einem Namen, der eine Warnung war. Geht nicht zu weit, ihr seid erkannt. Jeder Angreifer begeht nicht nur ein Verbrechen, er begeht Selbstmord. Das kann heute, nach vielen vollzogenen Tatsachen, ein Minister aussprechen. Als aber in den freien Ländern Tausende unabhängiger Persönlichkeiten für Ossietzky auftraten, lagen zwingende Tatsachen nicht vor. Sie handelten nicht in der Not oder aus Furcht: das Gewissen lieh ihnen die Ausdauer und starke

Stimme. Dies ist das Merkwürdige, das nicht vergessen werden kann. Ein Mann, dessen ganze Tätigkeit, mitsamt seinem Leiden, vom Gewissen bestimmt worden war, hat endlich an das Gewissen der Welt gerührt.

Der internationale Ansturm gegen das Gefängnis des Dulders hat ihn nicht befreit, so sieht der Sieg der Gerechtigkeit nicht aus. Die großen Kämpfe für die gerechte Sache enden zweifelhaft, man kennt es kaum anders. Dem Dulder ist nach wiederholtem Ansturm der Nobelpreis erkämpft worden. Er hat Glück, es gibt einen Friedenspreis, ausnahmsweise bekommt ihn ein Dulder für den Frieden. Das Geld allerdings ist seinen Verfolgern in die Hände gefallen, so gehört es sich, und sie behalten auch gleich den Preisträger. Es heißt, daß er nicht mehr gequält wird, und seine Krankheit soll gelinde verlaufen. Andererseits hat der Angreifer sich durch den Erfolg Ossietzkys keineswegs warnen lassen. Im Gegenteil hat er sich vollends herausgemacht und betreibt mit aller Macht sein Verbrechen, das ein Selbstmord ist.

Die Rolle Ossietzkys war gleichwohl bedeutend, wenig bedeutendere werden den Figuren zugewiesen im Spiel der Zeit. Als Zola dahinschied, nachdem er einen Unschuldigen gerettet hatte, wurde ihm nachgerühmt, einen Augenblick habe er das Gewissen der Mitwelt verkörpert. Die Tat besteht neben den Werken eines Schriftstellers, deren Folge und letztes Ergebnis sie auch ist. Ossietzky, der nicht mehr schreiben und sprechen konnte, ist in seinen Ketten dem hohen Glücksfall begegnet, daß einen Augenblick das Weltgewissen aufstand, und der Name, den es sprach, war seiner.

Solange er schrieb, stand für Ossietzky allem voran die Bekämpfung des preußischen Militarismus. Sie war sein staatsbürgerliches Recht, solange Deutschland ein normaler Staat war. Kaum hatte ein Diktator die Macht ergriffen, sperrte er Ossietzky in eines seiner Konzentrationslager. Diese sind keineswegs nur Kommunisten vorbehalten, und keineswegs nur Juden. Katholiken in sehr großer Zahl sind unter den Opfern; Protestanten, Demokraten und Liberale kommen nicht weniger häufig vor. Die übergroße Mehrheit der Gefangenen besteht aus »deutschblütigen« Männern und Frauen. Der ganze antijüdisch-antibolschewistische Kreuzzug, von dem Hitler noch letzthin in Nürnberg das wüste Geschrei gemacht hat, ist unbegründet, denn er hat Feinde in allen Klassen, allen Bekenntnissen. Sie sind eins mit der Nation selbst, die, alles in allem, gegen sein Regime ist; sie will die Katastrophen nicht, in die er die Nation hineintreibt, und die sie ihr Leben kosten können.

Begreiflich ist der Haß der gegenwärtigen Herren Deutschlands gegen Verteidiger des Friedens wie Ossietzky. Auf dem Weltfriedenskongreß in Brüssel, September 1936, war Hitlerdeutschland nicht vertreten, und das ist ein Eingeständnis. Das Daseinsrecht der Nazis ist gerade die Kriegsdrohung. Auch ihr Begriff vom Frieden ist eng verbunden mit ihrem Traum vom totalen Krieg. Berlin wird jederzeit seinen beliebten Vorwand, den »Bolschewismus«, loslassen gegen jede Regierung, die ein Hindernis bildet für die Absichten der Nazis auf Eroberung und Vorherrschaft. Um so mehr unterdrückt der Diktator im Innern die Freunde eines unverfälschten Friedens, und dieser kann nur der unteilbare Frieden der internationalen Volksfront sein.

Weniger begreiflich ist, wenn der Welt-Pazifismus sich

vertragen möchte mit einer Herrschergestalt – ihr bloßes Dasein ist Kriegsdrohung. Es hat sich gezeigt, daß die Herrschergestalt nicht sanfter wird, wenn man nett zu ihr ist. Letztes Jahr hat Ossietzky den Friedensnobelpreis nicht bekommen, aus lauter Rücksicht auf Hitler. Die Welt hat keinen Gewinn davon gehabt, oder man hielte Wiederaufrüstung und Rheinlandbesetzung für Friedensbürgschaften. Wollte man auch diesmal wieder den Friedensnobelpreis einem Ossietzky vorenthalten, nur um bei einem Hitler nicht anzustoßen, man bekäme von diesem gewiß weitere Friedenspfänder, und diese sähen gewiß ebenso aus.

1935 haben die Freunde Ossietzkys bei dem Komitee in Oslo kein Glück gehabt: so versuchen sie es, um seinetwillen und für seine große Sache, 1936 nochmals. Inzwischen haben sie sogar zugenommen an Zahl und Gewicht. Unter denen, die vom Osloer Komitee den Preis für Ossietzky verlangen, sieht man siebzehn bekannte Persönlichkeiten der Schweiz, mehrere Mitglieder des internationalen Friedensbureaus, zahlreiche Professoren und Politiker aus Amerika, England, Frankreich, Italien, der Tschechoslowakei, der Türkei, aus Belgien, Holland, Schweden und Norwegen. Mehr als sechshundert Abgeordnete der verschiedenen Parlamente haben sich für Ossietzky eingesetzt. Aktiv sind ferner daran beteiligt Minister im Amt und frühere Minister, sowie hundert der größten Gelehrten und Künstler.

Das Eingreifen so vieler bekannter Männer hat schon eine Wirkung gehabt; sie hat Ossietzky, wenigstens vorerst, das Leben gerettet, er liegt im Krankenhaus. Als Nobelpreisträger würde er wahrscheinlich vollends befreit werden aus der Gewalt seiner Feinde, die auch die Feinde des Friedens sind. Alle, die auf die Erteilung des Preises an Ossietzky dringen, erwarten, daß in Oslo das Komitee seine Pflicht tut, bevor es zu spät ist. Das nächste Mal würden sie nicht mehr drängen: sie würden anklagen.

Erster Sieg

Verehrte Kameraden,

Der Augenblick, in dem wir uns treffen, ist sehr groß; die Entscheidungen, die bevorstehen, sind ungeheuer. Jede Tatsache, die wir heute verzeichnen, wird unvergleichlich bedeutsam durch alle die anderen, die ihr Schlag auf Schlag folgen sollen. Ossietzky, von dem Sturm der Welt aus dem Lager geholt, durch die Forderung und den Befehl der Welt mit dem Friedenspreis gekrönt; das wäre für sich allein eine Revolution. Wir hätten es vor nicht langer Zeit für unmöglich gehalten... Aber es bleibt nicht bei der einzelnen großen siegreichen Tatsache. Die andere, die Spanien heißt, liegt gleich daneben und folgt sogleich. Auch die kommt nicht von selbst. Der Verlauf wird der Sieg sein, *unser* Sieg, des sind wir versichert; aber für jeden Sieg wird gekämpft, ob ein kriegerischer, ob ein geistiger Sieg: wer will das noch unterscheiden. Spanien ist eine geistige, Ossietzky eine kriegerische Handlung; für jeden Sieg wird gekämpft, und das tun wir, das tun die Unseren, das tut mit uns die ganze antifaschistische Welt. Wir wissen, daß die Idee, Ossietzky müßte den Preis bekommen, langsam gefaßt worden ist und langsam angewachsen. Jahre hat es gebraucht, bis ein beträchtlicher Teil der europäischen Intelligenz von ihr ergriffen war, bis die Politiker sie ergriffen haben. Dann waren es Hunderte, dann Tausende. Unsere französischen Freunde haben sich, wie immer in Sachen der Menschlichkeit und des Rechtes, ausgezeichnet und an die Spitze gestellt. Der Sturm hatte sich erhoben, er brach die Widerstände. Ein edler Kämpfer ist aus den Händen der Gewalthaber geholt worden. *Er* ist gekrönt, und *sie* werden öffentlich verworfen: *sein* Lorbeer ist *ihr* Schandmal.

Das ist gelungen. Und darum wird mehr gelingen. Die große Kriegs- und Geistestat Ossietzky ruft andere Geistes- und Kriegstaten herbei. Unsere Freunde und Kameraden in den Händen der Gewalthaber, sie sollen nicht mehr getötet werden. Das hat Jahre lang ungestraft und ohne Aufsehen geschehen können. Es ist aus damit. Heute richten die deutschen Verbrecher ihre Feinde heimlich hin, nichts verlautet davon: noch unlängst rühmten sie sich laut, wenn sie mordeten. Jetzt sind sie wieder da angelangt, wo sie vor ihrer Machtergreifung waren: beim heimlichen Mord.

Wir fordern und verlangen, daß die Konzentrationslager aufgelöst werden und unsere Kameraden frei werden. Sie sollen dem Leben wiedergegeben werden, noch bevor in Deutschland das freie Leben der Nation wieder anfängt. Denn die Nation ist vergewaltigt, geschändet, niedergehalten worden, diese vier Jahre lang. Nach Ossietzky soll die Befreiung der anderen Gefangenen das große Vorzeichen des Sieges sein. Wir bekräftigen die geistige Gemeinschaft mit ihnen, da wir ihre Befreiung verlangen und die Welt auffordern, ihre Befreiung mit uns zu betreiben, wie sie auch die Auszeichnung Ossietzkys durchgesetzt hat.

Aber das ist nicht alles. Der Freiheitskampf ist unteilbar. Er wird geführt, jetzt um Ossietzky, jetzt um Spanien, jetzt anderswo und überall. Wir wollen den Feind der Menschheit und unseren Feind, den schurkischen Gewalthaber, angreifen wo immer wir ihn finden. Die Internationale Brigade, in der wir alle dienen, sie wird zur Stelle sein, wo ein Feind des Menschen, unser Feind, es wagt, sich aufzuwerfen. Es wird nicht mehr die Macht ergriffen werden auf den Schleichwegen und vermittels Verrat. Damit ist es aus. Wir werden da sein.

Wir wollen arbeiten, kämpfen und sind der Zuversicht, daß wir siegen.

Der lebende Tote

Ossietzky, ein Held des Bekenntnisses, ist erst jetzt abberufen. Längst vorher war er stumm gemacht worden und sollte für tot gelten. Wer die Bekenner zum Schweigen bringt, nimmt auch schon an, die Idee selbst wäre abgestorben. Das bleibt müßig, ein für alle Male. Die Idee des Friedens ist unsterblich. Der Kämpfer für die Gesittung, gegen die Gewalt dient der Ewigkeit, die Anderen dem Staub.

Die Gewalttätigen erreichen von ihren Absichten das Gegenteil. Dem Ideal des Friedens und der Gesittung liefern sie selbst den Beweis: erstens, weil ihr Wesen offenbar abscheulich ist. Außerdem bemerkt man, daß ihre Taten alle fruchtlos sind. Der Widerstand gegen die Gewalt organisiert sich; er wird viel zuversichtlicher als in den Tagen, da sie ihr großartiges Auftreten heimlich vorbereitete.

Die Tage Ossietzkys waren die Tage der »Schwarzen Reichswehr«, des versteckten Heeresetats, der republikanischen Übereinkunft, die Aufrüstung nicht zu kennen, der gewollten Blindheit. Ossietzky wurde verfolgt, verurteilt und endlich zu den lebenden Toten gelegt, weil er sah, was vorging, und es aussprach. Nachdem die Gewalt sich erklärt hat und ihren Lauf nimmt, ist man sehr viel zahlreicher der Meinung Ossietzkys.

Die deutsche Redewendung »Das kann nicht gut enden« klingt etwas nach Furcht, etwas nach Reue. Von Auflehnung enthält sie nichts, fast nichts. Ossietzky hatte aber geschrieben, um die Gewissen zu wecken und zur rechtzeitigen Auflehnung zu raten. Die Deutschen sind jetzt nicht mehr in der Lage, nach außen zu widerstehen, das müssen sie anderen Völkern überlassen. Indessen bereuen sie, daß sie die Gewalt haben über sich kommen lassen, und fürchten die Folgen, den Krieg, die Niederlage.

Die Aussichten eines deutschen Sieges wären allerdings geringfügig, und sie nehmen täglich ab. Damit verglichen, waren sie 1914 riesenhaft. Wie die Dinge liegen, wird mit dem eingestandenen Kriege kaum gerechnet. Man führt Krieg auf Schleichwegen. Allenfalls mischt man sich in fremde Bürgerkriege ein, nachdem man sie selbst angezettelt hat. Staaten, die sie nicht angreifen dürfen, versuchen sie von innen her zum Zerfall zu bringen. Niemand findet das ruhmreich. Das einzige Beispiel einer militärischen Eroberung, Österreich, hat noch weniger Bewunderung erregt – bei den Deutschen gar keine.

Weitere Überfälle und Eroberungen scheinen vorläufig nicht erlaubt zu werden, und die Gewalthaber halten sich peinlich an das Erlaubte. Wenn so Gewalthaber aussehen –. Allmählich wird sogar den Deutschen klar, daß Gewalt ihre Grenzen hat, und die sind eng, in Anbetracht der aufgewendeten Mittel. Die Welt will den Krieg nicht; die alten, erfahrenen Mächte dieser Welt verfügen denn doch über allerhand Kunstgriffe, damit eine Art Frieden fortbesteht und ein unberufener Dynamismus jedesmal in letzter Stunde noch abgefangen wird. Solange es dauert.

Es dauert bis jetzt, weil die Haltung der Völker gegen jeden Angreifer jeder Sympathie entbehrt, mit einbegriffen das eigene Volk des Angreifers. Die Propaganda des Friedens hat streitbare Formen angenommen, – Ossietzky ist heute nicht nur erreicht, er wird übertroffen. Mag er endgültig verstummt sein, seine Idee ist inzwischen sehr laut geworden. In den Ländern, wo die Menschen nicht sprechen dürfen, schreien ihre Erlebnisse. Die Deutschen sind stumm wie Ossietzky, als er gefangen gesetzt und ein lebender Toter war. Die deutschen Gewalthaber beteuern aber ihre Friedensliebe. Wozu hatten sie ihn eigentlich verfolgt?

Geister vom Schlage Ossietzkys glaubten an einen freiwilligen Frieden mit dem Ziel der höchsten Gesittung. Man wird nicht behaupten, daß sie bis jetzt gesiegt haben. Gegeben ist ein notgedrungener, unwahrer Friede mit stark herabgesetzter Gesittung. Die Veränderung seit den Tagen Ossietzkys ist gleichwohl unverkennbar. Die Meisten derer, die zu seiner Zeit nicht einmal ahnten, daß der Friede, und nicht der Krieg, die wirkliche Macht ist, greifen es jetzt mit Händen. Anstatt der Gewalt, die unfruchtbar bleibt und ihre Ohnmacht verrät, würden sie nur zu gern die Gesittung zurück haben; ihr Wert ist ungemein gestiegen, entgegen den Absichten der Gewalthaber.

Eine Idee hat jedesmal nur dadurch gewonnen, daß ihre Umkehrung erfolglos war. Was will denn eine Gewalt noch, wenn sie genötigt wird, sich in falsche Friedlichkeit zu kleiden? Dafür die Opfer, die sie fordert? Der wahre Friede wäre billiger. Es war noch immer ein gutes Geschäft, die Freiheit zu erobern, und keine fremden Länder. Wenn die Deutschen so weit sein werden, daß sie ihrem praktischen Nutzen nachgehen anstatt Hirngespinsten, werden verstorbene Ideologen gesiegt haben.

Die Hingerichteten:

Johannes Eggert

Johannes Eggert war Metallarbeiter. Er kämpfte im Krieg, nach dem Krieg kämpfte er für den Frieden. Wir sehen, daß er das beste deutsche Gesicht hatte. Bei den Nationalsozialisten kommt es nicht vor. Sie haben ihn hingerichtet, und dies aus vielen Gründen. Er hatte ein besseres Gesicht als sie. Er kämpfte wahrhaft. Er vertrat die gute Sache, die Sache seines Volkes und aller Menschen von Mut und Ehre. Vor allem war er ein Mann der künftig herrschenden Klasse, ein Proletarier, der gelernt hat, sich klar ausdrückt und zur rechten Stunde zuschlagen wird.

Das ist genau die Art, vor der das herrschende Gesindel der feigen Nichtskönner sich fürchtet. Sie haben Eggert hingerichtet – heimlich, wie sie alles machen: ihre Kriege, Diebstähle, Hinrichtungen. Ihre Handlung war, wie gewöhnlich, eine Lüge. Am gleichen Tage, beinahe zu derselben Stunde, als sie einen Front- und Friedenskämpfer köpfen, logen sie fremden Frontkämpfern ihre Friedensliebe vor. Wann werden die ehrlichen Kämpfer aller Völker sich auflehnen gegen verlogene Henker!

Fordert das Aufhören der Hinrichtungen und Konzentrationslager, die Deutschland schänden und euch bedrohen, ihr Völker. Grausam und ehrlos, wie das System im Innern ist, würde es, sobald es kann, auch über euch das Unglück bringen.

Edgar André

In Hamburg vor dem Oberlandesgericht geht es um das Leben von Edgar André. Er ist ein Mann von vierzig Jahren, hat immer gekämpft, immer Verfolgung erlitten und wurde zu einem Helden der deutschen Freiheitsbewegung. Er ist in Aachen geboren, im Waisenhaus zu Brüssel aufgewachsen und ging auf deutscher Seite freiwillig in den Krieg. Wurde verwundet, wie Rudolf Claus, den deutsche Richter, nur für seine Gesinnung, zum Tode verurteilten. Die deutschen Helden waren gewöhnlich im Krieg und glaubten, er würde zum Besten des deutschen Volkes geführt. Wenn sie auch nachher für ihr Volk weiterkämpften, kamen sie in die Lage von Claus, Fiete Schulze, Edgar André. Fiete Schulze wurde 1934 vor dasselbe hamburger Gericht gestellt, wie jetzt sein Freund André. Dieser hörte damals nicht, als der Richter ihn aufrief.

»Sind Sie taub?«

»Im Gefängnis ist mir das Trommelfell geplatzt.«

Es scheint, daß darauf ein peinliches Schweigen eintrat. Warum? Jeder deutsche politische Gefangene lernt zuerst einmal die »Vernehmungsbeamten« kennen. Unter dem Namen könnte man sich einen Untersuchungsrichter vorstellen. Es sind aber ganz gemeine Folterknechte. Daher erscheinen dann vor Gericht die Angeklagten und Zeugen mit verbundenen Köpfen, auf Krücken und taub.

André befindet sich seit drei Jahren in den Händen der »Vernehmungsbeamten«. In seinem Fall sind das Individuen, die ihn früher, noch zu Zeiten der Republik, haben ermorden wollen und einen anderen umbrachten. Sie saßen nur kurz, ihr Freund Hitler ließ sie frei, sobald er zur Macht kam; jetzt haben sie Gelegenheit, an Edgar André nachzuholen, was sie durch ein Versehen versäumt haben. Die Aussagen der Belastungszeugen sind das Ergebnis von Prügeln.

Ein Mann, hinter dem die Nazis schon in Gestalt von Mördern her waren, und ihr Anführer hatte sie eigens beglückwünscht, – den noch einmal vor Gericht zu stellen, und anstatt Mörder wollen die Nazis und ihr Oberhaupt jetzt die Richter spielen: dazu gehört etwas, das ist eine nationalsozialistische Spitzenleistung. Edgar André soll zweihundert Todesfälle innerhalb der herrschenden Partei veranlaßt haben, sonst nichts. Wird vor Gericht bezeugt, daß er gar nicht in Deutschland war, dann spricht das nicht für den Angeklagten, sondern gegen die Zeugen; bei dem Gericht werden sie dadurch zu Mittätern. Sind Richter und Staatsanwalt früher, vor Hitler, einmal anständige Menschen gewesen? Haben sie geistige Ehre gekannt? Genug, so sehen im Dritten Reich die Gerichte aus. Es ist unzweifelhaft bewiesen, daß André mit Rotfront seit ihrem Verbot nichts mehr zu tun gehabt hat, sondern er war in der internationalen Seemannsbewegung. Und das ist vielleicht schlimmer. Die gefährlichsten Feinde der Nazis sind die Internationalen, bekannt und tätig auch anderswo, sprechen und schreiben womöglich Französisch wie Edgar André, ein hamburger Hafenarbeiter. Vor solchen muß man sich hüten.

Hütet euch nur, es wird nichts nützen. Ihr wagt es nicht, André zu töten. Ein belgisches Komitee hat ihn zu sprechen verlangt, da habt ihr in der Aufregung sogar seine Frau entlassen: die hattet ihr natürlich als Geisel gefangen. Macht so weiter, stellt eure Opfer und zukünftigen Besieger vor der Weltöffentlichkeit in das große, feierliche Licht, worin die Helden stehen: nicht eure, sondern die wahren!

Gedenken wir des Toten, der ein treuer, tapferer Mensch war. Es ist eine Ehre für Deutschland, Edgar André besessen zu haben, und Seinesgleichen zu besitzen. Sie werden weder aussterben noch abdanken; das vermögen die Mörder nicht, und der nationalsozialistische Mörderstaat ist ohnmächtig gegen die immer zunehmende Zahl seiner Feinde. Wie muß es um einen Staat bestellt sein, daß er nach vier Jahren immer noch mordet! Wie wenig muß er die ganze Zeit erreicht haben, wie verhaßt muß er sein, wie verfault, verzweifelt und feige, wenn er es immer noch nötig hat zu morden! Er will schrecklich sein, aber er gesteht, daß er schwach ist.

Christenverfolgung

Das Christentum ist überaus interessant geworden, so fesselnd, erregend, lebensvoll und neu war es für die Deutschen lange nicht mehr. Es war eine der übernommenen Tatsachen, eine Grundtatsache, die gesichert schien. Das Christentum mußte weder erkämpft noch verteidigt werden; strafbar war nicht, wer sich zu ihm bekannte, sondern wer es angriff. Niemand hat ehedem nötig gehabt, sich mit Leidenschaft hinzugeben an das Christentum, obwohl viele Jünglinge um die Zeit ihrer Konfirmation oder Firmung dennoch Glaubensnöte bestanden haben. Andere erlebten mit fünfzehn Jahren ihre fromme Beseligung, die sie nachher vergaßen. Was übrig blieb, war aber gewichtiger als Ekstasen und Zweifel: es war das Gewissen.

Das Gewissen, wir müssen heute laut von Dingen reden, die sonst jeder gewußt hat, das Gewissen war in gesitteten Ländern wie Deutschland christlich bestimmt. Soweit Menschenwerk nicht Stückwerk ist, handelte man im Leben christlich. War aber der Eigennutz stärker als die Moral, dann blieb noch immer die Erinnerung an die eigene Unvollkommenheit – die innere Mahnung, die Gewissen heißt, eine Erwerbung von Jahrtausenden. Die ersten Geschlechter unserer Zeitrechnung hatten für ihr Gewissen leiblich gelitten, auch die Prügelstrafe, wie in der Apostelgeschichte zu lesen steht, und Pfarrer Niemöller findet es zeitgemäß, dessen zu gedenken. Niemals vergessen: unsere Gesittung ist errichtet auf den Leiden der frühen Bekenner – auf ihren Taten, wenn man recht versteht.

Bekennen, den Mut im Geistigen beweisen bis zum Sterben, mit eingeschlossen das Sterben: das ist die Tat selbst, eine andere gibt es in Wahrheit nicht.

Die Taten der Könige sind einzuschätzen nach ihrem Bekenntnis, das Wesen der Staaten desgleichen. Sie handeln nennenswert, wenn sie eine Verbesserung der ihnen anvertrauten Menschengeschicke im Sinn tragen; nur dann handeln sie überhaupt. Das ewige Sittengesetz, gestaltet vom christlichen Bekenntnis, entscheidet über die vergänglichen Staaten und ihre kurzfristigen Lenker. Das Wenige, das sie tun können, entweder sie tun es um des Menschen willen, für jeden Einzelnen, aus Sorge des Leibes und der Seele. Oder andernfalls wären Staaten und Lenker ein bloßer Unfug, im Grunde tatenlos und ohne Wirkung bei noch so vieler Gewalt und List. Man hat nachher die Mühe, sie wegzuräumen. Vergessen werden sie von selbst.

Da jetzt Sommer und die Zeit der Reisen ist, kommen diese Seiten in die Hände vieler Deutschen, die sie sonst entbehren müßten, und entbehren jede Aussprache. Sie wissen nachgerade, daß ihr Drittes Reich nichts taugt, und daß es gerichtet ist. Es besteht bis jetzt, weil niemand es umwirft. Aus innerer Kraft besteht es nicht. Die Zustimmung der Welt fehlt ihm, darüber sind wir einer Meinung. Vor allem: das Gewissen der Deutschen ist fremd diesem Reich, es widerspricht ihm heimlich oder offen. Der Protest der christlichen Kirchen ist eindeutig und streng, noch entschiedener können weder Marxisten noch Humanisten den Staat verwerfen, wenn er die menschliche Persönlichkeit und ihr Gewissen mißachtet. Das Gewissen ist die Erwerbung von Jahrtausenden, seine ersten Zeugen waren die Christen allein. Jetzt sind es alle, die ihr Menschentum bewahren und verteidigen, die Humanisten, Marxisten, im Großen und Ganzen die Deutschen schlechthin, nach Abzug der Nationalsozialisten.

Wie viele sind diese? Wenn sie sich prüfen wollten, das Sein und Treiben ihres Staates ernstlich erwägen wollten, wie viele überzeugte Nationalsozialisten blieben übrig? Die Frage ist nicht, ob ein Staat mehr oder weniger Unrecht begeht; jeder begeht Unrecht. Worauf es ankommt: tut er es entgegen seinem besseren Wissen, durch Unvollkommenheiten, denen sein guter Wille unterliegt, – oder ist er bösartig mit voller Absicht und grundsätzlich, infolge seines angemaßten Berufes, die Gewissen zu vernichten. Die Vernichtung der Gewissen ist eine Neuheit, seit unvordenklichen Zeiten wird sie das erste Mal unternommen. Ihr fühlt alle, daß es nicht geht, ein wirklicher Menschenführer würde damit nicht erst anfangen. Euch mißbrauchen ganz kleine Missetäter und Mißgeburten. Nicht das Bewußtsein ihrer Überlegenheit, viel eher ihr Minderwertigkeitsgefühl hat sie auf diesen Weg gebracht. Was nicht hindert, daß ihre materielle Gewalt sie befähigt, sittliches Unheil in ungeheuren Mengen anzurichten.

Bedenkt nur, um von den gröbsten Übeln noch zu schweigen, wie unsinnig und über alles Maß bei euch zu Hause jetzt gelogen wird. Du sollst nicht falsches Zeugnis ablegen. Aber es geschieht nur das. Euer Staat legt falsches Zeugnis ab auf Schritt und Tritt, er verleumdet zuerst, nennt jeden, gegen den er etwas vorhat, einen Bolschewiken, Marxisten, Staatsfeind, Intellektuellen, Volksfremden, Nichtarier, und legt dem allen eine schändliche Bedeutung bei, – als ob jede dieser Daseinsformen nicht vollauf berechtigt wäre. Staatsfeind wird der gut geartete Deutsche eher, als daß er Nationalsozialist wird. Jetzt ist aber der gut geartete Deutsche auch Staatsfeind, weil er Katholik oder Protestant der Bekenntniskirche ist. Da seht ihrs. Christ zu sein, hält natürlich niemand von euch für ein Verbrechen. Gegen das allgemeine Bewußtsein wollen eure Staatslenker es dazu machen. Was ist es dann mit der Strafwürdigkeit des Bolschewismus, Marxismus,

Judentums? Was ist es mit der Todeswürdigkeit des eigenen Denkens und der persönlichen Gesinnung. Ist die Menschenwürde staatsfeindlich, dann fort mit dem Staat.

Das Christentum hat er zuletzt für seinen Feind erklärt; dafür ist es jetzt der Feind Nummer eins. Alles andere kam vorher daran, weil alles andere die Folge des Christentums und seines Gewissens ist. Das Denken und die voraussetzungslose Wissenschaft: notwendige Ergebnisse des Christentums, da es die Wahrheit nicht nur besitzt, sondern ihr ergeben ist. Das freie Denken, abgerungen ist es dem Christentum nicht von außen; wer war denn draußen, um ihm etwas abzuringen; sondern das Christentum hat das freie Denken aus sich selbst unter Kämpfen des Gewissens hervorgebracht. Folgen des Christentums und Errungenschaften des Gewissens sind die Befreiung der Juden, vor Jesus ist gleich und frei, was Menschengesicht trägt; die Befreiung aller Geknechteten, einst der Sklaven, heute der Proletarier. Das alles wäre nicht, es wäre nicht nur ungeschehen, sondern undenkbar ohne das Christentum, seinen langen Bestand, seine unvergleichliche Auswirkung. Kein Marxist, kein Bolschewik ohne Jesus Christus. Begriffen, ihr Deutschen, und einverstanden? Auch ohne die Päpste und ohne Luther nicht. Daß wir nur Jesus nicht von seiner Kirche trennen. Sie schlagen jetzt seine Priester tot, klagen sie fälschlich an, prügeln sie, verweisen sie des Landes. Hätten sie ihn selbst, sie kreuzigten ihn nochmals.

Habt ihr, Leute aus Deutschland, von dem Kaplan Rossaint gehört? Gewiß, denn sein Prozeß ist, wie im Lande üblich, als große Attraktion aufgezogen worden. Der saubere Staat, ein Bund der Sauberen geradezu, produziert sich im Großkampf mit seinen Feinden, und ihnen ist nur das Übelste nachzusagen. Pazifist. Verkehrt mit Kommunisten und nennt sie weniger gefährlich als den Nationalsozialismus, der nach der Meinung eines Rossaint euer

Land in den Krieg und das Verderben führt. Ein nationalsozialistischer Medizinalrat hat vor Gericht – als Belastungszeuge – ausgesagt: »Rossaints Umgang waren Landvolk, Jugend, Arbeiter, die er beeinflussen konnte. Sein Christentum war praktisch und radikal. Weil er des Glaubens war, daß erst jenseits der großen Täuschungen der innere Friede zu gewinnen sei, führte er das bescheidenste Leben... Ein für vierhundert Mark gekauftes Arbeitszimmer hat durch die vielen Besuche schließlich wie ein Wartesaal fünfter Klasse ausgesehen. Seine Wohnung stand allen offen. Wenn sie übervoll war von Schützlingen, mußte er selbst auf den Speicher gehen, um arbeiten zu können...«

So sprach ein Belastungszeuge. Genügt es eurem Gewissen und habt ihr nichts dagegen, daß ein Mensch dieser Art auf elf Jahre ins Zuchthaus geschickt wird? Dem Vorsitzenden des Gerichts hat es nicht genügt; er unternahm zuletzt noch, Rossaints Tätigkeit als Jugendpfarrer in ein zweideutiges Licht zu setzen. In Arbeiterkreisen, den letzten, die für Sittenlose auch nur Nachsicht haben, war Rossaint sehr geachtet – immer nach Aussage des Belastungszeugen. Verlassen wir hier den Kaplan, ihr habt schon gesehen, wie in eurem saubern Reich die Anklagen gegen Priester wegen sittlicher Verfehlungen zustande kommen. Übrigens ahnt ihr, daß dieser reine, geistige Mensch die Strafe dafür, daß er »jenseits der großen Täuschungen« lebte, nicht ganz verbüßen wird, das überträfe die Dauer des Dritten Reiches.

Von ihm, dessen Namen ihr schon kanntet, wenn auch nicht die Wahrheit über ihn, wenden wir uns zu dem protestantischen Pfarrer Eisen, im Lande Bayern. Pfarrer Eisen mußte das bayrische Staatsgebiet innerhalb vierundzwanzig Stunden verlassen; denn Deutschland ist bekanntlich ein Einheitsstaat, und die Länder treten nur äußersten Falles auf, um einen Pfarrer abzuschieben, oder zur bequemeren Bereicherung von Gauleitern. Das Mobiliar des Pfarrers wurde beschlagnahmt, SA und SS waren hierfür aufgeboten, aber sowohl die Beraubung des Pfarrers wie seine gewaltsame Austreibung erklärt sich leicht. Die »Deutschen Christen« hatten Anstalten getroffen, sich seiner Kirche zu bemächtigen. Er, wie Staatsfeinde beschaffen sind, schließt die Kirche ab. Vor seiner Kirche kniet er hin und betet öffentlich für die Errettung des christlichen Glaubens. Nicht der protestantischen Konfession, das ist überholt: des christlichen Glaubens schlechthin. Seine Gemeinde war versammelt und hat mitgebetet, aber nicht sie allein, und keineswegs nur die Evangelischen. Die katholische Geistlichkeit hat von den Kanzeln herab seine Sache zu der ihren gemacht. Einer sprach zu den Gläubigen: niemand könne wissen, wie lange noch die katholische Geistlichkeit geduldet würde. Eine Zeit der schärfsten Unterdrückung aller christlichen Kirchen sei in Deutschland angebrochen.

Was geht da vor? Eine große Neuigkeit, weittragend wie nur eine. Nennen wir sie die Einheitsfront – hier der Christen, dort der Marxisten und Humanisten. Wenn beide Einheitsfronten vollendet sind und zusammentreffen, wird es die Volksfront sein. Ihr habt bemerkt, daß sie auf dem Wege ist. Einiger Entschlossenheit bedarf es; und solltet ihr noch immer nicht entschlossen sein, dann vollzieht die Volksfront ihre ersten Schritte unbewußt, zufällig, und weil die Not der Gewissen nichts anderes mehr zuläßt. In einer Stadt war gerade noch die Prozession erlaubt, die Fronleichnams-Prozession, als letztes Zugeständnis an das Christentum und an die Gewissen. Da haben sich in den Zug eingereiht und sind den katholischen Kirchenfahnen gefolgt die protestantischen Bürger, marxistischen Arbeiter, die Jugend aller Stände. Die Straßen entlang standen Freidenker und wußten nicht mehr, was sie denken sollten. Geistige Naturen, die etwa dabei und in der Menge waren, ließen sich belehren, sie erkannten den Vorgang.

Hier ist ein Staat, der seinerseits eine Neuheit darstellt, er rührt an alle übernommenen Tatsachen der Gesittung, an jedes menschliche Recht. Endlich entringt er aus seinem unabänderlichen Wesen die letzte Ausgeburt, er bedroht das Christentum, die Grundtatsache, keine andere Tatsache der Gesittung, die nicht in dieser verankert ist. Überzeugt euch, ihr Deutschen, daß diesmal nicht Staat gegen Kirche steht, sondern Staat gegen Gesittung, sondern ein lumpiges Sechsgroschen-Etwas gegen die Hoheit des Gewissens. Überzeugt euch, behaltet es wohl, vergeßt nie, daß dies möglich war. Wer leicht befunden wurde, verliert die Freiheit, gleichgültig an wen, ein unverfrorener Tagedieb ist gerade recht, euch die Freiheit zu stehlen. Die Freiheit verlieren, heißt zuerst nur, im Staat nicht mehr mitreden. Dann, in Sache des eigenen Erwerbes nicht mehr mitreden. Ganze Klassen und Rassen unterdrückt und furchtbar gequält sehen, bis man euch selbst zu Leibe geht. Wie? So war doch die Reihenfolge. Judenhatz, dann arische Zwangsarbeit. Mord an den anders Gesinnten, dann Hunger für alle und eine ganze Jugend in der tödlichen Furcht vor dem Krieg, mit dem eure Beherrscher das bekannte Spiel treiben.

Sie haben von dem Krieg die Vorstellung, die Menschheit wäre zu vernichten, ihr mit. Den Frieden begreifen sie auch nur als eure Vernichtung; die sittliche ist diese Jahre hindurch mit hingegangen neben der Vernichtung der Wirtschaft, Währung und der Volkskraft. Endlich rückt eure sittliche Vernichtung in die vorderste Linie, und Staatsfeind eins wird das Christentum. Es ehrt euch, daß ihr in Massen gerade jetzt mit dem Widerstand beginnt. Aber es kommt spät. Weit vorgetrieben ist die Entsittlichung großer Teile des deutschen Volkes; ob sie Unrecht taten, es zuließen oder über sich ergehen ließen: das alles zählt gleich. Aus Deutschland ist durch die Schuld einiger Verbrecher – und durch eure – etwas Unnennbares geworden. Es wäre zu benennen, nur die Scham und Selbstachtung verbieten es. Indessen, »für eure Bischöfe ist die Zeit gekommen zu sprechen«. So hört ihr es vom Kardinal Faulhaber. Sprechen heißt bekennen. Bekennen heißt handeln.

Wie interessant, fesselnd und erregend das Christentum inzwischen geworden ist! Dibelius, protestantischer Generalsuperintendent, hat es bezeugt. »Oftmals sind Leute in die Predigt gekommen, weil sie berichten sollten. Mehrere sind vom Wort Gottes so gepackt worden, daß sie bald in den Schoß des christlichen Glaubens zurückkehrten.« Sogar die Spione. Und Ihr? Bewahrt euch doch. Haltet auf die Würde eures Gewissens, wie auf die Ehre eures Landes. Die Enzyklika des Papstes gegen den Nationalsozialismus wird nicht nur in den katholischen Kirchen sondern auch in den protestantischen und anglikanischen Gotteshäusern der ganzen Welt verlesen. In der Hedwigskirche konntet ihr dies zur Kenntnis nehmen am fünfzehnten Juni. Die ganze Welt – die ganze Welt gegen euer Land: nicht der Macht wegen und nicht um Geld und Gut. Nicht, weil man euch etwas neidet und nehmen will; sondern eure Führer haben euch erniedrigt, und ihr genießt bei der Welt die Gefühle, die den Gesunkenen zukommen.

Der Generalsekretär des Gesamtverbandes der christlichen Kirchen in Amerika wendet sich allerdings nicht an euch, er geht gleich an die richtige Stelle. »Sie, Herr X«, schreibt Reverend MacFarland nach Berlin, »haben die hohen Ideale entweiht, die ich mir von der Ehre, Sauberkeit, Wahrhaftigkeit und Menschlichkeit des deutschen Volkes gemacht hatte. Sie haben die Achtung der zivilisierten Welt verwirkt, und Sie führen Ihr Volk in den Abgrund, denn es ist unmöglich, eine Herrschaft auf Gewalt und Haß zu bauen.«

Was muß noch eintreten, an welchem Faden hängt es

noch, daß die zivilisierte Welt euch ausschließt, versteht ihr? Deutschland als sittlichen Begriff ausschließt. Wenn über X die Exkommunikation verhängt würde, es verschlüge nichts, nach der Meinung einer der traurigen Gestalten, die bei ihm für die »Weltanschauung« aufkommen. Es würde in Wirklichkeit nicht ihn allein treffen: ihr alle wäret ausgeschlossen aus der Welt der Gesittung und des Gewissens. Ihr wollt es nicht. Ihr erfaßt die Zusammenhänge und seid vor dem Ende erschrocken, besonders nachdem ihr dies gelesen habt wie es gedacht ist: ehrlich. Seid ehrlich! Verhütet das Ende!

Mit Euch ist die Frau

Die Union für Recht und Freiheit hat zuerst den »Strafvollzug im Dritten Reich« beschrieben. Ebenso genau, an Hand anderer unumstößlicher Dokumente zeigt sie jetzt die Frau des Dritten Reiches. Dies Reich tritt wieder einmal in voller Tätigkeit auf, und sein Gegenstand ist hier von empfindlicher Art. Nicht nur, daß der weibliche Organismus dem Leiden leichter ausgesetzt ist als der männliche. Jeder Mann neigt von Natur zur Teilnahme an dem Leiden der Frau. Wo die erworbene und Natur gewordene Gesittung noch spricht, erträgt er den Anblick ihres Unglücks, ihrer Schmerzen schwerer als die Qualen seines eigenen Geschlechts. Sogar der fremdeste Zuschauer der leidenden Frau hat sich als ihren Beschützer gefühlt, solange Männern erlaubt war, in der Frau den Gegenstand geheiligter Art zu erblicken, der sie verpflichtete.

Alles dies wird unwirksam im Dritten Reich. Alles wird durch seine »Weltanschauung« von Grund auf abgeleugnet. Der weibliche Organismus findet keine Beachtung; Frauen tun Dienst für den Staat, der nicht fragt, welche Zustände ihr Körper gerade durchläuft. Märsche mit vollem Gepäck, Zwangsarbeit unbegrenzt, dem Haus und der Familie entrissen auf dem kalten Erdboden schlafen, so ist das Leben hunderttausender Frauen. Die Männer in der gleichen Lage sehen zu und haben sich der Teilnahme entwöhnt, gesetzt, daß sie ihnen erlaubt wäre. Das ist sie keineswegs, und als Beschützer der leidenden Frau darf niemand sich fühlen: es wäre eine staatsfeindliche Handlung. Dieser Staat verlangt Empfindungslosigkeit, es ist die erste seiner Forderungen. Die Frauen, die er nicht mehr draußen, sondern in seinen Gefängnissen und Konzentrationslagern zum Dienst anhält, haben sich meistens dadurch vergangen, daß sie einen Staatsfeind liebten. Das Verbrechen des Staatsfeindes war, daß er seine Brüder, seine Klasse, sein mißbrauchtes Volk liebt und ihnen zu helfen wünschte.

Jetzt ist es soweit, eine Frau gerät zu ihrem namenlosen Entsetzen, denn sie weiß, was kommt, in das SA-Lokal. Der Sturmbannführer, der sie »verhört«, fällt in hellen Wahnsinn, sobald er eine Jüdin erblickt. Das Höchstmaß von Weltanschauung – und Blutrausch – ergreift den Folterer aber erst, als er im Radio die Stimme seines Herrn vernimmt. Das ist gewiß ein zufälliges Zusammentreffen: die Stimme, und dann das Ausarten der Behandlung, bis die Frau, gegen Ende dieser Nacht, weißhaarig und ihr Leib ein einziges Geschwür ist. Der Sturmbannführer ist, in aller Abgeschlossenheit seines Kellers, ein Propagandist des Systems, und weiß es. Frage: wie viel wissen die Vorübergehenden, deren Beine oberhalb des Kellers im Fenster erscheinen und sogleich verschwinden. Angenommen wird, daß sie nichts wissen. Sie würden sich auch hüten, ihre Kenntnis der Dinge merken zu lassen. Manche wohnen nebenan. Sie schlafen mehr oder weniger gut, essen, weil Essen so üblich wie Foltern ist, und machen mit einigem Vergnügen ihre Kinder. Das werden wieder Menschen sein und werden Tage und Nächte des Lebens haben, wie das Dritte Reich sie seinen Geschöpfen beschert.

Das Schreckliche, das schlechthin Unermeßliche ist die Stummheit des Dritten Reiches, sein inneres Schweigen bei so viel Lärm nach außen. Es beschäftigt mit sich die ganze Welt; nur was es an seinen Menschen verrichtet und aus ihnen macht, bleibt trotz allen Berichten ein tiefes Geheimnis. In diesem Buch erzählt eine muntere Dreiundzwanzigjährige, die wegen ihres geflüchteten Mannes als

Geisel, immer wieder als Geisel verhaftet worden ist. »Wir waren«, sagt sie, »nicht nur politische Gefangene, sondern auch Kriminelle und Bibelforscher«. Das Dritte Reich, in seiner weltanschaulichen Entmenschtheit, kennt keinen Unterschied. Um so schlimmer für die muntere Dreiundzwanzigjährige, die unverbesserlich liebt, und zwar einen geflüchteten Staatsfeind. Du sollst nicht lieben. Du sollst empfindungslos Dienst tun für einen Staat, der seinen Frauen verbietet, Frau zu sein. Wahrhaftig, das hatte noch kein Staat gewagt, zu fordern, daß die Frau nicht Frau mehr sei.

Daran wird er scheitern, wenn an sonst nichts. Sein offenbarer Haß auf die Frau, sein ganzes Wesen ist davon durchdrungen, er spritzt auf Schritt und Tritt das Gift. Er haßt und straft, was in der menschlichen Natur von der Frau ist, die Liebe, die Empfindung für den Menschenleib und unsere Seele. Er haßt, er straft und wird unterliegen, weil er wider die Natur ist. Was bleibt von einem Staat und Reich, wenn sie gegen sich die Frau und die Natur haben. Es ist der weibliche Anteil unserer Beschaffenheit, es ist die Kraft zu fühlen, die heute aus Deutschen, ob Mann oder Frau, die Helden macht im Leiden und im Kampf. Männer fallen, in Gefängnissen werden Frauen ihnen nachgeschickt in den Tod. Die Zahl der Opfer wächst, und um so höher steigt der Mut zum Widerstand. Ihn gibt das Leben selbst. Eine Frau spricht: »Familien werden zerstört, Existenzen vernichtet, Sorge, Not und Verzweiflung entsteht – weil ein paar Machthaber sich fürchten. Ja, die fürchten sich, und all ihre Gewalt ist Angst. Ihr aber müßt euch nicht fürchten, mit euch ist das Leben, mit euch ist die Frau.«

IV

Vox Humana

Das geistige Erbe

Die Literatur ist eine Erscheinung des Lebens. Sie ist das Leben noch einmal – bewußt geworden und befähigt, wie sonst niemals, sich verständlich darzustellen. Die Literatur wiederholt die lebendige Vielfalt, die lebendigen Widersprüche, die Vergeßlichkeit des Lebens. In den größten, nach Raum und Gehalt größten Büchern haben die Träger der dargestellten Welt an einer späteren Stelle ganz vergessen, wer sie früher waren, was sie früher getan hatten. Solche erstaunlichen Stellen, ich denke an eine bei Rabelais, rühren daher, daß inzwischen der Autor auf seinem Erdenweg ein großes Stück weiter gelangt ist, und seine Gestalten mit ihm. Er packt sie dort, wo sie heute sind. Die Literatur und das Leben kennen im Grunde nur das Heute.

Bei Hegel, in seiner Philosophie des Rechtes, steht zu lesen: »Was das Individuum betrifft, so ist ohnedies jedes ein Sohn seiner Zeit; so ist auch die Philosophie ihre Zeit in Gedanken erfaßt. Es ist ebenso töricht, zu wähnen, irgend eine Philosophie gehe über ihre gegenwärtige Welt hinaus, als, ein Individuum überspringe seine Zeit.« Das ist, von vielen Seiten betrachtet, zweifellos richtig, und von anderen ist es falsch. Der Schüler Hegels, Marx, hat gefragt, wie uns eigentlich vergangene, unter grundanderen Zeitbedingungen entstandene Kunstwerke noch etwas sagen könnten. Er hat sich selbst nicht geantwortet, denn tatsächlich: sie sagen uns etwas. Sie betreffen uns selbst, wie die zeitgenössischen Werke uns betreffen, und manchmal mehr, sonst sähen wir sie nicht an. Die alten Werke sind zu ihrer Zeit auch für uns schon gemacht worden. Wie steht es danach um die beschränkte Heutigkeit des Denkens und Bildens?

Wir greifen zuweilen aus unseren Tagen heraus, hinüber, und berühren künftige Geschlechter. Dasselbe haben die Alten ohne Absicht vermocht, und am Besten, auch wir täten es ungewollt. »Das Belehren, wie die Welt sein soll, dazu kommt ohnehin die Philosophie immer zu spät«, so fährt Hegel fort, und es ist wahr. Mit genau so viel Wahrheit ist zu sagen, daß die Belehrung der Nachwelt zu früh käme. »Was ist, ist die Vernunft.« Was aber sein wird, ist wieder die Vernunft. Nicht, daß man eine künftige Wirklichkeit im Voraus dürfte belehren wollen. Ohne Absicht haben dennoch Viele sie belehrt, gesetzt, daß die Wirklichkeit gute Ohren hätte. Die Literatur aller Zeitalter wimmelt von Prophezeiungen, die eintreffen, einfach weil einst gegebene Zustände richtig erfaßt worden waren.

Sind die jetzt gegebenen Zustände besonders fragwürdig, dann läßt man, in der Verwirrung oder Empörung, die Stimmen, die geschwiegen hatten, nochmals ablaufen; zitiert werden Spinoza, Herder, Marc Aurel; zu unseren liebenswürdigen Zeiten hat jeder sein Wort beigetragen; jeder weiß auch schon, wo es mit ihnen hinaus will. Dies läßt vermuten, daß die Literatur von jeher dasselbe Leben beschrieben und durch dieselben Erfahrungen dieselben Einsichten erworben hat. Wir sind so klug, oder wären es, wenn wir unser eigenes geringes Wissen vereinigen, durchdringen, lebendig machen könnten mit dem ganzen Wissen der Toten. Die Deutschen besonders müßten ungeheuer klug sein. Sie sind die Erben einer Literatur, die ihrerseits alles auf Erden je Erlebte und Gedachte geerbt – und es erworben hat, um es zu besitzen. Die Frage bleibt, ob die Deutschen selbst die Literatur, die sie ererbt haben, auch besitzen.

Wer ist hier überhaupt Erbe, und wer Erblasser? Die

Toten »besitzen« das Geschlecht dieser vergänglichen Gegenwart; sie haben es erkannt. Die lebenden Deutschen, insofern sie im Lande das Wort führen, besitzen das Vergangen-Lebendige keineswegs, es wäre ihnen zur Last. Die unverfälschte Kenntnis ihrer vergangenen Literatur würde ihnen ihre heutigen Dummheiten sehr erschweren. Sie wollen denn auch nichts wissen und beklagen sich höchstens, daß sie noch immer an historischen Vorstellungen leiden. Mit ihnen fängt die Welt an, – ein Irrtum, über den gleichfalls schon die Toten Bescheid wußten. Übrigens könnten bald genug die historischen Vorstellungen große Aktualitäten sein. Das nichts als Gegenwärtige hat keine Zukunft. Die größte Zukunft hat noch das Vergangene, und so die Literatur unserer Toten. Wer auf dem kleinsten Stück Erdboden dem Leben der geringen Wesen nachgeht, wird finden, daß sie von ihren Toten leben.

Da die Literatur in allem das Leben wiederholt, ist sie eine Einheit. Ihre Vielfalt, ihre Widersprüche, ihre Vergeßlichkeit ergeben etwas Ganzes. Wo ihr die deutsche Literatur anfaßt, ihre Bemühung ist der Mensch, die Erfassung seiner Natur in ihren Höhen und Tiefen. Kein deutsches Wesen oder deutsches Interesse hat jemals eure Dichter ausschließlich beschäftigt: gerade die bei euch die volkstümlichsten waren, haben alles einbegriffen, was Menschengesicht trägt. »Es ist ein armseliges, kleinliches Ideal, für eine Nation zu schreiben«, das steht in einem Brief Schillers an Körner. Was von den Deutschen, deren Namen und Wort der Welt bekannt geworden sind, zu ihrer Zeit ersehnt wurde, war unfehlbar die Vereinigung der Menschen. Ihre feindselige Trennung war es nie. Leibniz hat den Versuch unternommen, die christlichen Konfessionen wieder zu vereinigen. Er schrieb an Bossuet:

»Ausdrücklich brechen wir mit einem Gebahren, das Streitsucht verriete, und ablegen wollen wir die ganze falsche Überlegenheit, die gewohnheitsmäßig jede Partei sich zuspricht.« Von ihm ist der merkwürdige Satz, daß er eigentlich alles für richtig halte, was er lese. Viel später fragt einer der frühen Romantiker, der junge Wackenroder: »Liegt Rom und Deutschland nicht auf einer Erde? Sind die Alpen unübersteiglich? Nun, so muß auch mehr als eine Liebe in der Brust des Menschen wohnen können.«

Novalis in seinem Fragment »Europa oder die Christenheit« beklagt die verlorene christlich-katholische Einheit Europas und erhofft ihre Wiederkunft. Lessing hatte im voraus geantwortet: »Nicht die Wahrheit, in deren Besitz irgendein Mensch ist oder zu sein scheint, sondern die aufrichtige Mühe, die er angewandt hat, hinter die Wahrheit zu kommen, macht den Wert des Menschen.« Nicht die Wahrheit, sondern den immer regen Trieb nach ihr, auf die Gefahr des Irrtums hin, erbittet er von Gott.

Das sind Äußerungen aus drei Jahrhunderten, und alle sagen das Gleiche, ihre Widersprüche verbinden sie nur. Diese Deutschen bekennen ihre Duldsamkeit, obwohl sie Einheit wollen und in ihren Personen die Brücken errichten zu den Konfessionen, den Völkern. Sie haben Frömmigkeit, auch ihr Verzicht auf den unverdienten Besitz der Wahrheit ist ebenso stolz als fromm. Ihre Brust ist »mehr als einer Liebe« fähig, und alles, was sie gelesen haben, war richtig. Wenn kein urteilsloser Kopf so spricht, wie umfassend muß er sein! Die Weisheit der Deutschen, die diesen Namen einst groß gemacht haben, ist insgesamt unermeßlich. Man begreife, daß sie zu ihrem Allmenschentum nicht umsonst gelangt sind; ihre berühmte Humanität führt auf kein willkürliches Gefühl zurück, sondern allein auf den Willen, wahr zu sein. Ehrliche Erforschung und richtige Anschauung sind human. Um die Kenntnis des Menschen bemüht, sind wir menschlich.

Das Verhältnis der geschichtlichen Deutschen zum Staat ist immer dasselbe gewesen. Nicht einer hat geglaubt, daß dem Staat zu dienen wäre, sondern an ihm wäre es, Dienste zu tun. Herder spricht: »Der Mensch ist der erste Freigelassene der Schöpfung: er steht aufrecht«, – was sehr nach Protest klingt und an den ersten Satz des Contrat social erinnert: »Der Mensch ist frei geboren, liegt aber überall in Fesseln.« Die deutsche Literatur hat keineswegs die französische Revolution abgewartet, um selbst revolutionär zu sein. Sie war es von Grund auf, in den Ereignissen hat sie sich nur wieder erkannt. Die Humanität ist streitbar von Beruf, was nicht hindert, daß Friedlichkeit ihr Wesen selbst ist. Herder erklärt, merkwürdig genug, wie die Natur selbst den Menschen für Zwecke des Friedens gebildet habe. »Indessen ist's wahr, daß der Bau des Menschen vorzüglich auf die Verteidigung, nicht auf den Angriff gerichtet ist... Seine Gestalt selbst lehrt ihn also Friedlichkeit, nicht räuberische Mordverwüstung: der Humanität erstes Merkmal.«

Man kann den Körperbau des Menschen anders als Herder verstehen, wahrscheinlich mißverstände man ihn. Außerdem ist es klar, daß ein Staat seine Außenpolitik nach der menschlichen Beschaffenheit nur dann einrichtet, wenn ihm an seinen Menschen viel gelegen ist. Er müßte entschlossen sein, durch seine inneren Maßnahmen ihr Glück zu vermehren. In der deutschen Literatur ist dies immer für vernünftig, das Gegenteil für bequem und abscheulich gehalten worden. Herder: »Ein zwar leichter aber böser Grundsatz wäre es zur Philosophie der Menschengeschichte: der Mensch sei ein Tier, das einen Herrn nötig habe und von ihm das Glück seiner Endbestimmung erwarte. Kehre den Satz um: Der Mensch, der einen Herrn nötig hat, ist ein Tier; sobald er Mensch wird, hat er keinen mehr nötig.« Herder weiß natürlich, was wir heutzutage umständlich erlernen müssen: der lange Gehorsam unter dem Despotismus gründet sich nicht auf die Übermacht des Despoten, sondern auf duldende Trägheit.

»Denn dulden ist freilich leichter als mit Nachdruck verbessern.«

Niemanden verwundert es, daß Lessing gemeint hat, die Staaten vereinigten die Menschen, damit jeder Einzelne sein Teil von Glückseligkeit desto besser und sicherer genießen könne. »Das Totale der einzelnen Glückseligkeiten ist die Glückseligkeit des Staates« – heißt die Lessingsche Lehre vom totalen Staat. Kant weiß gleichfalls vom Führergedanken nichts. Er schreibt: »Aufklärung ist der Ausgang des Menschen aus seiner selbstverschuldeten Unmündigkeit. Unmündigkeit ist das Unvermögen, sich seines Verstandes ohne Leitung eines anderen zu bedienen.« Er fordert: »Habe Mut, dich deines eigenen Verstandes zu bedienen«, und nennt es den Wahlspruch der Aufklärung. »Zu dieser Aufklärung wird aber nichts weiter erfordert als Freiheit: die Freiheit, von seiner Vernunft in allen Stücken öffentlich Gebrauch zu machen.« Demgemäß wendet sich Friedrich der Große an Voltaire, denn er ist nun einmal sein Freund und ein Zeitgenosse der Aufklärung. Dieselbe Richtung halten seine Bücher.

Friedrich: »Wahrung des Rechts ist eines Herrschers erste Obliegenheit. Über alles soll ihm seiner Völker Wohlfahrt gehen... Der Herrscher, weit entfernt, der unumschränkte Gebieter über seine Untertanen zu sein, ist nur ihr erster Diener, das Werkzeug ihres Glücks.« (»Antimachiavell«) »Meine Hauptbeschäftigung besteht darin, in den Ländern, zu deren Beherrscher der Zufall der Geburt mich gemacht hat, die Unwissenheit und die Vorurteile zu bekämpfen... und die Menschen so glücklich zu machen, als es die menschliche Natur und meine Mittel gestatten.« (An Voltaire) »Es ist eine Vergewaltigung, wenn man den Vätern die Freiheit nimmt, ihre Kinder nach ihrem Willen zu erziehen... während die Väter wollen, daß ihre Kinder Katholiken werden, wie sie selber.« (»Abhandlung über Vorurteile«) Nun, dies ist Aufklärung; auch ein Selbstherrscher mußte sich zu ihr bekennen, um auf der Höhe zu sein. Voltaire hat dem König nicht getraut: er spucke in die Suppe des Despotismus, um sie anderen zu verleiden.

Wilhelm von Humboldt, nachher Kultusminister in Preußen, ist ganz unverdächtig, wenn er diese Worte hinsetzt: »So schien mir die vorteilhafteste Lage für den Bürger im Staate die, in welcher er zwar durch so viele Bande wie möglich mit seinen Mitbürgern verbunden, aber so wenig wie möglich von der Regierung gefesselt wäre. Denn der isolierte Mensch vermag sich ebenso wenig zu bilden als der in seiner Freiheit gefesselte.« Freiheit, Bildung, der Vorteil des Bürgers, – und man wolle ermessen, was es heißt, hierauf bedacht zu sein, während Deutschland im Krieg gegen Napoleon lag. Der äußere Befreiungskrieg war für die besten der Zeitgenossen, die zugleich die einflußreichsten waren, für Humboldt und den Freiherrn vom Stein war er kein Vorwand, um die innere Unfreiheit zur vaterländischen Pflicht zu erheben. Das ist später gekommen, als der Begriff des Nationalen schon entartete. Der überlieferte und allein legitime Begriff des Nationalen ist abgeleitet aus der menschlichen Befreiung und ergießt sich in dieselbe Humanität, die deutsch zu allen Zeiten ist.

Novalis, wahrhaftig kein Aufklärer, bekennt sich zur Republik. »Wo junge Leute sind, ist Republik. Der Staat wird zu wenig bei uns verkündet. Es sollte Prediger des Patriotism geben. Jetzt sind die meisten Staatsgenossen auf einem sehr gemeinen, dem feindlichen sehr nahe kommenden Fuße zu ihm. Das ist ein eigener Reiz der Republik, daß sich alles in ihr viel freier äußert.« Freiheit und Vaterland, nie eins ohne das Andere. Die gesamte Literatur der Deutschen war vorbereitet gewesen auf die Revolution. Kant, der den ewigen Frieden für vernünftig und erreichbar hielt, ist vor der französischen Revolution nicht zurückgeschreckt, weil sie Blut vergoß. Hölderlin, der die

Helden verehrte, nahm unter sie Jesus und den Convent auf. Als es für die Revolution am ungewissesten stand, war er bereit, die Feder hinzuwerfen und kämpfen zu gehen. Deutsche, die jetzt in Spanien für die Freiheit kämpfen, bleiben im Zuge ihrer großen Literatur, und nicht die anderen. Deutsche, die Sowjet-Rußland nehmen, wie es ist, wissen genug, wenn sie es für den größten Versuch der unbedingten Befreiung der Menschen nehmen. Kant würde es dafür hinnehmen.

Die großen Deutschen haben in Zeiten, die oft so schwierig wie diese schienen, das Endziel beachtet, das ist das Menschenglück. Zeugen werden sie, was auch geschieht, gegen die Macht, die sich überhebt. Ihre Sache ist die Vernunft und nicht der Gehorsam. Ihre Sache ist eine tiefe innere Welt, was die blinde Unterwerfung unter äußere Gewalten ausschließt. Die ersten Protestanten haben in ihre Schulen das Lateinische eingeführt, zum Zeichen ihrer Verbundenheit mit der gesamten Zivilisation. Die ganze Kultur der großen Deutschen, ihr Wunderwerk von Einheitlichkeit in der Vielfalt, will auf die Erziehung jedes Einzelnen hinaus, sein höchstes Maß und seine Würde. Das ist revolutionär von jeher, wie das Leben und wie die Wahrheit, – drücke man es mit Goethe aus: Höchstes Glück der Erdenkinder ist doch die Persönlichkeit; oder mit Schiller, »Würde des Menschen«: Freunde, nichts mehr von ihr, zu Essen gebt ihm, zu Wohnen; Habt ihr die Blöße bedeckt, gibt sich die Würde von selbst.

Über Goethe

Alle Berichte sagen, daß an den deutschen Hochschulen eines der größten Themen jetzt Goethe heißt. In den Vorlesungen kann das Wesentliche nicht ausgesprochen werden; umso dringlicher ist man außerhalb der Öffentlichkeit bemüht, den Ersten aller Deutschen zu erkennen. Natürlich gibt es Lehrer, die den Schülern ehrlich helfen. Ehrliche Deutsche aller Stände fehlen nie, nur öffentlich ist ihnen derzeit der Mund verschlossen.

Goethe war sonst kein Problem; jeder Deutsche hat seinen Anteil an dem vornehmsten Beispiel gehabt, – die Nation hat keinen Gipfel über diesem. Der Dichterfürst wurde mit gutem Gewissen gelesen; jedem stand frei, aus ihm zu lernen, an ihm sich zu erbauen. Das durften die kleinen Leute an ihrer bescheidenen Stelle, und was das Beste ist, sie waren hierin vereint mit den Zierden der Kultur. Als der Physiker Helmholtz, Exzellenz, einstmals zu Hofe gehen sollte, wurde er vermißt, und man fand ihn mit einem Buch. »Ich habe im Goethe gelesen«, sagte er.

Goethe kann in diesem Deutschland nicht mehr mit einfacher Hingabe gelesen werden. Dem Leser schlägt das Gewissen und Fragen beunruhigen ihn. Er sieht: Hier ist ein vollkommen freier Geist – folgte immer seinem inneren Gesetz, das Wahrheit und Menschlichkeit war. Er fragt: Bei uns aber ist die Humanität eine Schande geworden? Unerlaubte Wahrheiten zu denken führt ins Verderben? Er sieht: Hier ist ein Weltbürger, der Erfinder des Begriffes »Weltliteratur«, der Verehrer eines Kaisers, der kein Deutscher war, der Freund Frankreichs. Er fragt:

Dies alles sollte heute verbrecherisch sein? Wir sollen der Feind der meisten Völker sein, wenn nicht aller, und lesen können wir kaum noch unsere eigene, ererbte Literatur?

Das gerade verwundert den jungen gutwilligen Menschen, der seine Lage und die Lage seines Landes bedenkt. Da er und das Land die Freiheit nicht haben, wird ihm umso eher bewußt, daß die klassische Literatur der Deutschen, von Herder bis Hölderlin, eigentlich ein einziger Hymnus an die Freiheit ist. Wie wär' es denn anders? Humanismus und Freiheit setzen einander voraus und folgen aufeinander. Was in Deutschland überhaupt bestanden hat an politischer Freiheit, Menschenrecht und nationaler Würde, kann gar nicht fortgedacht werden von unseren Denkern und Dichtern. Wer Würde, Recht und Freiheit aufhebt, trennt die Nation von ihren Besten. Da habt ihr den Grund, falls er euch nicht bekannt wäre, Studenten, warum ihr Goethe nur mit Unruhe lest.

Einige seiner Sätze sind mit der Überschrift »Im Geiste Goethes« gesammelt worden. Damals war Mai, jetzt ist November, aber immer noch kommt man in Deutschland auf diese Auswahl von Sätzen zurück: eine solche Unruhe erregt der Erste der Deutschen, sobald von ihm ein Wort fällt. Anstatt der angeführten hätten es andere Worte sein können. Der ganze Goethe widerspricht dem heutigen Zustand seines Volkes gründlich. Die beauftragte Presse greift nicht ihn selbst an: das hieße einen Tatbestand aufdecken – ach, er bleibt besser im Dunkeln.

Die beauftragte Presse trägt an ihrem Kopf die verschiedensten Namen, hat aber eigentlich den einzigen Titel: »Das schlechte Gewissen«. Sie weiß sehr wohl, daß an den Hochschulen ein gefährliches Problem umgeht, und daß kein Antifaschist es aufgeworfen hat, sondern Goethe. Indessen hält sie sich daran, daß eine antifaschistische Zeitung beliebige Aussprüche Goethes wiederholt hat: ersichtlich ohne jede Absicht, Goethe zum Parteimann zu machen. Er ist der Mann der Nation, des vornehmsten Ausdrucks, den sie einst gefunden hat und heute nicht finden dürfte. Wer Goethe liest, mitteilt – und darüber versäumt, zu Hofe zu gehen –, was tut er? Er vereinigt sich mit der Nation.

»Glauben Sie ja nicht, daß ich gleichgültig wäre gegen die großen Ideen Freiheit, Volk, Vaterland.« Das ist Goethe, und das sind jederzeit und trotz allem die Deutschen von Geblüt, da Geblüt keinen anderen Sinn haben kann als den eines edlen und freien Geistes. Volk und Vaterland bedeuten nichts ohne die Freiheit, – die Goethe ihnen voranstellt. In demselben Gespräch hat er gesagt, daß Wissenschaft und Kunst der Welt angehören, vor ihnen verschwinden die Schranken der Nationalität. Er hat nicht angenommen, diese Schranken könnten dereinst dennoch aufgerichtet werden, und sogar innerhalb der Schranken wäre ihm verboten, nach seinem Gewissen zu erkennen und zu bilden. Er geht weiter: auch der Trost durch Wissenschaft und Kunst »ersetzt das stolze Bewußtsein nicht, einem großen, starken, geachteten und gefürchteten Volk anzugehören«.

Mit anderen Worten: er hätte damals gewünscht, Franzose zu sein. Der Kaiser, sein Freund, forderte ihn auf, seinen Wohnsitz in Paris zu nehmen, und er hat daran gedacht. Nach dem Sieg des deutschen Nationalismus war er verdächtig und hat für sein Leben gefürchtet. Weimar – unterschied sich von einer inneren Emigration nur allenfalls durch die amtlichen Würden des Emigranten. Es gab sein Schicksal öfter – hat es seither immer gegeben. Der deutsche Nationalismus verstand es von je, die edlen Geister auszustoßen, und nachgerade tut er mehr. Der deutsche Nationalismus gleicht keinem anderen. Für ihn allein schließen Macht und Freiheit, die staatliche Macht und die menschliche Kultur einander aus.

Angesichts des »Reiches«, das er niemals ohne Anführungsstriche schrieb, hat Friedrich Nietzsche wörtlich vorhergesagt: »Die Deutschen selber haben keine Zukunft«, – was Verzweifelte um so eher jetzt behaupten mögen: wir nicht. Wir glauben mit Goethe an die Zukunft Deutschlands, da es ohne schimpfliche List und ohne billige Gewalttaten wahrhaft stark und weniger gefürchtet als geachtet sein wird. Zu uns spricht Goethe: »Ich halte ihn so fest als Sie, diesen Glauben. Ja, das deutsche Volk verspricht eine Zukunft und hat eine Zukunft.«

Begrüßung des Ausgebürgerten

Aber müssen wir ihn bei den Ausgebürgerten noch erst begrüßen? Den berühmtesten der deutschen Schriftsteller hielt niemand für ein Mitglied des Dritten Reiches. Das Ausland hatte den Ereignissen vorgegriffen, die Welt war seit langem der Meinung, er gehöre ihr, und nicht dem Kleindeutschland Hitlers. Das Reich der deutschen Geister, von jeher hat es weiter gereicht als die Landesgrenzen – auch vorgeschobene Grenzen könnten sie niemals einholen. Wenn man denkt, ich sei in Weimar, bin ich schon in Jena: so ähnlich sprach Goethe, aber im Sinne hatte er Kontinente und sah ein Jahrhundert voraus.

Seien wir bescheiden. Thomas Mann, seit Neuestem kein »Deutscher« mehr, hat mit Goethe wenigstens, allerwenigstens gemein, daß er sich müht und trägt die auferlegte Last. Wo ist er, der sich müht, und trägt die Last, die wir getragen haben? Dieser Goethesche Satz ist hier nicht wörtlich wiedergegeben, er ist zurückübersetzt. In dem Manifest an die Europäer, verfaßt von Thomas Mann zu ihrer Warnung, war der Satz in allen ihren Mundarten zu lesen. Ein Deutscher, im Begriff ausgebürgert zu werden, macht gemeinsame Sache mit einem anderen Deutschen, Goethe, der jetzt auch nicht in Weimar säße, sondern Haus und Habe wären ihm fortgenommen, er teilte mit uns allen das Exil. Er würde französisch wie deutsch schreiben; Napoleon hat ihn schon damals aufgefordert, nach Paris zu kommen. Demgemäß erläßt nach hundert Jahren ein Deutscher seinen Aufruf an die Europäer in allen ihren Sprachen.

Vielleicht hat den letzten Anstoß, ihn auszubürgern, dieser Aufruf gegeben. Er sagt der europäischen Jugend genau das, was das Dritte Reich sie nicht hören lassen will: höchstes Gut des Menschen ist die Persönlichkeit. Denn sie will erarbeitet sein. Europa verfällt, weil die neuen Europäer ihre wesentliche Arbeit nicht mehr erfüllen wollen. Sie wissen nichts, das wäre schon schlimm genug; aber sie maßen sich Unwissenheit als ihren Vorzug an. Die Arbeit an der eigenen Vervollkommnung, die persönliche Verantwortung und Mühe, sie geben alles billig, wenn sie sich dafür einreihen dürfen in Gemeinschaften, und »Führern« folgen. Das ist bequem und gewährt die wohlfeilste Abart der seelischen Berauschtheit: anstatt der dionysischen die kollektive. Man braucht sich nicht zu vervollkommnen, braucht weder das Wissen noch die Verantwortung, die beide in hohen, bewegten Stunden die Trunkenheit des Geistes ergäben. Dann hätte man durch langes, redliches Bemühen zuweilen den Gipfel gewonnen, wo alles Lebende eins ist mit dir. Nein, sondern sie treiben ihr eigensüchtiges Vergnügen, berauschen sich an der Unterordnung, marschieren Schritt und Tritt und singen dazu Leitartikel aus dem Propaganda-Ministerium.

Merkwürdig genug, daß ein Drittes Reich und sein Propaganda-Ministerium diese Sprache einem Deutschen so lange nachgesehen haben. Sie hatten natürlich die plattesten Beweggründe, immer nur solche, die den äußerlichen Aspekt – und das Auswärtige Amt – betreffen. Es sollte nicht offen in die Erscheinung treten, daß auch der letzte Schriftsteller von Weltruf ihr Herrschaftsgebiet geräumt hatte. An seinem Namen wollten sie sich unredlich bereichern. Bis sie anderen Völkern ihr Land geraubt hätten und mit dem Umfang des Reiches ihre Ehre vermehrt, die einzige Ehre, die sie begreifen, bis dahin versuchten sie einen Nobelpreisträger auszuspielen als den Ihren. Das hat ihnen nichts genützt, der Nobelpreisträger sorgte selbst dafür, daß es fehlschlug. Übrigens ist die Mitwelt vorzüglich unterrichtet über ein Reich, das keine größere Sorge kennt als von sich reden zu machen. Es war nirgends unbekannt, was in den Buchhandlungen Deutschlands vor sich ging, und daß die Schriften des Nobelpreisträgers, die jeder Buchladen Europas führt, in seinem Heimatlande nur insgeheim verkauft werden durften. Was ändert seine Ausbürgerung?

Sie stellt offen dar, daß der Geist Europas das Deutschland Hitlers verwirft und ausschließt. Das Umgekehrte ist Vorspiegelung und Mache. Nicht Hitler bürgert Thomas Mann aus, sondern Europa Herrn Hitler. Dieser Zeitgenosse überschätzt seine Macht in jedem Betracht, militärisch, ideologisch, aber besonders hinsichtlich der Persönlichkeiten, die nicht eines Tages »die Macht ergriffen« haben: sondern sie haben sich selbst, und damit ihr Deutschland, ihr Europa, die Zukunft und das Reich erworben und verdient ihr ganzes ernstes Leben lang.

Wenn Völker schweigen müssen, redet ihr Buch

Diese Ausstellung des deutschen Buches wird im Auslande eröffnet. In Deutschland konnte sie es nicht, heute noch weniger als im Zeitpunkt der Bücherverbrennungen. Dort sind seither noch mehr Denker verurteilt, noch mehr Dichter verbrannt. Aus den Lesebüchern wurde Goethe entfernt. Das Unverlierbare wird verleugnet und die Loreley des liebenswerten Heinrich Heine einem »Unbekannten« zugeschrieben.

Eine Mutter teilte mit, daß sie ihren Söhnen verboten habe, Kant zu lesen, und das wurde veröffentlicht als »der Ausdruck des gesunden Volksempfindens«. Der Philosoph des ewigen Friedens und des Völkerbundes ist aber für das herrschende Regime nicht unbrauchbarer, nicht gefährlicher als alle anderen Geister, die das wahre Deutschland jemals hervorgebracht hat. Jeder von ihnen gab ein großes Beispiel der Geistesfreiheit, gab es seinem mitlebenden Geschlecht und den späteren bis zu uns, bis über uns hinaus.

Wir sind unserer Sache gewiß, wir haben zu hohe und zu mächtige Mitkämpfer, als daß wir unterliegen könnten. Ein Volk mit einer so reichen Vergangenheit des Denkens und Dichtens wird aus einer erzwungenen Verarmung baldigst auferstehen. Dessen zum Zeugnis zeigen wir es in seiner wahren Gestalt: das ist der Sinn dieser Ausstellung. Wenn Völker schweigen müssen, redet ihr Buch.

Die Herrn vom Militär

Antimilitarismus wäre sinnlos, da es große Menschen gegeben hat, und sie waren Soldaten. Gegen menschliche Größe kommt kein Beweis auf. Die Liebe zum Frieden, zur Freiheit und gesellschaftlichen Hebung schließt den Soldaten nicht aus; in seiner ehrwürdigsten Gestalt hat er gerade hierfür seine Gaben gebraucht. Napoleon hat für Europa hundert Jahre eines bedingten Aufstieges und zunehmenden, unter Schwanken dennoch zunehmenden Menschenglückes gewonnen, als er seine vierzig Schlachtensiege gewann. Er konnte es, da er die richtige Idee vertrat. Er war nur gestürzt, weil er von der Idee abwich. Übrigens ist ihm nach seinem ersten Sturz die Kraft des geistigen Gewissens nochmals vergönnt gewesen, weshalb sein Feldzug in Frankreich 1814 technisch vielleicht der beste, moralisch gewiß der schönste wurde. Was ist dann Waterloo? Nur die Quittung über vorher begangenen Selbstverrat. Die größten Anstrengungen kaufen einem Intellektuellen den einmal begangenen Selbstverrat nicht ab.

Militärs, die in Betracht kommen, sind Intellektuelle. Der Rest fällt weg, war nicht berufen und bleibt subaltern sogar mit Generalsrang. Alle geistigen Berufe schleppen eine Mehrheit mit, die nicht denkt und die früher oder später zu der schlechtesten Sache läuft. Um endlich aktuell und greifbar zu sprechen: die deutschen Schriftsteller haben, im Ganzen genommen, den Nationalsozialismus früher anerkannt als die preußischen Militärs im Ganzen genommen, zu schweigen von den Spitzen. Die Spitzen waren bis gestern für den herrschenden Pachulke eine unsichere Größe. Sind sie heute sicher? Man weiß, daß nur die allerwichtigsten Tatsachen einer totalen Aufrüstung einigen Generälen ihre Verachtung des Systems abgewöhnen konnten, – oder hätten sie ihnen nur das Bekenntnis ihrer Verachtung abgewöhnt? Generäle werden sich nicht zieren, wenn eine ganze Nation, mitsamt Arbeitern, Frauen, Autodroschken mobilisiert und ihnen unterstellt wird. Sollte das aber Vertrauen, innere Verbundenheit mit dem System und Vertrauen zu ihm bedeuten, dann rieten sie nicht immer noch vom Krieg ab.

Es scheint, daß schon die Vorläufer des Krieges nicht nach ihrem Geschmack sind. Was in Spanien geschieht, stößt bei Militärs auf ein inneres Widerstreben, das sie, man muß es hoffen, zu begründen wissen. Dann wird es weniger eine fachliche als eine geistige Begründung sein: dieselbe, die ihnen den vorhabenden Krieg des Systems verdächtig macht. Das System ist des Krieges, in den es sich verrennt, nicht würdig und wäre ihm nicht gewachsen. Es bekommt von Militärs zu hören, daß sie nicht »fertig« sind, heute wo sie fertiger als jeder andere sind. Nach vollendeter Aufrüstung der künftigen Kriegsgegner wird der berliner Generalstab wohl oder übel fertig sein müssen. Dann komme die Schuld über andere. Er hat es nicht gewollt, mit einem solchen System hat er in den Krieg nicht gehen gewollt, solange sein geistiges Gewissen halbwegs ungetrübt war. Indessen trübt es sich während der jetzigen Vorläufer des Krieges und wird notwendig ausgelöscht sein, bis er selbst erscheint. Solange glaubt das System die Generäle reif oder »fertig« zu machen durch Verleihung des Marschallstitels und des goldenen Parteiabzeichens.

Die stärkere Verführung wird einfach von der Zeit ausgeübt, und weil auf a, ob man will oder nicht, b folgt. Man hatte Herrn Führer Hitler eröffnet, bevor man losschlagen könne, habe er mit den deutschen Arbeitern noch einiges zu ordnen. Man wußte, was und wie viel; es war von dem genannten Herrn überhaupt nicht mehr zu ordnen, das wußte man. Folgerichtig mußte man den dringenden Rat hinzufügen, er möge abgehen. Unterblieb der Rat, dann trat von selbst das Andere ein. Die Herrn vom Militär ließen Volk Volk sein. Es ist nun einmal politisch unterworfen, sozial entrechtet, schlecht ernährt, geistig in vollem Rückgang; genau genommen wäre das kein Volk, mit dem man Krieg macht. Es haßt das System, es mißtraut ihm, kein Gedanke, daß es freiwillig für die Zwecke dieses Staates ins Feld zöge. Man müßte es denn dafür kneten und herrichten, Propaganda, Polizei und Spionage müßten herhalten. Das sind die geläufigen Mittel des Regimes in jeder bürgerlichen Hinsicht. Die Herrn vom Militär werden sie übernehmen und in die Vorbereitung des Krieges einführen.

Da sie a) ihrem obersten Kriegsherrn den angemessenen Rat und die pflichtgemäße Absage nicht erteilt haben, setzen die Generäle nunmehr b) Spione in die kriegsindustriellen Betriebe. Sie erlauben der Gestapo, die Arbeiter auszutreiben, sobald einer kein verläßlicher Nationalsozialist ist. Da aber die Verläßlichen gewöhnlich nichts gelernt haben und nichts können, werden die fehlenden Spezialisten woher geholt? Aus den Konzentrationslagern werden Marxisten und Staatsfeinde geholt; die tun mit ihrer Kunstfertigkeit ihr Bestes für Krieg und Sieg des Systems. Allerdings tun sie es unter den Augen von Spionen, die das Kriegsministerium in die Betriebe schickt, und das sind Offiziere. Dahin ist es gekommen. Die Herrn vom Militär lassen seit einigem Volk Volk sein. Da sie a und b gesagt haben, bleibt c nicht aus, das ist die Sache mit Spanien. Sie war nicht nach dem Geschmack des Militärs, denn sie war eine betrügerische Zettelung, Betrug nicht nur an der Welt, sondern zuerst an den Deutschen. Die ersten Verschickungen deutscher Soldaten hatten nicht den Beifall der Generäle. Für das Leben deutscher Soldaten spanische Erze zu kaufen, gefiel ihnen nicht, und die Rebellion eines fremden Abenteurers bezahlten sie ungern mit den Knochen des pommerschen Grenadiers.

Einmal im Zuge, begleiten sie das System auch auf diesem Wege. Das System verbietet den Deutschen, über Spanien zu sprechen. Das Kriegsministerium stellt bewaffnete Militärposten vor die Auswandererhallen in Hamburg: Verwundete aus Spanien liegen in den Massenlazaretten. Das System verkleidet die jungen Rekruten in fremde Uniformen, es fabelt etwas von Instruktionskursen im Ausland, den wirklichen Sinn begreifen sie nachgerade. Das Kriegsministerium läßt die Matrosen eines Panzerkreuzers, der aus Spanien zurück ist, täglich unter Drohungen zum Schweigen anhalten. Das System hat Soldaten, die entweder noch vor dem Abtransport desertieren, oder in Spanien erfahren sie, daß ihnen gegenüber andere Deutsche freiwillig und für die Freiheit kämpfen, währenddessen ihr eigenes Blut erzwungen und umsonst fließt. Das Kriegsministerium hat grundsätzlich abgelehnt, einem Vater den schwerverwundeten Sohn zur Pflege zurückzugeben. Sie müssen wenigstens Offiziere sein, um in Zinksärgen mit ihren gebrochenen Augen Deutschland wiederzusehen – aber heimlich, aber leis und bei Nacht. Das System führt Krieg auf seine Art, mit Lug und Trug, in Schimpf und Schande. Das Kriegsministerium bedient es nach Wunsch.

Hier ist der Punkt, zu fragen, ob den Herrn vom Militär etwas abhanden gekommen ist? Man kannte es unter dem Namen der Soldatenehre. Die Ehre war Gemeingut aller Armeen, keineswegs aus Hochmut und Spielerei; sondern wer das Recht zu töten hat, braucht eine geistige Strenge wie niemand sonst. Die militärische Ehre hat Fälle gezeitigt: nichts in aller übrigen Wirklichkeit ist zu messen an ihrer absurden Erhabenheit. Im Feldzug 1814 – aber wozu den Herrn vom Militär ihre eigene Geschichte erzählen. Der Kommandant einer Festung hatte, vom Feind bedrängt, die Kapitulation unterschrieben. Gleich nachher erfuhr er, daß im Rücken des Feindes sein Feldherr siegreich war, er rückte an, er hätte die Festung entsetzt. Dennoch übergab der Kommandant sie, wurde auch nicht getadelt. Er hatte unterschrieben und handelte ehrenhaft. In jeder der alten Armeen hätte dieses äußerste Beispiel sich ereignet. In jeder war man Soldat und brav, das schmutzige Interesse befehligte die Heere nicht, und eher gab es die Kunst um der Kunst willen, als unsaubere Praktiken für den gemeinen Nutzen. Die Herren haben sicher schon darüber nachgedacht, was heute der alte Moltke täte.

Seine Gestalt ist nicht endlos lange vergangen. Jetzt denke man ihn sich als Oberstkommandierenden dieses spanischen Krieges oder späterhin, des anderen, totalen Krieges, in den das Regime sich verrennt. Ist es denkbar? Die Summe der niedrigen Betrügereien, die Roßtäuscherei mit deutschen Soldaten, und gegen das eigene Volk die Macht der Finsternis eingesetzt. In Spanien aber dürfen die deutschen Flieger nicht militärische Gebäude bombardieren, was gefährlich wäre; sie müssen mitten in die volkreichen Stadtviertel schießen. Wird einem von ihnen angst und bange vor all den zerstückelten Kindern, dann sucht er das Weite und landet hinter der republikanischen Front. Über das Ganze soll nun Hellmut von Moltke gesetzt sein und soll dafür einstehen. Meine Herren, Sie wissen, was er täte, oder wissen es leider nicht mehr. Er beginge Selbstmord.

Männer wie er schrieben ein klassisches Deutsch. Nur Männer von entwickeltem Ehrbegriff haben es geschrieben. Die Ehre ist, für Intellektuelle, eine Funktion der Sprache. Das Eindringen in die Sprache macht bewußt, es macht empfindlich; und wo ein reinliches Denken, ein Leben ohne Zugeständnisse erreicht sind, hat man dafür den Ausdruck, einen literarischen, einen physiognomischen. Betrachten die Herren wohl einmal die Gesichter ihrer Vorgänger? Graf Häseler, der im vorigen Krieg nicht mehr dabei war, trug Züge von der Art des Historikers Mommsen, des Physikers Helmholtz und anderer großen Zeitgenossen, die von geistiger Strenge leuchteten. Dem General Häseler hingen die grauen Haare lang über den Uniformkragen. Um im Manöver die Karte zu lesen, streckte er sich flach auf den Boden. Wer will, findet darin Abgewandtheit und sieht den Menschengeist mit seiner Idee allein. Die Wahrheit kann auch Krieg führen. Haben die Herren denn nie bedacht, wie wahr mit sich selbst einer sein muß, um Krieg zu führen!

Jetzt vertiefen Sie sich in das Gesicht Ihres mitlebenden Blomberg, gesetzt, ein solches Gesicht ließe Vertiefung zu. Übrigens soll es nicht gekennzeichnet werden; auch die Rede, die dieser Marschall auf dem Heldengedenktag kürzlich gehalten hat, wird hier mit dem Wort, das ihr zukäme, nicht benannt werden: beides aus Achtung vor Ihrem Stand und Ihren Vorgängern. Der Marschall sprach vom Frieden, als wär' er der Führer selbst, mit derselben Glaubwürdigkeit. Er nahm in den Mund sowohl den Klassenkampf als auch den Kastenstolz: beide habe dieses selbe Regime abgeschafft. Abgeschafft, hätte der Führer gesagt, hier sagte es der Marschall. Die Arbeitslosigkeit sei bezwungen, so konnte er wohl sagen, da er selbst die Facharbeiter aus den Konzentrationslagern holt. Indessen ging er dazu über, die herrschende Persönlichkeit ohne Umweg zu preisen. Alle nationalen Kräfte geeint – mit Gestapo und Offiziers-Spionen in den Betrieben, was er wegließ. Der Welt die Hand geboten – in Spanien heute, morgen anderswo, er ging darauf nicht ein. Der Nationalsozialismus beruhe auf der Armee, sie bekenne sich zu ihm, sie trage ihn.

Es wäre schlimm für die Armee, wenn es Tatsache wäre und nicht nur in der vorgeschriebenen Rolle dieses Marschalls stände. Das nationalsozialistische Regime ist verfault von Grund auf, es wird stürzen. Greift vorher die Armee ein, was sie weder für den Kaiser noch für die Republik getan hat, dann wird der spanische Krieg zwischen Generälen und Volk verblassen vor der Ungeheuerlichkeit des deutschen. Beim Versuch eines totalen Krieges aber wird das Regime nicht einmal mehr seine Marneschlacht erleben. So steht, jeder Voraussicht zufolge, die Wirklichkeit. Sie wird für Gaffer zugedeckt, nicht aufgehalten durch die Akteure des Regimes, deren einer der Marschall ist. Nach seiner Rede wurde gesungen »Ich hatt' einen Kameraden«, was der Gelegenheit schlecht angepaßt war: das deutsche Volk hat keinen Kameraden an einem Blomberg. Einige ihm ranggleiche Militärs, und erst recht die nachgeordneten, werden ihn sich wohl angesehen haben und darüber im Reinen sein, daß er verschwinden muß – nicht erst in Krieg und Revolution, schon bei jeder deutschen Veränderung, die mehr oder weniger friedlich vorginge.

Meine Herren vom Militär! Aus seinem hier vorweggenommenen Privatleben spricht der weiland Marschall zu Ihnen, was er unterhalb seines Bewußtseins vielleicht immer schon gemeint hat: »Sei ein Mann und folge mir nicht nach!« Es ist falsch, die Idee eines intellektuellen Berufes an gemeine, volks- und menschenwidrige Interessen zu verraten, und die Soldatenehre an das Dritte Reich. Sie haben von der Volksfront gehört und mögen besser als das verurteilte Regime erkennen, daß sie unaufhaltsam ist. Sie können, wenn Sie die Kraft und Ihr geistiges Gewissen wiederfinden, mit dem Volk sein, anstatt mit seinen Feinden. Sie haben keine Minderheit gegen das Volk zu schützen, und wären Sie selbst aus ihr hervorgegangen. Die nützt Ihnen nichts. Ihre eigene Berufung, wenn Sie denn berufen sind, wird einzig gerechtfertigt vom Volk, und nur aus ihm kommen Sie wirklich. Hohe Berufungen wurzeln tief, wie tief, das ahnt kein Führer, den eine habsüchtige Minderheit angestellt hat, damit er sie erhält mit groß' Macht und viel List. Es ist das Volk, das seine Soldaten und seine Denker hat. Beide sind groß in dem Maße, als sie ihr Volk frei und wahr machen.

Der Friede

Zum Welt-Friedenskongreß, Brüssel, 3. bis 6. September, ist eine Naziorganisation eingeladen worden: die Deutsche Gesellschaft zum Studium des Völkerbunds. Sie hat nicht zugesagt und wird nicht mehr erwartet. Sie hat das richtige Gefühl gehabt oder hätte es haben können, daß Nationalsozialismus und Friede zwei unvereinbare Worte sind. Die beiden Mächte werden sich auf keinem Kongreß jemals begegnen. Ist der kollektive, demokratische Friede erst durchgedrungen, dann gibt es keinen Nationalsozialismus mehr. Tritt aber das unermeßliche Unglück ein, daß der Nationalsozialismus siegt, dann gäbe es über keinen Frieden mehr zu verhandeln oder zu beschließen. Mit aller Sorge um einen Frieden zwischen gleichberechtigten Nationen wäre es vorbei.

Die Nazis machen sich wohl einen Begriff von ihrem »Frieden«, wenn sie den Ausdruck übernehmen. Ihre Vorstellung vom Frieden ist eng verknüpft mit ihrem Traum vom totalen Krieg. Sie meinen den Frieden, den sie nach ihrem totalen Sieg diktieren würden. Dieser Friede würde erstens die Westmächte ihren Rang als Großmächte kosten. Die Sowjetunion würde zerstückelt werden, und ganz Europa verfiele dem Joch des Stärksten. Der Stärkste, vielmehr der einzige Starke wäre, im Sinn der Nazis, ein Mann, der noch aufrecht stände zwischen den Trümmern. Europa wäre nicht mehr vorhanden, es hätte keine Funktionen mehr, kein eigenes Leben mehr und verlöre endlich sogar die Erinnerung an seine einstige Kraft. Der Mann aber, der Europa unterworfen hätte und dem es nur noch blind folgen müßte auf seinem übermenschlichen Schicksalswege, diese sogenannte Persönlichkeit weiß selbst nicht recht, wie sie zu soviel grobem Unfug kommt.

Das Wesen dieser Persönlichkeit ist für die Frage von Bedeutung, vor allem aber handelt es sich um die Feststellung der Tatsachen. Das nationalistisch-militärische Deutschland steht da wie je. Es hat aufgerüstet und glaubt, es wäre stark wie noch nie. Die Herren des Landes haben es durch ihre ausschweifenden Rüstungen zugrunde gerichtet, sie lasten auf ihm entsetzlich schwer und bilden sich ein, aus dem Lande hätten sie die Freiheit mit der Wurzel ausgerissen: ihr Ziel ist die Eroberung der Welt. Die Beweise werden täglich offenkundiger. Sie sind aufgezeichnet in einer Denkschrift; die deutsche Opposition bringt alles auf das Genaueste zur Kenntnis des Welt-Friedenskongresses. Die Beweise sind so vollständig wie man nur wünschen kann: militärische Vorbereitung, moralische Vorbereitung, und dazwischen Wirtschaft und Diplomatie, eine so haarsträubend wie die andere. Das Regime, diese Denkschrift enthüllt es unwiderleglich.

Die gesamte Wirtschaft ist untergeordnet dem gestellten Ziel: nicht dies Volk soll leben können, sondern andere Völker sind auszurotten. Es ist eine Kriegswirtschaft. Jetzt schon wird die Nation in Einschränkungen geübt, denn später im Krieg wird sie abgeschlossen sein von der Welt und von aller Zufuhr: das ist vorgesehen. Allerdings macht man Zugeständnisse; eine totale Lösung des Problems hätte zur Folge, daß allzu große Volksmassen Hungers sterben würden, noch bevor sie mitkämpfen können. Das Prinzip, das so genau wie möglich befolgt wird, bleibt gleichwohl das Zwangselend. Dirigiertes Elend – selbstverständlich berührt es in keiner Weise die Lebenshaltung derer, die es dirigieren. Im Gegenteil, vor ihrer Machtergreifung waren sie arme Teufel und haben jetzt das schönste Leben.

Während der Olympiade haben die Herrschaften ihren fremden Gästen blendende Feste vorgeführt. Orientalischer Prunk, die Ausländer werden zu Hause davon zu rühmen wissen, wie sollte bei einem solchen Regime nicht alles zum Besten stehen. Indessen, die ausdrücklichen Geständnisse der Führer beweisen im Übermaß, daß sie für den geplanten schlagartigen Überfall auf Europa vor allem mit dem Hunger ihres Volkes rechnen. Dem entspricht das Übrige, zum Beispiel die ideologische Vorbereitung des Landes. Es soll davon durchdrungen sein, daß es nur für die Welteroberung lebt. Die deutschen Universitäten sind verwüstet, sie haben ihre Bedeutung verloren, ihr altes Ansehen gilt nirgends mehr; aber Individuen, die oft nicht einmal promoviert haben, lehren das einzige Fach, das dem Regime wichtig und nützlich erscheint: Wehrwissenschaft. Das fängt schon in der Volksschule an. Daher wird auch der Sport in einem solchen Land zum fanatischen, unanständigen Kampf der Nationen, er sieht nach nationalem Exhibitionismus aus.

Hinsichtlich der auswärtigen Politik dieses Nazideutschland weiß man allmählich Bescheid. Ihr ganzes Bemühen ist auf die Zersetzung Europas gerichtet: daher die Unterhöhlung seiner Basis. Worauf sonst beruht Europa, als auf der Gesetzlichkeit seiner vom Volke frei gewählten Regierungen. Man hat gesehen, wie die illegale berliner Regierung sich aufführt gegen die legale Regierung in Madrid, und das ist nur ein Vorspiel. Berlin würde jeden Augenblick denselben Vorwand des »Bolschewismus« gegen andere Regierungen anwenden. Bolschewist ist, wer immer ein Hindernis bildet für die Absichten der Nazis auf Eroberung und Vorherrschaft. Das am meisten bolschewistische Land, für Hitlerdeutschland ist es Frankreich, – da Frankreich Widerstand leisten kann. Im Grunde richtet alle List und Gewalt der Hitlerschen Politik sich gegen Frankreich. Gewalt, das war die Einmischung in Spanien. List ist es, wenn man Frankreich zu verstehen gibt, den ersehnten Frieden könnte es leicht haben: Bedingung wäre nur, daß es sich ruhig verhält und einfach seiner Kultur lebt. Welchen Sinn aber bekommt das Wort Kultur im Munde eines Eroberers, eines Verächters der Menschheit? Das Kindischste in seinen Augen ist ganz gewiß die Kultur.

Das schöne System einer künftigen Weltordnung, Marke Drittes Reich, hat Risse. Die ganze saubere Gesellschaft begreift überhaupt nicht, worauf die Friedensidee vorgeschrittener Nationen hinauswill. Diese Primitiven sehen in allem nur Unentschlossenheit und spekulieren darauf, daß Nationen, deren Laufbahn sie für beendigt halten, notwendig nicht mehr handeln werden. In Wirklichkeit ist der Friede, den Europa erstrebt, das Ergebnis von Handeln und Erneuern. Er bekundet gerade die jüngere Weltanschauung, vor der die Ferne sich eröffnet, indes die alte Kriegsgesinnung weiter im Kreise dreht. Welteroberung, auserwählte Rasse und Glaube an einen Mann des Schicksals – verbraucht, verspätet, nichts wird dabei herauskommen, oder höchstens Katastrophen. Die erste Katastrophe wäre der totale und endgültige Zusammenbruch einer Nation, die sich zu ihrem Unglück eingelassen hatte auf die verbrauchte Ideologie. Hier ist näher einzugehen auf die Figur, die Deutschland zu führen beansprucht. Hat man nicht bemerkt, was für einen veralteten Typ dieser Führer darstellt? Als er mit seinem »nationalen Sozialismus« zur Macht gelangt war, hat jemand ihn gefragt, ob er sich in der Wirtschaft nichts anderes denken könnte, als nur Hochkapitalismus und Truste. Nein, er konnte sich nichts denken. So hat er dann leeren Auges zugesehen, als Frankreich Reformen verwirklichte: dieselben hatte er in demagogischer Absicht versprochen, ohne daß er wagte, auch nur an sie zu glauben.

Denn er hat eine naive Hochachtung für die Macht, für

alle Mächte, die ihm gesichert erscheinen, weil sie entweder bloß materiell sind, oder wenn schon geistig, dann wenigstens abgelaufen und abgenutzt. Sie zu ersetzen, so hoch versteigt er sich nicht, ihm genügt es, sie zu verteidigen, und um der abgelebten Mächte willen wird er zum Schrecken der entgegengesetzten Menschenart, die den Mut hätte – er hat ihn nicht – Neues zu schaffen. Das ist kein Meister und nicht einmal ein Herr: ein Untertan ist das, behaftet mit einer unheilbaren Unteroffiziersgesinnung. Seine Furcht, die grauenhafte Furcht, die ihn nie verläßt und die ihn zu Greueln fähig macht, sie hat ihren Grund in seinem Unterbewußtsein. Dieser Mensch ist so schlau, weil er so viel zu verbergen hat. Dunkel fühlt er, daß mit ihm etwas nicht stimmt und daß es nicht so bleiben kann. Darin hat er Recht: er wird fallen, und zwar durch die Revolution. Sie naht, er hört ihr Grollen. Sein Albdruck ist die Deutsche Volksfront, mit allen Mitteln möchte er sie aufhalten. Die Volksfront kommt.

Die Kriegsgefahr bleibt dennoch etwas sehr Wirkliches. Die Vernunft weist darauf hin, und der Selbsterhaltungstrieb muß jeden warnen, wäre er unvorsichtig oder sogar geneigt, sich die Gefahr nicht einzugestehen. Die deutsche Militärpartei hat den Krieg technisch organisiert und schmeichelt sich, auch in Dingen der Seele werde es ihr gelingen. Hinsichtlich des Seelischen indessen verrät sich das Regime – durch die Person seines Führers. Es muß von Grund auf verfehlt sein, da es sich einen solchen Führer nehmen konnte. Übrigens ist die Opposition da und beweist ihr Dasein, wenn sie dem Welt-Friedenskongreß eine Denkschrift vorlegt: diese ist bestimmt, die Völker zu warnen, nicht, sie zu entmutigen. Gegen die Kriegsgefahr steht der Friedenswille der Völker, auch der des deutschen Volkes. Gegen die Kriegsgefahr erheben sich, sobald sie es wollen, die Volksregierungen. Man darf nur die Drohungen der Nazis nicht für mehr halten als sie sind, und über die wahre Lage eines tief unterwühlten Regimes darf man sich nicht täuschen: dann wird man sehen, wie es zurückweicht. Trotz Hitler und seinen Mitschuldigen in aller Welt können die Völker und ihre Regierungen den Frieden gestalten wie er sein soll: wirklich und unerschütterlich.

Kriegslied

Dem deutschen Volk macht es Ehre, daß es im Ganzen nur sechzig Kriegsdichter hat. Auf jede Million Deutscher kommt höchstens ein Kriegsdichter, bei einer Konjunktur, die eigentlich zehn erfordern würde. Nicht sechshundert, sondern nur sechzig sind zu dem »Treffen der deutschen Kriegsdichter« herbeigeströmt, um sich von ihren Vorgesetzten Goebbels, Rosenberg und Rust weiter ermuntern zu lassen. Das braucht man manchmal für dies Geschäft. Es muß einem gesagt werden, daß »wehrhafte Dichtung« und nicht wahrhafte Dichtung, »ausschlaggebend für die weitere kulturelle Entwicklung«, und daß sie die »Krönung einer Kulturpflicht, wie wir sie verstehen«, ist. Wem das nicht ausdrücklich gesagt wird, der schreibt womöglich Kriegsgedichte und denkt sich nichts dabei. So der alte Matthias Claudius mit seinem unvergänglichen »Kriegslied«, nach mehr als hundert Jahren dieselbe Perle, die es immer war.

> 's ist Krieg! 's ist Krieg! O Gottes Engel wehre
> Und rede du darein!
> 's ist leider Krieg – und ich begehre
> Nicht schuld daran zu sein.

Der Wandsbecker Bote hat hiermit nichts »Ausschlaggebendes« beabsichtigt, und »Kulturpflichten«, die man »krönt«, waren ihm unbekannt. Falsche Bilder und unerlebte Redensarten waren sein Antrieb nicht: er folgte seinem Herzen, das vortrefflich und gerade darum auch deutsch war. Verlogene Herzen sind ohne Nationalität.

Verfälschte Talente gleichfalls. Die »NS-Kulturgemeinde« könnte Kriegsdichter aus Innerafrika beziehen; sie würden es nicht schlechter machen, als wenn sie aus Ostpreußen oder Frankfurt wären. Besser sogar, viel besser, da die afrikanischen Kriegsdichter keinerlei Bedenken wegen der Folgen ihrer Tätigkeit zu überwinden hätten. Die grausige Strophe aus dem »Kriegslied«:

> Wenn Hunger, böse Seuch' und ihre Nöten
> Freund, Fremd und Feind ins Grab
> Versammleten und mir zu Ehren krähten
> Von einer Leich' herab

– dem afrikanischen Kriegsdichter fiele sie nicht ein. Bei dem sozusagen deutschen besteht immerhin die Gefahr, daß der errungene Literaturpreis ihm eine oder zwei schlaflose Nächte macht. Sein Führer hat gleichfalls zwei schlaflose Nächte gehabt, als er das Rheinland militärisch besetzt hatte und noch nicht wußte, wie es ihm bekommen würde. Dies überstanden, äußerte er erleichtert: »Gut ganga is.« So ein Führer ist schon zufrieden, wenn niemand ihm in die Fresse haut, und desgleichen der Kriegsdichter von 1936. Beide glauben nicht an den Krieg, den sie rüsten oder singen. Sie lügen zu viel und Lügner schlagen sich nicht. Einer nennt den Krieg das erschütterndste Menschenerlebnis, – für ihn selbst aber müßten es seine Verse sein, und gerade die sind keins. Ein Anderer will »die Tapferkeit derjenigen verherrlichen, die jedes Grauen und alle Vernichtung ertragen, um ihrem Volke den Raum und die Freiheit zu erhalten«. Wenn das ernst gemeint wäre, besänge er Edgar André, Rudolf Claus und alle deutschen Freiheitshelden, die jetzt sterben, auf dem Richtblock und in Folterkellern wirklich sterben für ihr Volk. Davon bemerkt so einer nichts. Der wirkliche Krieg, den dies Volk besteht, er drückt sich an ihm vorbei. Wer lügt, kämpft nicht und sein Dichten und Trachten ist leer.

An der Bahre T. G. Masaryks

Ich habe das Glück gehabt, an zwei Tagen meines Lebens zwei Völkerfreunden selbst gegenüberzusitzen. Briand und Masaryk, der eine vom Rande des Ozeans, der andere von den Abhängen eines östlichen Gebirges, dieser vom Katheder des Lehrers, jener von der Rednertribüne: denk' ich zurück, der Mensch war doch derselbe. Der Gallier sprach durchdrungen, beseelt und beflügelt, in der hellen Tonfarbe des Clairon. Der Slawe blieb gedämpft, sein Wort karg und einfach, die Haltung meisterhaft. Briand ließ sich gehen wie irgend jemand. Aber beide hatten das endgültige Gesicht dessen, der vieles hinter sich gelassen hat und festhält an einem: Frieden und Einigkeit der Menschen, was allerdings das Schwerste ist. Wohlverstanden: sie sind dazu gelangt im Laufe ihrer Kämpfe mit den Menschen, im Laufe aller Schlachten des Lebens, – und wieviel praktische Tüchtigkeit muß einer mitbringen für die Schlachten des Lebens; muß Ellenbogen haben, muß listig sein, die Leute zu behandeln verstehen und immer seine Wirkung herausholen; – muß der mehr oder weniger grobe Schauspieler seiner selbst sein.

Das haben diese beiden vermocht. Sie hatten es hinter sich, als ich sie sah, und übrig war die verkörperte Idee. Tomas Masaryk hat für die Freiheit und das Glück seines Volkes viel getan und gerade dabei, inmitten der Schlachten, wurden ihm auch die anderen Völker des Friedens und der Einigkeit wert.

Ein guter Europäer wird man nicht in guter Ruh, sondern durch Kampf. Wenn etwas in diesem Erdteil nicht aufhört, ist es der Kampf. Es wird bedingt durch die Bereitschaft der Intellektuellen dieses Erdteils, ob sie führen werden im Kampf. Es ist die Sache ihres Wissens, Willens und Charakters, ob sie fähig sind den Kampf in Richtung auf Europa zu führen, wie Tomas Masaryk.

Rettung der Zivilisation

Q. de Llano, der einmütig »General« genannt wird, obwohl niemand da ist, um ihm das Amt und den Titel zurückzugeben, die spanische Regierung würde ihn als einfachen Banditen erschießen, – gleichviel, der General-Bandit sieht aus wie ein Studienrat. Das ist auch in der Ordnung, denn solche Generäle tun jetzt niemals, wozu sie angestellt sind – Ordre parieren – sondern sie wissen alles besser und machen sich selbständig zufolge einer Hintertreppen-Ideologie. Das ergibt sich Greueln, die bis zur Parodie gehen, und bezieht den Mut dazu aus unerlebten Schlagworten wie »Judão-Bolschewismus«. Verwilderte Schulmeister, ist ihr einziges Ziel, das Land und die Menschen zu verwildern, womit sie »die Ordnung herstellen«, immer die Ordnung, mit ihr halten es alle Verwilderten.

Der Typ tritt in zahllosen Beispielen auf, die deutschen Fälle hatten nur scheinbar den Vorrang. Spanische Gestalten tun inzwischen ihr Bestes, sie zu überbieten. Obiger Llano erteilt am Sender seinen Banditen nützliche Ratschläge, wie sie Marxisten-Frauen vergewaltigen sollen. Er beschreibt den Vorgang sarkastisch und bis in alle Einzelheiten. Sieht man dagegen ihn selbst und seine Brille, dann mißtraut man seiner praktischen Erfahrung im Vergewaltigen. Das lassen sie Andere machen. Die Führer von heute sind Wüstlinge, wenn auch nur geistig und sittlich. Übrigens kommen unter ihnen Vegetarier, Abstinenzler und Heilige vor, wie wir am Besten wissen.

Inhaber von Gewerkschaftskarten werden im Bereich der spanischen Generäle mit der Axt hingerichtet. Woher haben die spanischen Generäle das? Nie im Leben wurde dortzulande die Axt vom Henker benutzt. Es ist nationalsozialistisches Gedankengut. Sollten während künftiger Zustände des deutschen Bürgerkrieges – der wahrhaftig eine große Zukunft hat – Menschenmassen zermalmt werden durch Lokomotiven, die man in sie hineinjagt, dann übernehmen die Nationalsozialisten aus Spanien ein faschistisches Gedankengut. Wird es denn auf die wärmeren Gegenden beschränkt bleiben, daß die Frauen der Arbeiter öffentliche Nackttänze aufführen müssen? O nein, die orgiastischen Ordnungsmacher tauschen alles aus. Am 30. Juni fielen die Opfer links und rechts. Als die marokkanischen Truppen in Navalmoral eindrangen, ermordeten sie sämtliche Hausbesitzer, von denen die meisten für ihren Sieg gebetet hatten. Es ist »sozialistisch«, Hausbesitzer zu ermorden, und »antibolschewistisch« ist, auch die Mieter zu ermorden.

Der spanische Krieg ist ein verlängerter 30. Juni, Franco ist Hitler und Hitler wird Franco sein, sobald er so wenig mehr zu verlieren hat wie gegenwärtig der andere Führer. Jetzt kann er sich noch erlauben, fremde Banditen zu bewaffnen und seine Offiziere zu entsenden behufs Niederwerfung eines fremden Volkes. Der andere Führer tritt ihm dafür Teile des nationalen Territoriums ab. Wann wird er selbst so weit sein? Das ist eine Frage der Zeit und der Umstände: grundsätzliche Zweifel bestehen nicht. Nationalisten arbeiten mit ihresgleichen von hier, drüben und überall. Ihr Feind ist immer die Nation.

Die madrider Anwaltskammer berichtet einige der faschistischen Untaten und schließt mit dem Aufruf an die Weltöffentlichkeit, die Aufständischen abzusperren, wie Wahnsinnige und Verwilderte aus der menschlichen Gemeinschaft entfernt werden. Wenn es so einfach läge! Diese Wahnsinnigen sind nur ein Gipfel, und sie treten nicht grundlos auf, wie man wohl weiß. Man weiß, daß nicht der Verstand eines einzelnen Q. de Llano – oder seiner deutschen Gegenstücke – wankt: es wankt der Verstand einer Welt. Die Welt des Kapitals, sie ist es, die jetzt den Verstand verliert. Von vollendet Wahnsinnigen erwartet sie ihre Rettung, die Rettung einer verfallenden Wirtschaftsordnung. Anstatt von ihr zu erhalten, was mit einiger Selbstbescheidung zu erhalten noch möglich wäre, liefert die Welt des Kapitals sich Hitlern und Francos aus.

Daher die ganze Anarchie dieser Tage, die Aufgabe des Rechts, Mißachtung alles Menschlichen, die Ehrlosigkeit der Machthaber, ihre Käuflichkeit und Mordgesinnung. Das Übermaß ihrer Lügen, was wäre es anderes als das Eingeständnis, daß keine Wahrheit ihnen dienen will und auf ihrem Boden nichts wächst. Es wachsen unter dem gewalttätigen Kapitalismus weder Wissenschaft noch Kunst. Er muß sie ausrotten. Er muß die Religionen verfolgen. Er ist dahin gelangt, mit Rassen zu flunkern, um seinen Bediensteten die Gegenstände ihrer Grausamkeit zuzuspielen. Tobsüchtig dahinfahrend, wüten der letzte Kapitalismus und sein faschistischer Knecht gegen das eingebildete Schrecknis des Bolschewismus. Der Bolschewismus, das soll der Feind der Zivilisation sein. Kapital und Faschismus retten die Zivilisation, und so sieht das aus. Die Zivilisation, das sind Recht, Ehre, Menschenwürde, das ist Wissen, das ist Können; das ist die christliche Moral, die Freiheit der Gesinnung und eine Gesellschaft, geordnet, daß Menschen in ihr leben können.

Aus diesem überlieferten Bestand der Zivilisation macht der Kapitalismus letzter Fassung: die Sklaverei schlechthin, die körperliche Sklaverei der Massen und jedes Einzelnen, ihre seelische und sittliche Versklavung, ihre bürgerliche und wirtschaftliche Entrechtung. Er ergreift das äußerste Mittel, sich selbst noch hinzufristen, nennt aber den Vorgang die Rettung der Zivilisation. Der Kapitalismus, letzte Fassung, setzt sich selbst der Zivilisation gleich, was eine alberne Unverschämtheit wäre; aber es ist natürlich ein Trick – Betrug und Selbstbetrug. Man kann nicht ohne Vorwand und Ausrede wüten gegen eine mitlebende Menschheit, die endlich eine bessere Ordnung will als diese absterbende. Es muß doch einen einzubekennenden Zweck haben, daß die Folter wiedereingeführt ist. Rettung der Zivilisation. In Schlesien werden gefangene Frauen einzeln in Käfige gesperrt, in Moron, Spanien, sind ihnen die Brüste abgeschnitten worden. Rettung der Zivilisation. Arbeiter bekommen Schilder mit Nummern umgehängt, damit keiner von ihnen mit einer fremden Abteilung sprechen kann. In einem Arbeiterviertel hat der Feind quer über die Straße die Inschrift angebracht: »Wir werden sterben, aber unsere Frauen werden Faschisten gebären.« Gleichgültig, in welchem Lande dies und jenes geschieht, es ist die Rettung der Zivilisation.

Die Stimme eines Führers: »Ich werde die Hälfte der Spanier ausrotten.« Die Stimme von anderen: »Soll Deutschland verrecken, wenn wir es nicht regieren dürfen.« Den vollen Sinn bekommt die Tollwut erst dadurch, daß sie erlaubt und wohlgelitten ist. In Nationen, wo das Kapital die Zivilisation noch nicht umbringen konnte, ist immer eine Minderheit für die faschistischen Methoden ihrer Rettung. Was bedeutet die Nichteinmischung der Demokratien in Spanien – und in Deutschland? Man hat kein gutes Gewissen mehr hinsichtlich der eigenen Haltbarkeit. Die Zivilisation könnte weiterleben, wenn der Zustand des Kapitalismus es erlaubt: sonst nicht. Daher die Lauheit, sogar in den gesünderen der kapitalistischen Länder, auf Seiten des regierenden Kapitals. Daher auf der Gegenseite die zunehmende Einsicht: nur noch die Revolution, sie allein kann entscheiden, die Tatsachen fordern sie, sie ist da, wir leben in ihr.

Die Zivilisation ist allerdings zu retten – durch die Revolution. Der Verfall, dem man beiwohnt, ist tiefer und furchtbarer, als man meint. Wäre es die bürgerliche Wirtschaft allein, die verfällt, ihr Fall könnte die westliche Zivilisation nicht mitreißen. Die bürgerliche Wirtschaft hat als Weltbeherrscherin erst unlängst den Feudalismus abgelöst. Dieser war einst ideologisch gesichert und hatte eine menschliche Begründung, die der Kapitalismus niemals besessen hat. Als der Feudalismus stürzte, hat sein Ende die Zivilisation nicht abgehalten, ihren ruhmreichen Jahrhunderten ein neues großes hinzuzufügen. Der Verfall ist diemal furchtbar und tief, weil die Zivilisation selbst ihn verantworten muß; sie hat den Kapitalismus hervorgebracht und ihm erlaubt, sich auszuleben bis an sein Ende, das ihr eigenes sein könnte. Sie steht vor ihrem Mißgriff und Zerrbild, nun das Kapital rast und den rasenden Henker gegen sie abschickt. Die Zivilisation hatte zu ihrem Unglück vergessen, daß ihr einziger Wert und ganzes Dasein der Mensch ist: der Mensch, anstatt des Kapitals, Verkehrs und technischen Fortschritts.

Beseelung des Menschen, seine Größe durch den Glauben an seine unsterbliche Seele, das war in den religiösen Zeiten die Zivilisation. Die Zivilisation ist seit dem fünfzehnten Jahrhundert das Wissen und das Können der befreiten Persönlichkeit. Pflege des Menschen und der Menschengröße, nichts anderes war gemeint, als die Zivilisation noch feststand. Sie wankt, verarmt und wird unergiebig – nicht einfach, weil eine Epoche der Wirtschaft abläuft. Sondern der Wahnsinn des Kapitals kann nur stattfinden, weil der Mensch sich an Dinge gehängt, aber das Wesen aller Dinge vergessen hat: das ist er selbst. Die Revolution, in der wir sind, hat ein Ziel, den neuen Humanismus.

Der neue Humanismus wird sozialistisch sein. Er wird natürlich zuerst darum sozialistisch sein, weil sein geschworener Feind das Kapital war, die gemeine Besitzgier, die den Menschen bis dorthin erniedrigte, wo man ihn heute antrifft. Eine neue Ordnung der Wirtschaft ist nötig, damit der Mensch die Besinnung wiederfindet und nicht, wie jetzt, vor der Furcht vergeht, sich ganz zu verlieren. Das ist die namenlose Furcht dieser Zeiten, namenlos bei allen Namen, die man ihr gibt. Was wollen wir? Über den Zusammenklang der Dinge, Tatsachen, Instrumente soll sich nochmals beherrschend erheben unsere Stimme: vox humana.

Die größere Macht

Warum denke ich jetzt täglich an Ernst Barlach? Früher begegnete man ihm bei seinem Kunsthändler, der mein Verleger war. Ein Landmann kam nach Berlin, er trug Schaftstiefel, in seiner Haltung waren Ruhe und Kraft. Kein nervöses Gesicht; die Falten lagen, wie er selbst sie in Holz schnitt, einfach und klar. Er hat Bühnen- und Bildwerke geschaffen, alle ausgezeichnet durch eine höhere Schlichtheit; nur der geprüfte, umgetriebene Geist erlangt sie zuletzt. »Erdgebunden« war niemand weniger als dieser Künstler, der dennoch gelernt hatte, die stummen Wesen um ihn her redend zu machen und den Unbewußten ihre innigste Gestalt zu geben.

Das ist der Intellektuelle. In seiner echten Erscheinung ist er kein Fremder unter den gewöhnlichen Leuten. Er weiß über sie mehr, und was er ihnen darbietet, ist gewachsen. So wachsen sie selbst, so wächst auf dem Acker das Korn. Wirklich fremd, wirklich hergelaufen und wurzellos sind alle, die den redlichen Arbeiter am Wort und Bild von den gewöhnlichen Leuten trennen. Sie müssen ihre trüben Gründe haben, wenn sie ihn ausscheiden aus einem Volk, das er richtig sehen, tief empfinden, zuletzt auch denken lehrte. Seit 1933 ist erwiesen, wie die Feinde des Intellektuellen das zuwege bringen.

Seine physische Beseitigung ist nicht ihr einziges Mittel. Sie können ihn moralisch töten, wie Barlach. Seine Bildwerke sind vernichtet worden. Ernst Barlach hätte sie aus eigener Erfahrung aufklären können, wer vernichtet, wer zerstört. Da er weder ausstellen noch verkaufen durfte, verarmte er. Damit nicht genug, für sein letztes Geld bekam er den Bissen Brot nicht mehr. Die gewöhnlichen Leute in Deutschland haben ihn gefürchtet, weil seine Berührung gefährlich war; sie sind dahin gelangt, daß sie ihn haßten.

Aus Scham natürlich, aus Scham, daß sie einen der Ihren verleugnen und dem Tod anheim geben mußten. Sie hatten sehr wohl um ihn gewußt, auf einer sehr hohen Ebene war er ganz der Ihre gewesen. Er war im Einverständnis mit ihrem Herzen gewesen. Bis er es war, hat er an sich gearbeitet, viel abgetan und viel erworben. Man wird groß, man wird zum wenigsten ein Beispiel für viele, durch edles Geblüt und einen volkstümlichen Sinn. Beides haben die Schöpfer, die schöpferischen Denker und Bildner. Sie überzeugen mit ihrem Können und Sein. Die anderen, die Feinde der Intellektuellen, überzeugen niemand, sie erzwingen alles nur durch Schrecken. Sie sind schlechtblütig, sie hassen zuerst die Intellektuellen, weil diese die Macht haben, ihr Volk auszudrücken und zu überzeugen. Das wird für die Dauer die größere Macht sein.

V

Freiheit trotz allem

Die Freiheit unteilbar

An die Europäische Konferenz für Recht und Freiheit in Deutschland.

Liebe Freunde,

Eure Tagesordnung macht keinen Unterschied zwischen dem Hitlerterror und seinen Kriegsvorbereitungen.

Ihr erkennt selbst an, daß die Hitler-Opfer Euch genau so angehen wie der geplante Angriff, dessen Opfer Ihr werden würdet.

Die Freiheit ist unteilbar. Die freien Völker nehmen Partei für die unterdrückten Völker, vor allem um nicht selbst unterjocht zu werden.

Verlangt das Ende der Konzentrationslager! Verlangt, daß in Deutschland Gesetz und Recht wiederhergestellt werden! Verlangt für Deutschland Gewissensfreiheit und Menschenrechte! Das sind die unerläßlichen Voraussetzungen. Sonst gibt es weder Frieden noch Sicherheit.

Könnten sich doch Eure Regierungen endlich davon überzeugen lassen, daß es keine Nichteinmischung in die Angelegenheit der anderen mehr gibt! Hitler mischt sich jeden Tag in Eure Angelegenheiten ein. Ob man will oder nicht; – man muß zurückschlagen.

Wie denn! Er dürfte die Demokratien beschimpfen, und Eure Staatsmänner würden weiter erklären, daß sie sein Regime anerkennen und sich nur mit ihm zu verständigen wünschen? Es gibt keine Verständigung mit dem Terror und der faschistischen Welt.

Von Euch verlangt man Kolonien und man teilt Euch schon heute mit, welche zukünftigen Eroberungen man sich mitten in Europa vornimmt. Darauf müssen Eure Regierungen klipp und klar erklären:

Hitler! Gib Deutschland die Freiheit zurück, die Du ihm geraubt hast! Gib die Gefangenen frei! Höre auf, Unschuldige zu verfolgen und die Gerechtigkeit zu verleugnen! Damit das von Dir gequälte Volk frei werde!

Die deutsche Opposition

An der französisch-saarländischen Grenze haben sechstausendfünfhundert Bergarbeiter die nationalsozialistischen Behörden gezwungen, vor der Wucht ihres Auftretens zurückzuweichen. Weil sie in Lothringen arbeiten, während sie im Saargebiet wohnen, hatten diese Bergarbeiter den Befehl erhalten, zwei Drittel ihres Lohnes der Devisenstelle in französischen Francs abzuliefern, um dafür Reichsmark zum offiziellen Kurs eingewechselt zu bekommen. Das bedeutete für sie den Verlust von etwa dreißig Prozent ihres Lohnes. Mit dem festen Entschluß, sich das nicht gefallen zu lassen, überschritten die Gruppen der Bergleute die Grenze, stießen die Zöllner zur Seite und warfen die Polizisten zurück, als diese versuchten, ihnen den Weg zu versperren. Am nächsten Tag wurde die Verfügung betreffs der Löhne in ausländischer Währung zurückgezogen.

Und dabei handelt es sich doch um das Reich Hitlers, um jene furchtbare, aggressive und drohende Macht, die so vielen ihren Willen aufzwingt. Hier mußte sie zurückweichen, hier sind Arbeiter, entwaffnete und gleichgeschaltete Arbeiter mit dieser Macht fertig geworden, allein dadurch, daß sie ihren festen und einheitlichen Willen gezeigt haben. »Entweder alle sechstausend ins Konzentrationslager oder keiner von uns«, war die Parole. Wenn man die Forderung erfüllt hat, statt in den Menschenhaufen hineinzuschießen, dann ist der Grund sicher nicht eine plötzliche Milde dieses Regimes, dessen Grausamkeit feststeht. Es ist vernünftiger anzunehmen, daß die Regierung keine große Affäre haben wollte, daß sie schon genug dergleichen auf ihrem Konto hat und daß sie sich wirklich getroffen fühlte.

Der Reichskriegsminister hat eine besondere Abteilung gebildet: Abteilung Rüstungsindustrie, die in Wirklichkeit nur eine besondere Spionageabteilung für die Überwachung der Arbeiter in der Rüstungsindustrie ist. Dort gibt es kein Vertrauen mehr, und das hat seine Gründe. Der Mangel an qualifizierten Arbeitern hat zur Folge gehabt, daß man solche Spezialisten von überall und sogar aus den Konzentrationslagern herbeiholen mußte. Das sieht diesem Reich ähnlich. Vom Nichtskönnen der einen kommt man zur Bewachung der anderen. Niemand lernt mehr etwas, die Studenten so wenig wie die Arbeiter. So ist man gezwungen, Staatsfeinde selbst in das Heiligtum der Rüstungsindustrie zu holen und sie dann von Offizieren bespitzeln zu lassen.

Und dieser Staat behauptet der Welt gegenüber, daß er die ganze Nation vertrete! Und man hört seine Behauptungen, sei es, daß man nur so tut, als höre man zu, sei es, daß man wirklich zuhört, aus Interesse wenn nicht aus Sympathie. Man sagt den Deutschen, die nicht zufrieden sind, daß sie nur bekommen hätten, was sie wollten, und daß im übrigen die wenigen Unzufriedenen in der Masse der überzeugten und erprobten Nationalsozialisten untergingen. Die saarländischen Bergarbeiter, die ungestraft dem Ungeheuer Widerstand entgegengesetzt haben, und die Marxisten, die zwangsweise aus den Kerkern geholt, nun unter den Augen der Spione an der »Größe der Nation« arbeiten, das sind denn doch Anzeichen, die man nicht übersehen darf. Im übrigen häufen sich auch andere Tatsachen, die alle beweisen, daß der Nazi-Staat nicht das ist, wofür man ihn häufig hält, und daß er im Lande ständig an Boden verliert.

Er gewinnt manchmal Boden im Ausland, wobei mit

einzurechnen ist, daß seine Erfolge vollkommen von der Duldung abhängen, die man ihm gewährt. Dieser Staat ist ganz und gar nicht stark im internationalen Maßstab, er ist nicht einmal der stärkste Faktor bei sich zu Hause. Wenn schon einige tausend entschlossene Bergarbeiter ihn zum Nachgeben zwingen können, dann ist ersichtlich, daß dieses Reich dem Nein von Staaten, die fester stehen, und deren Kraft weniger angemaßt ist, nicht Stand halten könnte. Gerade dessen ist man sich in Deutschland bewußt, wenn man es anderswo nicht zu wissen scheint. Und hier zeigt sich die wirkliche Kriegsgefahr. Sie besteht nicht nur in der totalen Mobilmachung des Menschen- und Sachmaterials, in der sich dieser Staat gefällt. Die Kriegsgefahr wächst jeden Tag infolge der Verzweiflung gewisser antinationalsozialistischer Elemente, die nur eine Gelegenheit sehen, sich des verruchten Regimes zu entledigen: die Gelegenheit eines Krieges. Vor allem die Jungen sprechen ohne Zweideutigkeit und Zurückhaltung aus: Je früher je besser.

Es ist unverzeihlich, daß sie dieser Versuchung erliegen, selbst wenn man sich ihren geistigen Zustand klarmacht. Es ist freilich verständlich, daß solche Stimmungen aufkommen in einer Bevölkerung, die von der übrigen Welt abgeschnitten lebt, vereinsamt und ungesunden Gedanken ausgeliefert. Um so mehr verlangt die Voraussicht von den anderen Nationen, daß sie sich endlich ein klares Bild von der wirklichen deutschen Opposition machen, die mit anderen Mitteln als mit dem des Krieges arbeitet. Diese Opposition ist ein wichtiger Teil des Volkes. Diese Deutschen halten nicht die Weltkatastrophe für das letzte und unausweichliche Resultat des gegenwärtigen Regimes. Sie sind entschlossen, das Regime zu stürzen, bevor es zu einem solchen Ende geführt hat, und den verbrecherischen Abenteuern ziehen diese Deutschen den politischen und sozialen Kampf für die Eroberung der Freiheit vor.

Der Kampf hat begonnen. Er beschränkt sich heute nicht mehr auf freiwillige Opfer ohne Vergeltung. Man stirbt nicht mehr im allgemeinen Schweigen, und alle Hinrichtungen, die dieses Regime vollzieht, werden in Zukunft im Land ein Echo finden, das sie früher nicht gehabt haben. Es ist dasselbe wie mit den jungen Soldaten, die das mörderische Regime in Spanien sterben läßt, um dafür Erze einzutauschen. Jeder Meuterer ist ein Staatsfeind, der sich gegen die Unterdrückung erhebt und auf die Seite der Volksfront hinüberwechselt.

Die deutsche Volksfront entwickelt sich unter Schwierigkeiten, von denen die demokratischen Länder sich keine Vorstellung machen. Das entscheidende Ereignis war die tatsächliche Vereinheitlichung der Arbeiterparteien. Ihre Kader arbeiten freiwillig zusammen und in Übereinstimmung mit ihren Freunden aus bürgerlichen und intellektuellen Kreisen. Aber was zu wenig beachtet wird: eine einflußreiche bürgerliche Opposition durchsetzt alle Schichten im Land. Ihre Agitation bezeugt eine erbitterte Feindschaft gegen das Regime, – sie gibt der Linken nichts nach. Die gemeinsame Losung heißt: Freiheit. Die konservativen Gegner des Regimes haben, wie die sozialistischen, ihre Freunde außerhalb der Grenzen. Wer draußen lebt, verstärkt dennoch die Opposition im Land. Inmitten des Terrors sind die Organisationen der Linken erhalten geblieben. Sie zählen Zehntausende von Mitgliedern, und Millionen Arbeiter, Bauern und Mittelständler setzen ihr ganzes Vertrauen in die Leitung einiger Führer, erprobter Kämpfer, die auch als Emigranten enger mit ihnen verbunden sind als die heutigen Machthaber.

Diese Millionen Deutschen lesen die Aufrufe, die ihnen trotz allen Hindernissen zugehen. Sie hören den Freiheitssender. Die Aufgabe ist, Massen zu schulen, noch vor kurzer Zeit kannten sie die wirklichen Tatsachen nicht.

Man hat sie die Wahrheit über das Eingreifen der Nazis

in Spanien gelehrt. Man hat sie über ihr wirkliches Interesse, das lange durch die Lügen des Regimes entstellt war, aufgeklärt. Das Komitee zur Gründung der Deutschen Volksfront hat von Spezialisten Untersuchungen über die Entwicklung der Löhne und der Lebensbedingungen der Arbeiter in den Jahren der Hitlerdiktatur anstellen lassen.

Dieser vernichtende Bericht, mit Material belegt, wird den Arbeitern und ihren Vertrauensleuten helfen, wenn die Unruhen ausgebrochen sind, die binnen kurzem in den Fabriken einsetzen werden. Alle diese Untersuchungen werden helfen, die Schwäche der bestehenden Herrschaft deutlicher zu machen. In ihren eigenen Widersprüchen gefangen, wird sie durch alles, was sie tut, nur stärker isoliert, in der Welt wie in Deutschland selbst.

Die großen Veränderungen sind unausbleiblich, sobald ein Volk, das mißbraucht wurde, klar zu sehen beginnt. Wir wünschen, daß die Demokratien ihrerseits sich nicht mißbrauchen lassen zu Gunsten eines totalitären Staates, und daß sie den unleugbaren Fortschritten der deutschen Opposition ihre Aufmerksamkeit schenken. Der Feind ist schwächer und die antifaschistischen Kräfte sind stärker, als im Ausland selbst die Freunde eines freiheitlichen Deutschland sie sich vorstellen.

Der soziale Krieg

Das Neueste ist, daß Japan die westliche Zivilisation, laut Vertrag, zu retten haben wird; aber ist es das Neueste? Ist es auch nur neu? Die Mauren retten desgleichen schon die westliche Zivilisation, für denselben Auftraggeber. Plötzlich ruft die Wilhelmstraße die Botschafter der fremden Mächte zusammen. Nur der Sowjetbotschafter ist ausgelassen. Ebenso »schlagartig« bestellt der Propagandaminister die Vertreter der Weltpresse zu sich, zwecks Mitteilungen von alleräußerster Wichtigkeit. Wichtig! All und jedes, das dieser Gesellschaft durch die unklaren Köpfe fährt, ist unaufschiebbar, nichts hat bis nächsten Mittwoch Zeit, sondern Diplomatie und Presse werden augenblicks in Trance versetzt, bis die Börsen zittern und wahrsagen: Was hat Deutschland wieder vor!

Es hat so vieles auf einmal vor, daß alles zusammen auf nichts hinausläuft. Dies wird gemeinhin nicht gesehen, weil a) eine ganz furchtbare Machtmaschine unmöglich leerlaufen kann. Weil b) eine geradezu grausige Betriebsamkeit einen Sinn und ein Ziel haben muß. Weil c) bekanntlich ein Zeitalter der Religionskriege angebrochen ist. Der Krieg ist zwar motorisiert. Wo aber in eine Sache der Technik auch noch die Mystik hineinspielt, da ist der Mensch auf alles gefaßt. Gleichwohl könnte ein Blick in gewisse Gesichter ihn belehren. Göring und Goebbels, von ihnen soll Mystik ausgehen? Das zwanzigste Jahrhundert, ein beträchtlicher Teil seiner Zeitgenossenschaft ist instinktlos genug, es zu glauben.

Das Dritte Reich macht Kriegsgefahr am laufenden

Band. Ein geringer Bruchteil der Gefahren würde zu jeder anderen Zeit, bei jedem anderen Angreifer genügt haben, damit der Krieg in Teufels Namen wirklich ausbricht. Hier ist man immer noch nicht »fertig«; aber in sechs Monaten wird man es sein, und in nochmals sechs Monaten ganz bestimmt. 1914 sagte Clemenceau: »Man ist nie fertig, und Krieg führt man trotzdem.« Was allerdings nur dort gilt, wo eine ehrliche Sache für sich selbst spricht, und besonders das eigene Volk muß von ihr überzeugt sein. Andernfalls ist es praktisch, den Krieg nicht anzufangen, ihn nur herauszufordern, und sich auf die Vernunft der Anderen zu verlassen, während man selbst den Ausgelassenen spielt. Es empfiehlt sich, an so vielen Punkten der Erde Verwirrung zu stiften, daß endlich das gesamte Chaos zu drohen scheint. Hauptsächlich muß ein faulender Staat die anderen Staaten anfaulen – durch propagierte Mystik.

Der antikommunistische Aberglaube ist für sich allein schon ansteckend genug. Selbst in einem Lande, wo die Kommunisten die Regierung stützen und Heereskredite nach Wunsch bewilligen, nützt dies dem sozialen Frieden nichts; sondern der besitzende Bürger trachtet, wütend vor Furcht, nach kommunistischen Aufständen; erwartet sie nicht nur, sondern verlangt und will sie. Im Notfall sollen sie niedergeschlagen werden, ohne daß sie stattgefunden haben: so war es in Deutschland, das ist das große Beispiel, wahrhaftig, es überträgt sich von selbst. Das Leben könnte schön sein für den »Fabrikbesitzer von Gottes Gnaden«, wenn die Gewerkschaften ausgerottet wären, und die Arbeiter stäken schon glücklich in grünen und gelben Kitteln, zum Zeichen, daß Lohnforderungen unmöglich verabredet werden können zwischen den Farben. So ist es in Deutschland, welch ein beliebtes Land, nach dem man sich sehnt.

Wie erst, wenn das beliebte Land, nicht zufrieden mit

dem dargestellten Vorbild, Geld und Mühe daranwendet, damit die nähere und fernere Umwelt aussehen soll wie es selbst. Devisen, die ihm sauer werden; die Lieferung minderwertiger Rüstungsartikel nach Gegenden, wo der Faschismus winkt; in Gegenden, wo er noch nicht winkt, braune Häuser. Ligen, die man berät und einsetzt; besoldet man sie nicht unmittelbar, dann hat man dafür die internationale Finanz, der größte Aktivposten eines volksnahen, artgemäßen, blutverbundenen Systems. Aber den fremden Anfängern der Diktatur und Lehrlingen der Zersetzung drückt man Umschläge mit allem nötigen Inhalt persönlich in die Hand. Daß sie zu Hause nicht vergessen, die kommunistische Gefahr zu übertreiben bis zum Irrsinn. Das Gesunde ist der Irrsinn, vermöge dessen ihr an die Macht kommt. Die Lehrlinge sollen ihr Land schwächen, das Volk im Innern zerreißen, und aus einfachen sozialen Tatsachen, die mit Vernunft zu ordnen wären, sollen sie Rausch und Mystik herausholen.

Dies getan, wäre man endlich auf gleich. Demokratien, die noch zusammenhalten, Volksfronten, die gefestigt dastehen, werden von keinem Hitler angegriffen werden, so wenig wie von der internationalen Finanz: sie muß fürchten, Geld zu verlieren. Der »schlagartige« Überfall wird jedesmal innen erfolgen, soviel erkennt man seit den spanischen Ereignissen. Zuerst schlägt ein Franco los, und dann erscheinen die Junkers-Flugzeuge. So sieht der nächste Krieg aus; er ist in seinem ersten Zustand bekannt genug, da er begonnen hat. Seine weiteren Zustände liegen bis jetzt nicht zu Tage. Abzulesen sind sie gleichwohl aus dem Sein und Treiben eines Staates, der als einzige Doktrin und letztes Auskunftsmittel den Krieg hat – und ist ihm nicht gewachsen. Die Zersetzung, die er bei anderen betreibt, er selbst kennt schon längst nichts weiter. Er hat kein Volk, er hat bald sowenig Volk wie Franco, der Afrikaner. Die unwahre Mystik, für die er Europa dumm zu machen hofft, er selbst bei sich ist auf sie angewiesen, sonst stürzt er. Seine internationale Betriebsamkeit, er muß sie Deutschland vorführen, dem er sonst nichts zu bieten hat, und der Welt, die ihn anders nicht ernst nähme.

Betriebsamkeit ohne ein abgegrenztes Ziel und ohne daß hinter ihr der Mut und die Kraft ständen, man wird sie fortwährend verdoppeln müssen. Wird sich auf dem Erdball in einer unheilvollen Allgegenwart üben. Wird Ansprüche aufstellen überall, bis zur Selbstverwirrung, bis zum Widerspruch in sich. Wird Feindschaften verkünden in einem solchen Durcheinander, daß der letzte noch denkbare Verbündete gewarnt ist; und Freundschaften, an denen die ganze berühmte Mystik in die Brüche geht. Spanien ist im Kampf gegen einen afrikanischen Überfall, und Deutschland hilft den Mauren, unter verzweifelter Berufung auf seine Verantwortung für Europa. Danach fehlte nur noch das Bündnis mit den gelben Asiaten, und natürlich ist es nicht ausgeblieben. Die politische Folge: die sicheren Gegner im nächsten Krieg vermehren sich um Amerika. Der Erfolg für die deutsche Ideologie: man nimmt sie in London nicht mehr zur Kenntnis. Hitlers Botschafter bietet seinen antikommunistischen Kreuzzug auf dem Bauchladen aus, so wenig Platz nimmt der Pofel noch ein. Dann fliegt so etwas umher und unterschreibt Verträge mit Gelben, gegen die Sowjetunion, gegen Amerika, gegen England.

Sie drängen die Demokratien der Welt zueinander, ob diese wollen oder nicht. Sie rühmen sich, ihr Führer habe ihnen den Weg nach dem Atlantischen Ozean eröffnet: sofort beschleunigt England seine See- und Luftrüstung. Sie erschöpfen sich in Ränken, um Frankreich zu isolieren; achtzig Prozent ihres Heeresbestandes häufen sie im Westen auf. Dabei treiben sie einem Lande, das ohnehin die älteste und beste Armee hat, alle Mächte zu, die sie selbst herausfordern. Sie setzen auf Italien, nur weil sie dort Geistesverwandte vermuten, gleichen aber durchaus keinem Geist und begreifen keinen. Beim ersten deutschen Versuch, am Mittelmeer warm zu werden, befindet Italien sich unweigerlich auf der Gegenseite. Sie wissen nicht, daß das Mittelmeer ein altes Meer ist, sie wissen garnichts; ein altes Meer voll unvergessener Erfahrungen. Das Römische Reich ging unter, als germanische Stämme in Nordafrika landeten. Wie sollten Pachulkes an so etwas denken.

Sie sind eine Bierbank: Spießer, wie eh und je, als sie am Stammtisch in Hinterweltshagen, während weit dahinten die Völker sich schlagen, ihre unbeteiligte Strategie in Bierpfützen malten. Jetzt, an der Spitze einer Militärmacht, wollen sie beteiligt sein, wo immer und wie es auch kommt, nur ganz vornan. Sie werden die zu Grunde gewirtschaftete Nation in den Untergang führen, wenn man sie läßt. Es sieht nicht danach aus, daß man sie lassen will. Der Ton klingt anders, wenn in den friedliebenden Demokratien von diesem Deutschland jetzt die Rede ist. Es geht zu Ende mit der einseitigen Friedlichkeit. Sie werden sich in Spanien ihre erste greifbare Niederlage holen, nach der moralischen durch Ossietzky jetzt die erste militärische Niederlage: sollten sie auch nicht mehr dazu gelangen, große Truppen dorthin zu versenden. Der Generalstab scheint es seinem Kriegsherrn verboten zu haben, der Unfug geht ihm allmählich zu weit. Die Generäle haben ihrem Kriegsherrn vorgehalten, daß es zwischen ihm und den deutschen Arbeitern einige schwebende Fragen gibt. Die Fragen können benannt werden: Entrechtung, Hunger und die Vorzeichen der Revolution.

Das sind genau dieselben Gründe, aus denen die regierende Clique soviel umherfliegt, Angst schwitzt und gewissenlose Verträge macht, Angst schwitzt und Europa unterwühlt, unter Angstgeschrei über Rettung der Zivilisation. Sie wissen nicht, was sie tun, aber sie können nicht anders. Ihre irren, wirren Drohungen mit Krieg sind das Eingeständnis der Verwirrung im Lande, des Wahnsinns seiner herrschenden Schicht. Da heraus kämen sie durch keinen Krieg, gesetzt, daß in einem solchen Zustand der große Krieg geführt werden könnte. Sie haben dafür das Volk nicht mehr, wie ihr Generalstab ihnen eröffnet hat. Ihnen bleibt die Hoffnung – welche? Ihr zugrunde gerichtetes Land hinzuhalten mit leerem Schrecken, und den Schrecken, dem keine Tat folgt, statt aller Giftgase über die Welt zu legen: dies aber während der vorgeschriebenen Dauer des Reiches, das sie für unvergänglich erklärt haben. In Wirklichkeit könnte das Jahr, in dem es vergehen soll, mit Nächstem beginnen.

Sie wissen nicht, was sie tun. Sie sind die ahnungslosen Vollstrecker eines Willens, der vor die soziale Befreiung den sozialen Krieg gesetzt hat. Nationale Kriege werden nicht mehr zugelassen – sondern soziale, wie in Spanien, wo die Spanier gegen einen Verräter und seine fremden Mitschuldigen, aber Deutsche gegen Deutsche stehen. Flugzeugführer werden zu den Rebellen geschickt, landen pünktlich bei den Republikanern und bombardieren jetzt andere Deutsche. Auch die abkommandierten Reichswehrsoldaten, ob achthundert oder achttausend, bekommen auf den fremden Schlachtfeldern die beste Gelegenheit, zu den Ihren zu stoßen. Die Ihren sind nicht mehr bedingungslos dort, wo auf deutsch befohlen wird; etwas hat sich geändert; die Ihren sind, wo Sozialisten freiwillig kämpfen anstatt mit Maschinengewehren im Rücken, und die Volksfront der ganzen Welt siegen soll. So weit wär' es nicht ohne den deutschen Führer und seine Internationale der Knechtschaft. Seine Sendung war, nach dem Sozialismus auch den Nationalismus zu verraten, und der letzte Verrat wird nachhaltiger sein. Nationale Kriege werden nicht mehr zugelassen. Wer hatte das Ende des Nationalismus für 1940 vorhergesagt? Das war falsch gerechnet: es ist schon da.

Was sind Worte? Ein Brief von der Front enthält mit den Worten, was jenseits von ihnen ist, den Segen, den Glauben, den aufgehenden Tag. »Unsere Centuria Thälmann ist in einem heldenhaften Gefecht zur Hälfte aufgerieben worden. Es galt, die Faschisten aus einer sehr wichtigen Position zu werfen, auf einem Berg. Der Berg wurde im Sturm genommen, aber wir ließen zwanzig Tote und vierzig Verwundete dabei, unsere halbe Centuria. Sie haben wie die Löwen gekämpft, und selbst unsere alten Frontsoldaten versicherten immer wieder, so etwas haben sie nicht im Weltkrieg erlebt. Die Mohren standen und wollten nicht weichen, aber schließlich wurden sie doch bezwungen. Wir haben keine Zeit zu trauern, sondern wollen immer eingedenk sein unserer Aufgabe und der Schuld gegenüber unserer Klasse. Denn für sie kämpfen wir und sind für sie jederzeit bereit, unser Leben zu lassen. Verloren kann der Krieg nicht mehr gehen.«

Das Heer und das Volk

Ein militärischer Aufstand gegen das Regime ist unternommen und ist vorzeitig abgebrochen worden. Beide Tatsachen, der Versuch und der Fehlschlag, gewähren in dieses Deutschland den tiefsten Einblick. Sie zeigen, wo der Mut des Handelns zu suchen ist, und bedeuten, daß der Mut allein nicht genügt. Was gefehlt hat, waren die großen Zusammenhänge der Aktion; die Offiziere hatten keinen wesentlichen Teil der Nation hinzugezogen. Versäumt war die moralische Vorbereitung, die aus einem schwachen Ansatz des Widerstandes die machtvolle Volksbewegung gemacht hätte.

Die Offiziere sind diesmal gescheitert, weil sie von zwei unerläßlichen Forderungen ihres Berufs nur die erste erfüllt haben: ihre Soldatenehre. Die zweite wäre ihre Volkstümlichkeit, aber das soll ihnen erst aufgehen. Jemand sagte ihnen hier, daß Minderheiten ihnen nichts nützen, und wären sie selbst daraus hervorgegangen. Ihre Berufung, wenn sie denn berufen sind, wird einzig gerechtfertigt vom Volk, und nur aus ihm kommen sie wirklich – wie ihnen hier gesagt wurde und vom Schicksal jetzt bestätigt wird. Nach ihrem Aufstand ohne Volk sind sie jetzt verhaftet, flüchtig, sind abgesetzt oder freiwillig mit Fritsch gegangen. Der tapfere General von Fritsch lebt vielleicht noch, man weiß es nicht.

Die Ehre, als Überlieferung und Gemeingut aller alten Armeen, ist keineswegs Hochmut und Spielerei; sondern wer das Recht zu töten hat, braucht eine geistige Strenge wie niemand sonst. Unsinnig, von einem Intellektuellen, und das ist der Offizier oder sollte es sein, eine gedankenlose Gefügigkeit zu erwarten. Sie haben erkannt, daß ein Regime von Minderwertigen das Land entwürdigte, zu Grunde richtete und auf dem Weg war, es in eine aussichtslose Schlächterei zu stürzen. Viele von ihnen haben das Regime verachtet vom ersten Tage an. Ihren zunehmenden Widerstand haben sie in Warnungen technischer Art gekleidet. Sie hätten besser getan, sogleich offen zu bekennen, daß der Zustand des Landes und Volkes gegen ihre Ehre geht. Einem Regime dieser Art dient seine Gestapo, aber kein ehrlicher Soldat. Er ist verpflichtet, seinem Land zu dienen, nicht denen, die es schänden.

Die Offiziere, die dann Miene machten, zur Waffe zu greifen – und konnten nur noch die Miene machen – vorher waren sie in die Predigt der verfolgten Geistlichen gegangen. Das war ihr Bekenntnis; kein zureichendes, aber es wurde verstanden. Die Tausende, allsonntäglich in Dahlem, begriffen: Niemöller spricht zu uns und zu den Herren vom Militär, sie sind die Unseren. Sie waren allerdings mit dem christlichen Volk, und damit gegen das Regime. Noch heute wagen mehrere Generäle, als Zeugen für Niemöller aufzutreten, und das in geheimer Verhandlung. Sie sind mutig wie der Pfarrer selbst. Das Regime merkt sie sich, es war über ihre Gesinnung schon belehrt, als sie mit dem christlichen Volk in Dahlem beteten. Nun betet man in Deutschland um die Freiheit des Glaubens, und ebenso wohl um die des Denkens.

Kein Zweifel, daß den Offizieren bewußt war: die christliche Freiheit ist sowohl das Sinnbild wie die praktische Voraussetzung jeder anderen, der bürgerlichen, menschlichen, geistigen. Die Forderung der christlichen Freiheit enthält den ganzen sittlichen Willen, das ganze Menschenrecht, und ist gerichtet gegen ein Regime, das beide, Recht und Sittlichkeit, leugnet und bestraft. Es verfolgt besonders die christlichen Prediger: von achtzehntausend protestantischen Pfarrern sind seit 1934 rund dreizehnhundert im Gefängnis oder in Polizeihaft gewesen. Aber jeder Bauer, der mithilft, das geraubte Kreuz in die Schule zurück zu tragen, weiß doch, wofür er handelt: für sein Dasein, Wert und Würde seines Daseins. Das ist sein freier Hof und ist sein freier Glaube. Das Kreuz bedeutet einer beträchtlichen Menge von Deutschen die Zuflucht, ihre letzte Zuflucht, sie unterscheiden nicht, ob geistlich oder irdisch.

Wenn die Offiziere unter den Augen des Regimes das verrufene Kreuz aufsuchten, können sie nicht anders gedacht haben als ihre eigenen Militärgeistlichen. Katholische Kapläne, die beim Heer stehen, haben geschrieben: »Nach einer vorsichtigen Schätzung sind rund fünfzehn Prozent der Bevölkerung allein durch den Kirchenkampf in eine erbitterte Opposition gegen Staat und Volk getrieben worden.« Volk – setzen sie aus bloßer Vorsicht hinzu, als ob man diesen Staat und gleichzeitig sein Opfer hassen könnte. »Dazu kommen jene, die das Vorgehen des Staates in solchen Dingen verurteilen, ohne in ihrer allgemeinen politischen Einstellung daraus die letzten Konsequenzen zu ziehen«, schreiben die Kapläne, und nach diesen Anläufen entschließen sie sich, die volle Wahrheit zu sagen: Deutschland ist auf den Krieg moralisch nicht vorbereitet.

Das heißt: ihr habt dies Volk heruntergebracht. Eure Erziehung entsittlicht es. Mit Lüge, Haß und der Aussaat von Wahnsinn macht man ein Volk nicht stark, so groß man aufrüstet. Der Anblick eurer Verbrechen befähigt dies Volk zu keinem gutgläubigen Krieg. Der Zustand, in den ihr es versetzt habt, erlaubt die sittliche Bereitschaft nie. Euer Krieg ist schon heute verloren. Das heißen die Worte der Militärgeistlichen. Sie hatten auf ihrem Gebiet eine Warnung unternommen. Die Offiziere, in voller Kenntnis der inneren Lage, beschränkten sich dennoch auf technische Einwände, sie schützten außenpolitische Bedenken vor, sie waren niemals »fertig«. Sie haben derart das Schlimmste noch aufgehalten, obwohl die Taten der deutschen Flieger in Spanien, die von der Armee dem Regime zugestanden worden sind, dem Schlimmsten wenig nachstehen. Die Frage bleibt: wozu, mit welchem Erfolg sind die Herren vom Militär nach Dahlem zur Kirche gegangen?

Sie hatten an ihrer Spitze einen Marschall, der unter anderen Kniefällen vor dem Regime auch diesen hervorbrachte: der Nationalsozialismus beruhe auf der Armee, sie bekenne sich zu ihm, sie trage ihn. Den Herren wurde hier gesagt: »Vertiefen Sie sich in das Gesicht Ihres Blomberg, gesetzt, ein solches Gesicht ließe Vertiefung zu.« Sie haben den Satz gelesen. Die Generäle sind die bekannten, sie haben mittlerweile ihre erste Probe eines Aufstandes hinter sich. Es wird die letzte nicht sein. Ihr Blomberg, wie muß er in die Enge getrieben sein, welche Verachtung muß auf ihm schon gelastet haben, als er seinen verzweifelten Schritt tat. Setzt sich mit der Industrie zusammen, mit wem sonst, für ihn besteht Deutschland aus den Besitzern von Rittergütern und Schlöten, der Rest zählt nicht. Die Schlöte und der Marschall kommen wegen ihrer Beschwerden überein, die des Volkes sehen anders aus. Wenigstens die Sorgen der Industrieritter, die belanglos sind, und die unvergleichlich ernsteren seiner Kameraden soll der Marschall dem Führer und Reichskanzler überbringen, er hat sich verpflichtet. Aber er kneift, was seinem Gesicht von jeher anzusehen gewesen war.

So verlaufen deutsche Tragödien. Ein Marschall kneift, die Empörung der ehrliebenden Offiziere bricht endlich offen aus – noch immer zu früh, so spät es geschieht; denn dieser Aufstand hat die sittliche Reife nicht, es ist nicht gedacht worden an die Verbindung zum Volk. In Berlin hat tagelang die blasse Furcht geherrscht, ohne daß zu ergründen wäre, wovor. Vor dem Chaos wahrscheinlich. Die Erziehung des Regimes hat dazu geführt, daß Viele sich nur an ihren Ketten sicher fühlen. Das Regime soll allerdings zusammenbrechen, wie sie meinen, – vielleicht an ihrem Geflüster, und »weil es so nicht weiter geht«. Ein Mann tritt auf – zu viel für sie. Er besetzt mit seiner Truppe ein Haus, wär' es gar ein Amt: – oh, bitte nicht, was wird aus uns, wir hatten bisher die Freiheit über die Straße zu gehen, ohne daß geschossen wurde. Der Abschluß, ein sehr vorläufiger Abschluß ist, daß der Mann, der aufgetreten war inmitten aller Kläglichkeit, einfach verhaftet wird von einer Karikatur namens Himmler, und läßt sich auch. Schwere, traurige Stunde, vor der wir uns neigen.

General von Fritsch, wenn Sie leben, was überaus zu wünschen ist, denn Sie könnten das künftige Volksheer führen: wissen Sie wohl, wie es in einem anderen Land weitergegangen wäre, als Sie das Zeichen gegeben hatten? Das andere Land könnte Deutschland selbst sein, gesetzt, die Fremdheit der Stände wäre hier schon durchbrochen, der General und der Arbeiter schenkten einander Vertrauen und säßen am Tisch, wo bis jetzt nur Blomberg mit den Schlöten saß. In dem Land, wie es gedacht ist, wären die Massen mit erhobenen Herzen dem Befreier zugelaufen. »Hier sind wir. Bewaffne uns!« Dann hätte die Karikatur eines übergeschnappten Aktenschreibers das Nachsehen gehabt. Vielmehr, den Himmler hätt' es nie gegeben. Er hätte nicht seine Registratur der Staatsfeinde in Ordnung gehalten, nicht Sie darin aufgenommen, und wäre nicht im passenden Zeitpunkt bei seinem obersten Kriegsherrn erschienen – Herr der Himmler, aber sonst niemandes Herr.

Die Generäle, die neu ernannten wie die vorigen, fügen sich in das Regime nur scheinbar. Sie werden es niemals lange nach Wunsch bedienen, das verbieten ihnen die gesunde Vernunft und ihr lebenswichtiges Ehrgefühl. Der Schrecken der SS ist auf die Armee ausgedehnt, die Offiziere wagen einander nicht mehr anzureden. Schöner Erfolg eines Regimes, dessen Erfolge alle nach diesem Muster geschnitten sind. Meutereien werden verzeichnet, und wenn der Krieg schon vorher nicht rätlich erschien, weil der sittliche Rückhalt im Volke fehlte: jetzt verhindert ihn der tatsächliche Zustand des Heeres. Was bleibt, was einzig übrig bleibt, um Deutschland noch zu retten, ist das Bündnis des Heeres mit dem Volk. Möge der pflichtbewußte Teil des Heeres es mit der Volksfront vollziehen. Die Volksfront nach Art der Deutschen bleibt länger als anderswo unvollständig: man weiß von ihr, sie ist die Hoffnung der Christen und Sozialisten, des Mittelstandes, der Arbeiter und Bauern. Sie ist auf dem Wege, und der Weg ist vorgezeichnet.

Sie wird von den Machthabern gefürchtet, noch bevor sie angelangt ist. Zur vollen Wirklichkeit fehlt ihr nichts anderes als eine sittliche Kraft, nenne man sie die Zuversicht oder das gute Gewissen. Der Erfolg des Regimes besteht darin, daß es das Volk in allen Teilen, sogar den mächtigsten, gelähmt und handelnsunfähig gemacht hat. Dies nicht allein durch Terror; noch wichtiger ist die moralische Bearbeitung, die Abschreckung von der Moral. Den Deutschen jeden Anspruch auf Glück verdächtig zu machen, darauf kam es dem Regime an. Das gute Gewissen sei nur auf Seiten der Unterdrücker, könnte man in düsteren Stunden meinen. Natürlich haben gerade sie das schlechteste. Eine so abscheuliche Figur wie dieser Himmler ist nur erklärbar durch ein sehr schlechtes Gewissen des Regimes. Aber eine Reihe solcher Gestalten besitzt bis jetzt das Vorrecht zu handeln. Wer es ihnen abnimmt, hat das Volk. Ihr Herren Generäle steht vor der Wahl.

Die deutsche Volksfront

Da ist erstens unsere Mühe und Arbeit. Die Erfinder und Vorbereiter der deutschen Volksfront haben sich ihr Beginnen nicht verdrießen lassen, als es so gut wie aussichtslos schien, von außen und über die abgesperrten Grenzen hinweg in Deutschland den Gedanken der Freiheit zu erwecken. Er war dort nur betäubt; die unabweisbaren Tatsachen belebten ihn und hören nicht auf, ihn zu beleben. Unsere Sache ist, den Vorgang zu beschleunigen und zu verstärken. Es ist niemals vergeblich, sich an den Sinn der Menschen für ihre Freiheit zu wenden. Freiheit – keinen tieferen, beständigeren Antrieb kennt der Mensch. Im Grunde fällt sie zusammen mit seinem Lebenswillen. Ein Volk, wie jeder Einzelne, hat als Bestätigung, daß alle Anstrengungen lohnen, zuletzt nur den Gedanken der menschlichen Freiheit.

Er ist im Lauf der Jahrhunderte verschieden verstanden worden, als Gewissensfreiheit, als Sturz der Tyrannen oder Klassenkampf. Diktatoren sind von dem Gedanken der Freiheit hinangetragen und waren Freiheitsbringer, noch wenn sie eroberten. Die Völker, jedes Volk, haben Kriege mit Begeisterung geführt, wenn sie sagen und glauben konnten, es wäre zur Erhöhung der menschlichen Freiheit. Für ihre Herabsetzung wollen sie es nicht. Das ist die einfache Wahrheit, mit der jeder Staat und jeder Lenker von Staaten bisher gerechnet hatte. Einzig und allein der Faschismus und sein verrücktester Ausdruck, das Dritte Reich, ist auf den Einfall geraten, Massen der Gattung Mensch in großen Schwung zu bringen vermittels ihrer eigenen Knechtschaft; und das einzige Ziel, wenn es losgeht, wäre die Knechtung aller übrigen Welt. Das ist ein biologischer Unsinn, den historischen noch nicht mitgerechnet.

Der Anspruch eines Staates auf die gnadenlose Erfassung seiner Menschen ist von vornherein unhaltbar; wie erst, wenn er den Anspruch so weit treibt, daß er ihnen den geschichtlichen Boden wegzieht, die gesamte christlich-humanistische Zivilisation. Eine sittliche Vereinsamung ergibt sich, sie allein wäre schon unerträglich. Aber man weiß, daß ein Staat wie dieser sein Volk auch wirtschaftlich einengt, politisch isoliert und es, immer beim Schall großer Worte, arm und verhaßt macht. Um nur seinen Ruf im Lande zu erhalten, agiert dieser Staat draußen ins Leere, bis Krieg daraus wird, – und da ist er bei dem letzten, unerlaubten Schritt angelangt. Ein Staat, der gegen seine eigenen Menschen die Macht ausübt und nur auf ihre Kosten sein schädliches Dasein fristet, darf mit ihnen nicht auch noch Krieg führen wollen. Der Krieg ist das schlechthin Verbotene.

Jeder Deutsche will den Frieden, und will ihn nicht nur für seine persönliche Sicherheit. Er fühlt überdies, daß Deutschland in seinem Zustande den Krieg nicht verträgt, und der Staat, der ihn sich anmaßen will, verdient das große Schicksal nicht. Ihm selbst ist es bewußt: seine militärische Prüfung, dieser Staat legt sie heimlich ab – in Spanien, wo sie nicht rühmlich ausfällt. Schwer zu unterscheiden, was die Deutschen mehr erbittert: betrogen zu sein oder geschlagen zu werden. Zum Haß kommt die Verachtung, und sieh, die vereinzelten Widerstände fangen an, eine Kette zu bilden. Arbeiter und Bauern, Sozialisten, Christen, Frauen, abgefallene Nationalsozialisten, Jugendliche, schließlich auch die Intellektuellen, alle treten jetzt auf, als wär' über ihnen die furchtbarste Gewalt nicht mehr. Der Mut der Deutschen ist zu bewundern. Sie haben Erfolg oder nicht, die Gewalt packt sie oft genug, aber manchmal wagt sie es nicht mehr. Gleichviel, Deutschland und sein Widerstand sind von jetzt ab in offener Bewegung.

Dahin wäre es ohne unsere Mühe und Arbeit nicht so bald gekommen. Die Erfinder und Vorbereiter der deutschen Volksfront hatten über die feig abgesperrten Grenzen hinweg nach Deutschland hinein die Freiheit schon längst aufgerufen. Die Ergebnisse zeigen sich, da alles, was praktisch erlebt wird, unser Wort rechtfertigt. Friede – ihr sollt ihn verteidigen, er ist das Erste und Letzte, verteidigt ihn gegen euren Staat. Euer Staat kann im Frieden nicht bestehen, ihr aber wollt leben und Frieden haben. Befreit euch denn, ihr habt keine Wahl, die Freiheit oder Knechtschaft stehen niemals in eurem Belieben, die eine ist das Leben selbst, die andere der sichere Tod. Wir haben mit unserem Wort beträchtliche Teile der Deutschen erreicht, sie haben es weitergesprochen. Niemand weiß, wie Vieles aus unseren Verhandlungen und Reden im Lande umgeht und früher oder später zur Tat wird. Um zu handeln, muß man wissen. Ohne uns wäre im Lande das Meiste unbekannt.

Andererseits wirken die Erfahrungen des Landes auf uns zurück. Wir einigen uns auf Grund gesicherter Tatsachen. Vor Jahr und Tag gab es in dem Vortrupp der Volksfront, der wir sind, Starre und Nachgiebige, wir waren Freund oder Gegner, wir trugen Kämpfe aus. Das Land, in dem es nur scheinbar drunter und drüber geht, hat uns Einfachheit gelehrt; es braucht selbst nur das Einfachste, die Menschenrechte. Wo die Menschenrechte verlorengegangen sind, müssen sie zurückerobert werden: das Weitere findet sich. Die Sicherheit der Person, der Schutz der Arbeit, ein freier Volksstaat, niemand will mehr, und das wollen alle, von jeder Richtung und Partei. Wir täuschen uns nicht und sind nicht zweideutig. Die Menschenrechte werden erobert sein, wenn die Übermacht, an die sie verloren sind, abgeschafft und vernichtet ist. Die Übermacht ist wirtschaftlich und ist politisch. Sie war wirtschaftlich übermächtig, noch bevor sie es auch politisch wurde. Ihre Beseitigung wäre der Anfang jeder wahren Demokratie.

Im Lande ist dies die Gesinnung des gesamten Proletariates, die Bauern teilen sie schon, der Mittelstand geht zu ihr über. Was den Vortrupp der Volksfront einig macht, ist die Gewißheit, daß sie im Lande erreichbar und auf dem Weg ist. Die Funktionäre der deutschen Sozialdemokratie haben ein Dokument geschickt, es stimmt in allem mit uns überein. Die Kommunisten sind von der Demokratie überzeugt, in Deutschland wie überall. Die Katholiken, ihre volkstümlichen Massen, haben begriffen, daß die Freiheit ihres Glaubens einzig verbürgt wird durch ihr Zusammengehen mit allen freiheitlichen Kräften. Übrigens ist man nicht nur Katholik, sondern ist Arbeiter, Bauer oder ein armer Pfarrer. Man ist auch nicht nur Protestant der Bekenntniskirche, man ist ein entrechteter, gequälter Mensch, und der Sohn wurde hinterrücks an Franco verschoben. Da sind die Frauen, wir hören ihre Stimmen zuerst aus dem Lande, erst nachher bekennen sie bei uns: »Wir haben Angst vor dem dritten Kind, fünfzig Mark Rest nach den Abzügen, das blaue Band für Kindersegen, aber nur Kartoffeln.«

Wenn die Vorbereiter, Wegbereiter der Volksfront tagen – oh, jedes Wort gelangt ins Land hinein, obwohl die Gestapo noch niemals so viele fremde Zeitungen beschlagnahmt hat wie nach unserer vorigen Tagung. Aber was wir gesprochen haben, es waren kaum noch wir selbst, das Volk von Deutschland sprach. Es hat uns gehört, an seinen Erlebnissen hat es ermessen, woher zu ihm die Wahrheit drang, welche Auskunft richtig war, welchen Rufen es sein Gewissen öffnen muß. Unsere neue Botschaft an das deutsche Volk bringt den Satz: »Es ist der Egoismus der profithungrigen Kapitalmächte, der im Bunde mit der alldeutschen Herrschsucht des Nationalsozialismus zur Eroberung fremder Gebiete treibt.« Unser Sender ruft dies über Deutschland hin. Die Botschaft sagt: »Gemeinsamer Kampf, um den Frieden zu retten!« Sie sagt: »Hitler ist nicht Deutschland, er ist sein Unterdrücker.« Und das zu hören, ist für Deutsche längst keine Überraschung mehr. Die verzweifelten Versuche, unsere Sendungen zu stören, könnte man sich sparen. Wir haben Deutschland seit einigem auf solche Rufe vorbereitet, gesetzt, daß nicht schon sein eigener Zustand es für sie reif und überreif machte.

Deutschland ist dort wo es ist, allerdings durch Hitler. Die Einsicht, was es zu tun hat, um anders und besser zu werden, es erhält sie von innen, da es nicht glücklich ist, und sie wird ihm bestärkt von unserem Wort. Wir sind mit Deutschland verbunden durch unsere Müh und Arbeit, durch Welle 29,8, durch die Ereignisse, die uns rechtfertigen. Wir sind auch die Verbindung Deutschlands mit der Welt der Freiheit, die zu ihm nicht Zugang hätte. Sie kommt zu uns, und damit kommt sie zu Deutschland. Der vorbereitende Ausschuß der deutschen Volksfront empfing die Vertreter der spanischen Volksfront. Spanien, das ist heute die kriegführende Macht der europäischen Linken. Die spanische Republik kämpft für uns alle, das spanische Volk gibt auch dem deutschen das große Beispiel, das nicht vergeblich sein wird. Vergeblich ist nichts, weder Leiden, noch Müh und Arbeit, noch das sieghafte Beispiel.

Der Präsident des spanischen Parlaments und die Abordnung, die ihn begleitete, wurden von uns empfangen, wie Deutschland sie empfangen wird, wenn die Stunde da ist. Wir feierten in ihnen die Helden der Freiheit und unsere eigene Zuversicht. Die Spanier besuchten uns, um das Deutschland der Volksfront anzuerkennen und um es durch ihre Gegenwart stark zu machen. Wir begrüßten sie und sagten ihnen, wie glücklich wir seien. »Vor einem Jahr hatten wir hier einen anderen spanischen Gast, Herrn Alvarez del Vayo, der zu uns sprach: Und wenn die Lage noch so schwierig ist, nie die Hoffnung verlieren! Wir haben uns seine Worte gemerkt. Spanien hat indessen nach ihnen gehandelt. Heute sehen wir Spanien auf dem Wege des Sieges, und nie hat es einen schwereren gegeben: auch keinen ruhmvolleren. Wir sehen das heldenhafte Volk der Spanier seine Freiheit verteidigen und die Freiheit Europas retten. Mit Gefühlen der Freundschaft, Bewunderung und Dankbarkeit, Kameraden aus Spanien, begrüßen wir Sie.«

Nachdem ich so gesprochen hatte, verbeugte ich mich vor Spanien tief.

Die Widerstände

Es fehlt nicht an Tatsachen, die eine deutsche Revolution wahrscheinlich machen. Sollte sie dennoch ausbleiben oder erst durch den Krieg und in Gestalt des Krieges eintreten, das Volk der Deutschen muß daran nicht durchaus die Schuld tragen. Es ist ein Volk wie andere, gehorcht allgemeinen Gesetzen, und wo diese gebieterisch sind, kann es nicht versagen. In seiner gesamten Geschichte stand es aber schwerlich unter der Macht von Tatsachen, die wie diese eine Revolution fordern und sie wahrscheinlich machen. Vielleicht fordern sie im Gegenteil zu gewaltig, und die Wahrscheinlichkeit ist überwältigend. Das Augenscheinliche darf nicht zu weit gehen, dann wird es zweifelhaft. Hemmungen pflegen gerade dann zu entstehen, wenn alles drängt und kein Ausweg bleibt.

Menschen werden eher durch mäßige, übersichtliche Mißstände außer sich gebracht als durch ganz ungeheure, von denen man kein Bild mehr hat. Im Altertum opferten sie dem Ungeheuer arme Jungfern, die sie vor der dunklen Höhle anbanden, anstatt die Höhle auszuräuchern und das Ungeheuer zu erschlagen. Dafür mußte ein großer Retter kommen. Sind die Deutschen anders? Sie haben einen Staat, der nichts gewährt sondern in einem fort »Opfer« verlangt. Opfer sind immer Menschenopfer. Ihr sollt Kanonen, keine Butter haben, heißt: Ihr sollt sterben. Sterilisieren heißt natürlich: Ihr sollt sterben. Der Tod wohnt in der unbezahlten Zwangsarbeit, in der Verfolgung der Lohnkämpfe, der Bespitzelung der Arbeiter, der Karteikarte; ebenso wie der Tod in den »Erbhöfen«

der Bauern wohnt, in ihrer Enteignung, samt dem Verbot, daß Sterilisierte noch Bauern sein dürfen oder daß die nichtsterilisierten Bauern ihre Produkte zum richtigen Preis verkaufen dürfen. Das alles, und ungezählte andere Ansprüche des Staates, schließt den Tod der Menschen mit ein, seine unmittelbaren Gelegenheiten zu töten noch nicht gerechnet, als da sind: das Verhungernlassen, Totprügeln, Foltern, Hinrichten.

Die Funktion dieses Staates ist der Tod, und er ist seine einzige. Kein Regime könnte in Dingen des Lebens dermaßen leer und nicht vorhanden sein. Kündigt es einen Vierjahrsplan an, dann bleibt das solange ein Nichts von einer Redensart, bis allerdings wieder der Tod herausgrinst und seinen Trick vollführt. Das ist die regelrechte Organisation des Hungers, Preisbildung genannt. Das sind Milliardensubventionen für dreitausend Millionäre, und für den armseligen Rest der Volksgenossen eine Wirtschafts-Gestapo. Sie können zu Staatsfeinden und Opfern des Staates von jetzt ab nicht nur durch ihre Gesinnung werden; nicht nur durch Armut oder Krankheit, was beides dieser Staat auf eine schlechte Rasse schiebt und demgemäß bestraft; nein, an jedem Bissen, den sie verordnungswidrig in den Mund stecken, sollen sie sich den Tod essen. Womit die Wirtschaft nicht verbessert wird, das weiß jeder, am besten wissen es die Veranstalter. Soll auch gar nicht verbessert werden – die Wirtschaft der Lebenden bestimmt nicht. Es geschieht unter Aufsicht des Militärs und ist Kriegswirtschaft, will sagen: Wirtschaft derer, die sterben sollen.

So grauenhaft übertriebene Ansprüche eines Staates haben schon für sich allein das Lähmende wie ein Ungeheuer, dessen Umfang niemand abgeschätzt hat, und seine Höhle wurde von dem Entsetzen nicht untersucht. Der Staat überbietet sich aber mit seiner »Weltanschauung«, die darauf hinausläuft, die Menschenopfer zur eigenen, selbstgewählten Pflicht der Menschen zu machen. Einem Volk wird unwiderstehlich eingebläut, daß es in all und jedem gegen sich selbst handelt – handeln muß und zu handeln gewillt ist. Ein Angeklagter vor Gericht vertritt dort nicht mehr seine Unschuld und den natürlichen Wunsch, loszukommen. Die grundsätzliche Annahme ist, daß er den Ankläger unterstützt, und daß er sich zur Verurteilung und Abstrafung geradezu hindrängt. Dieselbe Voraussetzung gilt für das ganze Volk, das übrigens genau in der Lage eines Angeklagten ist und einem ewigen Strafvollzug unterliegt. Es stürzt sich selbst hinein, so ist die Annahme, und daraus wird Staatsdoktrin. Vorgeblich wehrt es sich nicht, kann sich nach seinem Gewissen gar nicht wehren, sondern erkennt freiwillig an, daß sogar schon ein Streik ein Verbrechen gegen die Volksgemeinschaft wäre. Welch ein Kriminalfall wäre erst die selbständige Gesinnung oder die freie Verfügung über den eigenen Körper.

»Rasse«, »Wehrhaftigkeit«, »gesundes Volksempfinden«, alles ist eingesetzt, damit ein Volk sich in Unsinn und Mißbrauch nicht nur ergibt: es soll noch stolz darauf sein, daß es seine Freiheit verloren hat und den Eindruck des vollendeten Irreseins macht. Sehr kostbar erweisen sich hier die Weltanschauung und Doktrin; umso unbezahlbarer, je öfter in der herrschenden Schicht selbst an sie geglaubt wird. Dies ist mehr oder weniger der Fall, und sieht beiläufig aus, wie ein gelehrter Professor in Paris es kürzlich dargestellt hat. »Die Gruppen, die sich selbst eine rein erhaltene Herkunft zuschreiben, in Wirklichkeit fußen sie hauptsächlich auf ihrem gemeinsamen Nutzen. Seelische und geistige Neigungen, wie gewisse Länder sie bekunden, sind fast immer nur eingeimpfte Gefühle. Den Massen werden sie eingeimpft von den Geschicktesten, die sie darauf hin ausbeuten.« So ist es; aber wenn man es in dem gemeinten Lande ausspräche? Es auch nur klar begriffen hätte? Wenn nicht auf den Ausgebeuteten und meistens wohl auch auf den Ausbeutern der Nebel einer »Weltanschauung« läge?

Dann wäre die Revolution da, oder wäre unvergleichlich erleichtert. Man weiß und sagt: Der Kapitalismus in seiner verworfensten Gestalt, bankrott und gewalttätig, soll erhalten werden gegen jedes soziale und wirtschaftliche Gesetz: daher dieser Staat. Einige Großgrundbesitzer und Trustmagnaten sollen sich in dem Maß bereichern dürfen, als ob ein blühendes Volk für sie arbeitete; es sind aber Hungernde, Mißhandelte, und es ist die Verzweiflung, wenn es nicht die Mitschuld ist. Nur zu Zwecken wie diese ist jeder Rest von Freiheit und Demokratie beseitigt, denn dieses Regime widerstände nicht ihrem geringsten Aufleben. Hierfür ist die Wissenschaft abgestellt, die Literatur verjagt, und in dem geistig verödeten Lande wird jeder Begriff, um dessentwillen die Geschlechter gelebt haben, entwertet und verdreht. »Auf diesem Boden wächst nichts«, hat wirklich einer verraten, ein berliner Akademiker, der öffentlich Rasse und Wehrhaftigkeit redet. So wissen sie doch Bescheid, zuweilen taucht ihr Kopf aus dem Nebel, und erschrocken gestehen sie ein, daß sie Heuchler sind. Damit geben sie der Revolution eine Chance.

Das Volk entnimmt aus vielen Einzelheiten, daß die Nutznießer des Regimes von ihm nicht überzeugt sind, oder daß ihre Überzeugtheit nachläßt. Wenn die Machthaber und ihr Gesinde von Gau-, Schar-, Müllführern sich allzu eilig bereichern, ist dies doppelsinnig, entweder bedeutet es: Das System rechtfertigt alles; oder man scheint ihm vielmehr zu mißtrauen. Die zweite Auslegung gewinnt aber einen Vorsprung, sobald bekannt wird, daß Korruptionsprozesse gegen Nationalsozialisten nur noch unter Ausschluß der Öffentlichkeit stattfinden dürfen. Das läßt auf ein schlechtes Gewissen schließen; indessen, nichts ist Gewaltherrschern, besonders denen ohne Recht und Herkunft, weniger erlaubt als ein schlechtes Gewissen. Was ist es ferner mit ihrer antibolschewistischen Besessenheit? Die macht manchmal geradezu den Eindruck der Echtheit: dann um so schlimmer für die Besessenen. Ihr Haß ist das Eingeständnis, daß ein anderes Volk, eine Union von Völkern sogar, wenn schon doktrinär erzogen, dann für sich, nicht gegen sich erzogen wird. Ein Staat kann es mit der Wahrheitsliebe versuchen und muß nicht sein ganzes Dasein auf seine Lügenhaftigkeit stellen. Nun, das läßt begreiflicher Weise den Lügner nicht ruhen, besonders da er der Ukraine die Hungersnot anlügen muß, während sie im Überfluß versinkt, und gehungert wird bei ihm selbst. Auf dreißig Personen entfällt in der Sowjetunion eine, die studiert: als Folge des Systems. In Deutschland veröden die Universitäten, als Folge des Systems. Wie sollte das andere nicht verabscheut werden.

Aber Antibolschewismus? Das ist eine höchst betrügerische Behauptung, selbst wenn die Tatsachen ihr entsprächen. Natürlich wird hier entgegengearbeitet der bolschewistischen Absicht, das vermeidbare Unglück der Menschen allmählich zu verringern. Übrigens wäre dieselbe Absicht in jeder ehrlichen Demokratie wesentlich enthalten, weshalb der Nationalsozialismus mit hinreichendem Grund zwischen ihnen und dem Bolschewismus kaum unterscheidet. Aber Antibolschewismus ist das nicht, was hier getrieben wird. Es ist der Versuch, die lehrhafte Tätigkeit des Bolschewismus vorzutäuschen, dadurch daß man die Deutschen sich in Zucht und Kollektivität üben und verausgaben läßt: nur immer zu ihrem Nachteil, nur immer gegen sich selbst. Diese Antibolschewisten des Endzwecks, für den Augenschein und ihre eigene List sind sie weit eher Parodisten des Bolschewismus. Das ist aber die Stelle, wo die List zuerst durchschaut wird und am frühesten versagt. Ein Würdenträger bemüht sich zu den deutschen Arbeitern, um ihnen etwas über die »Sowjethölle« aufzubinden. Wie sehr verkennt er die Macht der wirklichen Erfahrung! Sie wissen, wo diese Hölle liegt, um ihr Wissen wird keine »Weltanschauung« sie betrügen; und sollte das Gespräch zwischen ihnen und dem Würdenträger weitergehen, dann endet es für ihn mit Prügeln, für die Arbeiter mit der Gestapo.

Dies ist eine Etappe auf dem äußerst erschwerten Weg zu der deutschen Revolution, – er wird noch manche Strecke durchlaufen müssen. Dies ist der Abschnitt, während dessen man sich vom Nationalsozialismus eher drückt, als daß man schon offen gegen ihn aufträte, obwohl auch dies geschieht. Die Söhne der mittleren und großen Bauern wollen nicht mehr SA-Leute sein, und wie die Arbeiter, drücken sie sich von den Versammlungen der Partei, ja, haben den Mut, aus den Organisationen zu treten. Im Zusammenhang hiermit geben die Alten ihre Waren nicht her, lieber lassen sie sich verhaften. Man hat aufgehört, den Terror zu achten: das bezeugen die Massenprozesse gegen Marxisten, wie die Christenverfolgungen: in beide begibt man sich mit erhobenem Kopf. Es ist der Augenblick, da Deutsche bewundernswert werden, – ohne daß gefragt werden muß, ob sie ihr Gewissensrecht, ob das Recht auf ihr Eigentum verteidigen. Bauern, die sich verhaften lassen anstatt Beraubung zu ertragen, beweisen lebendig, daß Eigentum nicht abhängt vom Kapitalismus und daß ein Raubkapitalismus verschwinden muß, damit das gerechte Eigentum besteht. Christen in den Kirchen beider Bekenntnisse, die gefüllt sind wie nie, hören den Geistlichen die Antwort auf nationalsozialistische Angriffe verlesen, was ihn und sie in Gefahr bringt. Sie achten ihrer nicht. Eine große Gefahr ist die Beichte geworden; wenn der Pfarrer dem Staat gehorsamer wäre als seinen Weihen, müßte er alles melden. Sie beichten dennoch.

Das Spitzeltum, die Angeberei und persönliche Rache,

alles Ausgeburten dieses Staates und seiner Ehre, haben bei dem neueren Zustand der Menschen und Dinge nicht ab-, sondern zugenommen. Der Druck dieses Staates dauert fort, mit allen seinen Ansprüchen auf Opfer, Menschenopfer, und dem verwegensten Anspruch, auf die Freiwilligkeit des Opfers. Aber das Ungeheuer wird allmählich besser durchschaut als zu Anfang. Seine »Weltanschauung«, die es in mythischer Weise sichern sollte, gibt ihm im Gegenteil die tödliche Blöße, da das Geschwätz endlich gemessen wird an der Erfahrung. Das ist die erreichte Etappe. »Bürgerliche«, die wenig haben und nichts verlieren können, erhalten hartnäckig ihren Bolschewistenschrecken; er ist ihre Ausrede. In ernsteren Stimmungen gestehen sie ein, daß auch sie das Regime hassen, und nur dem »hinterlistigen« Proletariat mißtrauen sie. Allerdings. Es ist dafür gesorgt, daß die Schichten dieses Volkes einander fremd sind und nicht leicht zusammenfinden. Ihre Uneinigkeit mußte nicht angestiftet werden, sie ist geschichtlich erworben. Die Volksfront der Deutschen kommt schwerer zustande als andere Volksfronten. Ihr heutiger Staat tut gegen seinen Willen das Beste, damit sie zuletzt doch wahr wird.

Bleibt die Kriegsdrohung, als das äußerste Mittel, mit dem ein erschüttertes Regime seinen Sturz aufhält. Aber die Kriegsdrohung eines solchen Regimes ist fragwürdig, wie alles an ihm.

Geburt der Volksfront

Da das Jahr zu Ende geht, kommen aus dem Lande die Rechenschaftsberichte. Ein hart geprüftes Volk erzählt von sich. Es schreibt seinen Freunden draußen, was es in einigen Monaten getan hat, um einem bald fünfjährigen schrecklichen Verfall zu begegnen und ihn aufzuhalten, wenn es möglich wäre. Die Berichterstatter wissen zu sagen, daß immer mehr Deutsche ihre Gesinnung teilen und ihres Willens sind; vor allem, daß Willen und Gesinnung bei den meisten Deutschen jetzt hoch im Wert stehen, und das war sonst nicht.

Es ist neu. Die Prüfungen unter einer völlig ruchlosen Parteidiktatur haben ein Volk, unzählige seiner Glieder haben sie gelehrt, was Freiheit heißt und daß sie nicht im Belieben des Volkes und der Einzelnen steht, sondern Pflicht ist, es gibt keine höhere. Das neu erworbene Pflichtgefühl macht alle sehr ernst. In diesen Jahren ist Deutschland ernst geworden. Die Katastrophe von 1933 war das Ergebnis des allgemeinen Leichtsinns und einer massigen Verantwortungslosigkeit. Die haben aufgehört. Wenn Deutsche von jetzt ab handeln, wissen sie, was werden soll, und wollen es zu ihrer Sache machen, anstatt sich ihrer Pflicht und ihres Gewissens zu begeben, wie 1933.

Die Lohnbewegungen werden von Verantwortlichen gemacht, von denen, die selbst die Folgen tragen werden und es wissen. Bauern, die Zwangsmaßnahmen widerstehen, kennen im voraus die nächsten Folgen: das sind verstärkte Zwangsmaßnahmen. Die Geistlichen und ihre Gemeinden bedürfen eines außerordentlichen Mutes, um ihr Bekenntnis zu behaupten. Ihr Mut aber ist der Lohn des

Terrors, und niemals wären sie so tapfer, wenn sie nicht versichert wären, daß der Feind ihres Glaubens an ihnen selbst sich auslassen wird, und ihr Opfer wird sich lohnen. Noch mehr Verfolgungen, unseren Widerstand setzen wir fort, wir steigern ihn, bis er nicht mehr Widerstand sondern schon Angriff ist. Dasselbe denken alle.

Gläubige, Bauern, Arbeiter und bei weitem nicht mehr sie allein, alle sind fortwährend ihrer eigenen Gefahren bewußt, übernehmen persönliche Opfer, und der Sieg wird von ihnen ernst und streng erkämpft sein. Das ist von Grund auf anders als einstmals die risikolose Hetze gegen die Republik und dann die lächerliche Machtergreifung von Siegern, die nie gekämpft hatten, sondern ihr Sieg war abgekartet, viertausend verlogene Reden, hundert unbestrafte Überfälle, und dies wie jenes bar bezahlt. Die Massen, die es geschehen ließen und den Zirkus auch noch beklatschten, waren in Wirklichkeit abwesend, denn sie waren moralisch abwesend, sie hatten den Ernst nicht erfaßt, die Selbstverantwortung nicht gelernt.

Jetzt lernen sie. Ihr Bericht, wenn sie ihren Freunden und Beratern berichten, bleibt vollkommen nüchtern, ohne Spur der einstigen falschen Begeisterung und des Schwelgens in Trieben: was tatsächlich danach eintreten sollte, die Masse der Deutschen ahnte es damals nicht, noch weniger machte sie sich ein vernünftiges Bild. Die entscheidende Tatsache ist dagegen, daß heute sehr beträchtliche Teile der Deutschen ein klares Bild ihrer Zukunft haben, und es wird bestimmt durch ihren Willen, ihr Gewissen, anstatt wie damals durch Überredung und Betrug. Diese Veränderung ist es, die wir zuerst erfassen müssen, und auch die Welt täte um ihrer selbst willen gut daran, wahrzunehmen, zu »realisieren«, daß Deutschland mitten in seiner sittlichen Umwälzung begriffen ist, einer der größten seiner Geschichte. Das ist nicht mehr das Volk, das man kannte.

Berichte aus diesen und jenen Teilen des Landes zählen auf: Lohnerhöhungen, den Machthabern abgerungen, obendrein die erkämpfte Zurückziehung der Strafen. Dazwischen und auf gleicher Ebene werden genannt: die Verteidigung des Kreuzes, seine triumphale Rückkehr in die Schulen, aus denen es entfernt war. Bergarbeiter und Gläubige eines Sinnes, ob um den Lohn, die Freilassung der Gefangenen oder um das eroberte Kreuz. Die Verschickung von entlassenen Kameraden nach entfernten Landesteilen wird abgewehrt. Die sogenannte Gemeinschaftsschule, ein Trick der Machthaber gegen die Gewissensfreiheit, stößt auf den Widerstand derselben vereinten Kräfte, das sind Sozialisten und Kommunisten an der Seite der Katholiken. Das sind Katholiken an der Seite der Protestanten. Sie hatten sich nichts vorgenommen. Die Absicht bestand nicht zuerst, eine gemeinsame Sache zu führen. Sondern jeder Abschnitt des Volkes vertrat zuerst nur sein eigenes Anliegen, bis sie bemerkten, daß es überall, für jeden Abschnitt das gleiche Anliegen war. Sich retten vor einer mörderischen Tyrannei, die nicht mehr diesem und jenem, sondern der Gesamtheit ans Leben will! Da haben sie gemeinsame Sache gemacht, und so beginnt ein Freiheitskampf. Das ist sogar die einzige Art, wie Freiheit die Menschen wahrhaft ergreift. Sie muß lebenswichtig geworden sein. Sie hat das hohe Gefilde der Idee verlassen, sie ist zwischen die Leute herabgestiegen – die sie nicht einmal beim Namen nennen, und noch weniger machen sie Redensarten. Sie arbeiten für die Freiheit wie für ihr täglich Brot.

»Nun haben sich in den letzten Wochen manche Anzeichen des verstärkten Lohndruckes, der verstärkten Zwangsmaßnahmen gegen die Bauern (Getreideablieferung), des Terrors gegen die Kirche gezeigt: daher viel höhere Anforderungen an uns alle. Verstärkter Terror und Auspowerung durch die Nazis verlangt von allen Hitlergegnern verstärkte Gegenwirkung, in neuen, besseren und höheren Kampfesformen.« Achtung, hier nimmt die Arbeit für das tägliche Brot einen Aufschwung. »Unsere Hilfe durch gemeinsam festgelegte einheitliche Parolen, durch gemeinsame und als Volks-Front gezeichnete Aufrufe, mit organisatorischen Anweisungen durch illegale Schriften und durch den Freiheitssender, sie helfen und sind in diesem Kampf gegen diesen schrecklichen Terror unentbehrlich für unser Volk.« Achtung, hier fällt im Land ein Wort.

Volksfront: da steht das Wort. Es steht in einem Rechenschaftsbericht über nackte Tatsachen und die unausweichlichen, aus sich selbst geborenen Handlungen, mit denen man sich hilft. Am Anfang kennt niemand ein Ergebnis, das Volksfront heißen soll. Volksfront, sie ist die Summe vieler vereinzelter Handlungen, die endlich ineinander fließen. Freiheit, um des Begriffes willen hat man sie nicht angerufen. Sie kam unter die Leute, als alle sie zum Leben brauchten. Freiheit und auch die Kampffront eines Volkes, das leben will trotz seinen Tyrannen, es sind sittliche Werte. Die sittlichen Werte, die jemals Bestand haben sollten, wurden so erlebt und nur so erworben. Die Deutschen, ihre Mehrheit in allen Schichten, erwirbt jetzt, was sie erlebt.

Die Volksfront ist nicht von außen nach Deutschland eingeführt worden, sieht man es? Sie ist weder die Nachahmung fremder Staats- und Parteiengebilde, noch verdankt sie ihre Entstehung allein der Bemühung ausgewanderter Feinde des Regimes. Diese haben sich allerdings bemüht, und das ausländische Beispiel ist sichtbar vorhanden. Indessen, niemals könnten die Deutschen von außen angetrieben werden zu einem Unternehmen, für das sie nicht selbst schon herangereift sind, ebenso sehr durch ihre Leiden wie durch den Widerstand ihrer Lebenskraft. Man will meinen, sie würden angetrieben? Ach nein, die

Deutsche Volksfront im Lande ist es, die ihre Freunde draußen zur Tatkraft anhält und sie beschwört, einig zu sein. »Begrabt, was euch trennt! Tut es für unser gemartertes Volk!«

»Ruht nicht, bis endlich auch die Führung dieser oder jener Partei an den Arbeiten teilnimmt.« Drinnen nehmen die Anhänger derselben Partei schon längst teil. »Wir bauen alle auf die deutsche Volksfront, mit der wir die Freiheit, den Frieden und den Wohlstand für alle schaffenden Menschen erringen werden.« Das kommt von drinnen. »Faschismus ist Krieg, wir spüren es täglich am eigenen Leibe.« Das kommt von dort, wo man es am Leibe spürt. Außerhalb Deutschlands kennt niemand die unermeßliche Angst vor dem Krieg, die allein Deutschland fühlt. Wer hat denn sonst noch den Feind im Land, schon vor Ausbruch des Krieges, eine ganze Armee, einzig aufgestellt gegen das eigene Volk. Die Deutschen, hellsichtig wie nie vorher durch ihr Unglück, sind die Einzigen, völlig zu begreifen, daß sie verloren wären, kämen sie nicht dem Krieg zuvor durch ihre Befreiung.

Der begründeten Furcht der Deutschen vor dem Krieg und seinem Ende begegnen die Machthaber mit ihrem abgenutzten Gespenst des Kommunismus. Umsonst, die Deutschen sind nicht mehr abergläubisch, die Not hat sie den Gebrauch ihrer Vernunft gelehrt. »Unter uns Angestellten und Beamten wurde Angststimmung erzeugt, daß der Kommunismus alle unsere Ersparnisse –.« Sie kennen das Lied. »Wie ist es denn heute? Alles wird uns nach und nach weggenommen und in die Kriegswirtschaft gebuttert«, schreibt der Angestellte, der das Lied kennt. »Ich kann nur sagen«, das ist sein Schluß, »ich bin einverstanden mit der Volksfront, die den Frieden will. Denn wahr ist, daß nur im friedlichen Leben der Wohlstand des Volkes gesichert werden kann. Und das erhoffen wir vom Sieg der deutschen Volksfront.«

Das heißt: sie erhoffen es von sich selbst. Die Volksfront sind nur sie, aber sie sind es ohne Unterschied der Erwerbsstände, Parteien, Konfessionen. Diesmal ist es soweit. Die Unterschiede fallen – nicht auf Befehl und weil Arm und Reich, der Unterdrücker und seine Objekte entgegen dem Augenschein für »Volksgenossen« erklärt würden. Sondern ohne Vorausberechnung, freiwillig – obwohl durch ein höheres Gesetz, als Menschen erlassen können – werden sie Volksgenossen im Ernst, auf eigene Gefahr. Glück oder Untergang, diesmal werden sie sich auf niemand ausreden können, wollen es auch nicht, die Erfahrung mit dem Führerprinzip hat ihnen genügt.

Die Mittelklassen sind durch ihre »Auspowerung« endlich dem Proletariat hinlänglich angenähert, daß sie es verstehen können. Eine Arbeiterfrau denkt in Dingen der Schule wie der Lehrer ihres Kindes, ein reisender Kaufmann beurteilt die wirtschaftlichen Nöte nicht anders als der Arbeitslose. Der Intellektuelle und der Künstler halten vom eigenen Zustand dasselbe, was andere in dem ihren sehen: Knechtschaft, die böswillige Verschlechterung ihres Daseins. Alle ohne Unterschied finden für die glücklicheren Bedingungen, die ihnen fehlen, dasselbe Wort; haben es nicht vom Hörensagen, sondern sind jeder durch sein Schicksal die wirklichen Urheber des Wortes geworden. Sie sagen: Freiheit.

In ihren Briefen nehmen sie jeder seinen persönlichen Standpunkt ein, nur daß es überall derselbe ist. Ihre Anlässe sind alltäglich und praktisch. Ein kaufmännischer Angestellter hat herausbekommen, daß sein Chef unsinnig verdienen und aus Steuergeldern obendrein die Zulage für seinen neuen Luxuswagen geschenkt bekommen kann – warum? Weil »unser Gehalt heute ein Viertel unter den Friedensgehältern liegt«. Die Arbeiterfrau kann mit dem Lehrer nicht sprechen, denn »während jeder Pause sitzt er über irgendeiner Sammlung oder Abrechnung«. Die

Schuld daran gibt sie nicht ihm, sondern denen, die das Geld für ihre öffentlichen Feste einziehen, und in den überfüllten Klassen der Schule wird nichts mehr gelernt. Aber dasselbe schreibt ein Studienrat.

Überlege man, ob es jemals vorgekommen ist, daß ein Akademiker und eine Proletarierin die Schule mit den gleichen Blicken betrachten und »den ständigen Verfall des Schulwesens mit Sorgen verfolgen« – schreibt der Studienrat. Nennt übrigens in seiner Sprache genau die Ursachen wie sie in der ihren. Anstatt zu lernen, müssen die Kinder eine »mehr als schwache« Hitlerrede anhören. »Heilgeschrei als Erlösung von einem unbefriedigten Tätigkeitsdrang. Mädel und Jungen bis zum Alter von zehn Jahren sitzen starr und verängstigt, ebenso ängstlich von den Augen der Lehrer bewacht.« Er schreibt: »Verwilderung der Jugendlichen, die Eltern um ihr Schulgeld betrogen«: Ziel und Zweck sind immer die »billigen Erfolge bei den kleinen und großen Kindern«.

Der letzte Satz des Studienrates: »Wir wirken unermüdlich aufklärend, daß nur die Volksfront uns die so ersehnte Freiheit im Denken und Schaffen zu geben vermag.« In derselben Richtung wie der Akademiker wirkt die Arbeiterin, und das war nie da. Ein reisender Kaufmann ist dahinter gekommen, daß die Fabriken zum Schein inserieren müssen, als ob sie Leute brauchten, während sie im Gegenteil ihre Leute entlassen. Er bestätigt die Erfahrungen des Lehrers und der Mutter: auch in seiner Sphäre herrschen der Schein und der Schwindel. Nun sind aber »wir Reisende direkt vom Umsatz dieser Geschäftsleute abhängig«. Und da auch ihm schon klargeworden ist, daß hinter der unredlichen Wirtschaft ein noch viel fauleres Regime steckt, ist sein Schluß der bekannte.

»Oft denken wir zurück an die früheren Jahre. Aber wieder ein Weimar? Das ist verpönt. Der Kommunismus wird gefürchtet. Da wird jetzt viel gesprochen von der deutschen Volksfront, die den Kampf für Freiheit, Frieden und Wohlstand aufnimmt, und in der alle Gegner des Faschismus zusammengeschlossen sind. Ich kann nur sagen, als ich das hörte, war mir, als spreche man mir aus dem Herzen.« So schreibt ein Reisender, und seines gleichen pflegt das Land, worin sie umherkommen, nicht schlecht zu kennen, ungerechnet, daß er seinen Vorteil kennt. Seinen Vorteil begreift sogar der Künstler, die Kulturreden eines Herrn, den er nicht nennt, ihm machen sie nichts weis. Der hält sogar die berüchtigte Systemzeit für ein »verlorenes Paradies«. Er schreibt, wie üblich: »Der deutsche Künstler muß und wird ein begeisterter Vorkämpfer der deutschen Volksfront sein.«

Ein Intellektueller erinnert seinerseits an die bewußte Kulturrede desselben Herrn, spricht seinen Namen und verhöhnt ihn: der will die Freiheit gebracht haben! Im Flüsterton ist man frei. »Eine herrliche Pressefreiheit, wenn man immer das Gegenteil glauben kann. Das Gesetz? Allenfalls besteht das Gesetz noch für die Schwerverbrecher. Der politische Freiheitskämpfer steht außerhalb des Gesetzes. Das ist die wirkliche Freiheit. Wir haben in Deutschland eine wirkliche Freiheit – zu schweigen, zu dulden und zu sterben.« Woraus er indessen herleitet, daß »wir jetzt für die Freiheit zu sterben wissen«. Die gewohnte Beschwörung »jener entsetzlichen kriegerischen Entladung«, die jeder Deutsche mit Angst und Schrecken vorausfühlt, – dann aber: »Sind wir nicht alle bereit, niederzuwerfen, was uns bisher hat trennen können?«

Ein anderer Intellektueller meint: »Auf die bange Frage, was auf das Dritte Reich folgen soll, wird uns im fünften Jahr dieser grauenvollen Diktatur der einzig mögliche Weg gewiesen: Zusammenschluß aller Friedensfreunde und Kulturträger, wie es im Aufruf zur Bildung einer deutschen Volksfront heißt. Wir danken X, der durch seine Kulturtat in letzter Stunde gezeigt hat, daß wir stark sind, wenn wir das große Ziel, die deutsche Freiheit, über alle Parteien und sozialen Interessen stellen.« Zu viel der Ehre, Sie geben uns mehr, als uns gebührt. Wir sind länger da, als Sie wissen, und unsere Arbeit, unbekannter Freund, hat nicht erst im fünften Jahr begonnen. Aber Erfolg hätte sie nie gehabt ohne euer eigenes Erleben und Erlernen. Eure Volksfront, allein aus euch selbst ist sie geboren.

Nichts wäre gewonnen, wenn ihr nur unter unserem Einfluß diese Sätze schriebet: »Wie in den Fabriken die Arbeiter schon alles Trennende beiseite lassen, müssen auch wir Männer und Frauen aus bürgerlichen Kreisen uns zu einer Freiheitsfront zusammenfinden, um gemeinsam mit der Arbeiterschaft die neue demokratische Republik zu erkämpfen.« Die nicht aussehen soll wie Weimar, wir verstehen uns. Einer euresgleichen wird völlig bewußt und deutlich, aber ihr wißt es alle: »Das Schicksal schmiedet uns zusammen – zum Kampf für ein Dasein in wirklicher, lebenswerter, fortschrittlicher Freiheit.« Da sind sie und begegnen einander: Schicksal, Kampf, und die Freiheit, insofern sie einen großen Schritt vorwärts macht, um wirklich mitten im Leben und gerade so wertvoll wie das Leben selbst zu sein.

Das war sie früher nicht, sonst hättet ihr sie nicht leichten Herzens hingegeben. Sie war ungesichert und wurde euch widerwillig gegönnt, bis einige Abenteurer, mit Geldgebern dahinter, ihr kurzer Hand das Ende bereiteten. Die »fortschrittliche« Freiheit ist nicht die von gestern, sie wird sozialistisch gesichert sein. Man weiß es, im Land ist man darüber eines Sinnes. Der Krieg und die Parteiherrschaft, beide sind gründlich verhaßt, gründlich durchschaut, und sie gehören zusammen. Parteiherrschaft ist geistiger Tod; von ihrem ersten Tage an, über mißbrauchte

Wirtschaft, getöteten Geist, entrechtete Menschen hält sie die Richtung auf die letzte Katastrophe.

Die Deutschen nach ihrer sittlichen Wandlung, und hier ist belegt, wie sie sich wandeln – die Deutschen verantworten endlich ihr Schicksal selbst. Sie nennen es ihre Volksfront. Die deutsche Volksfront wird geboren aus abertausend Bekehrungen, und die wurzeln tief. Die Lohnfrage und das Kreuz, die leibliche Not aller und ihre geistige Erleuchtung, die sie Freiheit nennen, das hat dieselbe Wurzel: sie wollen Menschen sein. Die Volksfront, ihr Wesen ist human. Kann aber irgend etwas die Tyrannen stürzen, wird es der neue, lebendige Humanismus sein. Frage man doch die Tyrannen, die sind im Bilde. Dieser Rosenberg, wie erschreckt ihn die gemeinsame Front der christlichen Kirchen. Dieser Führer Hitler, was beunruhigte ihn in Nürnberg, sein bolschewistisches Gespenst war es nie, aber allerdings gehen durch seine Reden und durch seine Nächte »die revolutionären Erscheinungen in der Form von Volksfronten«.

Damit hat er die deutsche Volksfront anerkannt. Sie wird, in einer anderen Bedeutung des Wortes, »anerkannt« werden von der Welt und ihren Regierungen: die deutschen Freiheitskämpfer werden der Welt und ihren Regierungen täglich stärkere Beweise erbringen, daß nichts anderes die Diktatur beseitigen und ihr nachfolgen kann, nur die Volksfront. Ihre Freunde draußen haben keine eigene Aufgabe als den erbrachten Beweis bekannt und gültig zu machen durch ihr Wort.

Kampf der Volksfront

Der besondere Fall liegt vor, daß eine Volksfront entsteht und in das öffentliche Bewußtsein eintritt, ohne daß sie deshalb auch das anerkannte Recht auf ihr Dasein, geschweige den verbürgten Anspruch auf die Macht hätte. Man vergleiche. Die spanische Volksfront ist bewaffnet, sie führt Krieg, und während die Republik das Land verteidigt gegen Verräter und Eindringlinge, hat eine soziale Erneuerung schon begonnen. In Frankreich haben drei große Parteien ein Bündnis geschlossen, haben auf Grund ihres gemeinsamen Programmes in den Wahlen gesiegt, – was dort genügt, um an die Regierung zu kommen. Achtzehn Monate im Amt, erreicht die Regierung der Volksfront vom Parlament nahezu zwei Drittel der Stimmen. Auch sie verteidigt, auf ihre Art, die Republik gegen Einmischung und Verrat.

Dagegen Deutschland. Die Volksverräter vergraben ihre Waffen nicht in geheimen Kellern; sie halten mit ihrer Rüstung das Land nieder und bedrohen die Welt. Die soziale Erneuerung besteht hauptsächlich in der Verarmung der Massen, aber als Ersatz für verlorenen Wohlstand, verlorenes Recht, verlorene Freiheit wird nicht die kleinste Hoffnung gewährt oder geduldet. Sondern alles, was dies Regime verbreitet, ist Angst und Schrecken. Durch den Schrecken erhält es sich; vor der Katastrophe, mit der es enden wird, hat man Angst. Aus solchen, sonst unbekannten Umständen, aus dem gemeinsamen Leiden, dem gemeinsamen Lebenswillen wird ein ganz neues Einverständnis dieses Volkes geboren. Es ist sicher, daß die

Deutschen einander sehr lange nicht so gut wie heute verstanden haben. Das Unglück will, daß sie sich auf Kosten eines Feindes verstehen, und der hat die Macht.

Die deutsche Volksfront bildet sich unter den schwersten aller denkbaren Bedingungen. Sie ist unerlaubt, und kein gesetzliches Verfahren kann sie zum Siege führen wie die französische; auch nicht, wie die spanische, der freie Waffengang. Die deutsche Volksfront wächst im Schatten heran, beinahe stumm: – genug, daß sie wächst. Sie hat außer dem Feind, der noch gewaltiger tut, als er ist, in ihrer eigenen Mitte viel Ungunst zu bekämpfen: ihre Vorgeschichte, die durchaus unglückliche Vergangenheit der deutschen Linken. Die deutsche Linke hat nie regiert noch gelernt zu regieren. Als das erste Mal in der Geschichte, am Anfang der Republik von Weimar, ein Teil der deutschen Linken den Versuch machte zu regieren, scheiterte er an seinem Zerwürfnis mit den anderen Teilen. Die deutsche Linke hat sich noch niemals als ein Ganzes gefühlt. Bevor sie der unzerstörbare Block wird, muß sie ein doppeltes Unglück überwinden: das äußere, das auf ihr lastet, und ihr inneres, ererbtes.

Hätte die deutsche Linke sich früher gezählt – sie fängt aber erst jetzt damit an, sich zu zählen –, dann wüßte sie, daß sie das Volk selbst ist. Unbeträchtliche Minderheiten bleiben draußen. Während seiner gesamten staatlichen Existenz ist Deutschland von Minderheiten regiert worden, aber die kleinste Minderheit beherrscht es jetzt. Hierfür spricht das Zeugnis von Kreisen, die nicht freiwillig im Gegensatz zum Regime stehen, und ihrer Verbundenheit mit der Linken werden sie sich kaum erst bewußt. Eine Gruppe von Pfarrern der Reichswehr hat in einer Bittschrift an Hitler (denn noch richten einige an ihn Bitten) – festgestellt haben diese Seelsorger der Armee, daß halb Deutschland gegen ihn ist. Sie beziehen dies nur auf seine Kirchenpolitik; es wäre wohl kein Gegenstand für eine Bittschrift mehr, wenn sie sagen wollten, daß die Verfolgung des freien Bekenntnisses eine Einzelheit ist. Verfolgt wird die geistige Freiheit überhaupt, die politische, soziale, menschliche Freiheit überhaupt; und auch das freie Bekenntnis kann nur wiederhergestellt werden mit der ganzen Freiheit.

Das wissen manche bisher nicht und vermeiden, es zu begreifen. Sie beschränken ihren Widerstand, der sich vorläufig in Bitten kleidet, auf ihre beruflichen Grenzen, hier die Kirche. Nun überblicken auch die anderen Berufe ihre Reihen, – die nicht immer geschlossen und aus einem Stück sind; von einem Volk, das seiner selbst nie voll bewußt war, darf nicht sogleich das Höchste an sozialem Gewissen erwartet werden. Aber zusammengerechnet die revolutionären Arbeiter, revoltierenden Bauern, den Mittelstand, der seine Vernichtung vor Augen hat, die Frauen und ihren täglichen Kampf um das Kind und das Brot, die beide, Kind und Brot, von diesem Staat geraubt und mißbraucht werden: wie viel in Prozenten bleibt übrig für Hitler? Da aber sogar die Erwerbsstände schon erkennen, was das Recht und die Freiheit bedeuten – nicht weniger als das Leben selbst –, ist wenigstens dasselbe Maß von Einsicht anzunehmen bei denen, die ihr geistiger Beruf von jeher verpflichtet hätte, das Leben und sein Gesetz zu schützen. Sie finden denn auch zu ihrer Pflicht zurück, obwohl langsam.

Was für Hitler wirklich übrigbleibt, ist in Prozenten nicht auszudrücken. Die herrschende Schicht ergibt keine Masse, sie ergibt nur die Masse von Haß und Verachtung, die sie gegen sich angesammelt hat. Das Regime bezahlt allerdings große Mengen Deutscher, die sich lieber nicht klarmachen, wen sie bedienen. Ohne Bezahlung kein Anhang. Ohne die Erlaubnis, selbst für mittlere Funktionäre der herrschenden Partei, zu stehlen und zu erpressen, nicht einmal dieser Anhang. Das Regime hält sich Milizen, Truppen zur Verwendung gegen das Volk, die aber aus demselben Stoff wie das Volk sind. Das Regime traut ihnen nicht. Es hat seine Bürgerkriegs-Soldaten noch nicht erprobt. Kommt es dazu, dann wird es zu spät sein. Ein Volk, das endlich gegen seinen inneren Feind einen festen Block stellt, hat sich im Voraus alles einverleibt, auch die Sturmscharen des Feindes. Der Angriff eines Volkes auf ein Regime, das fallen sollte, ist in aller Welt immer erst dann erfolgt, wenn das Regime verlassen, vereinsamt und ohnedies verloren war. Ludwig der Sechzehnte hatte in der äußersten Stunde eine Handvoll Edelleute und die schweizer Regimenter. Der letzte Zar hatte nicht einmal mehr seine Leibwache.

Der Kampf der deutschen Volksfront hat zwei Ziele, die eines das andere bedingen: den festen Block zu bilden und den Feind auszusperren, bis zu dem Punkt, wo er geistig und praktisch als vollendeter Fremdkörper wirkt. Am Ziel soll jeder in Deutschland wissen: das ist der Feind. Wir sind das nicht. Und die Welt soll überzeugt sein, daß sie mit der deutschen Volksfront rechnen muß, anstatt mit Hitler. Demgemäß wird die illegale Arbeit im Lande das Regime bis auf die Knochen entblößen. Die nicht gehaltenen Versprechen: »Wo käme der kleinste Bauernhof hin, wenn nicht Einer bestimmen würde.« Antwort der Volksfront: »Richtig. Freie Bauern, und nicht wie jetzt die Schnüffelkommissionen.« Oder: »Als rechtmäßige Besitzer fordern wir unsere Kolonien zurück.« Aber wer ist der rechtmäßige Besitzer der deutschen Latifundien? Volk ohne Raum – mit hunderttausenden Morgen Brachland! »Ich kann von mir wohl sagen, daß ich dem deutschen Volke nie etwas versprochen habe, was ich nicht auch zu halten in der Lage war.« Die verdiente Quittung heißt einfach: »Da bleibt einem die Spucke weg.«

In tragischer Sprache lautet sie: »Wir und unsere Vorfahren haben uns geschunden und geplagt, mühselig in guten und schlechten Zeiten der Erde die Produkte abgerungen, – und dieses Stückchen Erde will man uns jetzt nehmen.« Auch das wird endlich die Sprache von Bauern, denen man es wirklich nimmt. Parteifunktionäre können es nicht sagen, aus ihrem Munde klänge es unerlaubt, so nahe es der Wahrheit übrigens käme. Wozu denn Agitation von außen, das Schicksal selbst agitiert. »Niemand denkt daran, Deutschland anzugreifen.« Das muß man nicht einflüstern. Die Bemerkung ist jedem Deutschen zugänglich, da er arm und unfrei sein soll unter dem Vorwand, daß Deutschland Feinde habe. Die Kriegsvorbereitungen, die ihn den Hof kosten, welcher Bauer wird sie nicht »Wahnsinnspolitik« nennen und ihre Urheber suchen. Das kommt von selbst, man muß nicht nachhelfen mit ungeheurer Wucht wie vor 1933. Damals wurden in viertausend Reden falsche Ursachen – Versailles und Juden – jeder Beschwerde dieses Volkes untergeschoben, damit es nur die wahren nicht erkannte. Dazu gehörten allerdings viertausend Reden und ein Jahrmarktsrummel.

Die Volksfront kann nicht laut reden, nicht glänzen, nicht dreißigtausend abgezählte Kilometer über dem Land im Flugzeug reisen. Sie setzt sich in keinem Sinn über das Land hinweg, sie ist das Land. Wenn das, was Propaganda genannt wird, durchführbar wäre mitsamt Gelärme, Blendwerk und Umherjagen, die Volksfront hätte Unrecht, Gebrauch davon zu machen: sie würde sich selbst verkennen. Sie muß leise reden, dafür spricht sie selbst, und keine bezahlten Betrüger haben das Wort. Sie verständigt sich im kleinen Kreise, Betrieb, Dorfschänke, beim Anstehen und im Arbeitszimmer. Es ist gewiß, daß hier jedes Flüstern tiefer eindringt als vor Massenversammlungen das verstärkte Gebrüll. Die Volksfront kann verzichten auf Suggestion und erzwungenen Glauben, da sie auch in ihren umhergereichten Briefen an das Volk immer nur dem Volk seinen genauen

Ausdruck leiht. Ihr entscheidender Vorteil über den Feind ist die Wahrheit.

Alle diese Bauernbriefe, Kundgebungen der Arbeiterparteien, christlichen Sympathisierenden der Volksfront sind abgefaßt mit vollkommener Gewissenhaftigkeit. Kein Satz, der im Lande nicht vorher bekannt und lebendig erfahren wäre: nur der genaue Ausdruck fehlte. Bis eine Zentrale der Volksfront einen Aufruf an das Land richtet, sind zahllose Berichte gesammelt, und Stimmen dafür und dagegen sind abgewogen. Eine Zentrale liest: »Noch nie war das Sehnen nach Einheit bei unseren Parteifreunden so tief. Allen, mit denen wir inner- und außerhalb des Betriebes in Verbindung stehen, ist klar, daß der Sturz Hitlers nur erreicht werden kann durch die geeinte Arbeiterklasse, mit einbezogen alle Schichten des werktätigen Volkes, die katholischen Arbeiter wie die anderen. Unsere Meinungsverschiedenheiten, was nach dem Sturze Hitlers für eine Staatsform errichtet werden soll –.« Sie werden nicht schwergenommen. Der Sieg einer Volksfront ergibt von selbst die demokratische Republik. Dies sagt man dem Volksfront-Ausschuß. Man versucht auch, es den Parteivorständen verständlich zu machen, die denken manchmal noch nicht soweit, oder sie denken anders.

Nun irrt jeder, der andere Kräfte an sich ziehen möchte, als die für eine Volksfront brauchbaren. Mächtige Minderheiten sind an ihren Früchten hinlänglich erkannt. Hätten sie Lust, den einen Hitler zu stürzen, dann können sie doch nicht gegen ihre Natur, sie müssen an seine Stelle einen zweiten setzen, und das Regime von sogenannten Antikommunisten wird unter abgeänderten Namen das gleiche bleiben. Jede Leitung einer Arbeiterpartei wird mit Nutzen die unausweichliche Frage vor Augen behalten: ein Staat des Volkes, oder ein Staat gegen das Volk? Die Frage enthält schon die andere: Imperialismus oder soziale Erneuerung? Das Eine schließt das Andere aus – der Zweck des hitlerschen Imperialismus liegt auf der Hand. Kolonien, »stärkster Staat Europas« und die Beseitigung einer vorgeschützten nationalen Minderwertigkeit durch Rüstungen – alles geht darauf aus, den Deutschen vorzuenthalten, was sie wirklich brauchen: die innere Kolonisation, die innere Befreiung und das Selbstbewußtsein eines Volkes, das an inneren Taten, nicht an auswärtigen Abenteuern seine Kraft ermißt.

Mit den Privilegierten irgend einer Art und Klasse wird das nie zu machen sein. Die Volksfront in ihren schweren Anfängen muß Vieles überwinden, bevor eine so einfache Tatsache überall durchdringt. Sie bedarf unbedingter Ehrlichkeit, um einzugestehen, daß nicht einmal die Lohnfrage für alle Antifaschisten denselben Sinn hat. Starke Unterschiede in der Lohnentwicklung bei verschiedenen Arbeiterschichten verhindern es. In hunderten von Einzelfällen sind Lohnerhöhungen und bessere Arbeitsbedingungen erreicht worden, weil alle einig waren. Aber eine allgemeine Aktion »bei dem heutigen Stand der Arbeiterschaft« – solange einige mehr verdienen – würde von den Bessergestellten »nicht als gegen das System, sondern als gegen sie selbst gerichtet empfunden werden«. Dagegen halte man: »Noch nie war das Sehnen nach Einheit so groß.« Beides ist nachweisbar vorhanden, die Sehnsucht mitsamt ihren Hemmungen. Aber die Hemmungen sind bedingt, das System benutzt sie absichtlich; es spaltet, wo es kann, seine natürlichsten Gegner. Das Sehnen nach Einheit bleibt dennoch unberührt.

Der Kampf der Volksfront umfaßt die Abwägung jedes Für und Wider, die Gerechtigkeit und Geduld hinsichtlich aller ihrer Freunde, der schon gewonnenen und derer, die es werden können. Katholiken haben gesagt und geschrieben, daß der wirkliche Schmied der Christusfront der Nationalsozialismus ist, »der Feind, der noch verderblicher ist als der Kommunismus«. Noch verderblicher, so weit ist man. Fehlt noch das Zugeständnis, daß der Kommunismus überhaupt kein Feind ist. Die Volksfront, der er angehört, versichert die Gläubigen nicht nur ihrer vollen Freiheit des Bekenntnisses und der Religionsübung. In der Volksfront wirken Intellektuelle, deren eigentlicher Antrieb ihr kultureller Traditionalismus ist. Gegen die Unwissenheit der herrschenden Zerstörer bekennen sie ihre geistige Herkunft, und die ist das Christentum, seine Moral, sein Humanismus. Es sind Mitglieder der Volksfront, die den Vergleich gezogen haben zwischen der Lage der deutschen Protestanten heute und im sechzehnten Jahrhundert, als sie für ihre Glaubensfreiheit zur Waffe griffen. Christen der deutschen Volksfront ermahnen einen fremden Kommunisten, sich klar zu machen, daß in derselben Zelle, in der er einmal saß, heute vielleicht ein Bekenntnispfarrer sitzt.

Der Antikommunismus ist, wie alle Welt weiß, ein Mittel zu dem Zweck, die Demokratien zu unterwühlen und die in Bildung begriffenen niederzuhalten. Der sogenannte Antikommunismus wird von Mächten, die gar nicht vom Kommunismus, aber umso mehr vom Faschismus bedroht sind – nun, er wird nicht immer nur aus Gefälligkeit und Schwäche gegen einen Monomanen mitgemacht. Man paßt sich noch eher seinen Interessen an als seinem Wahn. Man hofft hier und dort, mit ihm zu verdienen; und den Angriff gegen den Bestand Europas, auf den er doch angewiesen ist, man meint trotz dem Augenschein, der Angriff wäre ihm abzukaufen. Man fängt an zu bemerken, daß er in seinem Land verhaßter ist, als ein internationaler Geschäftsfreund sein darf. Gleichviel, seinem inneren Gegner traut man entweder die Kraft, ihn zu stürzen, nicht zu – oder man befürchtet für nachher das Schlimmste.

Daraus folgt für die deutsche Volksfront die Aufgabe,

sich bekannt zu machen. Sie hat eine auswärtige Politik so gut wie eine innere. Sie muß sich den Völkern und Regierungen bekannt machen als die Vertretung eines Deutschland, das ehrlich und realistisch ist. Das Regime ist weder das eine noch das andere. Es macht seinen Weg von einer Lüge zur nächsten, und mit Kommißstiefeln beschreitet es den Wolkensteg der Illusionen. Wer glaubt ihm im Grunde noch das Geringste? Wer sieht ihm nicht an, daß es abstürzen wird? Seine »geopolitischen« Albernheiten gehören neben seine rassenmäßige »Weltanschauung«; dieses ebenso furchtbare wie armselige Regime wird den Erdball weder umgestalten, noch wird es ihn bekehren. Die Volksfront, das sind die Deutschen, die zur Wirklichkeit zurückgekehrt sind, wenn sie nicht überhaupt bei ihr verharrt hatten. Man darf ihnen glauben; was hätten sie für sich, wenn sie es nicht mit der Wahrheit hielten. Gelogen wird drüben ungeheurer, als irgendwer es nachahmen könnte.

Besonders verdient die deutsche Volksfront das internationale Vertrauen, weil sie zwischen Imperialismus und sozialer Erneuerung im Voraus gewählt hat. Die Pflichten der sozialen Erneuerung sind groß und dringend genug, daß sie ein Volk und seine Regierung das ganze Jahrhundert hindurch beschäftigen können – gesetzt, das Volk hätte seine Selbstbestimmung, und die Regierung arbeitete. Die augenblickliche Regierung Deutschlands arbeitet nicht; das Bemühen um ein Volk ist ihr fremd, und daher die Arbeit. Sie abenteuert, und sie intrigiert. Da es auf Erden nichts gibt, was nicht Gegenstand ihrer Intrigen wäre, darf die deutsche Emigration sich auf die Beachtung seitens des Herrn Hitler nur wenig einbilden. Die deutsche Emigration hat allerdings die Länder, in denen sie wohnt, über Herrn Hitler aufgeklärt, mehr als ihm lieb ist. Was wüßte die Welt eigentlich ohne uns. Sie würde auch das Dasein einer deutschen Volksfront nicht kennen. Sehr begreiflich, daß die Reden des begabten Nichtarbeiters sich oftmals mit der Emigration befaßt hatten, bevor sie öffentlich Kenntnis nahmen von den »revolutionären Bewegungen, die man Volksfront nennt«.

So die Reihenfolge. Demgemäß verlangt er von fremden Regierungen zuerst Maßnahmen gegen die Emigrations-Presse. Die Forderung von Maßnahmen gegen die deutsche Volksfront wird folgen, wo er Nachgiebigkeit gefunden hat. Indessen ist man seine Forderungen gewohnt und sollte gegen sie gewappnet sein. Die deutsche Emigration und die deutsche Volksfront, die allerdings untereinander verbunden sind, bewerte man vor Allem nach ihrer Nützlichkeit für den Frieden. Die Presse der deutschen Emigration hat seit der ersten Stunde die Gefahr des Krieges so gezeigt, wie sie heute dasteht, den Faschismus so, wie die Völker ihn nachgerade kennen lernen. Die deutsche Volksfront ist von den Kräften, die den neuen Weltkrieg aufhalten und ihn vielleicht verhindern werden, eine der wichtigsten, sie sitzt dem Feinde tödlich im Fleisch.

Man wird die Emigration der deutschen Volksfront nicht verwechseln mit anderen Emigrationen, die zur Verfügung des Angreifers stehen. Das sind die schroffsten Gegensätze. Man wird der Emigration der deutschen Volksfront einige Verdienste zubilligen und sie behandeln, wie es gerecht – und wie es nicht unklug ist. Jemand sagte: »Man verhaftet Emigranten. Eine künftige Regierung verhaftet man nicht.«

Ziele der Volksfront

Das Ganze ist, einfach und ehrlich zu sein: nur wer Vertrauen verdient, hat die Aussicht durchzudringen in einer Welt, die der sinnlosen Verwickelungen und der dummen Lügen überaus satt ist. Sein und Nichtsein der deutschen Volksfront hängen davon ab, ob sie sich vorsetzt, was recht und was erreichbar ist. Frei von Täuschung und Selbsttäuschung wird sie ihren Weg machen. Ihr Ziel verlangt den höchsten Sinn für die Wirklichkeit, da ihr Ziel nicht einfach die Macht ist, sondern die gerechte und nützliche Anwendung der Macht.

Es war leicht, den Deutschen, jedem ihrer Teile alles auf einmal zu versprechen, wenn man im Voraus wußte, daß nichts gehalten werden sollte, oder wenn man nicht einmal soviel wußte, sondern ins Leere redete. Bis 1933 wurde den Arbeitern der Sozialismus, den Bauern die Brechung der Zinsknechtschaft versprochen. Die Entschuldung der Höfe, Senkung der erdrückenden Steuerlasten, der Schutz gegen Vollstreckungen, nichts war zu teuer. Seither ist der Fall eingetreten, daß einem ganzen Volk, bis auf Weiteres ungestraft, gesagt werden kann, es müsse hungern. Es müsse hungern für Ziele, die nicht seine, sondern ausschließlich die Ziele des Regimes sind.

Die Arbeiter bekommen jetzt zu hören, daß ihr gerechter Lohn erst nach der Eroberung der Weltherrschaft in Frage kommt. Da die Weltherrschaft eine Illusion ist, entrückt jede Kanone, die sie machen müssen, den gerechten Lohn in weitere Fernen. Für die eingebildeten Arbeiten der Aufrüstung bekommen sie nur gerade den Lohn, den sonst die Arbeitslosen als Unterstützung bezogen. Mehr sind eingebildete Arbeiten nicht wert. Allerdings haben sie den Vorteil, daß in der Kriegsindustrie die Arbeitslosen versteckt werden können. Trotz angestrengtester Tätigkeit sind sie in Wahrheit arbeitslos wie je: ihre Arbeit ist eingebildet, sie wird niemals Folgen haben, es wäre denn den Krieg und das Ende der Dinge.

Die Bauern sagen heute, daß der Vollstreckungsschutz sie alle bitter enttäuscht habe. Über die Brechung der Zinsknechtschaft sagen sie, daß sich nichts geändert habe, nur daß sie früher ihre Erzeugnisse zum richtigen Preis verkaufen konnten, wann und wo sie wollten. Ihre Höfe seien nicht entschuldet, entschuldet wurden nur die Großagrarier. »Statt der Senkung der Steuerlasten wurden im vorigen Jahr die Einheitswerte nicht unwesentlich heraufgesetzt. Die Bürgersteuer – von den Nationalsozialisten früher als ›Negersteuer‹ bezeichnet – wurde nicht nur beibehalten, sondern in vielen Gemeinden erhöht. Aus der Abschaffung der Schlachtsteuer wurde eine Erhöhung.« Jeder Deutsche, mit Ausnahme einiger Millionäre und der achthunderttausend Schmarotzer des Regimes, ist persönlich in der Lage, die Liste der nicht gehaltenen Versprechungen zu verlängern.

Das Schicksal eines Volkes ist das seiner Frauen und Kinder. In Nürnberg wurde denn auch behauptet: »Alles, was wir tun, tun wir letzten Endes für das Kind.« Was vorletzten »Endes« so aussieht, daß die Kinder angehalten sind, in Mülleimern nach Resten zu suchen, und daß immer mehr Schulen geschlossen werden. Eine sogenannte Reichsfrauenführerin behauptet, daß »achtlos eine Scheibe Brot, die nicht mehr ganz frisch ist, fortgeworfen« werde. Wär' es an dem! Das Brot wird gegessen mitsamt der härtesten Kruste, obwohl es, so sagen die Frauen, »nicht von dem Getreide ist, wie der Bauer es erntet«; sondern es sei verfälscht. Die Frauen wissen sehr wohl warum. Der »Vater aller deutschen Kinder«, wie er sich in den Schulbüchern nennen läßt, denke gar nicht daran, seinen Kindern das Brot schmackhaft zu machen. Den Krieg wolle er ihnen schmackhaft machen.

Die Frauen meinen, daß die Naziführer ihnen ins Gesicht lügen. »So haben wir vier Jahre die Not gebannt und die stolzen Worte wahrgemacht, daß im heutigen Deutschland niemand unverschuldet zu hungern und zu frieren braucht.« Die Worte, noch dazu ihre Wiederholung nach den Erfahrungen der vier Jahre, klingen weniger stolz als schamlos. Möglich wäre immerhin, daß, wer sie noch immer zu sprechen wagt – diese Worte im heutigen Zustand Deutschlands –, sie wenigstens halbwegs glaubt. Vielleicht spricht ein Naziführer sie aus Angst vor der Erbitterung, die heransteigt, und dem nahen Volkssturm. Aber es wird ebenso viel Selbsttäuschung dabei sein. Es geht ihnen selbst gut auf Kosten des Volkes, das daher, ob es will oder nicht, zufrieden sein muß. Punktum, es ist zufrieden.

Besonders spricht aus jedem Naziführer die große Illusion. Es ist der leere Schein, worin das Regime mitsamt allen seinen geschworenen Verteidigern ausschließlich sein Wesen treibt. Es bildet sich ein, Deutschland eine niemals verlorene Ehre zurückgegeben zu haben: davon soll Deutschland jetzt leben. Das Regime bildet sich ein, es habe Deutschland glücklich gemacht, seitdem es gefürchtet wird, – als ob nicht Deutschland selbst die größte, bestens begründete Furcht hätte. Man pflegt die Einbildung, ein Regime ohne sittliche Hemmungen wäre auch das stärkste Regime, und darum könnt' ihm durchaus nichts geschehen. Nach dem eigenen Volk wird es die anderen Völker betrügen, solange, bis ihm keine Macht mehr gegenüber steht, dies aber, »wenn es geht, ohne Krieg«, wie schon längst versichert wurde.

Das Regime verfügt über Deutschland, es hat eine tatsächliche Macht. Nur das Stück Macht, das es besitzt, verdeckt die grauenhafte Sinnlosigkeit seines Treibens und aller seiner Ansprüche. Man denke, eine Sekte, die kein Volk hätte, um es zu mißbrauchen, würde offen verkünden: Wir umkreisen Frankreich, nehmen ihm seine Kolonien und drücken es zu einer Provinz herab. Wir befestigen uns im Mittelmeer, schließen zur See die britische Reichsstraße und zerstückeln das Britische Reich. Mitteleuropa ist deutsch, wie der Lauf seiner Flüsse und seine Gebirgszüge beweisen. Wir unterwerfen es und dringen nach der Sowjetunion vor, wegen der Ukraine, die wir nicht brauchen können. Was bleibt übrig? Amerika, das sich für einen Schmelztiegel der Rassen hält. Gefehlt. Unsere Rasse ist die erwählte, sie wird mit den anderen fertig werden. Wir bekommen auch Amerika.

Eine Sekte ohne greifbare Macht, die einen solchen Plan anmeldete, würde als ein Stammtisch von Verrückten angesehen werden. Nun ist aber, an der Ungeheuerlichkeit seines Programms gemessen, das deutsche Regime ein Stammtisch, und wörtlich nicht mehr als das. Deutschland ist eine Großmacht der Zivilisation in Zeiten, da es um sich selbst bemüht ist. Angesichts von Weltmächten, die es zerstören wollte, war es jedesmal nur der Beginn einer Macht, und der war falsch, wie die Ergebnisse zeigen. Falsch bis zur Blödsinnigkeit ist das heutige Programm, mit eingeschlossen den Satz: wenn es geht, ohne Krieg. Es geht weder mit noch ohne Krieg, führt aber zum Krieg – und dies nach der voraufgegangenen tödlichen Schwächung der eigenen Menschen, des einzigen Machtmittels. Die Deutschen körperlich schwächen, sie geistig verringern, sie wirtschaftlich in die Enge treiben, sie seelisch zerrütten; zwischendurch und hintendrein mit ihren Kräften, die täglich abnehmen, die Welt erobern: das ist die Absicht.

Das Stück vorhandener Macht erlaubt Vorbereitungen, –

die in Wirklichkeit garnichts vorbereiten. Schein bleibt Schein, und einer Illusion gibt man das Leben weder mit Gewalt noch mit Geld. Man versucht einer Welt, die unterworfen werden soll, ihre geistige Grundlage zu entziehen. Der Sinn für die Freiheit, den man umnebeln möchte, ist allerdings für Völker, die sich erhalten wollen gegen Angreifer, lebenswichtig wie sonst nichts. Lassen sich denn die Menschen, sei es mit List und Heuchelei, das Gefühl für ihre Erhaltung abkaufen? Die Demokratien bemerken im Gegenteil erst jetzt, wieviel sie zu verlieren haben. Die Deutschen ihrerseits wissen jetzt um die Freiheit, und wußten darum weniger, als sie noch Christen und Sozialisten sein durften, als die Lohnkämpfe, der gesetzmäßige Erwerb und das aufrichtige Denken erlaubt waren. Verfolgungen – wer ist in Fragen der menschlichen Natur unwissend genug, um seinen Erfolg von Verfolgungen zu erwarten? Der Stammtisch, mit dem Ansatz von Macht, den er nun einmal hat, und gebraucht ihn für Unfug.

Die Weltpropaganda des Regimes wird von denen selbst, die sie vernichten soll, mit zwanzig Millionen Pfund berechnet. Wenn aber jemand vernichtet wird, sind es immer nur die Deutschen, denn ihre Armut bezahlt die Illusion. Geld ist knapp für die Universitäten Deutschlands, aber es fließt reichlich für deutsche Schulen im Ausland, für reisende Theater und den fremdsprachigen Rundfunk. Man ergibt sich wilden Träumen von der geistigen Eindeutschung der Welt, indessen man Deutschland verkommen läßt. Der Traum wäre, daß endlich die Völker der Welt geistig wurzellos würden, verlernten ihre Überlieferung, ihre Kultur und glaubten an sich selbst nicht mehr, worauf sie eine leichte Beute wären. Die kulturelle Propaganda des Regimes, die auf die Abwürgung der gemeinsamen Gesittung der Völker ausgeht, ergänzt wird sie durch Gewalthandlungen und Spionage. Die Unzahl der politischen Agenten, mit denen ein einzelnes Land alle anderen überschwemmt, die Attentate, Verschwörungen und Bestechungen, die ihr Werk sind, das alles soll in geheimen Hintergründen bleiben; man ist dumm genug, sie für geheim zu halten. Vorn im Rampenlicht spielt ein herrliches Orchester den Hauptstädten der Welt die alte deutsche Musik vor, in der unfaßbaren Annahme des Regimes, sie könnten es für die Musik des Regimes halten und setzten auf seine Rechnung nicht die Attentate, sondern die Musik.

Die vorbereitenden Handlungen der großen Illusion sind selbst nichts anderes als eingebildet. Niemals ist dermaßen gegen die Wirklichkeit, in all und jedem gegen die bekannte Wirklichkeit gelebt worden. Nicht nur die Deutschen, die geopfert werden, auch das Regime, das sie aufopfert, erregt zum Schluß ein Bedauern, sofern es Bedauern verdient, wenn die menschlichen Verirrungen hinausgetrieben werden über die herkömmlichen Grenzen. Das Regime, das Deutschland mißbraucht, zieht das Menschentum tiefer herab – will es übrigens und sucht darin sein Heil. Besteht hartnäckig auf einer Ideologie der Entmenschung, – die überall durchschaut wird als ein Kunstgriff, und das Regime ist selbst genötigt, sie fortwährend zu widerlegen durch seine Taten. Es hat als Verbündeten die londoner City mit allen ihren Juden, und es verschwört sich mit einem bolschewistischen Marschall. Gleichwohl bleibt übrig von der Ideologie, daß nicht mehr wie einst »das Moralische sich von selbst versteht«, was schon Einschränkung genug war; sondern das Moralische ist schlechthin der Feind. Man besiege das Sittengesetz, schon herrscht man unumschränkt. Der Sternenhimmel über uns und das sittliche Gesetz in unserer Brust, den Spiegelfechtern hält nichts stand. In Wirklichkeit haben sie aus der sittlichen Welt nichts und niemand entfernen können; daher werden sie auch aus der politischen Welt nichts und niemand für immer entfernen. Nur sich selbst. Sittlich sind sie schon jetzt nicht vorhanden. Die politische Niederlage wird angekündigt von der sittlichen.

Die Welt ist der sinnlosen Verwickelungen und dummen Lügen überaus satt. Die Volksfronten sind vor allem ein Kampf um die einfache Tatsächlichkeit, in politischer Form sind sie ein moralisches Bekenntnis. Die Regierungen gehen meistens an der Lüge zu Grunde, wie Carlyle sagt. Der Ausspruch, daß die Politik an manchen Orten eine Verschwörung gegen die Völker geworden ist, gehört Holbach. Der Eine dachte das Seine beim Nahen der französischen Revolution, der Andere schrieb ihre Geschichte. Das Moralische wird immer höchst aktuell vor echten Umwälzungen. Man sucht es zu unterdrücken, wenn betrügerische »Revolutionen« vorgenommen werden. Das gründlichste Unternehmen der zweiten Art ist zweifellos der Nationalsozialismus, weshalb er denn weiter als seine Vorgänger in der Widermoral geht. Der Nationalsozialismus hat ein Volk, das den Gebrauch der Freiheit erst hätte erlernen sollen, um sein besseres Selbst gebracht, als er ihm die Freiheit und alle seine Rechte entzog. Was er ihm dafür anbot, war die große Illusion der Weltpolitik. Die Verschwörung gegen ein Volk bedingt, daß man es von seinen inneren Eroberungen ablenkt auf auswärtige, und die rasende Weltpolitik ist meistens nicht nur die Illusion der Unzulänglichen, sie ist auch die List von Dieben.

Wenn die Deutschen jetzt um ihre Volksfront bemüht sind, wissen sie wahrscheinlich, daß es mit dem Vorrang der äußeren Politik zu Ende sein muß. Gegenstand und Ziel der Volksfront sind nicht fremde Gebiete sondern Deutschland, – wo es mehr zu erwerben gibt als irgend sonst. Zu erwerben gibt es den weiten Raum des Landes, wo hunderttausend Morgen brach liegen. Mehr Menschen sind anzusiedeln auf dem Boden der deutschen Latifundien, als jemals in fernen Kolonien. Der gerechte Lohn der

Arbeiter wird weder durch gewonnene noch verlorene Kriege gesichert; die Produktionsmittel, nicht gegen sondern für das Volk verwendet, ergeben den Lohn. Die Wiederabrüstung gewährt mehr Aussicht auf Ernährung, Bekleidung, Wohnung als die dauernde Bereitschaft, Krieg zu führen, – die schon der Krieg selbst ist, ein ewiger Krieg. Der ewige Krieg ist ein Traum, und kein schöner, um Moltke frei zu zitieren. Gebt die Illusion auf. Die Deutschen, die jetzt die Gesinnung einer Volksfront bekennen, entfernen sich von den wesenlosen Einbildungen.

Sie sehen, daß Deutschland ein geschlossener innerer Teil dieses Kontinentes ist, mit geringem Anschluß an die Meere und ohne den natürlichen Anspruch auf die Einverleibung anderer Teile des Kontinentes, die ihm übrigens nicht helfen könnten. Ein Land wie dieses hilft sich im Gegenteil, wenn es seine Umwelt, die Europa ist, anerkennt und über sich beruhigt. Die Unruhe des Erdteils, insofern sie eine deutsche Unruhe war, hat sich an allen, aber jedesmal zuerst an Deutschland gerächt. Deutschland trägt, längst vor denen, die es bedrohen möchte, und schwerer als sie, an seiner Strafe. Die Kraft, die es aufrichten kann, heißt Einfachheit, heißt Ehrlichkeit. Stellt im Lande die Machtverhältnisse her, die natürlich wären – anstatt der zwölfhundert Millionäre und Millionen Zwangsarbeiter. Aber das ist nicht alles. Ihr müßt eure Demokratie nicht nur wirtschaftlich sichern und militärisch verteidigen: sie wird fest sein, wenn eure Herzen fest sind.

Die Demokratie ist eine Frage der geistigen Geschultheit und des sittlichen Bewußtseins, woran das Meiste zu tun, worüber viel zu sagen bleibt.

Bittet nicht! Fordert!

Über hunderttausend freiheitliche Männer und Frauen sind in den Strafanstalten und Konzentrationslagern des Dritten Reiches gefangen. Zehn zum Tode verurteilte Antifaschisten sitzen in den Todeszellen. Vierundzwanzig Köpfe rollten 1937 in den Sand. Die Geiseln Hitlers: Ossietzky, Thälmann, Mierendorff und wie viele noch, erleben den fünften Neujahrstag im Kerker. Kaplan Rossaint feierte Weihnachten im Zuchthaus, Pastor Niemöller im Gefängnis.

Wenn von der Befreiung der politischen Gefangenen aus den Kerkern Hitlers die Rede ist, geht es nicht nur ihre Freunde an. Die deutschen Antifaschisten sind bei weitem nicht allein interessiert. Ein befreites Deutschland wird von dem größten Teil der Welt herbeigewünscht – um ihrer selbst willen. Das Mitgefühl in Ehren, die Deutschen in ihrem Unglück sind seiner wert, und am meisten verdienen es die politischen Gefangenen. Der Sinn für das Recht gereicht den Demokratien zur hohen Ehre, und besonders ehrenhaft ist die rechtliche Gesinnung, da sie sich den Opfern einer fremden Gewaltherrschaft zuwendet.

Aber die freien Völker der Welt nehmen sich der geknechteten vor allem deshalb an, damit nicht auch sie selbst der Knechtschaft verfallen. Haben sie dies nicht immer gewußt, nachgerade begreifen sie oder fangen an zu begreifen. Wir wollen, daß Ossietzky und Thälmann befreit werden! Wenn an einem Punkte der Erde, in Volksversammlungen dies gerufen und gefordert wird, dann heißt es: Wir wollen ihr Schicksal nicht haben. Wir sind gesinnt wie der Friedensfreund und wie der Sozialist, sie sind unschuldig wie wir. Heraus mit ihnen! Es soll nicht dahin kommen, daß wir alle leiden müssen wie sie.

Den Demokratien muß gesagt werden, daß sie in ihren Ansprüchen nicht immer fest genug waren und niemals weit genug gingen. Ossietzky und Thälmann, für die beiden sind Stürme durch die Welt gegangen. Die Gewaltherrscher erschraken davor. Dann hat der Sturm sich gelegt, die Gefangenen bleiben gefangen und zeitweilig sieht es aus, als wären sie vergessen. Das ist nicht wahr. Die Namen der deutschen Opfer brauchen nur genannt zu werden: sie alle sind den Völkern der Welt bekannt. Jasper, man hört die Namen und schreit vor Wut. Heilmann, Neubauer, Stöcker: man schaudert.

Im Grunde kennen die werktätigen Massen der Demokratien ihre eigene Stärke, die notwendig immer wächst. Im Gegenteil schwächen sich die Diktaturen fortwährend. Ihre Bestimmung ist, Gewalttaten zu begehen, die gegen sie zuerst das eigene Volk aufbringen. Sie müssen all und jeden herausfordern in Worten, als ob sie gewiß wären, die ganze Welt und das Jahrhundert faschistisch zu machen. In Wirklichkeit sind sie froh, wenn sie von einem Monat zum anderen glücklich noch ihr Leben hinschleppen. Die eine der Diktaturen verblutet sich in Kriegen des Größenwahns – nicht einmal echter Größenwahn, nur die maskierte Verzweiflung. Die andere führt ihren Krieg heimlich, offen eingestanden wäre es ihr Ende. Das Volk würde sofort seinen eigenen Krieg machen – gegen seine Unterdrücker.

Diese Ohnmacht aber wagt euch zu drohen, Demokratien! Sie maßen sich in leeren Reden an, nicht zu erlauben, daß ihr euren Weg zur Freiheit durchsetzt. Sie wollen nicht dulden – was? Eure Freiheit, denn die ist für ihre eigenen Völker das lebende Beispiel. Die Freiheit ist unteilbar. Verteidigt ihr eure Freiheit, ihr Demokratien, dann werden die Völker der Diktaturen die ihre erobern. Wäre es anders und sollten die Völker der Diktaturen immer Knechte bleiben, es wäre um die Freiheit geschehen überall. Ihr Demokratien seid darüber belehrt. Ihr seid so sehr davon durchdrungen, daß ihr jetzt eure Weltfront aufstellt. Den vereinigten Diktaturen stellt ihr entgegen die Weltfront der Freiheit.

Demokratien! Ihr seid im Begriff, euch für den Kampf Spaniens um seine Freiheit zu entscheiden. Entscheidet euch für den deutschen Freiheitskampf! Er ist weiter vorgeschritten als ihr sehen könnt und steht hoffnungsvoller als ihr ahnt. Deutschland wartet darauf, daß ihr euch laut und einstimmig für seine Befreiung erklärt. Fordert zuerst die Befreiung der politischen Gefangenen! Bittet nicht darum und haltet sie für keine Gnade. Fordert! Verlangt Unterwerfung unter das Menschenrecht und unter das Gesetz der Freiheit. Das ist für euch die Machtprobe, ihr Demokratien. Diese verfaulten schwachen Diktaturen wollen euch nicht dulden? Sagt laut und stark, daß ihr in eurer Nähe ein Regime nicht dulden wollt, wenn es Menschen eurer eigenen Art entrechtet, martert und gefangenhält.

Eine Machtprobe. Demokratien! Zeigt, daß ihr sie wollt. Ihr werdet sie bestehen.

Fordert hartnäckig!

Wir haben gesagt: Bittet nicht! Fordert! Das hat Erfolg gehabt. Eine starke Sprache und die Macht der internationalen Meinung machen auf Despoten unfehlbar Eindruck. Keine Verhandlungen! Die sind für Despoten die Gelegenheit, selbst Forderungen zu stellen und sie jedesmal zu erhöhen. Hier fordert das »Zentrum für Recht und Freiheit in Deutschland«.

Die internationale Konferenz desselben Zentrums hat die Hitlerregierung gezwungen, tatsächlich eine Amnestie zu erwägen. Man ist aber entweder ein Betrüger oder ehrlich. Der Betrüger wird versuchen, eine Amnestie zu erlassen und sie doch nicht zu erlassen. Er wird von einer guten Sache den Namen entlehnen und wird die gute Sache unterschlagen. Die Hitlerregierung wird einige Gefangene zum Schein begnadigen. Es werden keine politischen Gefangenen sein.

Wären es auch politische Gefangene, dann wird man derart verfahren, daß sie aus dem Gefängnis ins Konzentrationslager kommen, was ihr Schicksal nicht verbessert. Ist ihre Gesundheit durch die Gefangenschaft zerstört worden, dann werden sie weiter hinter Mauern bleiben, wie Ossietzky in seinem Krankenhaus. Das Hitler-Regime hängt an seinen Opfern mit Zähigkeit, es kann sich von ihnen nicht trennen; und läge das Opfer im Sterben, jede Nacht kehrt dies Regime, ein sagenhafter Vampyr, an das Bett zurück und trinkt das Blut.

Am schwersten wird es eine Beute wie Ernst Thälmann aufgeben. Der hat eine robuste Körperlichkeit und in der

Welt einen Ruf, der dem eines Hitler gleichkommt, wird aber haltbarer sein und ist bestimmt zu wachsen, während der Name des Anderen abnehmen und verschwinden soll, wie seine Person. Seien wir versichert, daß Thälmann noch nicht freikommt. Festhalten wird man ihn in ständiger Furcht vor den Folgen und wird ihn als ein Geheimnis hüten. Aber er wird gehütet und festgehalten.

Die Furcht des Regimes liegt im Streit mit seiner Grausamkeit, und manchmal siegt die Furcht. Dann veranlaßt man die Angehörigen der Gefangenen, daß sie Briefe abschicken an die Presse der deutschen Emigration. Dummköpfe, die sich für schlau halten, hoffen, daß der Schwindel geglaubt wird, und sogar von der Emigrationspresse erwarten sie gute Dienste. Einer Welt, die mit diesem Regime die Geduld verloren hat, soll die Lüge aufgebunden werden, daß die wichtigsten der politischen Gefangenen, besonders Thälmann, nicht entlassen werden können, weil ein gerichtliches Verfahren gegen sie schwebe.

Das schwebt seit fünf Jahren in der Luft, den Boden der Wirklichkeit wird es nie erreichen. Weit eher wird das Regime selbst seinen eigenen Prozeß erleben, und man wird kurzen Prozeß mit ihm machen. Nachgerade sieht jeder, daß es schwach ist. Wer so listig sein muß, ist schwach. Wer nach fünf Jahren der Gewalt und Übermacht seine eingekerkerten Gegner noch immer fürchten muß, ist reif für den Sturz.

Fordert die Amnestie! Die nicht gewährte Amnestie, die verfälschte Amnestie wird dem Hitler-Regime nicht weniger schaden als eine echte, denn sie entlarvt den zitternden Betrüger. Fordert die Amnestie um der Gefangenen willen. Euer hartnäckiger Ansturm mahnt das Regime, daß es sterblich ist. Aber euer Ansturm verbürgt allen, die es gefangenhält – das ist ganz Deutschland – die Eroberung der Freiheit. Nur der verdient die Freiheit und das Leben, der täglich sie erobern muß.

Der Bund freiheitlicher Sozialisten

Die deutschen Gewaltherrscher fürchten eine »Seuche«, die im Lande um sich greife. Sie meinen die Freiheit.

Wäre die Freiheit noch immer, was sie früher den meisten Deutschen gewesen ist: ein unerlebtes Wort, ein Saalschmuck für festliche Veranstaltungen, dann hätte kein Tyrann sie zu fürchten. Die Freiheit wird zur Gefahr für den Unterdrücker, wenn die Macht der Tatsachen sehr vielen Einzelpersonen beweist, daß die erduldete Knechtschaft sie heruntergebracht hat und in das äußerste Verderben treibt.

Der Beweis ist erbracht. Nach fünf Jahren der nationalsozialistischen Parteiherrschaft wissen ungezählte Bauern, Arbeiter, Mittelständler, jeder einzelne hat erfahren und weiß, daß er verloren ist, wenn das Regime noch lange dauert. Keine massenhafte Propaganda hat ihnen den Wert der Freiheit beigebracht; jeder Einzelne lernt durch seinen eigenen Niedergang in Knechtschaft, wie sehr die Freiheit lebenswichtig ist.

Ob illegaler Lohnkampf oder Aufstände wegen der Getreideablieferung, der Entziehung der Kinder und der Lebensmittel, wegen der Verschleppung der Männer, der heimlichen Kriegshandlungen, – jeder Raub und jede Willkür von seiten des Regimes bestärkt die Erkenntnis: *Wir müssen frei werden!* Da der Krieg gegen den größten Teil der Welt immer wahrscheinlicher, die Niederlage nirgends bezweifelt wird, findet jeder von selbst die Antwort: *Wir wollen frei sein!*

Es ehrt die Deutschen, daß bei ihnen der erste offene,

unnachgiebige Widerstand im Namen der Gewissensfreiheit geleistet worden ist. Der Kampf um ihr Christentum ist natürlich keine Sache für sich. Wenn ihnen sonst nichts fehlte, ließen sie am Ende darüber mit sich reden, ob in der Schule das Kreuz hängen soll. Sie erkennen durchaus, daß die Vergewaltigung ihres Glaubens zum Übrigen gehört, und wenn ihr Pfarrer verhaftet wird, bedeutet es, daß sie selbst nicht Christen sein, keine Seele, kein achtunggebietendes Menschentum mehr haben sollen.

Das erst wäre das Ende von allem. Wesen ohne sittliches Recht werden ohne weiteres zum erbärmlichen Werkzeug eines Staates, der sie verachtet, und nur auf ihre Kosten betreibt er seinen Vorteil. Die Einfachsten in Deutschland haben das heraus. Sie sehen, daß sie ärmer und unglücklicher werden, während man ihre Gewissen bedrängt. Sie sehen: die Gewissensfreiheit nimmt man gerade dem, der gar nichts besitzen und tief erniedrigt werden soll.

Die Zusammenhänge, die einfachen Gemütern nicht verborgen bleiben, geschulte Köpfe erkennen sie umso besser. Sie haben allerdings lange geschwiegen; geschulte Köpfe sind oft zweiflerisch und ihr Wissen um die menschlichen Vorgänge rät ihnen, eher sich anzupassen als aufzumucken. Es ist herkömmlich bei ihnen, daß sie einem neuen Gewaltherrscher ihr geistiges Verständnis widmen und sogar öffentlich erläutern, er könne nur der Schurke sein, der er ist, und sei es mit Recht.

»Er ist gehalten, seine Gegner zu beseitigen, ob mit Tod, Verbannung, Konzentrationslager, und muß sie sich vom Leibe halten, bis sie ihm nicht mehr schaden können. Nicht nur die gegnerischen Schriften muß er durch Verbote entkräften: auch die Leser und Anhänger der Schriften muß er *für einige Zeit* bürgerlich entrechten.« Diese Sätze sind nicht im Deutschland Hitlers verfaßt worden, in diesem Fall hätte die Einschränkung »für einige Zeit« keinen Sinn. Sie gehören einem italienischen Schriftsteller des sechzehnten Jahrhunderts – Hochrenaissance und Blüte der Tyrannis.

Alles ist schon längst da, das Konzentrationslager und der Intellektuelle, der es gutheißt. »Was geschehen ist, ist geschehen. Gott, der machen konnte, daß es nicht so kam, kann jetzt nicht mehr ändern, daß es so gekommen ist.« Soweit der alte Bandello, der wohlverstanden nach Frankreich emigrierte, sobald er dort ein Amt als Bischof erhielt. Dasselbe tun jetzt deutsche Professoren; auch ihr Verhalten hinsichtlich der Zustände in dem verlassenen Lande ist meistens ähnlich. Wer einen Namen hat und ihn gegen das Regime gebrauchen könnte, findet seinen Namen meistens zu kostbar, er beteiligt sich nicht an Aktionen, deren Erfolg unverbürgt ist. Der Berühmteste, auf dessen Namen ein Whisky verkauft wird, mag nichts mehr hören von der kleinen, engherzigen Nation, die es fertiggebracht hat, einen Mann wie ihn aus seiner Heimat zu vertreiben.

Anders geartet sind die akademischen Lehrer, die mit einigen Schriftstellern soeben den *»Bund freiheitlicher Sozialisten«* begründet haben. Ihre Meinung, als sie den Schritt taten, wird gewesen sein, erstens: es geschieht wohl immer, was Gott und das Verhängnis wollen; aber wenn die Ereignisse gewollt sind, endgültig müssen sie darum nicht sein. Eine endgültige Tatsache ist unser sittliches Bewußtsein, das wir in Jahrtausenden nicht umsonst erworben haben: wir sollen Ereignisse, die des Menschen unwürdig sind, bekämpfen, bis menschenwürdige eintreten.

Außerdem: wie ständen wir da, wenn die moralische Krise, die Faschismus heißt, bis zur Weltkatastrophe fortschritte, und das wäre die körperliche Vernichtung der Menschheit. Oder wenn der Krieg nur deshalb ausbliebe, weil die Menschen unseres Landes auch für Katastrophen zu weit heruntergewirtschaftet sind. Es wird dahin nicht kommen: *alles spricht dafür, daß Deutschland für seine Freiheit kämpfen und sie erobern wird.* Wie vieles Deutschland erobern muß, damit es endlich die Freiheit hat, das wissen einige. An ihnen ist es, die Deutschen sittlich aufzurüsten.

Der Bund freiheitlicher Sozialisten will mit allen gutgearteten Deutschen die Menschenrechte durchsetzen und für immer sichern. Er will gegen die Übermacht der Wirtschaft und des Staates die menschliche Persönlichkeit verteidigen, die Freiheit des Glaubens und des Gedankens. Er weiß, daß nur der Sozialismus diese und jede Freiheit verbürgt. Die gestrige Freiheit ist nicht die von morgen, der kapitalistische Liberalismus existiert auf Erden nicht mehr. Lebensfähig und erlebenswert ist die schöpferische Entfaltung des Menschen, ist ein Staat und eine Gesellschaft im Dienst des menschlichen Glückes.

Der Staat, um den es geht, die Gesellschaft, die sich bilden soll, sind *sozialistisch* und sind *human.* Das Ziel ist kein geringeres als ein neu verstandener Humanismus; er gilt nicht, wie sonst, für Auserwählte; die Masse und jeder Einzelne aus ihr ist mit dem vollen Wert des Menschen zu erfüllen, mit dem Bewußtsein des Rechtes und dem Willen, für es einzustehen. Einmal erreicht, wird die deutsche Demokratie sehr stark sein, getragen, wie sie ist, von einem humanistischen Gewissen, das nie abdankt.

Antwort an Viele

Briefe kommen aus einigen Ländern. Ihre Absender sind Soldaten in Spanien, illegale deutsche Kämpfer, oder emigrierte Freunde der Volksfront. Die Briefe gelten nur zum kleinsten Teil dem, der sie hier beantwortet. Gemeint sind die Parteien der deutschen Opposition. Gemeint ist der Vorbereitende Ausschuß zur Bildung einer deutschen Volksfront, in dem wir alle uns einst gesammelt hatten. Die meisten Briefschreiber bitten mich, das meine zu tun, damit die Einigkeit vollständig wird, anstatt sich aufzulösen.

Sie selbst tun das ihre. Das erste Gebot des Antifaschisten ist sein Zusammengehen mit allen Kameraden, gleich welcher Partei, jeder ist gut, gleich welchen Charakters, er sei nur redlich und fest. Die XI. Internationale Brigade hebt hervor: »An der Konferenz haben zweiundzwanzig Delegierte teilgenommen, davon dreizehn Kommunisten und Sozialdemokraten.« Aus einem anderen höchst bedrohten Gebiet meldet der Wortführer, ein Sozialdemokrat:

»Zum Kampf gegen den Krieg und den Weltfaschismus ist es dringend notwendig, die Einheit der Arbeiterklasse und aller demokratischen Kräfte im internationalen Maßstab herzustellen. Ein erfolgreicher Kampf für den Frieden kann nur im engsten Einvernehmen geführt werden mit dem Lande, über das unser verruchtes System täglich haßerfüllte Lügen speit, mit der Sozialistischen Sowjetunion«, – sagt der Wortführer, ein Sozialdemokrat, »im Auftrag und entsprechend den Gefühlen aller sozialdemokratischen und kommunistischen Freunde, wie auch vieler anderer Hitlergegner.« Er betont: »Dies bringen wir zum Ausdruck im Auftrag der höchsten gebietlichen früheren Funktionäre der SPD und KPD.«

Eines der demokratischen Länder erlaubt den deutschen Flüchtlingen, höchstens illegal zu arbeiten, aber das tun sie geschlossen. »Wir wissen aus eigener Erfahrung, daß sich die Genossen der KPD und der SPD unter den schwersten Bedingungen zusammenfanden.« Noch mehr und noch erhebender, aus Deutschland selbst, kommt folgender Bescheid:

»Unsere kommunistische Gruppe arbeitet in brüderlicher Einheit mit einer sozialdemokratischen Gruppe und einzelnen Intellektuellen demokratischer Gesinnung.«

Allerdings wird gleich darauf gefragt: »Warum könnt ihr das nicht?«

Da haben wir die schwere Frage und den verdienten oder unverdienten Vorwurf. Warum könnt Ihr das nicht? »Die Volksfrontbewegung im Lande bedarf einer politischen Hilfe.« – »Der Ausschuß müßte als richtunggebender Faktor für die politische Emigration auftreten.« – »Es kann doch nicht angehen...« Nein, ihr Freunde aus allen Ländern und aus dem unseren, es kann nicht angehen, daß der Volksfront-Ausschuß seine Pflicht versäumt. Er wird sie gewiß nicht versäumen, weder die Pflicht gegen euch, noch gegen sich selbst. Beschwört nicht vorschnell Weimar und die einstige Schwäche der deutschen Demokratie. Wäre heute, in dieser Stunde, die Aufgabe gestellt, unseren Volksstaat zu errichten, ihr fändet uns bereit, wie ihr selbst es seid. Eure politische Vertretung gegenüber der Welt wäre sofort zur Stelle und wäre einig, daran will ich nicht zweifeln.

Nehmt, wenn Ihr wollt, eine Erklärung, wenn auch eine unzulängliche. Im Lande seid ihr gläubiger als wir draußen. Ich selbst glaube wie ihr, daß Hitler und sein Regime reif für den Sturz sind. Man muß wollen und handeln.

Draußen erscheint das fraglicher als im Inneren. Ausnahmen gibt es so viele ihr wollt, niemand hält sich für die einzige. Im ganzen aber macht die Berührung mit der äußeren Welt eher bedenklich; die äußere Welt, das gebt ihr zu, sieht das Ende der deutschen Gewaltherrschaft um so weniger nahen, je gefährlicher sie ihr selbst wird. Die Welt will den Krieg aufhalten und dabei Hitler schonen. Das macht keinen Eindruck auf deutsche Antifaschisten, die von Natur einfach sind oder sich zur einfachen Entschlossenheit erzogen haben. Aber es macht Eindruck, sobald man den geistigen Vorgängen des Auslandes nachgeht – und ihnen nachgibt.

Ein solcher Vorgang ist der neue Antikommunismus – oh! nicht der bekannte grobschlächtige »zur Rettung der europäischen Zivilisation«. Antikommunisten der jüngeren Art sind unter denen, die denken, obwohl sie leider nicht weit genug denken, nicht mutig genug denken. Es sind keineswegs nur Deutsche. Da gibt es »wachsame« französische Antifaschisten. Angefangen haben sie ungeheuer tüchtig. Allmählich und auf sinnreichen Umwegen, aus Gewissenhaftigkeit, könnte man sagen, sind sie endlich zu dem Bekenntnis gelangt: Antifaschist wäre man vor allem als Antikommunist. Das sind so Späße der Intelligenz; ein scharfer und geradezu französischer Denker hat sie ihnen mit Strenge vorgehalten. Ich sage nicht: Hütet euch vor den Intellektuellen; denn ihr braucht sie. Bemerkt nur, daß hartnäckige und daß nachgiebige überall dabei sind.

Was mich betrifft, bin ich mit euch, die ihr mir schreibt: Ohne die Sozialistische Sowjetunion kein Friede und auch kein deutscher Volksstaat. Ganz dasselbe sage ich von dem Frankreich der Volksfront, unserem glänzenden Freund. Frankreich und das künftige Deutschland nach unserem Herzen sind bestimmt, einander vorwärts zu helfen, im Bund mit der Sowjetunion. Europa wird zum ersten Mal wahrhaft gesichert sein, wenn diese Drei einander gefunden haben. Dafür wollen wir arbeiten. Empfangt meine Beteuerung und meinen Rat als die bescheidenste der Hilfeleistungen, die ihr mit Recht von uns verlangt.

Der eigenen Kraft bewußt sein!

Die neuesten Ereignisse haben viele entmutigt wie keine anderen vorher. Als sie ihr Land verließen, war ihnen so schwer nicht um das Herz. Die Jahre des Exils werden lang und machen für schlimme Wendungen immer empfindlicher. Indessen muß jeder sich erinnern, daß er hinausgegangen ist ganz ohne die Gewähr seiner Wiederkunft und ohne alles Wissen von dem Unglück, das noch eintreten muß, bevor es damit genug ist.

Die Wirkung Hitlers ist, das menschliche Unglück über jedes bekannte Maß zu vermehren. Was er sonst treibt, hat immer als Endergebnis: mehr Unglück in Europa, noch ein unterworfenes Volk, wieder Millionen verlorener Menschen – »alles arme Leute«, sagt das »Kriegslied« von Claudius. Hier ist aber ein Kriegsheld, der gar nicht kämpft. Er »marschiert ein«, sobald er genau weiß, daß niemand ihn aufhalten wird: früher nicht. Er läßt sich von anderen die Erlaubnis erteilen. Wieder andere müssen ihn »warnen«, und kühn schlägt er die Warnungen in den Wind, da er heimlich unterrichtet worden ist, er habe nichts zu fürchten.

Glaubt jemand ernstlich, dies wäre ein Spiel, worin das Glück nie umschlägt? Ein Schicksal ist man nicht lange, wenn niemand daran gewinnt. Man erlebt jetzt sozusagen Geschichte, nur freut sie keinen. Die Deutschen, die sich freuen müßten, sofern die Geschichte etwas taugte, stehen ohne Vertrauen und sehr beklommen dabei. Die Mächte, so viele mit im Spiele sind, kommen dahinter, daß sie betrogen werden – ohne Ausnahme, die befreundeten am meisten. Das Spiel wird dennoch bis zu Ende ablaufen; die Geschichte kennt weder Umkehr noch rechtzeitigen Abbruch. Ein Glücksritter kann nur ausschweifen und endlich ganz den Kopf verlieren, von zuviel unverdientem Glück.

Wer von den Ereignissen entmutigt wird, sollte eher bedenken, ob gerade die Unwahrscheinlichkeit des Geschehenen nicht Zweifel zuläßt an seiner Haltbarkeit. Sein reißerisches Tempo macht den Helden der Geschichte auch nicht glaubwürdiger. Seinem Glück und dem menschlichen Unglück sind Grenzen gesetzt. Niemand hat die Neigung der Menschen, ihm vieles hingehen zu lassen, und ihre Fähigkeit zu leiden ungestraft mißbraucht. Es steht schlimm genug. Hoffnungslos stände es nur, wenn wir es mit einem besonnenen Feind von geistiger Überlegenheit zu tun hätten. Allerdings hat eine wirkliche Überlegenheit noch keinen zum Feind der Völker und Menschen gemacht.

Mut behalten! Der eigenen Kraft bewußt sein!

Nachwort
von Willi Jasper

»Empfindsamkeit und Mut« bescheinigte Heinrich Mann dem Lyriker und Exilgefährten Max Herrmann-Neiße in seinem Gruß zu dessen 50. Geburtstag (1936). Er selbst verfügte ebenfalls über diese seltene und subtile Verbindung. Mut bewies der fast Siebzigjährige zum Beispiel, als er 1940 zusammen mit seiner Frau Nelly, dem Neffen Golo Mann und den Werfels die Flucht aus Frankreich über steile und beschwerliche Ziegenpfade der Pyrenäen wagte. »Nelly Mann hatte ihren alten Mann mehr getragen als geführt, ihre Strümpfe hingen wegen der Disteln am Wege in Fetzen von ihren blutenden Waden.« [Alma Mahler-Werfel, *Mein Leben*, Fischer Taschenbuch Bd. 545, S. 318] Und Empfindsamkeit äußerte sich im Abschied des Autors von Europa: »Der Blick auf Lissabon zeigte mir den Hafen. Er wird der letzte gewesen sein, wenn Europa zurückbleibt. Er erschien mir unbegreiflich schön. Eine verlorene Geliebte ist nicht schöner. Alles, was mir gegeben war, hatte ich an Europa erlebt, Lust und Schmerz eines seiner Zeitalter, das meines war [...]« [*Ein Zeitalter wird besichtigt*, Fischer Taschenbuch Bd. 5929, S. 485].

»Habt Mut!« rief der Europäer Heinrich Mann im Jahre 1939 nicht nur den Deutschen zu. »Die Kultur kann nur noch international verteidigt werden« heißt es im Einleitungsaufsatz, nach dem der vorliegende Sammelband benannt wurde [*Mut!*, S. 11]. Eine »vereinzelte, nationale Kultur« könne der Barbarei, die das deutsche Regime »in der Welt« ausbreite, nicht mit Erfolg widerstehen. Daß die

Schwäche der Kultur etwas mit der Schwäche der Literatur zu tun haben müsse, hatte Heinrich Mann bereits 1935 in der ›Neuen Weltbühne‹ vermutet: »Die Literaturen sind jetzt ratlos und ängstlich, sie machen sich klein oder gebärden sich zerfahren, – was alles nichts Gutes vorausahnen läßt hinsichtlich des wirklichen Geschehens.« [*Die Macht des Wortes*] Wie wäre seine fieberhafte publizistische Aktivität im Exil verständlich, wenn er nicht weiter die Hoffnung gehabt hätte, »eine unabhängige Persönlichkeit dürfte Einfluß gewinnen durch nichts als ihr Wort«? [ebd.] Mit seinen ungefähr 400 Exilpublikationen setzte der »Zivilisationsliterat« (die abschätzige Bezeichnung ließ sich durchaus positiv wenden) ein moralisch-politisches Engagement fort, dem er sich schon vor dem Ersten Weltkrieg verpflichtet gefühlt hatte. Im Verständnis einer Populärästhetik war sein Stil auch vor 1933 nie »dichterisch«, doch brachte er Sätze hervor, die »im Deutschen ohne Beispiel gewesen und ihre Spur hinterlassen (haben) weit über den Umkreis dessen hinaus, was die Literaturgeschichte ›Einfluß‹ nennt« [Theodor W. Adorno, *Noten zur Literatur*, Frankfurt/M.: Suhrkamp Verlag, 1974, S. 655].

»Auch ein Heinrich, vor dem uns graute...« lautete die Schlagzeile des ›Völkischen Beobachters‹ am 20. Februar 1933, mit der man den ehemaligen Präsidenten der preußischen »Dichterakademie« aus dem »offiziellen Geistesleben« Deutschlands vertrieb. In Nizza, wohin Heinrich Mann sich vor den Nazi-Schergen gerettet hatte, führte er kein Pensionärsdasein, obwohl er sich zweifellos wohl fühlte in der altmodisch-stilvollen Umgebung großbürgerlicher Wohnungen, zuletzt in der rue Alphonse Karr. Den erzwungenen Aufenthalt in Frankreich betrachtete er kaum als Exil, Sprach- und Übersetzungsprobleme existierten für ihn nicht. Aufgewachsen mit französischer Literatur und Kultur, dem Land vertraut und verbunden durch Freundschaften wie mit dem Germanisten Félix Bertaux, dem Schriftsteller Henri Barbusse, den Brüdern Sarrault, Führern der Radikalen Partei und Herausgebern der in Toulouse erscheinenden ›Dépêche‹, war Heinrich Mann hier zu Hause, ganz anders als später in Amerika. Etwa achtzig Artikel, mehr noch als für die wichtigste deutschsprachige Exilzeitung ›Pariser Tageblatt/Tageszeitung‹, verfaßte er von 1933 bis 1940 für die ›Dépêche‹, jene traditionsreiche, radikaldemokratische Zeitung, »die den Südwesten beherrschte« und »keinen anderen Ausdruck (vertrug) als Freiheitssinn und Liebe zum Lande« [*Ein Zeitalter wird besichtigt*, S. 447]. Der Einfluß der ›Dépêche‹, in der auch Georg Bernhard (ehemaliger Chefredakteur der ›Vossischen Zeitung‹), Alfred Kerr, Theodor Wolff (vor 1933 ›Berliner Tageblatt‹) oder ebenso Thomas Mann die deutsche Entwicklung kritisch kommentierten, bestand in ihrer Verbindung mit der fast immer an der Regierung beteiligten Radikalen Partei. Die Brüder Albert und Maurice Sarrault verkörperten Partei und Zeitung in Personalunion. 1939 hatte das Blatt eine Auflage von über 300000 Exemplaren. »Man merkt die innere Übersetzung weniger als bei Heine« würdigte der Elsässer René Schickele die Fähigkeit Heinrich Manns, seine ›Dépêche‹-Artikel unmittelbar in Französisch abzufassen. Mehr als die Hälfte dieser Artikel wurden von deutschen Exilzeitschriften – mehr oder weniger variiert – nachgedruckt, die meisten davon auch in den Sammelbänden *Der Haß* (1933), *Es kommt der Tag* (1936) und *Mut* (1939). Selbst in *Mut* finden sich noch ›Dépêche‹-Beiträge aus dem Jahre 1936 wie *Der Friede* (*La paix*, 2. September 1936) oder *Der soziale Krieg* (*Guerre sociale*, 1. Dezember 1936) [vgl. dazu ›Zur Entstehungs- und Überlieferungsgeschichte‹, S. 317–330]. In Heinrich Manns ›Dépêche‹-Artikeln sind die »Chiffren« seiner sich verändernden Faschismus-Analyse am deutlichsten erkennbar.

Mit dem Hinweis, daß die politischen Exil-Essays Heinrich Manns eine »konkrete, positive Konzeption« (und damit Weiterentwicklung) des *Untertan* seien, hat Bertolt Brecht als erster diese Texte vom Odium des »Außerliterarischen« befreit. In seinem Nachlaß fanden sich ausführliche Notizen zu *Mut*: »Das Außerordentliche an den Aufsätzen, die Heinrich Mann im Exil veröffentlichte, scheint mir der *Geist des Angriffs*, von dem sie erfüllt sind. Er geht aus von der Kultur, aber die Kultiviertheit bekommt einen kriegerischen Charakter. Es ist klar, daß es sich um die bürgerliche Kultur handelt, [...] sie ist immerhin so weit entwickelt, verallgemeinert und entwicklungsfähig, daß die Schranken, die ihr durch das Bürgertum gesetzt werden, nicht absolut, unübersteigbar, zerstörerisch sind.« [vgl. dazu Materialien, Nr. 9] Und die konkrete, politische Schlußfolgerung, die Brecht aus der Lektüre des Bandes zieht, lautet: »Es ist nicht die deutsche Arbeiterklasse, der Heinrich Mann *Mut!* zuruft. Es sind die Mittelschichten.« [ebd.] Eine wesentliche Ursache für die mangelnde Zusammenarbeit von Arbeiterbewegung und demokratischem Bürgertum in Deutschland sah Heinrich Mann in der Unfähigkeit der Intellektuellen zur »sittlichen Erziehung«, in der Vernachlässigung der Volksbildung. »In den großen Demokratien östlich und westlich von Deutschland ist gekämpft und um des Kampfes willen ist viel gelesen worden. Sowohl das alte Rußland als auch Frankreich haben eine soziale Romanliteratur ersten Ranges gehabt. In Deutschland ist sie auf Bruchstücke beschränkt.« [*Der Weg der deutschen Arbeiter*; 1936]

Erst der politische und kulturelle Freiraum des Exils ermöglichte für intellektuelle Demokraten wie Heinrich Mann die Überwindung des »geistigen Relativismus« von Weimar. Die Beteiligung der intellektuellen »Ideenpolitiker« an der Volksfrontdiskussion war ein Ausbruchsversuch aus den alten Denk- und Handlungskategorien von »links« und »rechts«, der Versuch, das alte Dilemma des Widerspruchs von Theorie und Praxis durch konkrete Politik zu lösen, die Chance, wie Leopold Schwarzschild (Herausgeber des ›Neuen Tage-Buchs‹) es formuliert hatte, »draußen ein geistiges Zentrum aller buntgemischten Gegnerschaften« zu bilden. Heinrich Manns Engagement für die Volksfrontbewegung, das fast alle Texte des Bandes wie ein roter Faden durchzieht, war die logische Konsequenz der Entwicklung und Veränderung seiner alten Humanismuskonzeption: »Der Staat, um den es geht, die Gesellschaft, die sich bilden soll, sind *sozialistisch* und sind *human*. Das Ziel ist kein geringeres als ein neu verstandener Humanismus; er gilt nicht, wie sonst, für Auserwählte; die Masse und jeder Einzelne aus ihr ist mit dem vollen Wert des Menschen zu erfüllen [...]« [*Der Bund freiheitlicher Sozialisten*, S. 298] Der Humanismus-Begriff ist von der Bindung an die Sphäre der Elite befreit, wird – wenn man so will – »demokratisiert«, »Kultur«, das ist für Heinrich Mann »Pflege, Menschenpflege« [*Volkskulturtag in Reichenberg*, S. 48]. Das große Vorbild war die ›Front populaire‹, die schon 1934 in Frankreich Intellektuelle, Arbeiterfunktionäre und bürgerliche Parteipolitiker zusammengeführt hatte. Es wäre daher falsch, dem bürgerlich-liberalen Heinrich Mann eine »proletarische Ästhetik« zu unterstellen, seinen Fortschrittsbegriff an das Dogma der Kommunistischen Partei binden zu wollen. »Die klassischen Denker und Dichter sind die Vollstrecker der Geschichte [...] Hutten oder Faust, und Götz wie Goethe: lauter Namen aus harten Kämpfen.« [*Volkskulturtag in Reichenberg*, S. 49] Heinrich Manns Moral und Rationalität scheinen unmittelbar aus dem achtzehnten in das zwanzigste Jahrhundert gekommen zu sein. Republikanertum und Sozialismus, Französische und russische Revolution bilden für ihn einen identischen Zusammenhang, »Die beiden Revolutionen sind eine« ist ein Unterkapitel im *Zeitalter* überschrieben, und in seinem Leitartikel für die ›Internationale Literatur‹ anläßlich des 150. Jahrestages der Französischen Revolution (Juli 1939) schreibt der Exilautor: »Die Deutschen 1939 sind verpflichtet, geistige Redlichkeit in Taten zu beweisen [...] Die alten Kämpfe gehen weiter. Die Kämpfer wechseln, ihre Erfahrung hat sich vermehrt: das Ziel ist, wie je, die Freiheit. Auch in uns handelt noch immer die Französische Revolution.« [*Die Französische Revolution und Deutschland*, vgl. Materialien, Nr. 13]

Hier erkennt man seine Schwierigkeiten, die er in Bewältigung der Dialektik von Vergangenheit und Gegenwart hat, französisches Ideal und deutsche Realität passen nicht zusammen. Heinrich Manns Motto, »Die Literatur und das Leben kennten im Grunde nur das Heute« [*Das geistige Erbe*, S. 185], ist nach eigenen Aussagen eine widersprüchliche Rezeption der Werke von François Rabelais, einer urwüchsigen Gestalt aus dem Frankreich des 16. Jahrhunderts. Auch die Hauptfigur seines großen, zweiteiligen Exilromans *Henri Quatre* (abgeschlossen 1938) agierte als Bindeglied zwischen Renaissance und Aufklärung. »Wir werden eine historische Gestalt immer auch auf unser Zeitalter beziehen«, erläuterte der Autor sein Gleichniskonzept in *Gestaltung und Lehre* (1939). Obwohl die politische Tagesarbeit die Arbeit am Roman zeitweilig verzögerte, standen Schriftsteller und Publizist einander nicht im Wege. Die militanten Humanismuskonzeptionen in Roman und Essays ergänzen sich. Im *Henri Quatre* beschwört Heinrich Mann die Gefahr eines »Morastes aus Blut und Lüge«, wenn »nicht wir Humanisten auch ritten und zuschlügen« – in *Mut* sind es proletarische Heldengestalten wie Edgar André und Johannes Eggert, die gegen das Hitler-Regime »wahrhaft« kämpften und starben.

Obwohl *Mut* keine einheitliche Essaysammlung ist – neben stilistisch ausgefeilten Aufsätzen wie *Das geistige Erbe* oder *Über Goethe* sind auch agitatorische Flugschriften, Ansprachen und Aufrufe aufgenommen –, finden sich durchaus Berührungspunkte mit den frühen Rousseau-, Voltaire- und Zola-Essays (1910–1915). Mit dem Streben nach moralischer Wirksamkeit entsprechen Heinrich Manns Essays einer jahrhundertealten Tradition, wie sie von Montaigne und anderen großen Moralisten geprägt wurde. Schon im klassischen Essay früherer Epochen bedeutete die Betonung des Subjektiven einen Protest gegen scholastische Denkschulen.

Im Dschungel der Exil-Querelen haben Heinrich Mann und andere Schriftsteller versucht, unabhängige Ideenpolitik gegen den Hegemonieanspruch der »Parteipolitik« zu verteidigen. Die »Scholastiker« seiner Zeit saßen in den miteinander heillos zerstrittenen Parteizentralen. Fraktionskämpfe im spanischen Bürgerkrieg, stalinistische Säuberungen, Vorbereitung der Moskauer Schauprozesse hatten die Basis einer »humanistischen Front« der deutschen Emigranten schon *vor* dem Hitler-Stalin-Pakt zerstört. Resigniert schrieb Heinrich Mann an Klaus Pinkus: »Mit der politischen Kameradschaft habe ich es vergebens versucht. Es war leichter, in entlegenen Ländern ein neues Publikum zu gewinnen, als ein paar Dutzend Deutsche für ihre eigene Sache zu schulen.« [Brief vom 3. Januar 1939, vgl. Materialien, Nr. 7]

Auch in einigen *Mut*-Essays ist schon erkennbar, daß der Autor kaum noch auf die Initialwirkung der Volksfront-Prominenz des Lutetia-Kreises (benannt nach dem Pariser Tagungshotel) setzte, sondern eine eigene Version der Einheitsfront »von unten« entwarf. Nicht mehr die Einheit der Exil-Parteien und ihrer »Lichtgestalten« war Ausgangspunkt für die Widerstandsbewegung, sondern der Tageskampf der namenlosen Massen: »Die deutsche Volksfront wird geboren aus abertausend Bekehrungen, und die wurzeln tief. Die Lohnfrage und das Kreuz, die leibliche Not aller und ihre geistige Erleuchtung, die sie Freiheit nennen [...]« [*Geburt der Volksfront*, S. 271].

Hier scheint die Kritik von Georg Lukács an seinem »abstrakten Humanismus« aufgenommen zu sein, der am *Henri Quatre* bemängelt hatte, daß »die Gestaltung des Volkes selbst zu kurz« käme. Der Essay als Korrektiv des Romans? Dann hätte auch die Aussage »Die Literatur ist eine Erscheinung des Lebens« [*Das geistige Erbe*, S. 185] einen neuen Sinn. Die Literatur »wiederholt« nicht nur die »Vergeßlichkeit des Lebens«, sondern korrigiert sie. Doch auch hier: Unübersehbar sind die Illusionen, daß der aktive Widerstand gegen das Hitler-Regime in Deutschland bereits zu einer realen, wirksamen Kraft geworden sei. Das Vordringen des subjektiven Faschismus im deutschen Alltagsleben, eine gewisse Form der »Ästhetisierung« der Politik hatten eine handfeste materielle Basis, die Heinrich Mann und andere Emigranten bis zum Kriegsausbruch nicht wahrhaben wollten.

Wenige Monate nach Erscheinen des vorliegenden Bandes überfiel Hitler Polen. Der Friedensappell der *Vox Humana* kam zu spät. Heinrich Mann muß es geahnt haben, als er Ende 1938 dem Bruder Thomas mitteilte, er müsse »ein Buch mit Artikeln der letzten zwei Jahre in Eile fertig machen« [Brief vom 22. November 1938, vgl. Materialien, Nr. 5]. Und nur eine Woche später signalisierte er Klaus Pinkus seine Resignation: »Was geht einen Schriftsteller, der in menschlichen Dingen einigermaßen belehrt ist, der krampfige Unfug dieses Geschlechtes noch an. Schon zu viel, mit allen meinen Artikeln, die nächstens wieder, [als *Mut*-Band] gesammelt und zwecklos, erscheinen sollen.« [Brief vom 30. November 1938, vgl. Materialien, Nr. 6]

Der Sammelband *Mut* hatte also von Anfang an »nur« literarhistorische Bedeutung, war und ist ein zeitgeschichtliches Dokument über das Engagement, den Irrtum und die Verzweiflung einer Intellektuellengeneration, die die Zivilisation hatte »retten« wollen. Eine gewisse politische Wirkung – wie immer man sie auch einschätzen mag – hatten die Essays vorher, als sie als aktuelle Einzelbeiträge in der ›Dépêche‹, der ›Neuen Weltbühne‹, dem ›Pariser Tageblatt/Tageszeitung‹, der ›Volks-Illustrierten‹ (vormals ›AIZ‹) und als Funkbeiträge des ›Deutschen Freiheitssenders/Welle 29,8‹ zur Kenntnis genommen wurden. Einige Texte [*Anklage*, *Christenverfolgung*, *Über Goethe*, *Das Heer und das Volk*, *Die deutsche Opposition*, *Die Widerstände*, *Der eigenen Kraft bewußt sein!*] hatte man sogar als illegale Dünndruck-Tarnschriften nach Deutschland geschmuggelt. Zumindest in einem Fall erfuhr der Autor von einem positiven Echo. Nachdem ihm berichtet worden war, daß an einem Berliner Taxistand ein Chauffeur eines seiner »Dünndruck-Manifeste« laut vorgelesen habe, äußerte er sich hoch erfreut: »Jedenfalls bin ich stolz auf den Chauffeur, der allen Leuten so etwas vorliest. Der hat Mut, und wird nicht der Einzige sein.« [Brief an Carl Rössler vom 10. März 1940, vgl. Materialien, Nr. 15]

Mag das Bild vom einfachen Mann auf der Straße, der Widerstandsliteratur vorliest, für deutsche Verhältnisse eine Utopie gewesen sein, für das besetzte Frankreich offenbar nicht. Heinrich Mann muß später von der Existenz des ›Nationalen Schriftsteller-Komitees‹ in Frankreich erfahren haben, das von Louis Aragon, Jean Lescure und anderen Literaten der ›Résistance‹ gegründet worden war. Rolle und Bedeutung der »literarischen Résistance« ist bisher auch von der französischen Literaturwissenschaft und Geschichtsforschung wenig untersucht worden. [Einen Überblick gibt die Arbeit von Gerhard Landes:

»L'honneur des poètes«, »Europe« – Geschichte und Gedichte. Zur Lyrik der Résistance. Gießen 1985.]

Unter dem Titel *L'honneur des poètes* erschienen 1943 und 1944 im besetzten Frankreich zwei illegale Broschüren mit Gedichten von Louis Aragon, Robert Desnos, Paul Eluard, Pierre Emmanuel, Jean Lescure, Micheel Leiris, Francis Ponge, Vercors und anderen. Angeregt wurden die Sammelbände von Paul Eluard und Jean Lescure. Lescure begann seine literarische Laufbahn 1938 mit der Publikation der Gedichtsammlung *Le Voyage Immobile*. Danach gründete er die Zeitschrift ›Messages‹, die in der Nachfolge des Surrealismus eine Durchdringung von Poesie und Philosophie zum Programm machte. Im März 1942 erschien die erste Nummer dieser Zeitschrift illegal. Im Einleitungsartikel trat Jean Lescure (mit einer ähnlichen Begründung wie Heinrich Mann) für die »intellektuelle Résistance« ein, der es angesichts der faschistischen Barbarei vor allem um die Verteidigung der kulturellen menschlichen Werte gehen müsse.

Trotz persönlicher Isolierung Heinrich Manns im amerikanischen Exil gingen die ideenpolitischen Berührungspunkte mit Frankreichs Literaten der Résistance nicht verloren. In der bisher nur auszugsweise veröffentlichten *Antwort auf verschiedene Anfragen (von Mitarbeitern der ehemaligen Volksfront)* vom August 1941 betonte er die gemeinsamen Aufgaben des französischen und deutschen Widerstands nach dem Scheitern der Volksfront: »Sie [die deutsche und französische Linke] werden doch wohl gelernt haben, daß Demokratien jeder Art, veraltet oder fortgeschritten, sich nicht allein und isoliert erhalten können. Ihre Sicherung ist gegenseitig, oder sie haben keine. Gesetzt die europäische Linke hätte gewonnen, muß sie wenigstens in Frankreich rückversichert sein.« [vgl. Materialien, Nr. 16]

In verschiedenen Gesprächen und Verlautbarungen hat

Heinrich Mann später die besondere Rolle der Literaten für den Neuaufbau Europas betont. In einem Brief an Ferdinand Bruckner plädierte er für die Neugründung eines Schutzverbandes der Schriftsteller. Als entscheidender Unterschied zu dem früheren Verband (SDS) sollten dabei die Interessen der in Deutschland gebliebenen Schriftsteller gegenüber den Emigranten hervorgehoben werden: »Eine Voraussetzung wäre: sobald als möglich tritt der innere neue Schutzverband in Verbindung mit einigen notorisch freigesinnten Schriftstellern, die sich im Lande durchgebracht haben. Zweifellos gibt es derer. Ebenso gewiß werden sich mehr melden von ihnen als es wirklich gibt. Wenn auch mit sorgfältiger Auswahl, ist es durchaus nötig, mit ihnen zusammenzugehn. Auf keinem Gebiet dürfen die großen Reformen den bisher Exilierten allein überlassen oder von ihnen allein in Anspruch genommen werden [...]« [Brief vom 20. November 1943].

Man erkennt die Schwächen einer idealistischen »Geist-Tat«-Konzeption, die stets auf Ausschau nach dem Kantschen Intellektuellen-Typus und der Gelehrtenrepublik war und deren Konturen selbst im Stalin-System zu erblicken glaubte. Je häufiger die realen Vorgänge in Politik und Ökonomie der Sowjetunion widersprüchlich und unverständlich wurden, desto mehr zog sich Heinrich Mann auf die Sympathie für eine Idee zurück, »der Idee der neu verstandenen Freiheit«. »Nur die noch immer Unbelehrten«, schrieb er legitimatorisch im *Zeitalter*, »denken sich die Revolution des 20. Jahrhunderts schlechthin stofflich« [*Ein Zeitalter wird besichtigt*, Fischer Taschenbuch Bd. 5929, S. 56]. Die Idee, die sich für viele deutsche und europäische Intellektuelle im Sowjet-Mythos erschloß, schien wie die Wiedergeburt einer Urvorstellung, sie bot Entschädigung für Entbehrungen und einen sinnlosen Tod. Für Humanisten wie Heinrich Mann mußte eine solche Empfindung an Stärke gewinnen, als schließlich eine Effizienz des antifaschistischen Kampfes nur noch von der Roten Armee auszugehen schien. 1942 teilte er Carl Rössler »den herzlichen Wunsch« mit, »recht bald möchte die Rote Armee auf deutschem Boden stehen« [Brief vom 2. März 1942]. Die militärischen Anstrengungen der Sowjetunion erschienen als »Heldenkampf eines großen Volkes, das die Schlachten der Freiheit schlug und dazwischen Balalaika spielte«. Eine solche Vorstellung »befriedigte das ausgehungerte Gemütsleben dieser Jahrhunderte alten Jungfer, nämlich der europäischen Linken, die bis dahin nie die Umarmung der Macht erfahren hatte« (Arthur Koestler *Der Yogi und der Kommissar*, Suhrkamp Taschenbuch Bd. 158, S. 140). In der Tradition des Denkens der Aufklärung wollte Heinrich Mann den Menschen die Furcht nehmen, wollte sie ermutigen, sich als ihre eigenen Herren zu betrachten. Die tragische historische Dialektik aber konnte oder wollte er nicht begreifen: Noch ehe die großen Ideen der Aufklärung gesellschaftliche Praxis geworden waren, setzte ihre Selbstzerstörung ein.

Zur Entstehungs- und Überlieferungsgeschichte

Mut ist die letzte, von Heinrich Mann zusammengestellte Essay-Sammlung, die gleichzeitig einen Abschluß seines publizistischen Engagements wider den Nationalsozialismus darstellt, bevor er im September 1940 sein geliebtes Europa verlassen mußte.

Von den 61 zu dieser Sammlung komponierten Texten waren seit 1936 51 in verschiedenen Exil-Zeitschriften und -Tageszeitungen oder in einschlägigen Broschüren erschienen, während die übrigen 10 in diesem Band bislang zum erstenmal bibliographisch nachweisbar sind. Zwei Essays haben thematisch verwandte Vorläufer. Von den Entstehungsumständen dieser Essay-Sammlung ist nur wenig bekannt [vgl. Materialien, Nr. 5 und 6], während einzelne Texte durch ihren Erstdruck gut datierbar sind. Im folgenden sind die Erstdrucke dieser Texte sowie weitere Drucke bis zur Sammlung *Mut* in chronologischer Reihenfolge aufgeführt[1]:

Edgar André

Erstdruck: ›AIZ‹. Prag. Jg. 15, Nr. 30 vom 22. Juli 1936, S. 471.

[In *Mut* um einen Nachtragsabsatz ergänzt.]

1 Diese Angaben folgen überwiegend der von Edith Zenker bearbeiteten *Heinrich-Mann-Bibliographie. Werke*. Berlin und Weimar: Aufbau-Verlag 1967, die durch eigene Ermittlungen ergänzt und korrigiert wurden. – Für weitere Ergänzungen und Korrekturen sei Werner Herden (Berlin) herzlich gedankt.

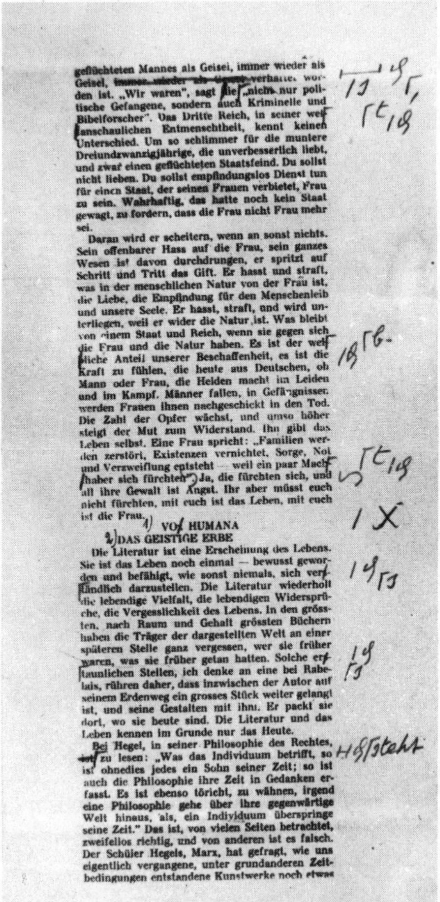

geflüchteten Mannes als Geisel, immer wieder als Geisel, ~~immer wieder als [illegible]~~ verhaftet worden ist. „Wir waren", sagt sie, „nicht nur politische Gefangene, sondern auch Kriminelle und Bibelforscher". Das Dritte Reich, in seiner weltanschaulichen Entmenschtheit, kennt keinen Unterschied. Um so schlimmer für die muntere Dreiundzwanzigjährige, die unverbesserlich liebt, und zwar einen geflüchteten Staatsfeind. Du sollst nicht lieben. Du sollst empfindungslos Dienst tun für einen Staat, der seinen Frauen verbietet, Frau zu sein. Wahrhaftig, das hatte noch kein Staat gewagt, zu fordern, dass die Frau nicht Frau mehr sei.

Daran wird er scheitern, wenn an sonst nichts. Sein offenbarer Hass auf die Frau, sein ganzes Wesen ist davon durchdrungen, er spritzt auf Schritt und Tritt das Gift. Er hasst und straft, was in der menschlichen Natur von der Frau ist, die Liebe, die Empfindung für den Menschenleib und unsere Seele. Er hasst, straft, und wird unterliegen, weil er wider die Natur ist. Was bleibt von einem Staat und Reich, wenn sie gegen sich die Frau und die Natur haben. Es ist der weibliche Anteil unserer Beschaffenheit, es ist die Kraft zu fühlen, die heute aus Deutschen, ob Mann oder Frau, die Helden macht im Leiden und im Kampf. Männer fallen, in Gefängnissen werden Frauen ihnen nachgeschickt in den Tod. Die Zahl der Opfer wächst, und umso höher steigt der Mut zum Widerstand. Ihn gibt das Leben selbst. Eine Frau spricht: „Familien werden zerstört, Existenzen vernichtet, Sorge, Not und Verzweiflung entsteht — weil ein paar Machthaber sich fürchten". Ja, die fürchten sich, und all ihre Gewalt ist Angst. Ihr aber müsst euch nicht fürchten, mit euch ist das Leben, mit euch ist die Frau.

1) VOX HUMANA

2) DAS GEISTIGE ERBE

Die Literatur ist eine Erscheinung des Lebens. Sie ist das Leben noch einmal — bewusst geworden und befähigt, wie sonst niemals, sich verständlich darzustellen. Die Literatur wiederholt die lebendige Vielfalt, die lebendigen Widersprüche, die Vergesslichkeit des Lebens. In den grössten, nach Raum und Gehalt grössten Büchern haben die Träger der dargestellten Welt an einer späteren Stelle ganz vergessen, wer sie früher waren, was sie früher getan hatten. Solche erstaunlichen Stellen, ich denke an eine bei Rabelais, rühren daher, dass inzwischen der Autor auf seinem Erdenweg ein grosses Stück weiter gelangt ist, und seine Gestalten mit ihm. Er packt sie dort, wo sie heute sind. Die Literatur und das Leben kennen im Grunde nur das Heute.

Bei Hegel, in seiner Philosophie des Rechtes, ist zu lesen: „Was das Individuum betrifft, so ist ohnedies jedes ein Sohn seiner Zeit; so ist auch die Philosophie ihre Zeit in Gedanken erfasst. Es ist ebenso töricht, zu wähnen, irgend eine Philosophie gehe über ihre gegenwärtige Welt hinaus, als, ein Individuum überspringe seine Zeit." Das ist, von vielen Seiten betrachtet, zweifellos richtig, und von anderen ist es falsch. Der Schüler Hegels, Marx, hat gefragt, wie uns eigentlich vergangene, unter grundanderen Zeitbedingungen entstandene Kunstwerke noch etwas

Korrekturfahnen von *Mut*
mit handschriftlichen Korrekturen Heinrich Manns
[vgl. S. 330]

sagen könnten. Er hat sich selbst nicht geantwortet, denn tatsächlich: sie sagen uns etwas. Sie betreffen uns selbst, wie die zeitgenössischen Werke uns betreffen, und manchmal mehr, sonst sähen wir sie nicht an. Die alten Werke sind zu ihrer Zeit auch für uns schon gemacht worden. Wie selbst es danach und die beschränkte Heutigkeit des Denkens und Bildens?

Wir greifen zuweilen aus unseren Tagen heraus, hinüber, und berühren künftige Geschlechter. Dasselbe haben die Alten ohne Absicht vermocht, und am Besten, auch wir täten es ungewollt. „Das Belehren, wie die Welt sein soll, dazu kommt ohnehin die Philosophie immer zu spät," so fährt Hegel fort, und es ist wahr. Mit genau so viel Wahrheit ist zu sagen, dass die Belehrung der Nachwelt zu früh käme. „Was ist, ist die Vernunft." Was aber sein wird, ist wieder die Vernunft. Nicht, dass man eine künftige Wirklichkeit im Voraus dürfte belehren wollen. Ohne Absicht haben dennoch Viele sie belehrt, gesetzt, dass die Wirklichkeit gute Ohren hätte. Die Literatur aller Zeitalter wimmelt von eintreffen, einfach weil einst gegebene Zustände richtig erfasst worden waren.

Sind die jetzt gegebenen Zustände besonders fragwürdig, dann lässt man, in der Verwirrung oder Empörung, die Stimmen, die geschwiegen hatten, nochmals ablaufen; zitiert werden Spinoza, Herder, Marc Aurel; zu unseren liebenswürdigen Zeiten hat jeder sein Wort beigetragen; jeder weiss auch schon, wo es mit ihnen hinaus will. Dies lässt vermuten, dass die Literatur von jeher dasselbe Leben beschrieben und durch dieselben Erfahrungen dieselben Einsichten erworben hat. Wir sind so klug, oder wären es, wenn wir unser eigenes geringes Wissen vereinigen, durchdringen, lebendig machen könnten mit dem ganzen Wissen der Toten. Die Deutschen besonders müssten ungeheuer klug sein. Sie sind die Erben einer Literatur, die ihrerseits alles auf Erden je Erlebte und Gedachte geerbt — und es erworben hat, um es zu besitzen. Die Frage bleibt, ob die Deutschen selbst die Literatur, die sie ererbt haben, auch besitzen.

Wer ist hier überhaupt Erbe, und wer Erblasser? Die Toten „besitzen" das Geschlecht dieser vergänglichen Gegenwart; sie haben es erkannt. Die lebenden Deutschen, insofern sie im Lande das Wort führen, besitzen das Vergangen-Lebendige keineswegs, es wäre ihnen zur Last. Die unverfälschte Kenntnis ihrer vergangenen Literatur würde ihnen ihre heutigen Dummheiten sehr erschweren. Sie wollen denn auch nichts wissen und beklagen sich höchstens, dass sie noch immer an historischen Vorstellungen leiden. Mit ihnen fängt die Welt an, — ein Irrtum, über den gleichfalls schon die Toten Bescheid wussten. Übrigens könnten bald genug die historischen Vorstellungen grosse Aktualitäten sein. Das nichts als Gegenwärtige hat keine Zukunft. Die grösste Zukunft hat noch das Vergangene, und so die Literatur unserer Toten. Wer auf dem kleinsten Stück Erdboden dem Leben der geringen Wesen nachgeht, wird finden, dass sie von ihren Toten leben.

Da die Literatur in allem das Leben wiederholt, ist sie eine Einheit. Ihre Vielfalt, ihre Widers-

Freude durch Kampf

Erstdruck: ›Die neue Weltbühne‹. Prag–Zürich–Paris. Jg. 32 [der ›Weltbühne‹], Nr. 31 vom 30. Juli 1936, S. 956–960.

Mißbrauch des Menschen

Erstdruck: ›Die neue Weltbühne‹. Prag–Zürich–Paris. Jg. 32 [der ›Weltbühne‹], Nr. 33 vom 13. August 1936, S. 1023–1027.

Der Friede

Erstdruck: ›Memorandum für den Brüsseler Weltfriedenskongreß 1936‹, S. 1–3.

Weiterer Druck: ›La Dépêche‹. Toulouse. 2. September 1936, S. 1, u.d.T.: *Le paix.*

Weiterer Druck: ›Die neue Weltbühne‹. Prag–Zürich–Paris. Jg. 32 [der ›Weltbühne‹], Nr. 36 vom 3. September 1936, S. 1116–1119, u.d.T.: *Der Friede.*

Weiterer Druck: ›Pariser Tageszeitung‹. Paris. Jg. 1, 4. September 1936, S. 1, u.d.T.: *Der Friede* [gekürzt].

Anklage

Erstdruck: ›Die Volks-Illustrierte‹. Prag. Nr. 9 vom 14. Oktober 1936, S. 130, u.d.T.: *Ein Volk klagt an.*

Weiterer Druck: *AGFA-Lupex. Hart glänzend.* Berlin: I.G. Farbenindustrie A.G. [1939], S. 40 (Schriftenreihe der Deutschen Opposition) [Tarnschrift-Broschüre].

Rettung der Zivilisation

Erstdruck: ›Die neue Weltbühne‹. Prag–Zürich–Paris. Jg. 32 [der ›Weltbühne‹], Nr. 43 vom 22. Oktober 1936, S. 1345–1348.

Kriegslied

Erstdruck: ›Pariser Tageszeitung‹. Paris. Jg. 1, 28. Oktober 1936, S. 1.

Wenn Völker schweigen müssen, redet ihr Buch

Erstdruck: ›Pariser Tageszeitung‹. Paris. Jg. 1, 15. November 1936, S. 2, u.d.T.: *Geleitwort.*

Die Widerstände

Erstdruck: ›Die neue Weltbühne‹. Prag–Zürich–Paris. Jg. 32 [der ›Weltbühne‹], Nr. 47 vom 19. November 1936, S. 1468–1472.

Der soziale Krieg

Erstdruck: ›La Dépêche‹. Toulouse. 1. Dezember 1936, S. 1, u.d.T.: *Guerre social.*

[Es ist fraglich, ob dieser Druck als Erstdruck angesehen werden kann, da er von der Textfassung des folgenden Druckes stark abweicht.]

Weiterer Druck: ›Die neue Weltbühne‹. Prag–Zürich–Paris. Jg. 32 [der ›Weltbühne‹], Nr. 52 vom 24. Dezember 1936, S. 1625–1629.

Der Preis

Erstdruck: ›Prager Tageblatt‹. Prag. 25. November 1936, u.d.T.: *Die Stunde Ossietzkys.*

Weiterer Druck: ›Die Volks-Illustrierte‹. Prag. Jg. 1, Nr. 19 vom 23. Dezember 1936, S. 302, u.d.T.: *Die Stunde Ossietzkys.*

Gruß nach Spanien

Erstdruck: ›Pariser Tageszeitung‹. Paris. Jg. 1, 9. Dezember 1936, S. 2.

Begrüßung des Ausgebürgerten

Erstdruck: ›Die neue Weltbühne‹. Prag–Zürich–Paris. Jg. 32 [der ›Weltbühne‹], Nr. 50 vom 10. Dezember 1936, S. 1564–1566.

Weiterer Druck: ›Pariser Tageszeitung‹. Paris. Jg. 1, 12. Dezember 1936, S. 2.

Erster Sieg

Erstdruck: ›Deutsche Informationen‹. Paris. Jg. 1, 24. Dezember 1936, u.d.T.: *Ossietzky und die anderen.*

Es ist Zeit

Erstdruck: ›La Dépêche‹. Toulouse. 1. Januar 1937, S. 1, u.d.T.: *Question morale.*

[Nur thematisch und in einzelnen Passagen identisch mit: *Es ist Zeit*.]
Weiterer Druck: ›Die neue Weltbühne‹. Prag–Zürich–Paris. Jg. 33 [der ›Weltbühne‹], Nr. 3 vom 14. Januar 1937, S. 72–75.
Weiterer Druck: ›Die Volks-Illustrierte‹. Prag. Nr. 14 vom 31. März 1937, S. 214, u.d.T.: *Der heimliche Krieg*.

Deutsche Mütter!
Erstdruck: ›Die Volks-Illustrierte‹. Prag. Nr. 5 vom 3. Februar 1937, S. 69.
Weiterer Druck: ›Deutsches Volksecho‹. New York. Jg. 1, Heft 4 vom 13. März 1937, S. 6, u.d.T.: *Heinrich Mann und die deutschen Mütter*.
Weiterer Druck: *Die Mütter des republikanischen Spaniens sagen den deutschen Müttern: Kein einziges Menschenopfer mehr!* [Ohne Ort und ohne Datum; ca. 1937, 16 gez. Seiten], S. 7–12 [Tarnschrift-Broschüre].

Die Rede
Erstdruck: ›Die neue Weltbühne‹. Prag–Zürich–Paris. Jg. 33 [der ›Weltbühne‹], Nr. 7 vom 11. Februar 1937, S. 196–201.

Die deutsche Opposition
Erstdruck: ›La Dépêche‹. Toulouse. 3. März 1937, S. 1, u.d.T.: *L'opposition allemande*.
Weiterer Druck: ›Deutsches Volksecho‹. New York. Jg. 1, Heft 6 vom 27. März 1937, S. 5.
Weiterer Druck: ›Czernowitzer Tageblatt‹. Czernowitz. Jg. 3, Nr. 714 vom 25. Dezember 1937, S. 13, u.d.T.: *Die deutsche Opposition und die Demokratien Europas*.

Mit Euch ist die Frau
Erstdruck: ›Die neue Weltbühne‹. Prag–Zürich–Paris. Jg. 33 [der ›Weltbühne‹], Nr. 10 vom 4. März 1937, S. 292–294.

Weiterer Druck: *Deutsche Frauenschicksale*. Hg. von der Union für Recht und Freiheit, Prag. London: Malik 1937, S. 11–14.

Die Herrn vom Militär

Erstdruck: ›Die neue Weltbühne‹. Prag–Zürich–Paris. Jg. 33 [der ›Weltbühne‹], Nr. 11 vom 11. März 1937, S. 321–326.

Spanische Lehren

Erstdruck: ›Die neue Weltbühne‹. Prag–Zürich–Paris. Jg. 33 [der ›Weltbühne‹], Nr. 15 vom 8. April 1937, S. 449–453.

Weiterer Druck: ›Pariser Tageszeitung‹. Paris. Jg. 2, 17. Juli 1937, S. 1, u.d.T.: *Das Herz schlägt für Spanien* [gekürzt].

Kameraden!

Erstdruck: Heinrich Mann: *Hilfe für die Opfer des Faschismus*. Rede, gehalten am 14. April 1937 in der Mutualité, Paris, bei der ersten öffentlichen Kundgebung des überparteilichen deutschen Hilfsausschusses. Paris: Überparteilicher deutscher Hilfsausschuß (1937) [Broschüre].

Die deutsche Volksfront

Erstdruck: ›Das Freie Deutschland. Mitteilungen der Deutschen Freiheitsbibliothek, Paris‹. Paris. Sondernummer 1937, u.d.T.: *Was will die deutsche Volksfront?*

Weiterer Druck: Heinrich Mann: *Was will die deutsche Volksfront?* Paris: Imprimérie Coopérative Étoile 1937 [Broschüre].

Weiterer Druck: ›Die neue Weltbühne‹. Prag–Zürich–Paris. Jg. 33 [der ›Weltbühne‹], Nr. 18 vom 29. April 1937, S. 549–552.

Weiterer Druck: ›Deutsche Zentral-Zeitung‹. Moskau. Jg. 12, 27. März 1937, u.d.T.: *Die Flamme des antifaschistischen Widerstandes entfacht* [Auszug].

Guernica. Eine Schändung des deutschen Namens
Erstdruck: ›Pariser Tageszeitung‹. Paris. Jg. 1, 16. Mai 1937, S. 1, u.d.T.: *Guernica.*
Weiterer Druck: ›Rundschau über Politik, Wirtschaft und Arbeiterbewegung‹. Basel. Jg. 6, Nr. 22 vom 20. Mai 1937, S. 823.

Die Demokratie der Wolgadeutschen
Erstdruck: ›Die neue Weltbühne‹. Prag–Zürich–Paris. Jg. 33 [der ›Weltbühne‹], Nr. 22 vom 27. Mai 1937, S. 672–676.
Weiterer Druck: ›Deutsches Volksecho‹. New York. Jg. 1, Heft 18 vom 19. Juni 1937, S. 8 und Heft 19 vom 26. Juni 1937, S. 8, u.d.T.: *Deutsche bauen eine Demokratie.*
Weiterer Druck: ›Deutsche Zentral-Zeitung‹. Moskau. Jg. 12, Nr. 126 vom 4. Juli 1937.

Christenverfolgung
Erstdruck: ›Die neue Weltbühne‹. Prag–Zürich–Paris. Jg. 33 [der ›Weltbühne‹], Nr. 30 vom 22. Juli 1937, S. 924–929.

Das geistige Erbe
Erstdruck: ›Die neue Weltbühne‹. Prag–Zürich–Paris. Jg. 33 [der ›Weltbühne‹], Nr. 36 vom 2. September 1937, S. 1116–1121.

Parteitag der Arbeitsscheuen
Erstdruck: ›Die neue Weltbühne‹. Prag–Zürich–Paris. Jg. 33 [der ›Weltbühne‹], Nr. 39 vom 23. September 1937, S. 1212–1217.
Weiterer Druck: ›Pariser Tageszeitung‹. Paris. Jg. 2, 25. September 1937, S. 2 [Auszug].

Der Dulder
Erstdruck: ›Die neue Weltbühne‹. Prag–Zürich–Paris. Jg. 33 [der ›Weltbühne‹], Nr. 40 vom 30. September 1937, S. 1245–1248, u.d.T.: *Carl von Ossietzky.*
Weiterer Druck: ›Deutsches Volksecho‹. New York.

Jg. 2, Heft 20 vom 14. Mai 1938, u.d.T.: *Der Dulder Ossietzky*.

Bittet nicht! Fordert!
Erstdruck: ›Pariser Tageszeitung‹. Paris. Jg. 2, 23. Oktober 1937, S. 1 [gekürzt].

Geburt der Volksfront
Erstdruck: ›Die neue Weltbühne‹. Prag–Zürich–Paris. Jg. 33 [der ›Weltbühne‹], Nr. 45 vom 4. November 1937, S. 1405–1412.
Weiterer Druck: ›Pariser Tageszeitung‹. Paris. Jg. 2, 7. November 1937, S. 2 [Auszug].

Kampf der Volksfront
Erstdruck: ›Die neue Weltbühne‹. Prag–Zürich–Paris. Jg. 33 [der ›Weltbühne‹], Nr. 49 vom 2. Dezember 1937, S. 1532–1539.

Fordert hartnäckig!
Erstdruck: ›Deutsche Informationen‹. Paris. Jg. 2, Nr. 283 vom 30. Dezember 1937, Beilage.
Weiterer Druck: ›Pariser Tageszeitung‹. Paris. Jg. 2, 31. Dezember 1937, S. 1.

Ziele der Volksfront
Erstdruck: ›Die neue Weltbühne‹. Prag–Zürich–Paris. Jg. 33 [der ›Weltbühne‹], Nr. 53 vom 30. Dezember 1937, S. 1661–1666.
Weiterer Druck: ›Pariser Tageszeitung‹. Paris. Jg. 2, 1. Januar 1938, S. 2 [Auszug].

Fünf Jahre
Erstdruck: ›Die neue Weltbühne‹. Prag–Zürich–Paris. Jg. 34 [der ›Weltbühne‹], Nr. 4 vom 27. Januar 1938, S. 98–103.

Der Bund freiheitlicher Sozialisten
Erstdruck: ›Deutsches Volksecho‹. New York. Jg. 2, Heft 7 vom 12. Februar 1938, S. 5, u.d.T.: *Eine bittere Wahrheit* [Auszug].

Mut [vgl. S. 32–34]

Erstdruck: ›Deutsches Volksecho‹. New York. Jg. 2, Heft 15 vom 9. April 1938, S. 4.

Eine Eroberung

Erstdruck: ›La Dépêche‹. Toulouse. 28. April 1938, S. 1, u.d.T.: *Une conquète*.

Ihr alle!

Erstdruck: ›Deutsche Volks-Zeitung‹. Paris–Prag–Kopenhagen. Jg. 3, Nr. 18 vom 1. Mai 1938, S. 1, u.d.T.: *Erster Mai*.

Weiterer Druck: Reiseprospekt ›Todtnauberg/Schwarzwald‹. [1938 oder 1939], u.d.T.: *An alle Deutschen* [Tarnschrift].

[Gegenüber dem Erstdruck wurde hier lediglich der erste Satz weggelassen.]

Der lebende Tote

Erstdruck: ›Die neue Weltbühne‹. Prag–Zürich–Paris. Jg. 34 [der ›Weltbühne‹], Nr. 19 vom 12. Mai 1938, S. 575 f.

Volkskulturtag in Reichenberg

Erstdruck: ›Deutsche Volks-Zeitung‹. Paris–Prag–Kopenhagen. Jg. 3, Nr. 26 vom 26. Juni 1938, S. 1, u.d.T.: *Kultur*.

Antwort an Viele

Erstdruck: ›Deutsche Volks-Zeitung‹. Paris–Prag–Kopenhagen. Jg. 3, Nr. 28 vom 10. Juli 1938, S. 1.

Weiterer Druck: Heinrich Mann: *Antwort an Viele*. [Hg. als Sondernummer von ›Das Freie Deutschland‹. Mitteilungen der Deutschen Freiheitsbibliothek.] Paris: Deutsche Freiheitsbibliothek [1938], S. 3–6.

[Diese Broschüre (26 Seiten) enthält auf S. 7–26 sieben Briefe an Heinrich Mann.]

Zwei Jahre

Erstdruck: ›Deutsche Zentral-Zeitung‹. Moskau. Jg. 13, Nr. 167 vom 23. Juli 1938.

München
Erstdruck: ›La Dépêche‹. Toulouse. 14. Oktober 1938, S. 1, u.d.T.: *Cette paix.*

Der eigenen Kraft bewußt sein!
Erstdruck: ›Deutsche Volks-Zeitung‹. Paris–Prag–Kopenhagen. Jg. 3, Nr. 44 vom 30. Oktober 1938, S. 1.

Die größere Macht
Erstdruck: ›Der Deutsche Schriftsteller‹. Paris. November 1938 [Sonderheft zum Jubiläum des SDS], S. 2.
Weiterer Druck: ›Pariser Tageszeitung‹. Paris. Jg. 3, 6./7. November 1938, S. 1.

Über Goethe
Erstdruck: ›Deutsche Volks-Zeitung‹. Paris–Prag–Kopenhagen. Jg. 3, Nr. 46 vom 13. November 1938, m.d. Untertitel: ›Ein Wort an die deutschen Studenten‹.

An Mr. Winston Churchill
Erstdruck: ›Die Zukunft‹. Paris. Jg. 1, Nr. 7 vom 25. November 1938, S. 13, u.d.T.: *Mr. Winston Churchill.*

Die Warnung [vgl. S. 26–31]
Erstdruck: ›Die neue Weltbühne‹. Prag–Zürich–Paris. Jg. 34 [der ›Weltbühne‹], Nr. 48 vom 1. Dezember 1938, S. 1503–1506 [Vorabdruck aus *Mut*].

Mut! [vgl. S. 11–13]
Erstdruck: ›Deutsche Volks-Zeitung‹. Paris–Prag–Kopenhagen. Jg. 4, Nr. 8 vom 19. Februar 1939, S. 7, u.d.T.: *Unser Wort.*
Weiterer Druck: ›Das Wort‹. Moskau. Jg. 4, Heft 2, Februar 1939, S. 105 f.

Thematisch verwandt, aber nicht identisch sind:

Das Heer und das Volk mit *Das Heer mit dem Volk* (›Pariser Tageszeitung‹. Paris. Jg. 2, 18. Februar 1938, S. 2).

Huldigung an die österreichische Seele mit *L'Autrîche* (›La Dépêche‹. Toulouse. 30. März 1938) und mit *Solidarität mit Österreich* (›Pariser Tageszeitung‹. Paris. Jg. 2, 3./4. April 1938, S. 2).

Bei der Komposition dieser antinazistischen Streitschriften gab Heinrich Mann also die Reihenfolge der Entstehung zugunsten einer thematischen Gliederung auf.

Mut erschien Anfang 1939 – wohl im Februar – in dem neugegründeten Exil-Verlag ›Éditions du 10 Mai‹, der den Tag der Bücherverbrennung in Deutschland zu seinem Verlagsnamen gewählt hatte und unter der Schirmherrschaft der ›Association internationale des écrivains‹ stand, die als Herausgeber zeichnete. Nach einer Verlagsanzeige in *Mut* sollten in diesem Verlag Romane und Novellen von Anna Seghers, Hermann Kesten, Lion Feuchtwanger, Franz Carl Weiskopf u. a. erscheinen. Nach dem bereits 1938 erschienenen Roman von Willi Bredel *Begegnung am Ebro. Aufzeichnungen eines Kriegskommissars* ist Heinrich Manns Essay-Band wohl der letzte Titel dieses Verlags geblieben, da dieser mit dem deutschen Einmarsch in Frankreich im August 1940 ohnehin jeder Arbeitsmöglichkeit beraubt war. Die Höhe der Auflage von *Mut* ist heute nicht mehr zu ermitteln, da offenbar keine einschlägige Verlagskorrespondenz erhalten ist.

An handschriftlichen Vorlagen zu den Essays aus *Mut* ist nur noch wenig vorhanden; lediglich sechs Blatt Korrekturfahnen mit handschriftlichen Korrekturen Heinrich

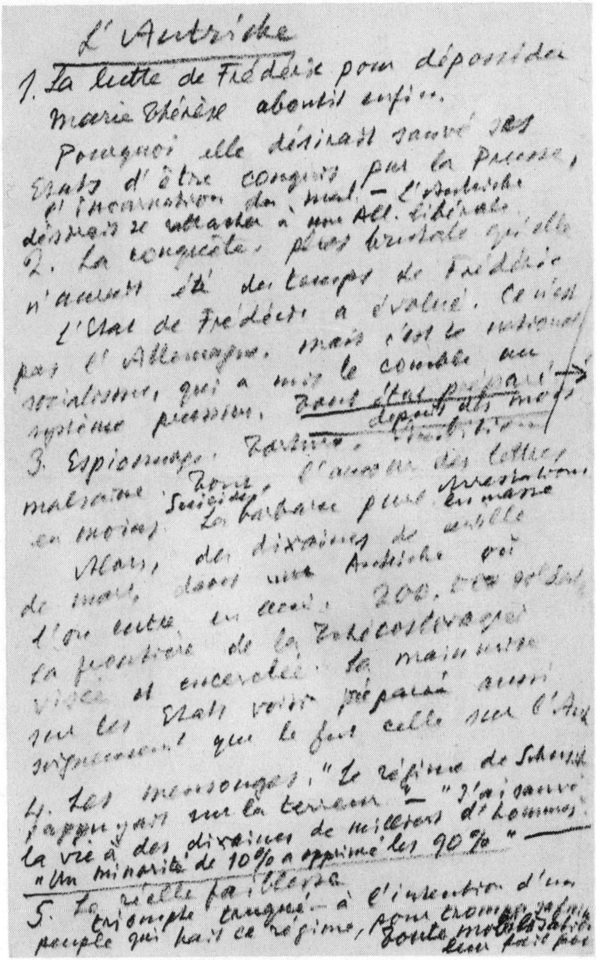

L'Autriche

1. La lutte de Frédéric pour déposséder Marie Thérèse aboutit enfin.

Pourquoi elle désirait sauver ses États d'être conquis par la Prusse, l'incarnation du mal. — L'Autriche désormais se rattacher à une All. libérale

2. La conquête, plus brutale qu'elle n'aurait été du temps de Frédéric. L'État de Frédéric a évolué. Ce n'est pas l'Allemagne, mais c'est le [illegible] socialisme, qui a mis le comble au système prussien. [illegible]

3. Espionnage. Tortures. l'ouverture des lettres, [illegible] Suicides. La barbarie [illegible] en moins. [illegible] des dizaines de [illegible]

[illegible] 200.000 soldats [illegible] la frontière de la Tchécoslovaquie. [illegible] sur les États voisins préparée ainsi que le fut celle sur l'Aut[illegible]

4. Les mensonges. "Le régime de Schuschnigg s'appuyait sur la terreur" — "J'ai sauvé la vie à des dizaines de millions d'hommes". "Une minorité de 10% a opprimé les 90%" —

5. La réelle faiblesse [illegible] à l'intention d'un peuple qui hait ce régime, [illegible]

L'Autriche

Erste Seite der Notizen in der Handschrift Heinrich Manns

[vgl. S. 330]

Manns aus der Abteilung ›Vox Humana‹ [HMA 401[2]; siehe Abb. S. 318f.] sind in dem Nachlaßteil, den Heinrich Mann 1940 in Nizza zurücklassen mußte, erhalten geblieben. Darüber hinaus ist unter dem Titel *Kultur* eine Handschrift des Essays *Volkskulturtag in Reichenberg* im ›Institut für Marxismus-Leninismus‹ beim ehemaligen ZK der SED, Zentrales Parteiarchiv [Sign.: DF IX/16; 3 Seiten; vgl. Abb., S. 45–47] vorhanden. Maschinenschriftliche Abschriften ohne handschriftliche Veränderungen existieren in Heinrich Manns Nachlaß von den Aufsätzen *Der kommende Mann* unter dem Titel *Der kommende Tag* [HMA 303; 8 Seiten], *Die Warnung* [HMA 327; 6 Seiten] und *Eine Eroberung* [HMA 329; 4 Seiten]. Zu dem Vorläufer-Text *L'Autrîche* finden sich ebenfalls im Nachlaß drei Seiten handschriftliche Notizen, die teilweise auf der Rückseite eines Briefes an Heinrich Mann vom 15. Januar 1938 geschrieben sind [HMA 370; siehe Abb. S. 329].

Der Abdruck der Texte erfolgt nach der jeweiligen Fassung in *Mut*, lediglich Druckfehler und die durch die Herstellung in einer französischen Druckerei bedingten Schreibweisen (z. B. ss statt ß u. ä.) sind stillschweigend gebessert. Modernisiert wurde die Schreibweise ›Civilisation‹ in ›Zivilisation‹ (ebenfalls bei Bildungen aus dem gleichen Wortstamm); die Interpunktion Heinrich Manns wurde beibehalten, bis auf die Fälle, in denen das Verständnis ein Nachtragen von Satzzeichen unbedingt erforderte, zumal in den überwiegenden dieser Fälle sicherlich Setzerfehler vorliegen.

2 HMA = Heinrich-Mann-Archiv der Akademie der Künste der DDR, Berlin; zur Numerierung vgl.: *Vorläufiges Findbuch der Werkmanuskripte von Heinrich Mann*. Bearbeitet von Rosemarie Eggert. Berlin (Ost) 1963 [= Deutsche Akademie der Künste zu Berlin, Schriftenreihe der Literatur-Archive, Heft 11] [hektograph. Typoskript].

Materialien

Thomas Mann an Heinrich Mann, 1
Küsnacht – Zürich, 12. Dezember 1936:

Lieber Heinrich,
habe vielen Dank für Deine schöne Aeußerung zu jener deutschen Maßnahme. Du hast da wieder eines von diesen kleinen moralischen Gedichten gegeben, die mit »Politik« nur mittelbar zu tun haben und, wie ich glaube, von einer zukünftigen Welt, Deutschland nicht ausgeschlossen, einmal werden sehr hoch gehalten werden. Die Umgebung, in der sie jetzt erscheinen, ist – aber was soll man machen – nicht die liebenswerteste, wie es wenigstens mir scheinen muß. War schon Hillers verzeihende Gönnerschaft wenig angenehm, so empfinde ich die freche Herablassung Ernst Blochs vollends als unerträglich. Dieser scharfe Typ hat mich schon in Deutschland unwürdig behandelt; heute scheint mir seine Sprache den Tatsachen noch weniger angepaßt. Eingesprengt unter 65 Millionen war er nützlich und notwendig. Jetzt, draußen, in Reinkultur nimmt er sich denn doch übler aus als man öffentlich eingestehen möchte.

Die tschechische Regierung versucht eine Intervention wegen meiner Münchener Habe. Ich zweifle am Erfolg. Die Gauner können ja den Akt meiner »Ausbürgerung« beliebig vordatieren. Übrigens habe ich mich dieser Dinge entwöhnt, und großen Teils sind sie auch längst geschändet und zerstreut.

Etwas anstrengend waren diese Tage doch. Es ging ein

wenig zu wie nach dem Nobel-Preis oder an Dezimal-Geburtstagen, und andererseits übte die Nachricht doch immer noch eine gewisse unvernünftige Choc-Wirkung. Unvernünftig, denn wie lange wird all der Unsinn Gültigkeit haben? Man kann heute weniger als jemals glauben, daß dies Regime es auch nur auf die Tage der armen Weimarer Republik bringen wird. Es ist anzunehmen, daß man, sollte man auch sein Ende nicht erleben, in diesem Unglauben doch immer tröstlicher bestärkt werden wird.

Frohe Weihnacht in diesem Sinn! T.

In: Thomas Mann / Heinrich Mann: *Briefwechsel 1900–1949*. Hg. von Hans Wysling. Erweiterte Neuausgabe. Frankfurt am Main: S. Fischer 1984, S. 244 f.
[Im folgenden zitiert: *TM/HM*]
Mit »Deine schöne Aeußerung« ist *Begrüßung des Ausgebürgerten* gemeint [zum Erstdruck vgl. S. 321]. Ebenfalls in der ›Neuen Weltbühne‹ waren die von Thomas Mann erwähnten Artikel von Kurt Hiller (1885–1972) *Für Thomas Mann* (Nr. 49 vom 3. Dezember 1936, S. 1540–1543) und Ernst Bloch (1885–1977) *Nobelpreis und Ausbürgerung* [Ossietzky und Thomas Mann] (Nr. 50 vom 10. Dezember 1936, S. 1571–1576) erschienen.

2 Heinrich Mann an Thomas Mann,
Nizza, 16. Dezember 1936 [Auszug]:

Lieber Tommy,
die aufregenden Tage haben Dir auch wieder Anzeichen dafür gebracht, dass man im Lande an das Regime nicht glaubt: sonst wäre man entmutigt und würde Deine Ausbürgerung nicht als Geburtstagsfeier behandeln. Auch ich erfahre immer aufs neue, dass man dort drinnen die Veränderungen eher erwartet als wir. Man ist nur planlos, und die ganz Zurückgebliebenen verlassen sich auf den Generalstab. Soeben schreibt man mir, dass in Spanien schon

einige Reichswehrsoldaten übergelaufen sind. Eine Neuheit, im vorigen Krieg wohl kaum denkbar, aber vielleicht gibt sie diesem erbärmlichen Generalstab jetzt zu denken. Einem gewöhnlichen Abenteurer hat diese einst aristokratische Institution sich untergeordnet. So sollen jetzt die Kriege weitergehen: jedem fascistischen Aufstand in jedem Lande tritt die Internationale Brigade entgegen, und diese vermehrt sich durch übergehende Formationen.

Sollten wir Deutschland wiedersehen, wird auch die bloss intellektuelle Publizistik zu liquidieren sein. Sie ist eigentlich ein Rest der Vorkriegszeit, als Schriftsteller nichts zu verantworten hatten, und während der Republik haben sie es nicht gelernt. Ich habe nicht gelesen, was Hiller über Dich zu sagen wusste; aber der gutwillige, tüchtige Budzislawski ist sehr erschrocken über die Sache. Er hatte sich vor längerer Zeit verpflichtet, sie zu bringen, und dann kam sie im falschesten Augenblick. Es tut ihm leid. Hiller ist nicht mehr sein Mitarbeiter.

Möge die Regierung unserer Republik gegen das Diebsgesindel ihre Forderungen durchsetzen. Wenn nicht, bleibt immer noch das Haus und Grundstück: das fällt eines Tages ohne Umstände an Dich zurück.

Frohe Weihnacht Euch Allen.

In: *TM/HM*, S. 246.

Mit »aufregenden Tagen« ist die Ausbürgerung Thomas Manns durch die Nationalsozialisten zum 2. Dezember 1936 gemeint. – Hermann Budzislawski (1901–1978) war vom März 1934 bis 1939 Herausgeber der ›Neuen Weltbühne‹ in Prag.

Heinrich Mann an Klaus Pinkus, 3
Nizza, 11. Februar 1938:

Lieber Herr Klaus Pinkus,
Ihr Brief hat mich wahrhaft erfreut, besonders durch den

Beweis der Freundschaft, dann auch, weil er überaus lebendig und angeregt ist. Ich gestehe, daß mich der 4. Februar nicht mehr derart aufgeregt hat, wie einst der 30. Juni. Alles geht den vorgeschriebenen Weg, und wie er enden soll, das wissen die demokratischen Mächte, oder sie könnten es wissen.

Die Deutschen? Sie bringen jetzt Helden hervor, aber hinter der Scene; bringen sogar neue Erkenntnisse hervor, leider auch nur insgeheim. Sie finden nicht die Kraft, einig zu sein, in dem alleräußersten Fall noch immer nicht. Die Freiheitspartei macht eine Zeitschrift in London. Die Engländer wissen alles, was darin stehen kann; sie sehen auch, daß die Deutschen es nicht wahr machen. Andererseits sind meine Erfahrungen mit der Volksfront schmerzlich. Ich spreche nur von ihrem vorbereitenden Ausschuß. Wenn er versagt hat, hängt es gewiß damit zusammen, daß auch im Lande der Widerstand keinen Mittelpunkt hat.

Mir wäre jeder Mittelpunkt recht gewesen, auch der militärische. Die Offiziere haben sich, neben den Pfarrern, am charaktervollsten erwiesen. Man weiß jetzt, daß viele dem General v. Fritsch freiwillig gefolgt sind. Warum ist der Aufstand gegen das Regime dennoch kaum angefangen und sogleich abgebrochen worden? Ich vermute, weil der Rückhalt im Volk nicht ausreichte. Das lähmt die Handelnden. Der Erfolg des Regimes besteht darin, daß es das Volk in allen Teilen, sogar den mächtigsten, gelähmt und handelnsunfähig gemacht hat. Dies nicht nur durch Terror; die moralische Bearbeitung ist noch wichtiger. Die Leute moralisch abschrecken, ihnen jeden Anspruch auf Glück verdächtig machen, darauf kam es an. Das gute Gewissen ist nur auf Seiten der Unterdrücker – könnte man in düsteren Stunden meinen.

Natürlich fürchten sie die Folgen. Eine so scheußliche Figur wie dieser Himmler ist im Gegenteil nur erklärbar durch ein sehr schlechtes Gewissen des Regimes. Gleichwohl, eine Reihe solcher Gestalten hat bis jetzt das Vorrecht, zu handeln. Fragt sich, wer ihnen das nimmt, und ob noch rechtzeitig genug. Nach dem Krieg und der Niederlage ist ohnedies alles eins.

Dies ungefähr, und nicht viel mehr, kann ich zu den Ereignissen sagen, falls Sie es zu wissen wünschten. Der Herausgeber der Weltbühne verlangt soeben dasselbe von mir, und zwar in größter Eile. Das ist sehr schwer: Wahrheiten sagen und doch nicht ganz entmutigen.

Von Ihnen hoffe ich wieder zu hören und wieder etwas so Lesenswertes. Nehmen Sie meinen Dank und seien Sie von uns beiden herzlich begrüßt.

Ihr H. Mann

In: Heinrich Mann: *Briefe an Karl Lemke und Klaus Pinkus.* Hamburg: Claassen o. J. [1964], S. 132 f.
[Im folgenden zitiert: *Lemke / Pinkus-Briefe*]
Klaus Pinkus (1895–1977) hatte Heinrich Mann im Mai 1933 in der Emigration kennengelernt und blieb später während der Kriegszeit – meist in Stellungen als Gärtner – in Frankreich. – Mit »4. Februar« [1938] ist die Entlassung des Oberbefehlshabers des Heeres, Generaloberst Werner von Fritsch, aufgrund einer Intrige Heinrich Himmlers gemeint. – »30. Juni« [1934] spielt auf den »Röhm-Putsch« an; an diesem Tag wurde Ernst Röhm, Stabschef der SA, auf Befehl Hitlers ermordet.

Eine kommunistische Gruppe aus Deutschland an Heinrich Mann, Teplitz, 28. August 1938: 4

Mein lieber Freund Heinrich Mann!
Wir lasen bei einem Besuch im Auslande in der »D.V.Z.« No 28 d. J. Ihre voll Ungeduld erwartete Antwort auf unser letztes Schreiben.

Wir danken Ihnen, daß Sie in Ihrer *Antwort an Viele* zu dem in unserem Schreiben an den »Pariser vorbereitenden

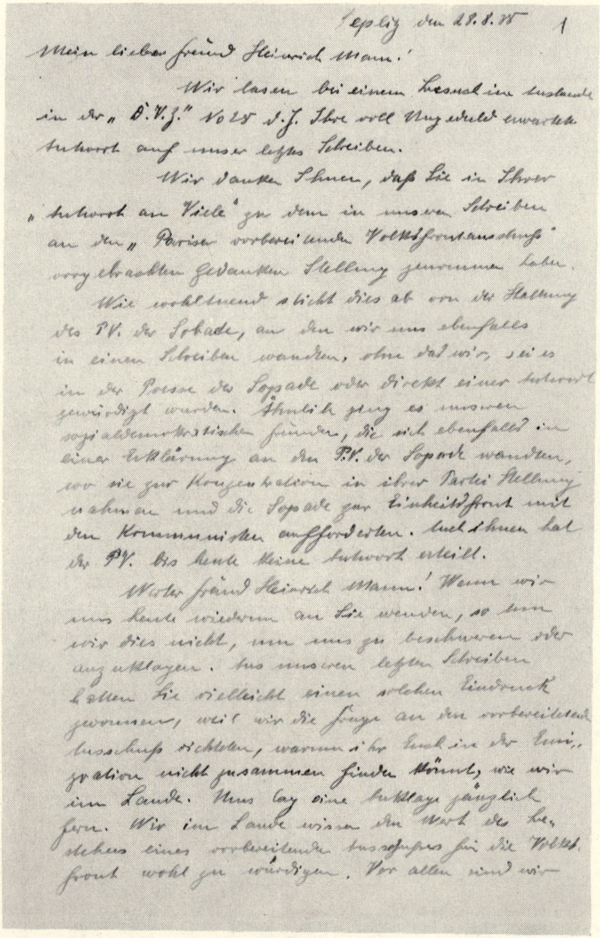

Teplitz den 28.8.36 1

Mein lieber Freund Heinrich Mann!

Wir lasen bei einem Besuch im Auslande in der „D.V.Z." No 28 d.J. Ihre voll Ungeduld erwartete Antwort auf unser letztes Schreiben.

Wir danken Ihnen, daß Sie in Ihrer „Antwort an Viele" zu dem in unserem Schreiben an den „Pariser vorbereitenden Volksfrontausschuß" vorgebrachten Gedanken Stellung genommen haben.

Wie wohltuend sticht dies ab von der Haltung des P.V. der Sopade, an den wir uns ebenfalls in einem Schreiben wandten, ohne daß wir, sei es in der Presse der Sopade oder direkt einer Antwort gewürdigt wurden. Ähnlich ging es unseren sozialdemokratischen Freunden, die sich ebenfalls in einer Erklärung an den P.V. der Sopade wandten, wo sie zur Konzentration in ihrer Partei Stellung nahmen und die Sopade zur Einheitsfront mit den Kommunisten aufforderten. Auch ihnen hat der P.V. bis heute keine Antwort erteilt.

Werter Freund Heinrich Mann! Wenn wir uns heute wiederum an Sie wenden, so tun wir dies nicht, um uns zu beschweren oder anzuklagen. Aus unserem letzten Schreiben hatten Sie vielleicht einen solchen Eindruck gewonnen, weil wir die Frage an den vorbereitenden Ausschuß richteten, warum ihr Euch in der Emigration nicht zusammenfinden könnt, wie wir im Lande. Uns lag eine Anklage gänzlich fern. Wir im Lande wissen den Wert des Bestehens eines vorbereitenden Ausschusses für die Volksfront wohl zu würdigen. Vor allem sind wir–

Erste Seite des Briefes
einer kommunistischen Gruppe aus Deutschland
an Heinrich Mann
[vgl. Materialien, Nr. 4]

Volksfrontausschuß« vorgebrachten Gedanken Stellung genommen haben.

Wie wohltuend sticht dies ab von der Haltung des PV. der Sobade, an den wir uns ebenfalls in einem Schreiben wandten, ohne daß wir, sei es in der Presse der Sopade oder direkt einer Antwort gewürdigt wurden. Ähnlich ging es unseren sozialdemokratischen Freunden, die sich ebenfalls in einer Erklärung an den P.V. der Sopade wandten, wo sie zur Konzentration in ihrer Partei Stellung nahmen und die Sopade zur Einheitsfront mit den Kommunisten aufforderten. Auch ihnen hat der PV. bis heute keine Antwort erteilt.

Werter Freund Heinrich Mann! Wenn wir uns heute wiederum an Sie wenden, so tun wir dies nicht, um uns zu beschweren oder anzuklagen. Aus unseren letzten Schreiben hatten Sie vielleicht einen solchen Eindruck gewonnen, weil wir die Frage an den vorbereitenden Ausschuß richteten, warum ihr Euch in der Emigration nicht zusammen finden könnt, wie wir im Lande. Uns lag eine Anklage gänzlich fern. Wir im Lande wissen den Wert des Bestehens eines vorbereitenden Ausschusses für die Volksfront wohl zu würdigen. Vor allem sind wir stolz auf den großen Dichter Heinrich Mann, der sich in der größten Not und Unterdrückung des deutschen Volkes mutig und selbstlos an die Spitze der deutschen Antifaschisten und des werktätigen deutschen Volkes stellt, um es aus finsterster Barbarei und Knechtschaft durch den grausigen Hitlerfaschismus in die Freiheit, in eine neue deutsche demokratische Volksrepublik zu führen.

Wir haben mit unseren Freunden, auch mit unseren Sozialdemokratischen Genossen über Ihren Antwortartikel gesprochen. Nach einer ausführlichen Debatte beschlossen wir, uns erneut und diesmal direkt an Sie zu wenden.

Sie schreiben: daß der Volksfrontausschuß seine Pflicht tun wird, daß dann, wenn es um die Frage der Errichtung unseres Volksstaates ginge, wir unsere Freunde draußen genau so bereit finden würden, wie wir selbst es sind.

Wir nehmen diese Erklärung mit Freude und Genugtuung entgegen. Wir haben nie daran gezweifelt, daß Sie, werter Freund, mit ganzem Herzen und tiefster tätiger Anteilnahme an der Einigung des deutschen Volkes gegen Hitler arbeiten und trotzdem, Sie selbst finden Ihre Antwort als unzulänglich.

Wir im Land, die wir unserem grausamen Feinde unmittelbar gegenüber stehen, die wir aber aufs engste mit den deutschen Werktätigen zusammen leben, ihre Stimmungen, ihre materiellen Nöte genau kennen und mit erleben, sehen die Möglichkeiten des Sturzes real, nüchtern, ja auch einfacher, als Ihr im Ausland. Wir sehen sie aber deshalb auch richtig.

Zwei Lehren drängen sich hierbei auf. *Die erste Lehre:* Um Hitler zu stürzen, muß man schon heute Mittel und Wege finden, um de[m] werktätigen Volke zu helfen, i[h]n einen legal getarnten, die sozial und nationaldemagogischen Phrasen Hitlers und seiner Paladine ausnützenden Widerstand zu bieten. Die *zweite große Lehre:* ohne Einsicht des deutschen Volkes, wird es dem deutschen Antifaschisten niemals gelingen, Hitler zu stürzen.

Gestützt auf diese beiden Lehren haben wir uns sozialdemokratische und kommunistische Freunde zusammengefunden und einen brüderlichen Kampfbund geschlossen. Wir sind uns darüber einig geworden nicht nur ein Zweckbündniss für den Kampf gegen den Faschismus einzugehen, sondern bis zum Siege des Sozialismus und drüberhinaus für seine Erhaltung zusammen[zu]halten.

Wir beraten uns gegenseitig, was wir in Betrieben, in denen wir arbeiten und in faschistischen Organisationen tun können. Wir berichten und informieren uns gegenseitig, was es in der internationalen Politik neues giebt, was wir im Rundfunk oder durch illegale Materialien erfuhren, was wir gegen die Kriegstreibereien Hitlers und für die Erhaltung des Friedens tun können, welche Flüsterparolen wir gemeinsam durchgeben können. Für unsere Arbeit einige Beispiele.

Wir Kommunisten in einem der größten Betriebe unserer Stadt [haben] schon mehrfach verstanden durch Anwendung legaler Argumente und Ausnützung der Vertrauensleute und D.A.F. Amtswalter unsere Kollegen zu erfolgreichem Widerstand zu bewegen. So haben wir eine Akkordpreisverschlechterung, die der Betriebsführer durch Übergang vom Einzel zum Gruppenakkord durchführen wollte, abgewehrt. Wir veranlaßten die davon betroffenen Arbeiterinnen zum Vertrauensrat zu gehen und diesen so unter Druck zu setzen, daß er mit der Betriebsführung verhandeln mußte. In der Zeit der Verhandlung standen die Maschinen still und es blieb bei den alten Preisen.

Als anläßlich der Besetzung Östreichs die Nazis ohne uns zu fragen, im Betrieb eine Geldsammlung angeblich für erholungsbedürftige Kinder durchführen wollten, wobei die Männer 3.– Mk und die Frauen 1,50 Mk zahlen müssen, machten wir Krach. Unter Verwendung einer Nazizeitung wonach Sammlungen strafbar seien, weigerten wir uns, uns an der Sammlung zu beteiligen. Von 400 Arbeitern zahlten nur freiwillig 6 Mann den geforderten Betrag von 3.– Mk während die übrigen nur durchschnittlich 1.– Mk bezahlten. Allen Kollegen ist dabei zum Bewußtsein gekommen daß mit dieser Weigerung vor allem der Protest gegen die Östreichbesetzung ausgedrückt werden sollte. Unsere Sozialdemokraten und ihre Freunde sind als frühere Arbeitersportler, als Wassersportsparte in Dt. organisiert. Als begeisterte Sportler, die es ernst mit einer gesund sportlichen Betätigung der Jugend meinen, machten wir der Kreisleitung den Vorschlag, einen Kursus für Bootsbau durchzuführen. Da die

Kreisleitung dazu unfähig war und den Kursus bald abbrechen mußte, rissen wir einfach die Führung des Kursus an uns. Dadurch errangen wir große Sympathien bei den übrigen Sportlern, denn wir sind ja als »Rote« bekannt.

Jetzt arbeiten wir gerade an der Herausgabe eines gemeinsamen Flugblattes, welches für die Einwohnerschaft bestimmt ist und in Korruptionssumpf unserer braunen Bonzen hineinleuchten soll.

Wir helfen uns gegenseitig, unsere Reihen zu erweitern, indem wir alte Sozialdemokraten bezw. Kommunisten, die wir neu aufspüren, uns zuführen. Wir versuchen Mittelständler und Intellektuelle zu interessieren und ihnen ebenfalls durch Aufrechterhaltung loser, freundschaftlicher Beziehungen zu helfen, Argumente und neue Kampfmethoden für ihre Organisation zu finden. Auf die Weise haben wir im Land die ersten Ansätze eines brüderlichen und festen Kampfbündnisses geschmiedet. Was uns fehlt *ist eine zielbewußte zentrale Hilfe durch Euch*, liebe Freunde im Ausland. Wir fühlen uns zwar als deutsche Volksfront, aber welche Hilfe wäre es für unsere Arbeit, wenn wir sagen und nachweisen könnten, *daß der Volksfrontausschuß in Paris zu allen politischen Problemen* des antifaschistischen Kampfes Stellung genommen, und uns *Aufgaben*, die alle in einer Linie liegen, gestellt hat.

Wir selbst beschränken uns natürlich keineswegs nur auf die Kleinkämpfe. Wir beschäftigen uns sehr intensiv mit der Erfassung der politischen Situation nicht nur in Deutschland, sondern in der ganzen Welt. Wir sind darüber klar geworden, daß die erste, außenpolitische Niederlage Hitlers am 21. Mai nicht zuletzt auch eine Folge der inneren Lage Hitlerdeutschlands war. Wir sehen daraus, daß unser Kampf nicht umsonst ist und mithilft, Hitler von der Entfesselung eines Krieges abzuhalten.

Wir kennen Hitler und sein Regime aber genau genug um zu wissen, daß er sich durch die Schlappe vom 21. Mai keineswegs davon abhalten lassen wird, seine Expansionspolitik fortzusetzen. Er mußte feststellen, daß [er] auf unüberwindlichen Widerstand stößt und nun schaltet er um. Jetzt werden, um die Niederlage zu verdecken, Friedenstrompeten geblasen und gleichzeitig geschäftig die Lords umworben und unter Druck gesetzt, damit sie ihrerseits dem Präsidenten Benesch die Finger um den Hals legen. Die jetzigen Manöverübungen, die einer Kriegsmobilisierung des ganzen Volkes gleichkommen, sollen als Druckmittel und Drohung dienen und bilden das Sprungbrett Hitlers zum Kriege, wenn die demokratischen Mächte nicht die gleiche feste Haltung einnehmen wie am 21. Mai.

Die kleinsten Zugeständnisse würden nach unserer Ansicht schon ausreichen, um es Hitler zu ermöglichen sich später ganz über die Gebirge herüber zu manövrieren. Und dann hätte er die C.S.R. in der Tasche und der Weg zum Balkan wäre offen.

Wir glauben, daß es in einer solchen Situation allerhöchste Zeit ist, dem Ausland vollständige Einmütigkeit zu zeigen. Was würde es in der C.S.R., in Frankreich und England für Eindruck machen, wenn eine einheitliche Führung namens der antifaschistischen deutschen Kämpfer und des ganzen deutschen Volkes auftreten und der Welt das sagen würde was gesagt werden muß? Und wieviel mehr würden sich die Antifaschisten in Dt regen, vor allem die, die noch abwartend beiseite stehen, wenn sie erführen: wir haben einen Willen, wir haben ein Ziel und wir werden es schaffen.

Bitte sagen Sie allen Jenen, die, wie sie schreiben, den geistigen Vorgängen des Auslandes nachgehen und nachgeben, daß wir diese Kompromißbereitschaft genau so sehen, aber richtiger einschätzen. Es ist nach unserer Ansicht gänzlich zwecklos, die kompromißbereiten Kräfte zu beschwören und ihnen gut zuzureden.

Handeln müssen wir, einheitlich handeln, dann wird das Eindruck machen.

Deshalb lieber Freund Heinrich Mann! wenden wir uns nochmals an Sie. *Zeigen Sie diesen Brief allen Freunden des Pariser* Ausschusses, *vor allem denen, die immer noch nicht* den Weg zueinander finden konnten, die immer noch in alter sturer Weise glauben im *»Antikommunismus«* den Weg sehen zu müssen, zu einer Zeit, wo Hitlers Faust mit aller Kraft des deutschen Volkes Gurgel presst, um uns in Abgrund des grausigen Krieges mit herabzureißen.

Wir würden uns freuen, recht bald von Ihnen zu hören. Lassen Sie uns bitte wissen, welche Fortschritte in Paris gemacht worden sind.

Mit deutschem Freiheitsgruß

Eine kommunistische Gruppe aus Deutschland

Original: HMA 2867. – Druck: *Heinrich Mann 1871–1950. Werk und Leben in Dokumenten und Bildern.* Mit unveröffentlichten Manuskripten und Briefen aus dem Nachlaß. Hg. von der Akademie der Künste in Berlin anläßlich der Ausstellung zu seinem 100. Geburtstag. Ausstellung und Katalog: Sigrid Anger unter Mitarbeit von Rosemarie Eggert und Gerda Weißenfels. Berlin und Weimar: Aufbau-Verlag 1971, S. 289–294. [Im folgenden zitiert: *Dok.*]

Dieser Brief war am 28. August 1938 anonym außerhalb Deutschlands abgeschickt worden. – Mit »PV der Sopade« ist der Parteivorstand der Exil-SPD gemeint; »D.A.F.« bedeutet die nationalsozialistische Organisation »Deutsche Arbeits-Front«. – Am 20. Mai 1938 hatte Hitler an der tschechoslowakischen Grenze einen Scheinaufmarsch der deutschen Truppen inszenieren lassen, was eine Teilmobilmachung am 21. Mai in der Tschechoslowakei veranlaßte. – Die Begriffe »Die erste Lehre« und »zweite große« sind im Original unterstrichen, während die übrigen kursiv wiedergegebenen Hervorhebungen auf Unterstreichnungen von Heinrich Mann zurückgehen.

Heinrich Mann an Thomas Mann, 5
Nizza, 22. November 1938 [Auszug]:

Deine Zeit und Kraft werden begreiflicher Weise viel beansprucht.

Meine im Augenblick auch. Erstens muss ich ein Buch mit Artikeln der letzten zwei Jahre in Eile fertig machen. Zweitens sitze ich in einer unvollständigen Wohnung an einem »frühen« Empire-Tisch, aus der Zeit des ägyptischen Abenteuers; der zugehörige Schrank weist gleichfalls Sphynx-Köpfe und Ruhmes-Genien aus Bronze auf, und das Ganze war billiger als ein modernes »bureau«. Meine dritte Sorge ist die von Bertaux empfangene Nachricht, dass meine Tochter Goschi mit einem Amerikaner verlobt sein soll. [...]

Bis dieser Brief zu Dir gelangt, hat sich womöglich ein Glück herausgestellt, wer weiss, eine Rettung. Ich wäre unendlich dankbar für ein wenig Frieden. Jetzt steht es derart, dass ich kaum voraussehe, was ich künftig zu sagen oder zu machen habe. So viel ist sicher, dass wir Mut haben sollen; die grossen Erschütterungen werden uns nicht umsonst zugemutet.

In: *TM/HM*, S. 259f.

Heinrich Mann an Klaus Pinkus, 6
Nizza, 30. November 1938 [Auszug]:

Gern möchte ich Sie mit meinem Buch ein wenig aufrichten, wenn ein Buch, das ein Leben und ebenso viel Glück wie Unglück enthält, tröstlich ist. Indessen bekomme ich meine Exemplare erst nach vierzehn Tagen, auf dem langsamen Buchhändler-Weg. Erschienen ist der Band, gleichzeitig deutsch und englisch, er liegt gewiß schon beim Pont de l'Europe, rue Vignon.

Mit diesem Roman habe ich, so weit ich bis jetzt sehe,

meine Erfahrungen so ziemlich ausgegeben. Ich finde noch keinen anderen vor mir liegen. Um einen historischen täte es mir, nach diesem, leid; aber auf Romane aus dieser Zeit lasse ich mich nicht ein. Was geht einen Schriftsteller, der in menschlichen Dingen einigermaßen belehrt ist, der krampfige Unfug dieses Geschlechtes noch an. Schon zu viel, mit allen meinen Artikeln, die nächstens wieder, gesammelt und zwecklos, erscheinen sollen. Das Buch heißt *Mut!* und mein Brief klingt entmutigt wie der Ihre. Wir sind im Grunde nicht entmutigt. Wir wissen so gewiß, als ob wir dabei wären, daß Europa sich dereinst auf seine Gesittung besinnt. Sie selbst werden sogar dabei sein. Wenn ich die Rechnung der Union verstehe, läßt sie den Gegner in seinen eigenen schmutzigen Affären seine Kraft vergeuden. Für den Angriff bleibt ihm dann keine mehr. Die geheimen Berichte melden, daß der Widerstand der deutschen Arbeiter in einem unerwarteten Maße zunimmt. Die Erfolge des Feindes werden für gar nichts erachtet – wahrscheinlich sogar von ihm. Entscheidend ist eigentlich das Beispiel der spanischen Republik. Ferner sagen Sie mit Recht, daß die Juden ein Gradmesser sind. Wissen Sie aber, daß infolge ihres Widerstandes gegen die Pogrome 761 Nichtjuden der Prozeß gemacht wird – und nicht einmal der doppelten Zahl von Juden? Die Offiziere des Heeres haben sich ausgezeichnet. Die »Ausrottung« des Christentums – das man für schwächer hält als das Judentum – wird noch anderen Kräften begegnen. Wenn ich die Hoffnung aufgegeben hätte, wär' ich schon in Amerika. Meine Familie hat den Schritt hinter sich; auch meine Tochter heiratet dorthin. Ich habe mir hier, recht und schlecht, eine Wohnung eingerichtet. Gentz sprach zu Metternich: »Uns trägt's schon noch« – worauf es sie allerdings doch nicht mehr trug. Nun, das findet sich. Aber kommen Sie doch einmal hierher – zur Auffrischung. Mehr Geld geben Sie deshalb kaum aus, und zum Essen sind Sie nicht nur »uffjefordert« sondern »injeladen« – eine Unterscheidung, die Liebermann machte.

Wir begrüßen Sie herzlich.
Ihr H. Mann

In: *Lemke / Pinkus-Briefe*, S. 137f.
Mit »Roman« ist der zweite *Henri Quatre*-Roman *Die Vollendung des Königs Henri Quatre* gemeint, dessen Manuskript Heinrich Mann am 16. August 1938 in Nizza abgeschlossen hatte und der noch im Jahr 1938 in drei verschiedenen deutschen Ausgaben in Kiew, Amsterdam und New York – Toronto sowie Anfang 1939 in einer englischen Ausgabe unter dem Titel *The last days of Henri Quatre* bei Secker and Warburg in London erschien.

Heinrich Mann an Klaus Pinkus, 7
Nizza, 3. Januar 1939:

Lieber Herr Pinkus,
nehmen Sie, mit meinem Dank, die besten Wünsche für das Jahr – allzu neu wird es nicht sein. Für die Welt voraussichtlich nicht. Privat darf man verderben und sterben, oder es wird uns noch ein Aufenthalt geschenkt, vielleicht sogar Genugtuungen. Sie sehen richtig, daß ich die meinen durch meinen Roman empfangen habe, fünf und ein halbes Jahr lang; die sind nun vergangen. In Deutschland, wenn es bewohnbar geblieben wäre, hätte ich dasselbe gehabt, hätte in derselben Welt dieses Romans gelebt. Eine zweite zu erfinden und darin aufzugehen, wird allerdings schwer halten, schwerer als die Ortsveränderung Berlin – Nice. Diese war nicht weiter heroisch, ich hatte nicht sehr viel aufzugeben, und das wurde immer weniger, seit von dem Lande, das wir kannten, nichts übrig ist. Zurückzudenken, empfiehlt sich kaum; und eine vorwärts gerichtete Sehnsucht – nun ja, ich werde nächstens 68. Aber auch ich könnte noch dabei sein, wenn das Berchtesgadener Phänomen an die Sowjet-Union gerät – ganz pique as,

vom Rest der bewohnten Erde rührt sich kein Halm. Das wird ein Hauptspaß, die Völker werden das Jodeln erlernen, um den Berchtesgadener Abtanz zu begrüßen. Aufrecht steht inzwischen Spanien: das entschädigt für Vieles. Unser Wohl und Wehe wird dagegen klein. Mit der politischen Kameradschaft habe ich es vergebens versucht. Es war leichter, in entlegenen Ländern ein neues Publikum zu gewinnen, als ein paar Dutzend Deutsche für ihre eigene Sache zu schulen. Warum auch; Deutschland wird ohne sie zur Vernunft kommen. Die wesentliche Opposition arbeitet im Innern. Einen Artikel hierüber kann ich Ihnen wohl bald geben. Nehmen Sie meine Briefe als ernstes Zeugnis, daß Ihre Freundschaft mir wertvoll ist, nicht weniger als Ihnen die meine sein kann. Sie schreiben mir über mein Buch mit der intimen Kenntnis, die den Autor beglückt. Die anderen Stimmen werden meistens nachlässiger sein, wenn nicht ganz ausbleiben; oder sie kommen von so weit her, daß ich sie nicht verstehe und nur nach dem Absatz frage.

Meine Gelegenheiten nach Paris zu kommen, werden selten. Offen gestanden, verstehe ich nicht, daß Sie niemals die Reise hierher machen. Unter Umständen könnte ich Ihnen sogar ein Zimmer anbieten. Madame Mann mußte vom Arzt in eine Klinik gebracht werden und es wäre gut, sie längere Zeit dort zu wissen. Übrigens hat meine Tochter nach Amerika geheiratet. Mein Bruder ist drüben, ich hoffe auf seinen Besuch im Frühling oder Sommer. Sein Sohn Golo bleibt in Zürich und möchte »Maß und Wert« redigieren (wo im Januar-Februarheft mein Aufsatz über Nietzsche steht, war aber hauptsächlich für Amerika geschrieben). Dieser Neffe und ich sind die standhaften Europäer. Sie selbst sind einer. Nehmen Sie den Ausdruck meiner Verbundenheit. Ihr H. Mann

In: *Lemke/Pinkus-Briefe*, S. 139f.

Mit »Berchtesgadener Phänomen« ist Hitler gemeint.

Umschlagtext zu *Mut*: 8

Mut von Heinrich Mann ist mehr als ein Essay-Band: dieses Buch ist ein historisches Dokument, aufschlussreich für jeden, der die erregenden Ereignisse des letzten Jahres miterlebt hat, und von bleibendem Wert für kommende Geschlechter. Das dramatische Geschehen unserer Tage wird seiner Mystik entkleidet, und in der wuchtigen Darstellung des grossen deutschen Dichters erleben wir mit tiefer Anteilnahme, mit wacherem Bewusstsein als im Augenblick der einschneidenden Ereignisse, was unsere Welt verändert hat: die deutsche Generalsrevolte, die Annexion Österreichs, die Zerstückelung der Tschechoslowakei, die Konferenz von München, der Kampf um Spanien. Die seelischen Triebkräfte werden sichtbar, die Machtkämpfe grosser und oft sehr kleiner Figuren des Weltgeschehens. Man kann die Gegenwart nicht verstehen ohne solche Kenntnis des nahen Vergangenen. Die mächtige Persönlichkeit Heinrich Manns tritt vor uns hin, warnend, anklagend und wegweisend, mit sicherer Hand die scheinbare Verwirrtheit des Völkerlebens entwirrend und in grossen, klaren Linien ein geschlossenes Weltbild entwickelnd. Der frühere Präsident der Deutschen Dichterakademie treibt keine Agitation. Er zeigt Führer und Geführte, wie sie sind, er klärt die Zusammenhänge und er blickt in die Zukunft, immer gewiss, dass die Vernunft, die Moral eines Tages siegen werden – ein großer Humanist, der uns zuruft: Mut!

Quelle: Dieser Text auf dem Schutzumschlag ist im Exemplar von *Mut* des Deutschen Literaturarchivs / Schiller-Nationalmuseum, Marbach am Neckar, eingeklebt erhalten.

9 Bertolt Brecht: *Notizen zu Heinrich Manns ›Mut‹*, 3. März 1939:

Das Außerordentliche an den Aufsätzen, die Heinrich Mann im Exil veröffentlichte, scheint mir der *Geist des Angriffs*, von dem sie erfüllt sind. Er geht aus von der Kultur, aber die Kultiviertheit bekommt einen kriegerischen Charakter. Es ist klar, daß es sich um die bürgerliche Kultur handelt, die Kultur des Bürgertums in einem ganz bestimmten Abschnitt seiner Geschichte, dem heutigen Abschnitt. Das bedeutet keine Einschränkung, denn wenn die Kultur auch vom Bürgertum entwickelt wurde und kontrolliert wird, so ist sie eben doch das, was wir an Kultur haben, die Summe der Erfahrungen, Impulse, Tendenzen widersprechender Art, das heißt, sie ist immerhin so weit entwickelt, verallgemeinert und entwicklungsfähig, daß die Schranken, die ihr durch das Bürgertum gesetzt werden, nicht absolut, unübersteigbar, zerstörerisch sind. Der ist der höchste Stand unserer Kultur, von dem aus das Bürgerliche als Schranke, Fessel und Bedrohung erscheint.

Das mag ein wenig dunkel klingen, aber der Scheffel, unter den einer heute sein Licht zu stellen hat, ist nicht von ihm gemacht.

Man kann die Kultur, das, was wir an Kultur haben, lediglich verteidigen, man kann vom Humanismus sprechen und dem Faschismus barbarisches Benehmen vorwerfen, die Demokratie loben und dem Faschismus die Demagogie ankreiden, die Weimarer Republik verherrlichen und die Potsdamer Republik verreißen. Man kann sagen: Da ist Kultur gewesen und da ist jetzt keine mehr. Man kommt dann nur nicht von der Kultur zur Unkultur; man hat dann nur eben eine Kultur, welche die Unkultur, wenn nicht erzeugt, so doch ermöglicht hat (schließlich kann die ihr nicht nur einfach gefolgt sein).

Aus Heinrich Mann spricht aber nicht nur die Weimarer Republik. Kultur entsteht, wird produziert in seinen Aufsätzen, indem er den Faschismus angreift. Er greift den Faschismus nicht nur an als eine vorübergehende Erscheinung, die lediglich zu denunzieren ist, worauf man abwarten kann, bis sie abklingt, so daß wieder der »normale« Zustand eintritt. Heinrich Mann sieht deutlich, daß mit dieser Erscheinung vieles vorübergeht. Sie ist keine Episode, sie ist die letzte Phase. Sie ist nicht der vierte Akt des großen Schauspiels »Aufstieg und Herrschaft des Bürgertums«, sondern der fünfte. Und er wird kein Happy-End haben.

Es ist gerade die Verlumptheit, Schrecklichkeit und persönliche Unzulänglichkeit des Regimes, welche viele von uns daran hindert, das Unglück in seiner ganzen Tiefe und umwerfenden Bedeutung zu erkennen. Die Machtübernahme ist als etwas ganz Plötzliches, als ein Schock gekommen, als etwas, was nicht vorauszusehen war. Merkwürdigerweise machen wir nicht unserm Vermögen, vorauszusehen, den Prozeß, sondern schreiben dem furchtbaren Ereignis etwas sozusagen Ungeschichtliches, Äußeres, Fremdkörperhaftes, Momentanes, das nicht eigentlich in die »normale Linie« gehört, zu, so uns eine Linie vorstellend, die nur eine mehr oder weniger unberechenbare Ausbuchtung enthält und dann wieder »normal« weiterverlaufen wird. Den Faschisten wird der bürgerliche Charakter abgesprochen, sie werden sozusagen aus dem Bürgertum ausgebürgert; erregt wird auf all das hingewiesen, was der Faschismus »auch« mit dem Bürgertum treibt. Sind nicht »auch« Generäle erschossen worden? Hat man nicht auch Bankpräsidenten abgesetzt? Werden etwa die Denkschriften besorgter Wirtschaftsführer beachtet? Verschont man Goethe? So argumentierend, sieht man nicht verlumptes, schrecklich gewordenes, als Klasse unzulänglich gewordenes Bürgertum, und so versteht man nicht. Nur mitunter blitzt einem bei dem oder jenem Ereignis auf, wie da etwas von einer schrecklichen, verlumpten, unzulänglichen *Logik* wirksam ist, beunruhigt wendet man sich von diesem Einfall ab, bevor er zum Gedanken geworden ist, und wendet sich wieder dem Nachweis der Absurdität, Abnormalität, Unzulänglichkeit zu.

In Wirklichkeit hat man den Übergang von unblutiger Unterdrückung und Aussaugung zu einer blutigen Unterdrückung und Aussaugung vor sich. Die Summe der Lebensjahre, die dem ausgequetschten, niedergetrampelten Volk in der normalen Zeit entzogen wurden, ist größer als die Summe jener Lebensjahre, die ihm jetzt entzogen wird, und sogar größer als die, die ihm in den kommenden Kriegen wird entzogen werden können. Die Deformierung (Anomalisierung) seines Lebens war gewaltig. Sie reicht jetzt der herrschenden Klasse nicht mehr aus. Auch die Geschäfte, die jetzt »mit anderen Mitteln« fortgeführt werden sollen, wie eine ausgezeichnete bürgerliche Formulierung des Krieges lautet, waren schon tödlich. Viele Verurteilungen des Faschismus sind bloße Aussetzungen an einem »Zuviel«, als handle es sich nur um ein Über-den-Strang-Schlagen. Was die Logik betrifft, sind die Faschisten bei Auseinandersetzungen mit solchen Gegnern im Grund bessergestellt. Argumentiert man auf der Grundlage, daß dies oder jenes Brutale für die kapitalistische Wirtschaft »nicht nötig« sei, so wird man mit sehr guten und unangreiflichen Argumenten belehrt, *wie* nötig es ist: Die Faschisten wissen da tatsächlich besser, was für dieses System alles nötig ist. Die Entrüstung über die Unersättlichkeit der faschistischen Forderungen etwa ist abzuweisen mit dem Hinweis, daß dem mit dem letzten Rest seiner zerstörten Lunge atmenden Kranken moralische Vorstellungen über seine Unersättlichkeit an Sauerstoff nichts helfen. So wie der Kapitalismus seine zyklischen

Krisen braucht zur Einstampfung seiner Überproduktion, die er eben auf keine andere (schönere, nützlichere, menschlichere) Weise wegbringen kann, als indem er sie einstampft, so braucht er seine Kriege: Er ist durch und durch eine krisenhafte und kriegshafte Wirtschaftsordnung. Man kann sagen, daß der Kapitalismus erst in dieser seiner bisher letzten Phase, der faschistischen, ganz unerträglich geworden sei, aber dann ist er es eben doch auch als Kapitalismus geworden. Die berühmte Dynamik, die man dem Faschismus in Pacht gibt, ist die alte, oft abgehandelte Dynamik der kapitalistischen Kapitalsakkumulation. Was jetzt in einigen Ländern dynamischer (und unerträglicher) geworden ist, ist der Kapitalismus.

Nicht ohne weiteres, nicht unmittelbar, nicht sofort erkennen die Humanisten die furchtbaren kulturellen Entartungserscheinungen, die sie erkennen, als Symptome und Folgeerscheinungen einer furchtbaren Produktionsweise, nämlich der bürgerlichen. Vor den Augen der deutschen Mittelschichten verwandelt sich die Produktion der Lebensgüter in eine Produktion der Mordgüter. Nur die Arbeit hält uns am Leben: schreit das Regime. Und es ist eine Arbeit, welche das Leben bedroht, und nicht nur das der andern. Das Regime will den Krieg, sagen die Erschrockenen. Falsch, sagt das Regime, wir scheuen ihn nur nicht. Das wird genügen, stöhnen die Erschrockenen. Den Frieden wollen wir, brüllt das Regime, man kann ihn haben, wenn unsere Forderungen erfüllt werden! »Gerecht hin, gerecht her, jedenfalls dürfen sie nicht euch erfüllt werden!« Und plötzlich kommt eine andere Stimme: Gerecht hin, gerecht her, sie sind nicht zu erfüllen.

Es hat keinen Sinn, den kapitalistischen Staaten Beschwörungsformeln entgegenzurufen. Beutet aus, aber nicht zu stark! Führt Kriege, aber nicht gegen die Zivilbevölkerung! Mit Kanonen, aber nicht mit Gas! Ich höre, der amerikanische Kongreß »beschränkte die Rüstungsgewinne auf 10%«. Er könnte ebensogut die Mannschaftsverluste im Krieg »auf 10% beschränken«.

Den Kapitalismus zur Vernunft rufen, heißt ihn auffordern, seine Kontobücher durchzulesen. Der Faschismus ist der Kapitalismus der Habenichtsstaaten, er ist als Kapitalismus ebenso vernünftig wie der Kapitalismus der Habewasse. Nur wenn man unter Vernunft die Summe aller Fähigkeiten versteht, welche die gesamte Menschheit zur Verteidigung ihrer Interessen aufzuwenden in der Lage ist, kann man sagen, daß der Kapitalismus (der in bestimmten Lagen und Phasen in den Faschismus übergeht) gegen die Vernunft ist:

Was wir in der bürgerlichen Produktionsweise haben, ist eine blutige, kriegerische Produktionsweise, so blutig und kriegerisch, als sie eben sein muß (und sein kann), damit die Produktivkräfte sich unter der Geißel des Profits halbwegs auslaufen können.

Man hat Heinrich Mann mit Victor Hugo verglichen. Man tut Victor Hugo, dessen Haltung gegen den dritten Napoleon exemplarisch war, nicht unrecht, wenn man den Vergleich schief findet, weil man mit ihm Mann unrecht täte. Die Zeit ist nicht stillgestanden seitdem. Es gibt sehr frappante Berührungspunkte zwischen den beiden Epochen, man wird ihrer gewahr, wenn man Marxens klassische Analyse liest. Aber die Mussolinis und Hitlers wirken in einer ganz anderen Phase, einer weit vorgeschrittenen Phase, und so tut es Mann.

Heinrich Manns *Untertan*, meines Wissens der erste große satirische politische Roman der deutschen Literatur, war die brillante Beschreibung des deutschen Wirtschaftsführers der Vorkriegsepoche. Die Literatur formulierte hier noch einmal die *deutsche Misere*. Das Bürgertum hat immer noch nicht seine politische Revolution vollzogen. Selbst schon völlig schmarotzerhaft geworden, kann es immer noch nicht, oder besser: schon nicht mehr, die feudale Klasse von der politischen Leitung verdrängen. Nach unten tritt es mit dem Stiefel, von oben muß es sich auf die Schulter klopfen lassen. Im Staat ist Untertan, der im Betrieb der Tyrann ist, sein großes Vorbild ist der Anachronismus auf dem Thron.

Was ist seitdem passiert? Zunächst gab es einen seltsamen Widerspruch. Es gab ein Volk, das den Krieg verlor, und es gab zugleich Kriegsgewinnler. Es gab überall Kriegsgewinnler, und es gab nirgends ein Volk, das den Krieg gewann. Jedenfalls ist der Krieg, wie man in tausend Artikeln lesen konnte, »bloß« vom Volk verloren worden. Der Untertan fand mitunter auch, »bloß« vom Militär. Das Militär bestand aus Offizieren, den Ideologen des Militarismus. Der Untertan war »bloß« Reserveoffizier, »bloß« Reservemilitarist.

Wir wissen, daß der Untertan heute gelegentlich untertänigst besorgte Denkschriften einreicht. Görings Kampf gegen den Verderb wendet sich unter anderem auch gegen solche Papierverschwendung.

Zu Beginn, ein Beginn muß ja dasein, hat *er* dem Untertan in einer Aussprache, die ein Baron und ein Offizier vermittelt hatten, auseinandergesetzt, was der Untertan eigentlich brauchte, wenn er es auch nicht wußte. Der Untertan hat es endlich verstanden. Er hat den Mann engagiert.

Bei der Sache war kein Betrug. *Er* mochte damals denken oder auf jeden Fall sagen, es sei ein Betrug, *er* habe betrogen. Aber *er* täuschte sich (oder die anderen). Es war keiner.

In gewisser Weise trat der Untertan in den Schatten, aber es war ein profitabler Schatten. Das Geld im Tresor liegt auch im Schatten.

Der Untertan blieb der Untertan, aber das war das beste für ihn. Seine Denkschriften landen im Papierkorb, aber nur, weil sie ganz falsch sind, nämlich wirklich falsch, für den Untertan grundfalsch. Es ist ja alles in bester Unordnung, welche für ihn die beste Ordnung ist. Der Untertan ist der einzige Typ im Staat, für den der Führer wirklich sorgt, dessen »Opfer« wirklich zu seinem Besten dienen.

»Die Rede« ist ein erstaunliches Werk. In ihr redet der *neue Herr*. Für den *Untertan* kommt er nicht von oben, wie der letzte, sondern von unten. »Aus dem Volk« (Mann äußert sich dazu). Der alte Herr ist kopiert in jedem Schritt, selbst in der Lautgebung (»Wolfsgeheul«, sagte Karl Kraus); auch das Arrangement ist dasselbe, nur alles sehr vergrößert und noch viel leerer. Der *Untertan* hatte den *alten Herrn* ebenfalls kopiert. Nun sieht er die neue Kopie bei seinem *neuen Herrn* (welcher Ausdruck bekanntlich auch vorkommt in gewissen Geschäftsbriefen, wo es heißt: »Und wird unser Herr X demnächst bei Ihnen vorsprechen«). Eine interessante Begegnung!

Für den großen Schriftsteller eröffnete sich nach dem Heraufkommen des Faschismus ein neuer Weg.

Hinter dem Wirtschaftsführer (dessen Porträt im »Untertan« und dessen Milieu in den bedeutenden Werken *Zwischen den Rassen* und *Im Schlaraffenland* erschien) hatten die riesigen Mittelschichten gestanden. Der Gegensatz zwischen Klein- und Großbürgertum schien verwischt. Die Mittelschichten verdienten noch. In den Jahren nach dem Krieg übten sie eine Art Scheinherrschaft aus. Die Inflation bereitete ihre Proletarisierung vor, die Arbeitslosigkeit griff in ihre Reihen über. Aber die ungeheure wirtschaftliche Ausrüstung der rationalisierenden Industrie ging hinter dem Rücken der Politik, hinter dem Rücken der Mittelschichten vor sich. Die Herren vom Militär schienen der einzige Feind, dort dominierten Großbürgertum und Feudalität, aber nur wenigen kam es zum Bewußtsein, daß hier die Kommandohöhen lagen, die den Umschlag der industriellen Aufrüstung in die militärische

»garantierten«. Dann benützten Großbürgertum und Feudalität gerade den ökonomischen Niedergang der Mittelschichten, ihre zunehmende Proletarisierung als den Hebel zum politischen Sturz der Mittelschichten. Der aus dem Produktionsprozeß geworfene, verlumpte Teil der Mittelschichten, die konkurrenzunfähigen Handwerker und kleinen Geschäftsleute, die zwischen feudalem Grundbesitz und großbürgerlicher Industrie zerriebenen Bauern lieferten sich noch einmal in der Stunde, wo der ganze deutsche Produktionsapparat in die Weltkrise eintauchte, der Großindustrie und dem Großgrundbesitz aus, die Mittelschichten bekamen eine »Mission«.

Die Finsternis verfinsterte sich, aber Mann sah klar, was passiert war. Die Konzeption des *Untertan* war abstrakt gewesen, in einem tiefen Sinn negativ. Die Schwäche, Unkonsequenz, Jämmerlichkeit und Unselbständigkeit des Bürgertums war herausgebracht worden. Jetzt trat der jämmerliche und Jammer erzeugende Charakter des *konsequenten* Bürgertums hervor. Das, was dem Großbürger, dem *Untertan* zum großen Bürger gefehlt hatte, war nur noch mehr Verlumptheit; seine Schranken durchbrechend, gewann er erst seine volle Unmenschlichkeit. Nicht weil er ein schlechter Bürger war, war er schlecht, sondern weil er ein Bürger war. (Denn die Zeit war fortgeschritten, das ist die »Dynamik«.)

Die Mittelschichten fielen unter den großen Enteigner, und es war nicht der Kommunismus, es war der Kapitalismus. Er enteignete den Bauern, den kleinen Sparer, den Handwerker. Er macht die Zerstörung zu seiner Produktion. Er gebraucht das Leben, um es wegzunehmen.

Diese Sicht war nur zu gewinnen außerhalb der bürgerlichen Sphäre, und da es keinen Standpunkt außerhalb der konkreten Sphären gibt, da außer dem Konkreten nichts ist, war er nur zu gewinnen beim Proletariat.

Das Großbürgertum spricht dem Schriftsteller Heinrich Mann das Bürgerrecht ab, es macht seine Sache zur Sache des Proletariats, die Sache des Proletariats zur seinen.

Mann geht den Mittelschichten sicherlich weit voraus, aber es ist ebenso sicher, daß sie seinen Weg gehen. Sie werden getrieben ins Proletariat.

Mann geht voraus, indem er angreift. Er gibt die unhaltbaren, untergrabenen Positionen des Bürgertums preis, welche nicht die der Freiheit sind, denn es gibt keine Freiheit irgendwelcher Schichten auf dem Rücken anderer Schichten. Die Positionen des Freiheitsanspruchs werden größer, weiter, mächtiger, indem die Freiheit für alle proletarischen Schichten, für *alle* vom Faschismus hinuntergetrampelten, ausgequetschten Schichten, für *alle* Enteigneten gefordert wird.

So wird die kühne und intuitive Konzeption des *Untertan* zu einer konkreten, positiven Konzeption, sie wird aktiv.

Einer der einleuchtendsten Aufsätze des Buches »Mut« ist einer Führerrede gewidmet. Nicht als ob die Rede selber darin beachtet würde, sie kommt kaum vor. Sie ist ein Formalismus, und Mann hält sich an die Form. Gleich zu Beginn wird von der allgemeinen Erwartung gehandelt.

»Wer weiß, vielleicht erfolgt dennoch eine Überraschung. Der Redner könnte zum Beispiel seine Rede halten, während er kopfüber am Trapez hängt. *Oder er spricht arisch.*« [Hervorhebung von Bertolt Brecht.]

Der witzige Charakter dieser Notierung muß uns nicht abhalten, die Erkenntnis, die sie enthält, zum Gegenstand einer Betrachtung zu machen.

Die formale Natur des deutschen Nationalismus wird hier sehr glücklich angedeutet. Dieser Mensch kann natürlich so wenig arisch sprechen, als er etwa arische Dynamos bauen oder dem Volk, das nicht nur arisch, sondern auch hungrig ist, arisches Rindfleisch verschaffen kann.

Hier tritt nicht eine Nation (Rasse) in kapitalistischer Form an, sondern der Kapitalismus in nationaler Form. Was diese Nation braucht (sehr viel), ist, was diese Kapitalisten brauchen. Man kann den Satz nicht umdrehen. Wenn die gigantischen internationalen Wirtschaftskämpfe ausgekämpft sein werden, in nationaler Form, als Kampf zwischen Nationen, günstigenfalls glücklich für die deutsche »Nation« (arische Rasse, Sektion Deutschland), dann wird alles, was gebraucht wurde und gebraucht wird, in durchaus kapitalistischer Weise vorhanden sein, das heißt für den allergrößten Teil der »Nation« nicht vorhanden. Dynamo und Rindfleisch werden nicht einmal mehr der Form nach national behandelt werden.

Mann läßt Hitler im Selbstgespräch folgendes sagen:

»Mein Volk und mein Genie, sie werfen eins das andere zurück und vervielfältigen sich, eine unendliche Galerie von Spiegeln, leer glänzend. Vor lauter Großbeleuchtung sind beide leer, mein Genie, mein Volk. Tut nichts, der Zustand kommt nicht oft vor, ich habe nicht umsonst gelebt und denke von mir vorteilhaft. Wie ohne weiteres auch mein Volk denkt. Das Spiegelbild und sein Beschauer sind eins. Ohne den Gespiegelten kein Bild. Wo wäre dies Volk, wenn es nicht das Glück hätte, daß ich mich in ihm spiegele, daß es in mir sich spiegeln darf. Wir sind unzertrennlich, kein Fetzen Papier soll sich zwischen uns drängen, so daß wir uns nicht mehr sähen. Auch nichts anderes darf vor meinen Spiegel treten und mir mein Bild verdekken: besonders keine Theorien, und schon gar nicht die Toten. Wie lästig sind Theorien, wie unbekömmlich sind Tote. Ihre Entschuldigung ist nur, daß es sie nicht gibt. Die Wirklichkeit, die ganze Wirklichkeit – bin ich.«

Ein Satz Hegels, aus der Einleitung zur »Philosophie der Geschichte«, da, wo von den großen Männern, den »Geschäftsführern des Weltgeistes« gesprochen wird:

»...deshalb folgen die anderen diesen Seelenführern, denn sie fühlen die unwiderstehliche Gewalt ihres eigenen inneren Geistes, der ihnen entgegentritt.« Der *Führerglaube* der Mittelschichten ist nicht einfach ein Wahn. In dieser geistigen Rückständigkeit spricht sich die Rückständigkeit der Mittelschichten in der modernen Wirtschaft des Hochkapitalismus aus. Sie erhalten ihre Führung also auch vom Kapitalismus. Sie sind untüchtig, sie müssen ertüchtigt werden. Der Kapitalismus macht es zu einer Frage der Tüchtigkeit, ob der Bauer unter den Bedingungen, die der Kapitalismus über ihn verhängt, aus seinem Boden »genug« herauswirtschaften kann. Das deutsche Volk muß tüchtig genug gemacht werden, einen Weltkrieg zu gewinnen, um Butter aufs Brot zu bekommen. Es muß genug zerstören, in Grund und Boden schießen, morden, vergasen, hängen und unterjochen können, um etwas Butter aufs Brot zu bekommen. Die Gesamtproduktion wird zu einer Produktion von Zerstörungsmitteln. Der Mensch hat sich zu bewähren, indem er den Menschen ausrottet. Die Mittelklassen brauchen also ihre Führung, ohne Führung könnten sie das alles nicht leisten. Aber der Kapitalismus steckt nicht nur im Sumpf, sondern er produziert Sumpf. Er investiert allen Fleiß, alles Ingenium, alles Planen, alle Grausamkeit, alle Tüchtigkeit in die Produktion des Sumpfes.

Man hat es also sehr ernst zu nehmen, daß die Mittelschichten eine Führung brauchen. Es ist eine Tatsache. Es ist eine historische, politische, soziale, wirtschaftliche Tatsache.

Es ist so erwiesen, daß sie eine Führung brauchen, wie es erwiesen ist (oder sich erweisen wird), daß sie keine faschistische Führung brauchen können. Es muß ihnen geholfen werden, denn sie können sich nicht helfen.

Sie werden heute nicht von einem Führer unterdrückt, enteignet, ans Messer geliefert (auch der Mörder wird übrigens ans Messer geliefert), sondern von einer Klasse. Sie können nur befreit werden von einer Klasse. Sie selber sind keine Klasse, die sich selber befreien kann.

Sie haben keinen Plan, wissen keinen Ausweg aus der Wirrnis, sie können weder ein allgemein wirksames, neues, produktives Wirtschafts- und Gesellschaftssystem vorweisen noch ein solches garantieren. Sie sind allein nicht imstande, solche tiefgreifenden Änderungen des Fundaments durchzuführen, als nötig sind, die Freiheit aller Menschen, also auch ihrer selbst zu erzwingen. Zu helfen vermag ihnen nur die Arbeiterklasse. Sie hilft ihnen, indem sie sich selber hilft.

Es ist nicht die deutsche Arbeiterklasse, der Heinrich Mann *Mut!* zuruft. Es sind die Mittelschichten. Sie bedürfen des Muts. Denn sie bedürfen, um frei zu werden, einer Einsicht, die Mut voraussetzt. Sie müssen aus ihrer Unterdrückung und Proletarisierung dieselbe Konsequenz ziehen, welche die Arbeiter daraus zu ziehen haben: daß es heißt, zu kämpfen gegen ein Gesellschafts- und Wirtschaftssystem, das zum Zwecke der Ausbeutung des Menschen durch den Menschen die Unterdrückung des Menschen durch den Menschen benötigt, und zwar zunehmende Unterdrückung. Sie müssen so zum Volk werden, welcher Begriff eigentlich nur einen Sinn hat, wenn er »das Volk selber« bedeutet.

Mann schließt »Die Rede« damit, daß er Hitlers »Ich komme aus dem Volk« bespricht. Der Satz erinnert sehr an den berühmten ersten Satz der Weimarer Verfassung (die immerhin so war, daß Hitler, ohne sie zu verletzen, zu dem kommen konnte, zu dem er kam): »Die Staatsgewalt geht vom Volke aus.« In einem Arbeiterchorlied wurde die Frage gestellt: »Aber wo geht sie hin?« Und Mann meint: »Die deutschen Arbeiter haben es gehört und haben überlegt, daß es durchaus nicht gut und rühmlich ist, aus dem Volk zu kommen, wenn einer es dann mißbraucht im Auftrag der Feinde, die dies Volk hat. Wir werden unsern sozialistischen Volksstaat erobern, haben die deutschen Arbeiter beschlossen: In unserm Volksstaat kommt niemand mehr aus dem Volk; denn nichts wird da sein als nur das Volk.«

In: Bertolt Brecht: *Gesammelte Werke in 20 Bänden.* Bd. 19: *Schriften zur Literatur und Kunst 2.* Frankfurt am Main: Suhrkamp 1967, S. 466–474.

10 Thomas Mann an Heinrich Mann,
Princeton, N. J., 14. Mai 1939:

Lieber Heinrich, –
inmitten von Tumult und Ungewißheit, inmitten von Kriegsdrohung und neuer »Appeasement«-Gefahr wird eines immer klarer, nimmt immer genauere Umrisse an: die Entscheidung muß und wird in Deutschland fallen. Solange das deutsche Volk sich von dieser »Führung« nicht befreit hat, wird es einen dauerhaften Weltfrieden nicht geben. Wir wissen das seit langem und die Welt fängt an, es zu begreifen. Wir wissen auch, daß die Deutschen ihr Regime im Grunde hassen und daß sie nur den Krieg mehr fürchten, als den Hitler. Die tiefe, mißtrauische und angsterfüllte Abneigung des deutschen Volkes gegen seine Nazi-Regierung ist nicht primär »politischer« Natur. Wovor die Besseren unter den Deutschen zurückschaudern, das ist der moralische Abgrund, in dem sie zu versinken drohen, – die abscheuliche Verkommenheit im Sittlichen und Kulturellen. Es steht fest, daß innerhalb des letzten halben Jahres eine erhebliche Anzahl von Deutschen ihr Land verlassen haben, die weder »politisch«, noch »rassisch« als »anrüchig« gelten konnten, – ganz einfach, weil die November-Pogrome, oder die Propaganda-Hetze gegen die Tschechoslowakei zu viel für sie gewesen waren.

Sie berichten von der vor keiner Gefahr zurückschreckenden Gier, mit der sie Schriften und Aeußerungen, die von draußen, die aus der Freiheit kamen, an sich rissen, – von dem qualvollen Durst nach Wahrheit nicht bloß, sondern nach Anstand vor allem, – nach Würde, nach ruhiger Besinnung, – von ihrer Sehnsucht nach den Stimmen des Geistes und der Gesittung. Und, während die Bücher der prämierten Staats-Schriftsteller bei allem Propaganda-Lärm keine Leserschaft mehr in Deutschland finden, sind es die paar »erlaubten« ausländischen Autoren, deren Arbeiten von den Deutschen verschlungen werden. Wie sehr, wie dringend verlangt es aber unsere Freunde in Deutschland darnach, von uns zu hören! Im Laufe der Campagne gegen die Intelligenz ist das »Schwarze Corps«, – ein paar Wochen ist es her, – gegen die Buchhändler zu Felde gezogen: wenn es nach denen ginge, würde überhaupt von früh bis spät nichts anderes verkauft, als Emigranten-Literatur. Wir haben allen Grund, dem »Schwarzen Corps« in diesem Punkte Glauben zu schenken.

Es ist notwendig, für die Deutschen drinnen, und für uns Vertreter des geistigen Deutschland draußen, daß wir die Verbindung miteinander aufnehmen. Der unnatürliche Zustand, daß wir, die wir die Deutschen lehren müßten, sich auf ihr besseres Selbst zu besinnen, des Kontaktes mit ihnen beraubt sind, muß ein Ende nehmen. Unsere Stimmen werden gehört werden, daheim, wenn wir sie nur eindringlich genug vernehmen lassen.

Nach reiflicher Ueberlegung habe ich den folgenden Entschluß gefaßt:

Im Laufe von etwa 12 Monaten möchte ich etwa 24 Broschüren ins Land gehen lassen, die von Repräsentanten des deutschen Geistes *für die Deutschen* geschrieben werden sollen. Die Schriften-Reihe soll keineswegs durchwegs politischen Charakter haben, sie soll an die besseren

Instinkte unserer Landsleute appellieren, während Hitler nur ihre gefährlichsten wachzurufen weiß. Ein Committee von amerikanischen Freunden (Chairman Dr. Frank Kingdon, Präsident der Universität Newark) wird die Finanzierung des Projektes übernehmen, – ich werde im Laufe dieses Jahres an etwa 24 deutsche Schriftsteller, Gelehrte, Theologen und Künstler mit Vorschlägen herantreten. Für den Augenblick bitte ich Dich um nichts weiter, als um Deine prinzipielle Zustimmung. Ich möchte Deinen Namen, der in Deutschland und in der Welt einen guten, einen werbenden Klang hat, der Namensliste meines deutschen Committee's beifügen dürfen. Wenn Du ja gesagt haben wirst, sollst Du sehr bald Genaueres hören.

Mit gleicher Post gehen ähnliche Briefe an die folgenden Freunde und Kollegen:

Wilhelm Dieterle, Bruno Frank, Professor James Frank, Leonhardt Frank, Lotte Lehmann, Dr. Hermann Rauschning, Ludwig Renn, Professor Max Reinhardt, Rene Schickele, Professor Erwin Schrödinger, Professor Paul Tillich, Fritz von Unruh, Franz Werfel, Stefan Zweig.

Ich selber werde in diesen Wochen mit einer Arbeit beginnen, die für die Deutschen getan werden soll.

Was die Wege der Verbreitung angeht, so gibt es ihrer zahlreiche, sogar die Post ist ein Weg; – wir rechnen mit einer Verbreitung von mindestens 5000 Exemplaren pro Broschüre, – wobei jedes Exemplar vielfach gelesen werden wird. Die Arbeiten sollen honoriert werden, – bescheiden und im Rahmen dessen, was Beiträge dieses Umfangs in den hiesigen Wochenschriften (›Nation‹, ›New Republic‹) abwerfen.

Darf ich zusammenfassen, lieber Heinrich?: Neben unsern eigensten Aufgaben, neben der »Forderung des Tages« und über sie hinaus, gibt es unsere Pflicht und Schuldigkeit, unsern Einfluß auf die Deutschen zu nutzen. Nur wenn die Deutschen mit Hitler ein Ende machen, kann der Krieg vermieden werden. Nur wenn, – sollte er nicht vermieden werden, – die Deutschen *vor der Niederlage* dem Regime die Gefolgschaft verweigern, dürfen wir auf einen Frieden hoffen, der nicht die Keime des neuen Krieges schon wieder in sich trägt. Die Deutschen müssen zur Raison gebracht werden und wer soll es tun, wenn wir schweigsam bleiben?

Laß schnell von Dir hören und nimm alles Herzliche

von Deinem T.

P. S. Dieser Brief diene zur Information über meinen Plan und als Bitte um Deine formelle Zustimmung. Da Deine Arbeiten seit Jahren verbotene Best-Seller in Deutschland sind, weiß ich mich natürlich im Prinzipiellen mit Dir einig.

In: *TM/HM*, S. 267–270.

Mit »November-Pogrome« ist die von den Nationalsozialisten so bezeichnete »Reichskristallnacht« vom 9. November 1938 gemeint. – »Schwarzes Corps« ist die Wochenzeitung der SS ›Das schwarze Korps‹. – Die von Thomas Mann erwähnte eigene Arbeit ist vermutlich der Aufsatz *Kultur und Politik*.

Heinrich Mann an Thomas Mann, 11
Nizza, 25. Mai 1939 [Auszug]:

Lieber Tommy,
Dein Geburtstag naht, möge mein Glückwunsch pünktlich eintreffen, ich gedenke des Ereignisses schon längst. Ich bekam die Zeitschrift ›Life‹ mit den alten Erinnerungen und neuen Bildern. Dass Deine Umstände immer freundlich und mit ergiebiger Arbeit gesegnet blieben.

Dein Plan hinsichtlich der Propaganda ins Land hinein hat meine Zustimmung und Mitwirkung. Zum Beispiel stehen die Artikel aus der ›Weltbühne‹ zur Verfügung. Der

Aufruf an die deutschen Soldaten ist schon mehrfach verbreitet, einige Male ist auch ein Aufruf an die Arbeiter gesendet worden. Es kann bei diesen Sachen niemals genug werden. Eine Antwort auf die Geburtstagsrede des Minderwertigen habe ich auf Platten gesprochen. Meine Dünndruck-Manifeste zähle ich nicht mehr. Mein Ziel ist bei allem das Deine: die deutsche Erhebung muss dem Krieg zuvorkommen.

Die Deutschen bereiten sich innerlich vor; sie werden uns früher begreifen als andere. Das Beschämende ist, dass mit einem deutschen Aufstand noch immer nirgends gerechnet wird. Am 9. Juni soll ich in Paris bei einem Mitglied der 200 Familien zu den einflussreichsten Journalisten sprechen. Ich bereite eine Rede vor, des Sinnes, sie nachdenklich zu machen über den neueren sittlichen Zustand des Landes. Sie sollen vor der Frage stehen, ob die deutsche Opposition am Ende ernst zu nehmen wäre, und nicht mehr das Regime.

Mit derselben Sache werde ich dann vielleicht nach London gehen. Die Aufforderung liegt vor, und der Wunsch wird geäussert, unsere Propaganda zu unterstützen. Leider kennen wir den Verlauf. Bessere Aussichten bekommt er allenfalls, weil eine zweifelhafte Einigkeit der Gesamtopposition einfach wegfällt. Der Aktionsausschuss sind Wenige, sie handeln um Widerspruch unbekümmert. Die englische Hilfe mag uns unter der einzigen Bedingung gewährt werden, dass wir Erfolg haben. Das ist übrigens auch meine Bedingung, wenn ich 1939 ganz an diese Tätigkeit wende. Zum Jahreswechsel muss Hitler am Boden liegen; oder, was folgt, wäre unabsehbar, wenigstens für mich.

In: *TM/HM*, S. 270f.

Heinrich Mann bezieht sich auf einen Artikel von Marquis Childs: *Thomas Mann, Germany's foremost literary exile speaks now for freedom and democracy in America* (›Life‹.

New York 1939. Bd. 6, Nr. 16, S. 56–59, 74–76). – Mit *Aufruf an die deutschen Soldaten* ist vermutlich der Artikel *Die deutschen Soldaten* gemeint (›Die neue Weltbühne‹. Prag, Zürich, Paris. Jg. 35 [der ›Weltbühne‹], Nr. 15 vom 13. April 1939, S. 448–455), der am 14. April 1939 auch in der ›Dépêche‹ (Toulouse) unter dem Titel *L'entrée à Prague* erschienen war. – Mit »Antwort auf die Geburtstagsrede« meint Heinrich Mann seine polemische Reaktion auf die sogenannte »Führerrede« vom 20. April 1939; Heinrich Manns Text ist nur auf einem Flugblatt erhalten, das mit der Anrede »An das deutsche Volk!« und dem Untertitel »Die Geburtstagsrede« vom ›Aktionsausschuß deutscher Oppositioneller‹ hergestellt und verbreitet wurde. – Viele von Heinrich Manns Aufrufen wurden als Tarnschriften nach Deutschland geschmuggelt oder über den ›Deutschen Freiheitssender‹ auf Welle 29,8 verbreitet, der in breiten Kreisen der Bevölkerung innerhalb Deutschlands gehört wurde.

Thomas Mann an Heinrich Mann, 12
Noordwijk aan Zee (Holland), 28. Juni 1939:

Lieber Heinrich, *Mut* ist heute, noch ein paar Tage nach Deinem Brief, aus Princeton gekommen, Dein schönes Geburtstagsgeschenk. Die Umschlag-Notiz sagt ganz gewiß nicht zuviel, wenn sie von einem historischen Dokument spricht. Das alles wird bleiben und zeugen und bewundert werden, wenn die Pest lange vorüber ist. Übrigens soll man wirklich den Mut nicht verlieren. Gerade wenn Alles sich ganz niederträchtig gestaltet, wird eine internationale Sphäre der Freiheit und des Geistes, eine geschlossene Gesellschaft der Besseren sich herausbilden, die unseren Gedanken und Werken immer noch einen gewissen Lebensraum gewähren wird.

Herzlich T.

In: *TM/HM*, S. 273 f.

13 Heinrich Mann: *Die Französische Revolution und Deutschland* (1939):

Die Franzosen waren, als sie zur Tat schritten, mit dem Geist der Revolution schon längst erfüllt, aber das waren auch die Völker, die damals noch nicht die Folgen herbeiführten. Die Franzosen von 1789 waren ein Volk, weder älter noch jünger als die übrigen Teile der europäischen Gesittung. Sie rühmten sich keiner einzigartigen Reife und anderseits keiner selbsterfundenen, neugeborenen Doktrin oder Mystik. Am wenigsten behaupteten sie, die Jüngsten, die unwiderstehlich Stürmischen zu sein. Sie verwirklichten dieselben Erkenntnisse, die überall vorherrschten, und handelten nach einer Gesinnung, die der höchsten geistigen Klasse aller Länder gemein war, sogar die tieferen Schichten folgten von ungefähr.

Die Ersten waren die Franzosen nicht. Die amerikanische Unabhängigkeitserklärung verlangte schon längst für die Vereinigten Staaten die unabhängige Stellung, »auf die sie das Recht haben nach den Gesetzen der Natur und des Gottes der Natur«. Nach dem Vorgang Englands verkündete Amerika seit dem 17. Jahrhundert als sonnenklar die Wahrheit, daß alle Menschen gleich geschaffen seien, und daß sie von ihrem Schöpfer mit unleugbaren Rechten begabt seien: das Recht auf das Leben, die Freiheit und das Bestreben nach Glück. Wer seine Rechte so zuversichtlich behauptet, ist offenbar der weitesten Zustimmung gewiß.

Die gebildeten Franzosen konnten um so eher zustimmen, da gerade ihre Schriftsteller das Beste getan hatten für den Gott der Natur und die unleugbaren Menschenrechte. Der General Lafayette ging nach Amerika als der Abgesandte des französischen Geistes, dergestalt, daß der Erfolg der Vereinigten Staaten als ein Erfolg des französischen Geistes erschien. Indessen wurde geerntet, was Jahrhunderte gesät hatten. Es siegten Gedanken und Ansprüche, die wahrscheinlich aufgetreten sind mit der Menschheit selbst, und nur mit ihr enden werden.

Die Vorkämpfer der Französischen Revolution und alle, die sie dann verwirklichten, waren durchaus bekannt mit ihren fernen geistigen Ursprüngen. Die Freiheit als das immer lebendige, immer handelnde Gesetz war ihnen vertraut, und nicht ihnen allein. Die persönliche Freiheit hat den ersten Platz in der vorgestellten Welt des Humanismus, und die zählte schon damals 400 Jahre. Die Renaissance ein Triumph der menschlichen Persönlichkeit; die langen Kämpfe um das freie religiöse Bekenntnis; die Aufklärung, die erreichte Milderung der Sitten, das alles ging voraus. Die Vorform der modernen Demokratie war erschienen mit demselben König, der auch das Edikt von Nantes erlassen hatte. Die deutschen Bauernkriege, die Hussitenkriege, zogen sogar noch früher die soziale Folgerung aus dem Erwachen der Gewissen, das Reformation und Humanismus heißt.

Das 18. Jahrhundert reicht die Hand den voraufgegangenen. Voltaire reicht Montaigne die Hand. Dieser beansprucht für sich die Freiheit sogar bis zu dem Grade, wo sie erschlafft, wie er selber zugibt. »Äußerst müßig, äußerst frei«, nennt Montaigne sich; sagt auch, daß er bis zur Stunde keinen Vorgesetzten gehabt habe und sei nur immer so weit und so schnell gegangen wie es ihm beliebt habe. Hiergegen ist das Wesen und das Leben Voltaires heldenhaft. Das 18. Jahrhundert und sein vorderster Geist haben die Überlieferung der persönlichen Freiheit nochmals mächtig aktiv gemacht: das ist ihr Ruhm.

Jetzt denken wir uns ein Geschlecht, das gebildet und genährt war mit der Philosophie des Candide, diesem ganz einzigen, ganz unbegreiflich vollendeten Hohen Lied der Vernunft. Sie ist es, die hervorleuchtet aus den erzählten Schandtaten der Unvernunft, aus all der gedankenlosen Schlechtigkeit einer Welt – ach, sie könnte glücklich sein, wenn sie sich nur besinnen wollte. Dies Bild des Lebens, dies Wissen, wie ihm zu helfen wäre, erfüllte die Köpfe von 1789, nicht nur in Frankreich sondern überall, da Europa ein und dieselbe geistige Überlieferung hat. Allerdings war das Europa von 1789, geistig begriffen, französisch, und nicht erst seit gestern. Die geistige Vormacht war Frankreich bald zweihundert Jahre lang. Nur darum konnte es endlich auch die politische werden.

Um internationale Erfolge davonzutragen, muß eine Nation, müssen ihre bewußt gewordenen Teile sittlich an sich gearbeitet haben, viel gedacht und nach dem menschlichen Wohl lebhaft verlangt haben. Den Menschen im Gegenteil nur Unheil wünschen, das führt zu nichts. Wer auf die Unterdrückung der Völker ausginge und ihnen das Denken verleiden wollte, mitsamt den optimistischen Lehren, die ihnen helfen besser und froher zu werden: – aus eigener Anschauung wissen wir, daß diese Art zu scheitern bestimmt ist überall und immer.

Die Französische Revolution ist, wie jede andere, das Ergebnis sozialer Zustände und ihrer augenscheinlichen Hinfälligkeit. Den ganz großen Erfolg verdankt sie dennoch ihrer geistigen Vorgeschichte, dem Geist, den sie über die Welt hin strahlte. Jetzt wird viel bemerkt, daß die Lebensbedingungen des Volks vormals oft noch schlechter gewesen waren, ohne daß darum allein schon die Revolution ausgebrochen wäre. Sie erschien und war unaufhaltsam, als genügend viele die Erklärung der Menschenrechte für ein Gebot der geistigen Redlichkeit hielten. Den ganz großen Erfolg hat allein die geistige Redlichkeit.

Vielleicht, daß eine europäische Auslese die Konstitution von 1789 durchaus und innig miterlebt hat. Die Menschenrechte aber, die der Konstitution vorausgestellt wurden, gingen allen ein, wes Landes und Standes man war. Sie sind das Unbedingte, das nie Vergängliche. Sie waren auch das, was nicht vollauf gehalten werden konnte und voraussichtlich die Meisten enttäuschen mußte. Darauf wurde die Nationalversammlung sogleich hingewiesen, wie begreiflich von ihren Mitgliedern, die im praktischen Leben standen: das waren die Bürgerlichen. Die Erklärung der Menschenrechte ist von Vertretern des Adels durchgesetzt worden, an demselben 4. August, der alle seine Vorrechte abschaffte.

Als nach dem Sturz Napoleons der alte Adel wieder an die Macht kam, hat er seine Vorrechte zurückgeholt, so viel davon noch erreichbar war. Er hatte aber einst seinen 4. August gehabt. Der Umgang mit den Philosophen, die Gewohnheit nur sich selbst zu dienen, äußerst müßig, äußerst frei, wie Montaigne sich nannte, das alles hat jene Vornehmen vermocht, ihre andren Vorrechte aufzugeben, um dafür das Höchste und Letzte einzutauschen, den Genuß der geistigen Redlichkeit. Wer das nicht kann, eine Klasse, die nichts von ihren Vorrechten nachläßt trotz besserem Wissen, eine herrschende Schicht, die sich verhärtet anstatt jeder hochherzigen Regung: – auch über sie sind wir durch eigene Anschauung unterrichtet, kennen das Personal und den Ablauf der Dinge.

Die Französische Revolution hat je länger je mehr dem französischen Bürgertum die Macht verschafft. Aber machtlos war es auch vorher nicht gewesen, und alles in allem der Vorgang hätte die Welt nicht bewegt, er hätte ihr nicht heiß gemacht. Sie wurde das universale Ereignis, weil der revolutionäre Gedanke der Herr wurde über ein abgestumpftes Herkommen. Die Freiheit wurde geliebt für ihre schönen Flügel und für ihr starkes Schwert. In jeder menschlichen Brust wohnten unausgesprochen die Menschenrechte, die Frankreich nunmehr offen erklärte: Die Erklärung der Menschenrechte, nicht die Kanonen, eroberte zuerst die fremden Staaten.

Zu dieser Zeit würde man es ausdrücken: Propaganda,

innere Zermürbung des Gegners. Ja, aber was propagiert wird, muß die Wahrheit sein, damit es bei den Menschen dauert. Die Völker Europas und seine Denker bedurften keiner gewaltsamen Bearbeitung; jedes Wort aus Paris war heißes Leben, und was immer geschah, hieß ohne Zureden gut. Die Revolution hat in der Welt ihre gesamte Anhängerschaft behalten, sogar als sie blutig wurde, sogar als sie Krieg führte: sie, die doch gesprochen und beschlossen hatte, daß die französische Nation auf Eroberungskriege verzichte.

Sie wollte friedlich sein. Wer wollte es nicht sein, der die Wahrheit bringt und das Recht verwirklicht. Indessen gibt es nichts Zweites, was so viel Angst, Haß, Widerstand erregt und mit soviel Blut ersiegt werden muß, wie die Wahrheit und das Recht. Die Schlachten Napoleons waren noch immer Siege der Freiheit, einer verhältnismäßigen Freiheit; von den Völkern wurde sie für voll genommen bis gegen sein Ende hin. 1793, im Jahr des Schrekkens, haben die Denker Deutschlands, die zarten, die lyrischen sogar, zu der Revolution gehalten, während sie Blut vergoß. Sie werden empfunden haben die ganze menschliche Tragik, die von den Göttern gewollt ist, wenn es sie dürstet: auf Seiten der Menschen stehen wollen, aber ihrer einige töten müssen; für das Leben sein, und damit deshalb auch für den Tod.

Man sei nur vorbereitet auf das wahrhaft große Geschehen, und man erschrickt auch vor dem furchtbaren nicht. Die gesamte Literatur der Deutschen war vorbereitet gewesen auf die Revolution. Man ergibt sich nicht umsonst der Aufklärung, dem Kult der Vernunft, ist nicht umsonst humanistisch gesinnt und lebt in der Überlieferung eines Europa, das damals, geistig begriffen, französisch ist. Herder spricht: »Der Mensch ist der erste Freigelassene der Schöpfung: er steht aufrecht« – was sehr nach Protest gegen die staatliche Wirklichkeit klingt und an den ersten

Satz des Contrat Social erinnert. Dann aber bleibt man der Revolution verbunden; sie gehe ihren Weg, man folgt ihr.

Das ganze Geschlecht der deutschen Klassiker ist ihr gefolgt. Herder hatte weiter gesagt, der lange Gehorsam unter dem Despotismus gründe sich nicht auf die Übermacht des Despoten sondern auf duldende Trägheit. »Denn dulden ist freilich leichter als mit Nachdruck verbessern.« Mit Nachdruck kann heißen: mit Strenge. Es kann heißen: stark genug, um Tragödien zu ertragen.

Kant, der den ewigen Frieden für vernünftig und erreichbar hielt, ist vor der Französischen Revolution nicht zurückgeschreckt weil sie Blut vergoß. Hölderlin, der die Helden verehrte, nahm unter sie Jesus und den Convent auf. Als es für die Revolution am ungewissesten stand, war er bereit, die Feder hinzuwerfen und kämpfen zu gehen.

Goethe hat Valmy gesehen und blieb immer stolz, daß er dabei gewesen war. Sein anderer Stolz war die Freundschaft Napoleons, und was wäre der Kaiser, wenn er nicht der Mann der Revolution wäre. Dafür ist er gefürchtet und geliebt worden, was er zeitweilig gern vergessen hätte, aber am Ende seiner Laufbahn bekannte er es. Übrigens hatte er die entscheidenden Errungenschaften der Revolution, die sozialen, aufrecht erhalten. Sein persönliches Werk, an fortwirkender Kraft noch seinen Schlachten überlegen, ist sein bürgerliches Gesetzbuch, und es ist revolutionär durch Menschlichkeit und Vernunft. Goethe konnte nicht Jurist und nicht kaiserlich gesinnt sein, ohne daß er durchdrungen war vom Geist der Revolution.

Alle Umstände, alle wechselnden Eindrücke beiseite, ist Goethe selbst die Revolution, da er der höchste, letzte Gipfel des Humanismus ist. Wem anders als dem Humanismus verdankt sie, daß sie heranwuchs und durchdrang. »Man hörte vom Rechte der Menschen, das allen gemein ist«, sagt Goethe und meinte die Revolution. Aber er selbst, durch alles was er darstellte und schuf, war für das Menschentum immer eingestanden.

Schiller spricht von der Revolution als von einem großen Rechtshandel, der von der reinen Vernunft abhängig gemacht sei anstatt vom Recht des Stärkeren. Da fand er sich in seiner Welt, das war die Welt seiner Dramen. Diese griff jetzt hinüber auf die bestehende Macht. Wilhelm von Humboldt, nachher Kultusminister in Preußen, wollte den Bürger im Staat durch so viele Bande wie möglich mit seinen Mitbürgern verbunden, aber so wenig wie möglich von der Regierung gefesselt. An Stelle der Befriedigung Einzelner wünschte er den Menschen allen Freiheit, Ruhe und Glück.

Ach, sie haben die Sicherheit des Lebens und Erwerbes gesucht, solange sie auf Erden sind. Den neuen, zauberischen Klang hatte die Freiheit; sie allein schenkte der Französischen Revolution die fortzeugende Kraft. Über der Befreiung der menschlichen Person, die sie vollbracht, wurden ihre meisten anderen Taten unterschätzt und nicht nachgeahmt. Nach der Niederlage von 1806 bekam Preußen einige politische Reformen, soziale kaum. Die Einziehung der Rittergüter, die Aufteilung des Nationalbesitzes unter zahlreiche Bauern, erwartet man bis heute vergebens.

Wie geht das zu? In einem Zeitalter der Umwälzungen wurde der günstige Augenblick versäumt von denselben Deutschen, deren Gebildete als Humanisten sehr hoch standen, und deren Volksmassen ärmer waren als die französischen. Drei Ursachen fallen auf. Nur in Frankreich hatte das 18. Jahrhundert den Humanismus ganz und gar aktiv gemacht. Das Bürgertum trug die Bewegung, weil es dort eine weit verzweigte Klasse, völlig durchgebildet und an der Macht schon beteiligt war. Das Dritte ist, daß Frankreich die zahlreichste Bevölkerung hatte.

Seither hat die Russische Revolution noch einmal gezeigt, wie viel es bedeutet, die zahlreichste Bevölkerung zu haben. Kommt noch hinzu, daß die staatliche Einheit eines Reichs vorher durchgeführt wurde und besteht, dann mag die selbstbewußte Nation jede Neuheit wagen, denn sie ist ihr gewachsen. Sie darf nicht länger darauf beschränkt bleiben, die kühnen Neuheiten, die in der Luft liegen, die dem Bewußtsein der Welt angehören, nur zu denken und zu dichten, wie die Deutschen vor 150 Jahren. Die Deutschen 1939 sind verpflichtet, geistige Redlichkeit in Taten zu beweisen.

Sie kennen heute einen Drang nach Freiheit: so tief, von so schmerzlicher Gewalt war er nie vorher. Sie haben nicht im 18. sondern erst im 20. Jahrhundert das Äußerste an Unterdrückung erfahren. Ihnen ist bewiesen, daß die politische Freiheit allein nicht standhält gegen die wirtschaftlich Übermächtigen, die sie fürchten und hassen. Von den drei Losungsworten der Französischen Revolution muß nicht nur das erste, die Freiheit, sondern auch das zweite, die Gleichheit in Kraft treten, damit das dritte, die Brüderlichkeit seinen Sinn erhält.

Das ist den Deutschen 1939 in tragischer Weise bekannt; und gerade darum sind manche von ihnen der französischen Konstitution von 1793 zum Dank verpflichtet. Dort steht: »Das französische Volk gewährt ein Asyl den Fremden, die für die Sache der Freiheit aus ihren Ländern verbannt sind, und verweigert es den Tyrannen.« »Il donne asile aux étrangers bannis de leur pays pour la cause de la liberté et il le refuse aux tyrans.« Wir leben, persönlich und wörtlich genommen, von den hochherzigen Überzeugungen der Revolution, und danken ihr.

Die Französische Revolution war sehr groß und an unendlichem Menschentum reich, auf das Bekenntnis der Menschenrechte verzichtete sie nicht, obwohl man ihr voraussagte, sie werde es nicht vollauf halten. Ihre Sache war die Befreiung des Individuums, zu ihrer Zeit die vorderste Sache. Dem Recht der Person wurden notwendig die kollektiven Rechte vorerst geopfert, das Koalitionsrecht der Arbeiter, ihr Recht zu streiken. Der Reichtum durfte nicht geschwächt werden, womit damals kein Vorrecht beabsichtigt war sondern das Recht eines jeden. Auch der unbestechliche Robespierre hat die Ungleichheit der Vermögen nur abgelehnt, den Reichtum sozialisieren wollte er nicht.

Die Deutschen sind neuestens belehrt, anschaulich und fühlbar belehrt, daß man mangels sozialer Gerechtigkeit sowohl unfrei als arm wird. Sie werden die Freiheit, die sie erkämpfen sollen, nur vollenden und sichern vermöge der sozialen Gerechtigkeit. Nach erlangter sozialer Gerechtigkeit werden die niedergehaltenen Kräfte frei werden, die Pflege der menschlichen Person kann wahrhaft beginnen.

Die alten Kämpfe gehen weiter. Die Kämpfer wechseln, ihre Erfahrung hat sich vermehrt: das Ziel ist, wie je, die Freiheit. Auch in uns handelt noch immer die Französische Revolution.

In: ›Internationale Literatur. Deutsche Blätter‹. Moskau. Jg. 9, Heft 8, August 1939, S. 3–7.
Dieser Artikel war bereits vorher in zwei französischen Organen in französischer Sprache sowie in der ›Deutschen Zeitung‹ (Moskau. Jg. 2, Nr. 67 vom 5. Juli 1939) u.d.T. *Die französische Revolution* in deutscher Sprache erschienen.

14 Heinrich Mann an Carl Rössler,
Nizza, 13. August 1939:

Lieber, verehrter Herr Rössler,
Ihr Brief vom vorigen Monat hat mich besonders angenehm berührt wegen des guten Mutes, den er zeigt. Wer einmal die innere Heiterkeit hat, den kann das Leben,

trotz anerkennenswerten Bemühungen, nie ganz darum bringen. Auszunehmen wären die physischen Eingriffe, über die that charming Mr. Hitler verfügt. Aber der Entmannung, dem Geblendetwerden, der technisch herbeigeführten Verblödung und den vielen anderen Attraktionen seines Massage-Salons für Sadisten scheinen wir ja wohl entronnen zu sein. Als in Prag ein paar Emigranten geschnappt wurden, freute sich die deutsche Presse. »Jetzt hat ihr Schicksal sie doch ereilt.« Glauben Sie, dass auch an den anderen Zufluchtsstätten die Verfolger noch eintreffen werden?

Ich habe den Eindruck, nein, sondern ihr Schicksal ist auf dem besten Wege, sie selbst zu ereilen. Man hilft nach, wie man kann. In Deutschland hat das wahre Wort einen grossen Seltenheitswert bekommen. Sie glauben kaum, wie das einschlägt, wenn man den Leuten die Geschichte mit den verkauften Tirolern richtig auseinandersetzt. Solche Erfolge kannten wir nicht. Ich habe sechs Jahre gebraucht, jetzt steht mein Aufruf in französischen Zeitungen fast jeder Richtung. In England haben sowohl ›Daily Herald‹ wie ›Daily Mail‹ über die Aktion berichtet. Die Deutschen aller Stände reichen das Papier umher, Ärzte und Ingenieure schreiben es ab. Uns darf man nicht antworten, besonders nicht die Albernheiten, mit denen man die Briefe des Mr. King Hall beantwortet. Erstens sind wir den Deutschen bekannt, besser als vor der Aera Hitler. Ausserdem, wie könnte man öffentlich zugeben, dass es eine deutsche Opposition gibt und dass sie 90 % beträgt.

Freiwillig werden die deutschen Machthaber keinen Krieg mehr wagen. Sie sind dem eigenen Volk gegenüber nicht mehr stark genug. Nur aus Angst vor dem Volk haben sie den militärisch günstigsten Zeitpunkt verpasst. Von ihrer Verzweiflung ist zum Schluss das Äusserste zu fürchten. Daher muß die deutsche Revolution dem europäischen Krieg zuvorkommen: das ist der Satz, den ich überall verteidige. Ich bitte auch Sie, in Ihren englischen Gesprächen, die gewiss immer zahlreicher werden, diese Meinung zu vertreten. Sie brauchen nicht zu schreiben. Clubgespräche sind auch etwas wert. Viele Engländer sind nachgerade vernünftig genug, um noch lieber den »Bolschewismus«, der aber einfach eine mehr oder weniger entschiedene Demokratie sein wird, in Deutschland hinzunehmen, anstatt des allgemeinen Chaos, das sie vom Krieg mit Sicherheit zu erwarten hätten.

»Ich lache, daher lebe ich,« – verzeihen Sie, dass mein Brief Ihrem Motto nicht entspricht. Es ist aber das wahre, und den notwendigen »Kampf« kann man mit innerer Heiterkeit verbinden.

Herzlich Grüße von uns beiden. Ihr H. Mann

Original: Deutsches Literaturarchiv / Schiller-Nationalmuseum, Marbach am Neckar (A: Heinrich Mann; 75.211/2). – Druck: Peter-Paul Schneider: *›Beinahe eine Inventaraufnahme‹: Die Briefe Heinrich Manns an Carl Rössler 1939–1946*. In: ›Rowohlts Literaturmagazin‹. Bd. 21: *Nicolas Born zum Gedenken / Heinrich Mann, heute*. Hg. von Martin Lüdke und Delf Schmidt. Reinbek bei Hamburg 1988, S. 39–55, hier S. 41 f.

15 Heinrich Mann an Carl Rössler,
Nizza, 10. März 1940 [Auszug]:

Lieber, verehrter Herr Rössler,
von Max Brod erfahre ich, dass Sie ihm meine Adresse gegeben haben, wofür ich Ihnen danke. So kommt man vielleicht zu einer hebräischen Aufführung. Sonst erlebe ich unberufen nichts. Nichts, ist noch das Beste was man sich wünschen kann. Bei Kranzler werden an dem Schicksalstage, den Sie erwähnen, wohl andere Leute sitzen. Übrigens ist das Schicksal in zunehmende Dunkelheit gehüllt, besonders soweit es den Tapezierer betrifft. Jeden-

falls bin ich stolz auf den Chauffeur, der allen Leuten so etwas vorliest. Der hat Mut, und wird nicht der Einzige sein.

Original: ebd. (75.212/1). – Druck: ebd., S. 43.
Carl Rössler hatte in seinem Brief vom 31.12.1939, den dieser Brief beantwortet, geschrieben: »Vom neuen Jahr erhoffen wir das Ende des Tapezierers. Ich möchte mit Ihnen unter den Linden bei Kranzler sitzen, wenn die Engländer und Franzosen einziehen. Das ist notwendig, sonst glauben es die Deutschen nicht. Wenn denen der Buckel nicht blau geschlagen wird, so glauben sie sich ›im Felde unbesiegt‹ und rüsten und stänkern weiter.« Mit »Tapezierer« und »Anstreicher« wird in den Briefen zwischen Heinrich Mann und Carl Rössler jeweils Hitler tituliert. Rössler berichtet in diesem Brief weiter von einem »dänische(n) Herrn, der aus Berlin kam«: »Er erzählte mir, an einem Autostandplatz habe ein Chauffeur einen offenen Brief von Ihnen an das deutsche Volk vorgelesen. Was er von Ihnen sagte, war derb, aber schmeichelhaft. Was er vom Tapezierer dachte war sehr deutlich ausgedrückt.« Bei dem »offenen Brief« dürfte es sich um eines jener »Dünndruck-Manifeste« [vgl. Materialien, Nr. 11] gehandelt haben, die meistens als Tarnschriften nach Deutschland geschmuggelt wurden.

Heinrich Mann: *Antwort auf verschiedene Anfragen* [von Mitarbeitern der ehemaligen Volksfront] (7. August 1941): 16

Mehrere Freunde und Mitarbeiter der ehemaligen deutschen Volksfront haben mir in den vorigen beiden Wochen geschrieben. Die Absicht war jedesmal die gleiche: wieder aktiv in den Kampf um die Befreiung Deutschlands einzugreifen. Meine Stellungnahme wird erbeten.

Ich will sagen, daß ich überzeugt bleibe, Deutschland, und nicht Deutschland allein müsse auf Grund sozialistisch-demokratischer Einrichtungen nicht scheinbarer, sondern ernster, neu anfangen und sich veredeln.

Meine Meinung ist: 1. daß in Deutschland selbst die Umkehr beginnen muß; 2. Daß Deutschland für sich allein nicht vorgehen kann und nichts erreichen würde.

Hiermit ist auch die Aufgabe der deutschen Emigration schon gegeben. Sie muß sich vorbereiten für den Zeitpunkt, in dem Europa frei und uns zugänglich sein wird. Sie muß Verbindung und Zusammenarbeit suchen vor allem mit der französischen Emigration.

Ich begründe dies. Der Versuch einer deutschen Revolution 1918–19 ist fehlgeschlagen nicht nur infolge innerer Unreife, sondern weil bei dem benachbarten Sieger alles unverändert blieb und dem deutschen Kampf teilnahmslos zugesehen wurde, – wenn nicht sogar Hilfe stattfand für die deutsche Reaktion.

Nach diesem Krieg werden entweder beide, Frankreich und Deutschland, echte Volksgemeinschaften werden, oder jedes von ihnen für sich allein setzt seinen Untergang fort.

Zweifellos wird die Soviet-Union nach ihrem heldenhaften Kampf das übrige Europa beeinflussen können. Dem gegenüber stehen andere Einwirkungen, in der Richtung, den Westen, Deutschland womöglich einbegriffen, beim alten System zu erhalten. Auch dies kann gelingen, jedenfalls aber wird es schon jetzt versucht. Ich höre von dem Erscheinen eines deutschen, mehr oder weniger deutschen Buches über die »konservative Revolution, Versuch und Bruch mit Hitler«.

Ein Buch dieser Gesinnung kann erst vollends gefährlich werden, wenn seine Einfuhr nach Europa dereinst erlaubt ist. Bis jetzt spricht es nur zu Gleichgesinnten, die mit Europa und mit Deutschland ohnedies nichts anderes vorhaben als ihre Fortschritte aufzuhalten.

Dasselbe gilt indessen für Veröffentlichungen jeder Gesinnung, auch einer fortschrittlichen. Wen können, hier im Lande, die Emigranten wirklich aufklären? Einer den

Anderen, das wird kaum nötig sein – hinzugerechnet die verzweifelten Fälle, wo es aussichtslos und unnütz ist. Von fremden Lesern werden die Bücher und Zeitungen der Emigranten nicht viele finden, und diese denken entweder schon ohnedies das Gleiche, oder sie erblicken in den Wahrheiten, die man ihnen vorhält, nur Hetze.

Heute erscheint als das Dringlichste, die Auffassungen der deutschen Opposition *in England* bekannt [zu] machen. Persönlich bin ich bemüht, in England gehört zu werden. Wenn es gelingt, kann der Erfolg beim Abschluß des Friedensvertrages eintreten. Ich behaupte nicht, daß diese Absicht tatsächlich erreicht wird. Jedenfalls halte ich den Versuch für zweckdienlicher, als in Amerika eine deutsche Tageszeitung erscheinen zu lassen.

Man kann anderer Meinung sein, wie ich sogleich beifügen will. Aber solange ich nur die erwähnte, eigentlich entbehrliche Leserschaft für die Zeitung sehe, fühle ich mich ungeeignet für sie zu schreiben. Ich muß viel arbeiten und meine Kräfte zusammenhalten. Natürlich geht es ohne mich. Wenn ich übrigens geirrt haben sollte, wird immer noch Zeit sein, meine Mitwirkung nachzuholen, vorausgesetzt, daß sie dann erwünscht ist.

Dieses Exposé soll nicht vor allem von gegenwärtigen Veröffentlichungen handeln. Lassen Sie mich zusammenfassen, was nach meiner Meinung hauptsächlich geschehen sollte.

1. In den vorhandenen Gruppen der deutschen Emigration alle geeigneten Personen feststellen: dies ohne Voreingenommenheit, weitherzig, obwohl gerecht. Zum Beispiel sehe ich bis auf Weiteres keinen Grund, eine Grenze gerade bei den »Grczinski-Leuten« [richtig: Grzesinski] zu ziehen. Als ich Grczinski in Paris begegnete, gehörte er zur Volksfront oder suchte sie doch auf. Er fühlte sich als Sozialdemokraten und früheren Polizeipräsidenten. In

seinem Buch verteidigt er sich gegen den Vorwurf, als habe er seinerzeit die Nazis besser behandelt als die äußerste Linke. Ich kann nicht wissen, inwiefern er seither gelernt oder sich gewandelt hat. Ich erinnere mich nur, daß in Paris die Berichte der deutschen Parteifunktionäre eintrafen, und daß sie von Sozialdemokraten und Kommunisten gemeinsam herrührten. Ist dieses Zusammengehen im Lande auch jetzt das Übliche, dann muß die Emigration beitragen, daß es erhalten bleibt. Nicht nur die großen Arbeiterparteien und die kleineren, sondern alle Deutsche, die unter Hitler gelitten haben, müssen erfaßt werden.

2. Die propagandistische Erfassung der Deutschen kann mit ganzer Kraft erst nach der Befreiung Deutschlands und des Kontinents einsetzen. *Vorher* sind die Deutschen mit *Radio-Sendungen* zu erreichen. Das geschieht auch von hier aus, wie wir wissen. Es sollte versucht werden, bei den amerikanischen Gesellschaften noch mehr durchzusetzen. In Deutschland hört man leichter aus England die Sendungen deutscher Sprache. Diese erfolgen schon jetzt. Umso eher darf die hiesige Deutsche Emigration die Gelegenheiten aufsuchen oder herbeiführen, um durch *Übermittlung von Platten nach England*, zu den deutschen Hörern zu sprechen. Ausnahmsweise geschieht auch dieses schon jetzt.

3. *Für den Zeitpunkt der Befreiung wäre Material vorzubereiten* und in der ersten Stunde, in Mengen vervielfertigt, nach Deutschland zu schicken: früher als die Rückreise den Meisten möglich ist.

Von dem herzustellenden Material erwähne ich: Die Geschichte und die Vorgeschichte dieses Krieges, in einem noch so kurz gefaßten Abriß: den Deutschen ist alles Wesentliche verschwiegen oder verfälscht mitgeteilt worden. – Die Behandlung der Frage, ob dieser Krieg, mitsamt der Hitlerherrschaft, noch nötig war und Sinn hatte; ob das ganze Experiment nicht vielmehr überzählig war. –

Woran es lag, daß alles zum Äußersten getrieben werden konnte: Die politische, das heißt eigentlich die sittliche Verfehlung eines mißleiteten Volkes, das jetzt zum letzten Mal die Wahl hat, vernünftig, frei verantwortungsvoll zu werden und sich, ohne Überhebung, ohne Minderwertigkeit, dem neuen Europa einzugliedern. – Warnung vor einer neuen Versailles-Hetze, vor jeder Legende, als wäre die neue Niederlage irrtümlich und wäre unverdient vom Heer und Volk.

Die entscheidende Darstellung betrifft natürlich *das künftige Deutschland in dem Europa*, wie es entstehen soll. Ich will annehmen, daß England auf der Gründung einer Europäischen Föderation beharrt. Andererseits wird die Soviet-Union beanspruchen dürfen, nicht länger der einzige sozialistische Volksstaat zu sein. Es scheint mir ferner, daß in jedem dieser beiden Länder die Forderungen des anderen nachgerade verstanden werden; daß sie übrigens einander bedingen. Ein föderatives Europa wird, vielleicht in Abstufungen, sozialistisch sein müssen, ein sozialistisches kann nur föderativ sein. Kriege werden nur durch einen gleichartigen Zustand, politisch und sozial, des ganzen Erdteiles für jede erdenkbare Zukunft unmöglich gemacht werden. Ginge aus diesem Kriege ein Europa der Klassenherrschaft und ein anderes der Volksgemeinschaft hervor, dann wäre im Voraus alles verloren. Dabei wäre es gleichgültig, welchem der beiden Teile Deutschland zufällt.

Deutschland, als die Mitte des Kontinentes, ist von Natur berufen, zu vermitteln; nicht zu herrschen, wie jetzt, durch Ränke und in böser Absicht, sondern der Verbindung seiner Nachbarn und dem Ausgleich ihrer verschiedenen Entwicklungsstufen redlich zu dienen. Es läßt sich einwenden, daß Deutschland sogar für sich allein dem inneren Ausgleich wahrscheinlich noch fern ist. Das sind nur Vermutungen. Die Kenntnis des wirklichen Deutschland ist seit dem Kriege verloren gegangen. Nach allem Ermessen herrscht dort Ratlosigkeit vor: daher die Notwendigkeit eine Aktion vonseiten der draußen Befindlichen, die mehr wissen und in verhältnismäßiger Ruhe überlegen.

4. Dies alles wäre sinnlos, wenn dieselbe Aktion nicht auch anderswo stattfände, *vor allem in Frankreich*. Solange die beiden Länder ungefähr dieselbe republikanische Verfassung hatten, sind sie einander fremd geblieben. Die Deutsche Republik ging fast immer auf die Störungsversuche der Nationalisten ein. Die Bemühungen, in Frankreich um Verständnis und Freundschaft zu werben, überließ sie meistens einzelnen Freiwilligen. Wie anders steht es damit seit Hitler! Was die französische Linke versäumt hatte, ist von der Rechten gründlich nachgeholt worden – in ehrloser Weise. Gleichviel, das Bündnis auf Gedeih und Verderb, mit Hitlerdeutschland besteht. Wäre es den beiden Regimen überhaupt bestimmt zu dauern, dann hätten sie aneinander die beste Stütze.

Der Eindruck ist hoffentlich falsch, als ob die deutsche und französische Linke auch jetzt noch nicht daran dächten, ihre Sache gemeinsam zu betreiben. Sie werden doch wohl gelernt haben, daß Demokratien jeder Art, veraltet oder fortgeschritten, sich nicht allein und isoliert erhalten können. Ihre Sicherung ist gegenseitig, oder sie haben keine. Gesetzt, die europäische Linke hätte gewonnen, muß sie wenigstens in Frankreich rückversichert sein. Zwischen den beiden Emigrationen sollten die Verhandlungen unverzüglich beginnen. Ich möchte glauben, daß es auch ohne meinen Rat unternommen wird, es liegt gar zu nahe. Zum ersten Mal sind Deutsche und Franzosen gleichzeitig aus ihren Ländern vertrieben. Früher erfuhren sie dasselbe Schicksal bei getrennten Gelegenheiten, und blieben selber getrennt. Das wäre diesmal unzulässig, es wäre ein Versäumnis, das alle späteren Enttäuschungen und Niederlagen allein schon erklären würde.

Auf die Gemeinsamkeit mit den Franzosen lege ich Nachdruck, ohne daß ich darüber irgend eine andere Verbindung vernachlässigen möchte. Die anderen ergeben sich nur leichter. Die Soviet-Union kennt zweifellos ihr Interesse, und auch England wird es je länger je besser begreifen: ein Europa, das nicht mehr durch entgegengesetzte Regime gehemmt, auf derselben freiheitlichen Grundlage ein neues Leben beginnt.

5. *Die Freiheit als Grundlage* des öffentlichen und privaten Lebens muß nach meiner wohlerworbenen Überzeugung im höchsten Maße ernst genommen werden. Es wäre unverantwortlich, sie den von Hitler Geknechteten, besonders seinen deutschen Sklaven, ohne Inhalt und Bedeutung vorzuspiegeln. Freiheit heißt zuletzt und zuerst: Der Mensch über alles. Keine Regierung, keine Autorität geht ihm vor, und der Staat ist nicht sein Herr, hat keine eigenen Rechte und Zwecke: der Dienst am Menschen verordnet sie allein.

Der heutigen Ausschweifungen der Staaten hat es leider bedurft, damit sehr viele, ich hoffe: alle Opfer des Staates seine Macht verabscheuen und verwerfen. Die Europäische Föderation wird den Staaten einen großen Teil ihrer Souveränität entziehen, keiner von ihnen wird die Macht behalten, Kriege zu führen und Millionen Menschen abzuschlachten. Keinem wird es erlaubt bleiben, Verfolgungen, Massenflucht und das Elend ganzer Völker zu betreiben. Den Regierungen wird verboten sein, in Tyranneien auszuarten. Die politische Freiheit scheint hergestellt, wenn ein wirklicher Rat der Völker, kein falsch benannter »Völkerbund« wie einst, die oberste Instanz der internationalen Politik bildet.

Übrig ist auch dann noch das Ziel des *freiheitlichen Sozialismus*. Der Sozialismus und die Freiheit, zwei unabweisbare Forderungen, dürfen einander nicht ausschließen. In Wahrheit bedingen sie einander. Ein volkstümlicher Sozialismus wird die Zustimmung der Massen und der denkenden Individuen haben. Die Freiheit, ehrlich aufgefaßt, ist nur verbürgt, wenn die Wirtschaft, zum wenigsten an ihrer Basis, sozialistisch ist. Ich sehe hier davon ab, wie weit man im Sozialismus zu gehen gedenkt. Das Eine weiß ich: die *geistige Freiheit*, das höchste der Menschenrechte, fällt weg, sobald der Staat den Menschen von sich abhängig machen kann. Wohlverstanden, ich meine nicht die bisher geübte und erfolgreiche Duldung aller Angriffe auf die Volks- und Menschenrechte. Die Freiheit der Freiheitsfeinde hört auf. Aber auch das fruchtbare Denken geht verloren, wenn man wohlgelitten sein muß um des täglichen Brotes willen.

Will die Emigration den Deutschen nützen, dann halte ich für eine der wichtigsten Aufgaben, daß sie sich selbst und ihnen klarmacht, nicht nur, wie Sozialismus und Freiheit sich vermittels von Zugeständnissen vertragen. Das wäre zu wenig. Ihre inneren Beziehungen, ja ihre Einheit angesichts eines gegebenen Zustandes von Welt, Moral, Wirtschaft, muß aus ganzer Überzeugung nachgewiesen werden.

Die Moral, einen zu großen Gegenstand, will ich nur dahin erwähnen, daß die Deutschen moralisch völlig umzubilden sind. Eine zwingende Folge äußerer Veränderungen wird es nicht sein. Die Erziehung zur Wahrheit muß mit demselben und noch mehr Eifer durchgeführt werden, als für die Propaganda der Unwahrheit seither aufgewendet ist. Indessen, hier beginnen schon die Arbeiten an einem künftigen, befreiten Volk.

Dies sind meine Vorschläge. Ich unterlasse die Aufzählungen der praktischen Maßnahmen. Sie sind entweder schon genannt oder ergeben sich unschwer, wenn man die Geduld hat, mich zu lesen.

Ich meine, daß Sie dort ein Komitee hervorragender Persönlichkeiten einberufen. Es kommt viel auf die Fähigkeiten an, einiges auch darauf, daß die Namen in Deutschland und Europa bekannt sind. Andererseits haben Abseitige, die nicht nur durch lange Zeiten, sondern auch durch einen Krieg und europäischen Umsturz vom Land und Kontinent getrennt sind, schwerlich große Rechte. Nur das der Aufrichtigkeit. Nur das Recht, das harte Erfahrungen verleihen. Nicht sich zu Autoritäten aufwerfen! Es gibt durchaus keine Autorität mehr, nach dem Mißbrauch, der vonseiten Unberufener mit ihr getrieben ist. Die Denkschriften, die ich empfehle, sind gewiß mit Leidenschaft, aber bescheiden abzufassen, mit dem Unterton: Was ist aus euch geworden, was aus uns! Es könnte gut sein, einander neu kennen zu lernen!

Das Aktions-Komitee sollte zusammengesetzt sein aus Männern und Frauen, die sich als Europäer und Deutsche fühlen: als nichts Anderes in erster Reihe. Partei, Klasse, Rasse müssen im Bewußtsein zurücktreten vor dieser außerordentlichen Berufung.

Was mich betrifft, mache ich den Vorbehalt, daß alles anders kommen kann, als ich hier angenommen habe. Ich denke weniger an den Sieg Hitlers, als an die möglichen Zerwürfnisse, Halbheiten und Fehler beim Friedensschluß. Vielleicht bleibt am Ende nicht einmal Raum für die Tätigkeit, wie ich sie anrate.

Zweitens muß ich damit rechnen, mißbilligt zu werden. Ich habe meine Antwort auf die vorgelegten Fragen, und sogar auf nicht gestellte, mit gutem Willen erteilt und bitte sie für das, was sie wert ist, hinzunehmen. Ich kann nicht mehr im Namen einer Gemeinschaft sprechen, wie einst, als in Paris die deutsche Volksfront reich an Hoffnungen war. »Volksfront« wäre kein berechtigter Name mehr für diese Emigration. Ich weiß nicht, ob dergleichen in Deutschland noch vorhanden ist. Eine Front übrigens gegen wen? Nach dem Verschwinden dieses Regimes kann einzig die Gesamtfront der Deutschen und der Europäer behauptet werden.

Heinrich Mann

Original: HMA 283, 9 maschinenschriftliche Seiten mit handschriftlichen Korrekturen Heinrich Manns.

Heinrich Mann versah diese *Antwort auf verschiedene Anfragen* mit dem Vermerk »Persönlich, und nicht zur Veröffentlichung, auch nicht auszugsweise, bestimmt«. Auf der Rückseite des letzten Blattes eines sonst identischen Durchschlages dieses Textes notierte Heinrich Mann: »Neues, 1942: 1941 hat Hitler *nicht* mit Engl.[and] abgeschlossen / Engld nicht mehr allein. Dtschld verliert Schlachten. Hitler *wie ich ihn sehe* Popanz / Die Soviet-Union, Amerika – SU«. »Zur Zeit von J. Stalin« / S. 69 hier wiederholen »Caesar –« / Die Übermacht in der Luft u. d. Tanks / Die Zerstörung Dtschlds / Die Revolten Europas. / Der Kaukasus, die Fata morgana / Japan – kein Freund / So wenig wie Italien, das von Engl. aller besiegt ist. / Indien. Guter Wille Englds. / Die Nachkriegspläne Englds / Verständigung mit S. U. möglich (Oder verlangt)« – Diese Notizen gehören wohl bereits zur Entstehungsgeschichte von Heinrich Manns Memoirenwerk *Ein Zeitalter wird besichtigt.*

Zeitgenössische Rezensionen

Behrendson [!] [richtig: Berendsohn], Walter A.: Trommelfeuer und Sturmsignale. Zu Heinrich Manns Aufsatzsammlung *Mut*.
In: ›Pariser Tageszeitung‹. Paris. Jg. 4, Nr. 953 vom 25. März 1939, S. 4.

Kersten, Kurt: Heinrich Manns Streitschriften.
In: ›Internationale Literatur. Deutsche Blätter‹. Moskau. Jg. 9, Heft 6, Juni 1939, S. 125–127.

Zeittafel

1870/1871	Deutsch-Französischer Krieg. Gründung des Deutschen Reiches unter preußischer Vorherrschaft (18.1.1871). Bismarck Reichskanzler
1871	Luiz Heinrich Mann am 27. März als erster Sohn des Senators Thomas Johann Heinrich Mann und seiner Ehefrau Julia, geb. da Silva-Bruhns, in Lübeck geboren
1875	Geburt des Bruders Thomas
1877	Wahl des Vaters zum Senator von Lübeck
1878–1890	Sozialistengesetz
1884	Reise nach St. Petersburg
Seit 1885	Erste erzählerische, seit 1887 erste poetische Versuche
1889	Abgang vom Gymnasium aus Unterprima. Buchhandlungslehrling in Dresden
1890	Entlassung Bismarcks. Heinrich Manns erste Veröffentlichung einer Erzählung in der ›Lübecker Zeitung‹
1891–1892	Volontär im S. Fischer Verlag, Berlin. Studien an der Friedrich-Wilhelms-Universität
1891	Tod des Vaters (geb. 1840). Liquidierung der Firma Johann Siegmund Mann. Erste Rezensionen in ›Die Gesellschaft‹
1892	Sanatoriumsaufenthalt nach Lungenblutung in Berlin; danach Kuraufenthalte in Wiesbaden, im Schwarzwald und in Lausanne. Rezensionen in ›Die Gegenwart‹

1893	Übersiedlung der Familie nach München Reisen nach Paris, Italien
1894	*In einer Familie*, Roman
1895–1896	Herausgeber der Monatsschrift ›Das Zwanzigste Jahrhundert. Blätter für deutsche Art und Wohlfahrt‹
1895–1898	Aufenthalt in Rom und Palestrina, teilweise zusammen mit dem Bruder Thomas *Im Schlaraffenland* begonnen Erste Notizen zu den *Göttinnen*
1897	*Das Wunderbare und andere Novellen*
1898	*Ein Verbrechen und andere Geschichten*
1899–1914	Ohne festen Wohnsitz. Aufenthalte in München, Berlin, meistens in Italien, oft in Riva am Gardasee im Sanatorium von Dr. von Hartungen
1900	*Im Schlaraffenland. Ein Roman unter feinen Leuten*
1903	*Die Göttinnen oder Die drei Romane der Herzogin von Assy* *Die Jagd nach Liebe*, Roman
1905	*Flöten und Dolche*, Novellen *Professor Unrat oder Das Ende eines Tyrannen*, Roman *Eine Freundschaft: Gustave Flaubert und George Sand*, Essay Übersetzung von Choderlos de Laclos' *Gefährliche Freundschaften* Bekanntschaft mit Inés (Nena) Schmied
1906	Erste Notizen zum *Untertan* Drei Novellenbände: *Schauspielerin, Stürmische Morgen, Mnais und Ginevra*
1907	*Zwischen den Rassen*, Roman
1908	*Gretchen*, Novelle aus dem Stoffkreis des *Untertans*. *Die Bösen*, Novellen

1909	*Die kleine Stadt*, Roman
1910–1913	Jährliche Uraufführungen der Schauspiele Heinrich Manns in Berlin
1910	*Französischer Geist* (später *Voltaire – Goethe*); *Geist und Tat*, kulturpolitische Essays
	Das Herz, Novellen
	Freitod der Schwester Carla (geb. 1881)
	Variété, Einakter
1911	*Die Rückkehr vom Hades*, Novellen
	Schauspielerin, Drama
1912	Bekanntschaft mit der Prager Schauspielerin Maria (Mimi) Kanová während der Proben zu *Die große Liebe* im Deutschen Theater, Berlin
	Beginn der Niederschrift von *Der Untertan*
1913	*Madame Legros*, Drama
1914	*Der Untertan* als Fortsetzungsroman in ›Zeit im Bild‹
	13. August: Abbruch des Vorabdrucks nach Beginn des Ersten Weltkrieges. Weiterer Abdruck der russischen Übersetzung bis Oktober in Petersburg (›Sowremennij Mir‹)
	12. August: Heirat mit Maria (Mimi) Kanová. Wohnsitz in München
1915	Russische Buchausgabe des *Untertan*
	Konflikt mit dem Bruder. Abbruch der Beziehungen nach dem Erscheinen von Thomas Manns *Gedanken im Kriege*
	Zola, Essay; in ›Die Weißen Blätter‹, hg. von René Schickele
1916	*Der Untertan*, Privatdruck in etwas mehr als 10 Exemplaren
	Geburt der Tochter Henriette Maria Leonie

1917 *Die Armen*, Roman
Brabach, Drama
Madame Legros an den Münchener Kammerspielen und am Lessing-Theater in Berlin uraufgeführt
Grabrede auf Frank Wedekind
Versuch einer Versöhnung mit Thomas Mann

1918 Ende des Ersten Weltkrieges. Abdankung Wilhelm II. Novemberrevolution in Deutschland
Mitarbeit Heinrich Manns im ›Politischen Rat geistiger Arbeiter‹ in München
Der Untertan, Roman
Beginn der Arbeit am Roman *Der Kopf*

1919 Ermordung Karl Liebknechts und Rosa Luxemburgs. Friedrich Ebert Reichspräsident. Beginn der Weimarer Republik (Weimarer Reichsverfassung)
Macht und Mensch, Essays (Gewidmet *Der deutschen Republik*)
Gedenkrede für Kurt Eisner, den ermordeten Ministerpräsidenten der bayerischen Räterepublik

1920 *Der Weg zur Macht* im Residenz-Theater München uraufgeführt. In den folgenden Jahren wachsende publizistische Tätigkeit
Die Ehrgeizige, Novelle

1921 *Die Tote und andere Novellen*

1922 Aussöhnung mit Thomas Mann
Bekanntschaft mit dem französischen Germanisten Félix Bertaux
Rapallo-Vertrag zwischen Deutschland und der UdSSR

1923 Ruhrbesetzung, Generalstreik. Putschver-

1923 such der Nationalsozialisten in München. Hitler in Festungshaft. Inflation und erster Nachkriegsbesuch Heinrich Manns in Frankreich (Teilnahme an den Entretiens de Pontigny)

Rede bei der Verfassungsfeier in der Staatsoper Dresden

11. März: Tod der Mutter Julia (geb. 1851). *Diktatur der Vernunft*, Reden und Aufsätze

1924 Reise in die Tschechoslowakei, Begegnung mit Tomas G. Masaryk auf Schloß Lana bei Prag

Abrechnungen, Novellen

Der Jüngling, Novellen

Das gastliche Haus, Komödie

1925–1932 *Gesammelte Werke in 13 Bänden* im Paul Zsolnay Verlag, Wien

1925 Zweite Frankreichreise nach dem Krieg, erste Impulse für den *Henri Quatre* in den Pyrenäen und in Pau

Der Kopf, Roman

Kobes, Novelle

Tod Friedrich Eberts. Hindenburg zum Reichspräsidenten gewählt

Zusammenfassung der Romane *Der Untertan, Die Armen, Der Kopf* zur *Kaiserreich-Trilogie*, der *Romane der deutschen Gesellschaft im Zeitalter Wilhelms II.*

1926 Wahl zum Mitglied der Preußischen Akademie der Künste zu Berlin, Sektion Dichtkunst am 27. Oktober

Liliane und Paul, Novelle

1927 Verstärktes Wirken für eine Verständigung zwischen Deutschland und Frankreich

1927 Rede im Trocadéro, Paris, zum 125. Geburtstag von Victor Hugo

Begegnungen Gustav Stresemanns mit Aristide Briand

Freitod der Schwester Julia (geb. 1877)

Mutter Marie, Roman

1928 Trennung von Maria Mann, Übersiedlung nach Berlin

Vorsitzender des Volksverbandes für Filmkunst

Eugénie oder Die Bürgerzeit, Roman

1929 Bekanntschaft mit Nelly Kröger, seiner späteren zweiten Frau

Sie sind jung, Novellen

Sieben Jahre. Chronik der Gedanken und Vorgänge (1921–1928), Essays

Weltwirtschaftskrise

1930 Scheidung von Maria Mann

›Der blaue Engel‹, Verfilmung des Romans *Professor Unrat*

Die große Sache, Roman

1931 Wahl zum Präsidenten der Sektion Dichtkunst bei der Preußischen Akademie der Künste. Feier in Berlin zu Heinrich Manns 60. Geburtstag mit Reden von Gottfried Benn, Lion Feuchtwanger, Adolf Grimme, Max Liebermann und Thomas Mann. Teilnahme an einem internationalen Schriftstellerkongreß in Paris. Gespräch mit Aristide Briand. Rede im Admiralspalast zur deutsch-französischen Verständigung

Geist und Tat. Franzosen 1780–1930, Essays

1932 Wiederwahl Hindenburgs zum Reichspräsidenten

1932	*Ein ernstes Leben*, Roman *Das öffentliche Leben*, Essays *Das Bekenntnis zum Übernationalen*, Essay Beginn der Arbeit am *Henri Quatre*
1932/1933	Unterzeichnung von Aufrufen zur Aktionseinheit von KPD und SPD gegen die Nationalsozialisten, gemeinsam mit Käthe Kollwitz und Albert Einstein
1933	30. Januar: Hitler Reichskanzler 15. Februar: Ausschluß mit Käthe Kollwitz aus der Akademie der Künste 21. Februar: Flucht nach Frankreich über Frankfurt am Main, Kehl am Rhein und Straßburg 25. August: Aberkennung der deutschen Staatsbürgerschaft *Der Haß. Deutsche Zeitgeschichte*, Essays
1933–1940	Wohnsitz in Sanary-sur-Mer, dann in Nizza. Reisen nach Prag, Genf und Zürich. Politische Artikel in der ›Dépêche de Toulouse‹ Vorsitzender des Vorbereitenden Ausschusses der deutschen Volksfront, Ehrenpräsident des SDS. Antifaschistische Flug- und Tarnschriften
1934	10. Mai: Heinrich Mann Präsident der Deutschen Freiheitsbibliothek *Der Sinn dieser Emigration*, Essays
1935	Juni: Rede auf dem Internationalen Schriftstellerkongreß zur Verteidigung der Kultur in Paris *Die Jugend des Königs Henri Quatre*, Roman
1936	Heinrich Mann wird tschechoslowakischer Staatsbürger

1936 Beginn des spanischen Bürgerkriegs
Es kommt der Tag. Deutsches Lesebuch, Essays

1937 10./11. April: Volksfrontkonferenz in Paris, Eröffnungsansprache Heinrich Manns

1938 Münchner Abkommen
Die Vollendung des Königs Henri Quatre, Roman

1939 *Mut*, Essays; *Nietzsche* (Kommentar zu einer Auswahl)
9. September: Heirat mit Nelly (Emmy) Kröger in Nizza
Hitler-Stalin-Pakt. Ausbruch des Zweiten Weltkriegs
Verschleppung Maria Manns ins KZ Theresienstadt

1940 Kapitulation Frankreichs vor den Hitlertruppen
Flucht über Spanien und Portugal in die USA. Aufenthalte in New York, Princeton, Hollywood, Wohnsitz in Los Angeles und Santa Monica bis zum Tod

1941 Beginn der Arbeit am Roman *Empfang bei der Welt*

1943 Ehrenpräsident des Lateinamerikanischen Komitees der Freien Deutschen
Lidice, Roman

1944 17. Dezember: Freitod Nelly Manns (geb. 1898)

1945 Bedingungslose Kapitulation Deutschlands
Ein Zeitalter wird besichtigt, Autobiographie
Klaus Mann bringt die gesundheitlich schwergeschädigte Maria Mann aus dem KZ Theresienstadt nach Prag zurück

1947	Ehrendoktor der Humboldt-Universität Berlin
	Tod Maria Manns in Prag (geb. 1886)
1949	Nationalpreis I. Klasse für Kunst und Literatur der DDR
	Tod des Bruders Viktor (geb. 1890)
	Der Atem, Roman
1950	Berufung Heinrich Manns zum ersten Präsidenten der neugegründeten Akademie der Künste zu Berlin / DDR. Vorbereitung zur Rückkehr mit dem polnischen Dampfer ›Batory‹
	12. März: Tod Heinrich Manns in Santa Monica bei Los Angeles
1951	DEFA-Verfilmung von *Der Untertan*
1955	Thomas Mann stirbt am 12. August
1956	*Empfang bei der Welt*, Roman
1958 / 1960	*Die traurige Geschichte von Friedrich dem Großen*, szenisches Romanfragment
1961	Überführung der Urne Heinrich Manns von Kalifornien nach Prag
	25. März: Überführung der Urne nach Berlin und Beisetzung auf dem Dorotheenstädtischen Friedhof in Anwesenheit von Leonie Mann

Herausgeber und Verlag danken dem Heinrich-Mann-Archiv der Akademie der Künste der DDR, Berlin, und dem Deutschen Literaturarchiv, Marbach am Neckar, für vielfältig gewährte Unterstützung durch Auskünfte und Bereitstellung von Abbildungsvorlagen; dem Aufbau-Verlag, Berlin und Weimar, und dem Claassen Verlag, Düsseldorf, für die gegebenen Abdruckgenehmigungen.